JE T'AIME À LA PHILO

Quand les philosophes parlent d'amour et de sexe

Professeur de philosophie, maître de conférences à Sciences-Po Paris, Olivia Gazalé est présidente des « Mardis de la Philo », une association qui a pour but de diffuser la pensée des grands philosophes auprès du grand public. Elle a également collaboré à *Philosophie Magazine* et contribué à plusieurs ouvrages collectifs. *Je t'aime à la philo* est son premier livre.

OLIVIA GAZALÉ

Je t'aime à la philo

Quand les philosophes parlent
d'amour et de sexe

ROBERT LAFFONT

Nous remercions les éditeurs suivants de nous avoir permis de reproduire les passages des œuvres ci-dessous :
— Georges Bataille, *L'Érotisme*, 1957, © Les Éditions de Minuit.
— Simone de Beauvoir, *Le Deuxième Sexe*, © Éditions Gallimard, 1949.
— Albert Cohen, *Belle du Seigneur*, © Éditions Gallimard, 1968.
— Milan Kundera, *L'Insoutenable Légèreté de l'être*, © Éditions Gallimard, 1984.
— José Ortega y Gasset, *Études sur l'amour*, Petite Bibliothèque Rivages, © Payot & Rivages, 2004.
— Philip Roth, *La bête qui meurt*, © Éditions Gallimard, 2004.
— Denis de Rougemont, *L'Amour et l'Occident*, © Éditions Plon, 1939.
— Vladimir Jankélévitch, *Traité des vertus*, tome 2 – *Les Vertus et l'Amour*, © Flammarion, 1986.
— Jacques de Bourbon Busset, *Lettres à Laurence*, © Éditions Gallimard, 1987.
— Alain Badiou avec Nicolas Truong, *Éloge de l'amour*, © Flammarion, 2009.

© Éditions Robert Laffont, S.A., Paris, 2012.
ISBN : 978-2-253-17332-8 – 1re publication LGF

*À Bertrand, à nos enfants,
qui m'ont encouragée un peu,
beaucoup, patiemment.*

Avant-propos

> « L'amour a toujours été pour moi
> la plus grande des affaires,
> ou plutôt la seule. »
>
> STENDHAL, *Vie de Henri Brulard*

Qu'y a-t-il de plus essentiel, de plus inaugural, de plus fondateur dans une existence que l'amour ? Qu'est-ce qui lui donne une impulsion aussi décisive, qui l'emporte aussi loin, qui lui promet autant ? Qu'est-ce qui enivre l'esprit et les sens avec plus de volupté, qui apporte plus de joie, qui éveille davantage les désirs que l'amour ? L'amour est une expérience unique, indépassable, proprement métaphysique. C'est pourquoi l'on s'y engage toujours avec des attentes démesurées.

Hélas, il n'y a rien non plus qui provoque autant d'amertume et de désespoir que l'amour. Pourquoi le mal d'amour est-il si douloureux ? Le désamour est-il inéluctable ? Pourquoi l'amour peut-il nous rendre fous au point de nous faire désirer la mort ? Ne faut-il pas fuir l'amour comme le pire des maux et lui préférer la légèreté de l'érotisme, à l'image du libertin ?

Ces questions ne sont pas seulement des questions

parmi d'autres ; elles sont philosophiquement premières, en ce sens que tout être humain se les pose viscéralement et intuitivement avant de se les poser intellectuellement, au même titre que ce qui a trait à la mort. On peut vivre sans chercher à connaître la vérité d'une multitude de questions, et même en ne s'intéressant à rien. Mais on ne peut pas vivre sans donner un sens à l'amour, sans vivre sa sexualité (fût-ce dans l'abstinence), ni sans penser à la mort. Il en va de notre être d'aimer, de nous reproduire et de mourir.

Mais qu'est-ce qu'*aimer* ? Et y a-t-il un bon usage du sexe ? Si ces deux questions – qui en génèrent une multitude d'autres – sont ancestrales et universelles, les réponses que l'humanité leur a données sont infiniment relatives, d'une culture à l'autre et d'une époque à l'autre. Ce qui tend à prouver qu'aucune ne détient la vérité.

Pour ne mentionner qu'un seul exemple de ces innombrables différences culturelles, l'écart entre la culture judéo-chrétienne et la culture hindoue et bouddhique est immense. Là où l'Occidental glorifie l'amour absolu pour un être exclusif, l'Oriental récuse tout attachement à un être jugé irremplaçable et essentiel, au profit d'une forme d'amour universel étendu à tous les êtres. Alors que le premier assimile l'état naissant de l'amour à un état divin, le second l'interprète comme une douloureuse illusion, puisque « naître est une douleur », d'après l'enseignement du Bouddha.

D'où un rapport à la sexualité profondément différent. Alors que l'Inde ou la Chine cultivent un art érotique détaché du sentimentalisme, de la conjugalité et de la culpabilité, l'Europe instaure la monogamie sexuelle, invente la notion de péché et fonde *l'amour conjugal*.

La tradition occidentale, sur laquelle porte ce livre, est elle-même loin d'être univoque sur la question d'*Éros*. Épris d'ordre, de clarté et d'unité, le rationalisme européen n'a jamais pu se satisfaire de conceptions relativistes et vagues à propos de l'amour et de la sexualité. Il s'est au contraire attaché à les conceptualiser et à les circonscrire dans l'espace clos de la définition. Ainsi sont nées les *doctrines* de l'Amour.

Mais cette entreprise de théorisation de l'amour et du sexe ne procède pas seulement d'un désir de savoir, mais aussi et surtout d'une volonté de normaliser les conduites. L'Amour a ainsi souffert d'avoir été constamment aliéné à une morale de l'amour, voire à une idéologie, définissant la bonne et la mauvaise manière d'aimer. Reine de la mystification, l'idéologie de l'amour invente des chimères et façonne insidieusement les consciences.

Il se pourrait bien que le chaos sentimental que nous connaissons aujourd'hui, à l'heure du divorce de masse, résulte du choc idéologique, c'est-à-dire du conflit indépassable entre deux morales de l'amour, ou plutôt deux moralismes : la morale conjugale et l'antimorale libertaire. Pour les défenseurs du dogme conjugal, d'inspiration religieuse, puis républicaine, il n'est d'amour véritable que matrimonial, monogame, fidèle et durable. Toutes les autres formes d'amour sont coupables et illicites. À l'inverse, pour les partisans du dogme libertaire, la seule bonne façon d'aimer est la liberté sexuelle, la monogamie n'étant qu'un vestige aliénant du vieux monde.

La crise du mariage, et plus largement du couple, provoque aujourd'hui un raidissement des postures idéologiques. Les conservateurs sont de plus en plus nombreux à condamner sévèrement le divorce et la sexualité hors mariage, ainsi qu'à réclamer le retour de l'ordre puritain, de la continence et du familialisme. Les croisés de l'abstinence sont déjà légion et tout laisse présager qu'ils deviendront un jour une armée. Mais à chasser le sexe de l'amour, ne risque-t-on pas de chasser l'amour du sexe ? Les progressistes, eux, se félicitent au contraire de la dérégulation sentimentale et voient dans la déliaison amoureuse le signe d'une avancée décisive du processus démocratique : l'amour est enfin devenu l'espace d'un choix individuel, libre et absolu, la sphère la plus accomplie de la réalisation du moi. La réconciliation hédoniste avec le corps, longtemps honni, serait le signe le plus éclatant et le plus jouissif de cette libération. Les plus radicaux prônent un libertinage décomplexé, en solo ou en couple, comme en témoignent le succès croissant des boîtes et sites échangistes, ainsi que la vogue du polyamour. Mais sont-ils pour autant réellement libres d'aimer et de jouir ?

Qui est dans le vrai ? Qui est dans l'erreur ? Y a-t-il une norme intangible du bien et du mal ? Comment juger ses propres expériences et justifier ses propres choix ? L'individu contemporain, héritier désorienté de systèmes de valeurs concurrents, entre lesquels il lui est difficile de choisir, se noie parfois dans un abîme de questions insolubles. Souvent, après avoir longtemps erré dans le labyrinthe du scepticisme, il échoue dans le précipice du nihilisme. Si tout se vaut, alors rien ne vaut. Quand la sphère des valeurs morales n'est plus qu'un champ de bataille, quand les dogmes s'opposent, sans jamais parvenir à triompher l'un de l'autre, le bien et le mal se chevauchent, permutent, s'interpénètrent, se confondent et finissent par ne plus être nulle part. Livré à un monde dépourvu de transcendance morale, un monde dont seule la verticalité de la passion vient, parfois, rompre la monotone horizontalité, l'individu postmoderne cherche l'amour, mais sans savoir où, ni comment, ni pourquoi le chercher.

Ce livre explore un grand nombre de pistes de réflexion pour l'y aider. Celles proposées par les philosophes, bien sûr, mais aussi celles ouvertes par d'autres disciplines, telles que l'histoire, l'anthropologie, la sociologie, la psychanalyse et la neurobiologie. Enfin, comment parler d'amour sans évoquer le rôle décisif qu'a joué la littérature dans la construction occidentale du concept d'amour ? La fable intemporelle de l'amour absolu, telle qu'elle s'exprime dans le conte, la tragédie et le roman, nous a bercés depuis l'enfance. Nous avons tellement intériorisé ce mythe, qu'il nous est parfois impossible d'échapper à l'automystification, qui fait de nous des conteurs d'histoires que nous sommes seuls à tenir pour vraies. Nous nous persuadons que nous vivons le grand amour, parce que nous sommes conditionnés à en attendre l'avènement miraculeux. Nous jouons l'amour, parce que rien ne nous semble plus extraordinaire que cette plongée au cœur du sublime. Nous rejoignons, à travers l'être aimé, le panthéon des héros romantiques, dont les amours poétiques nous ont marqués à vie. Mais hélas, l'incarnation du rêve est souvent impitoyable… et pitoyable à la fois.

C'est pourquoi il m'a semblé nécessaire de tenter de déconstruire le concept d'amour, afin d'aider chacun à se réapproprier le questionnement le plus essentiel de sa vie, en évitant le triple écueil de la naïveté, du cynisme et du conformisme.

Première partie

DE L'ORDRE CONJUGAL AU DÉSORDRE SEXUEL

Sommes-nous biologiquement programmés pour aimer ?

> « Toute passion,
> quelque apparence éthérée qu'elle se donne,
> a sa racine dans l'instinct sexuel. »
>
> Arthur SCHOPENHAUER

Ils sont tombés fous amoureux l'un de l'autre au premier regard. Une expérience extatique, ineffable, presque mystique, un phénomène qui leur semble, telle la grâce, précieux comme un don divin. Ils se sentent transportés au-delà d'eux-mêmes et pourtant souverainement libres. Ce qu'ils vivent défie toute loi de la nature, toute détermination, toute nécessité. Cela relève du merveilleux, du fabuleux, de l'extra-ordinaire, du « jamais-vu jamais-connu ».

Pourtant, à en croire les chercheurs spécialisés dans la neurobiologie de l'état amoureux, il s'agit là d'une expérience parfaitement ordinaire et prévisible. Bien naïfs sont les amoureux qui croient à la magie du coup de foudre, au mystère fatal de la passion et à la transcendance de l'amour. L'amour leur semble inexplicable. Mais si l'amour est incompréhensible, le désamour l'est aussi. Or certains scientifiques pensent pouvoir prouver exactement le contraire. Qui a raison, du romantique ou du déterministe ?

Depuis une petite trentaine d'années, une nouvelle branche de la biologie de l'évolution s'est développée, en dynamitant, sur ce terrain encore peu exploré par la science qu'est l'amour, le vieux débat de la *nature* et de la *culture*. Les conclusions des chercheurs prennent en effet à rebours toute notre tradition culturelle en matière d'amour. Selon eux, l'amour est rationnellement explicable : il obéit à des *logiques*, des *lois* et des *schémas* universels, qui, avant d'être psychologiques (c'est-à-dire opaques), sont d'ordre biologique (donc parfaitement connaissables). En matière de désir et de sentiment, il y a en fait peu de mystère. L'Occident a véhiculé un idéal trompeur, celui d'un Tristan et d'une Iseult tombés sous le charme par magie, envoûtés par une force divine, d'un Cupidon dispersant ses flèches au gré de ses caprices et d'une Vénus fatale. Mais ce ne sont là que mythes. La réalité est beaucoup plus prosaïque...

À Platon, qui pense le désir comme un « démon » envoyé aux hommes par les dieux, la science rétorque que le désir est une propriété émergente des systèmes nerveux, endocrinien, circulatoire et génito-urinaire, qu'il implique une dizaine de régions du cerveau, une trentaine de mécanismes biochimiques et des centaines de gènes spécifiques soutenant ces divers processus[1].

---

1. John Medina, *The Genetic Inferno,* Cambridge, Cambridge University Press, 2000.

À Carmen, qui chante que l'amour est « enfant de Bohême qui n'a jamais connu de loi », les savants répondent que l'amour est une mécanique neurophysiologique complexe, régie par une programmation implacable.

Tout cela manque singulièrement de poésie, j'en conviens. Il n'empêche que ces hypothèses offrent sur le désir et l'amour un éclairage inédit, que la philosophie aurait tort d'ignorer. D'autant qu'un des premiers à avoir eu l'intuition d'un calcul génétique de l'amour n'est pas un biologiste, mais un philosophe, le génial Arthur Schopenhauer.

*

À ma connaissance, les scientifiques ne se réfèrent pas à la *Métaphysique de l'amour sexuel*[1]. Pourtant, la démonstration du grand démystificateur de l'amour, menée il y a près de cent cinquante ans, rejoint les enquêtes conduites aujourd'hui dans les laboratoires de neurobiologie. L'idée directrice est rigoureusement la même : l'amour est un *piège* que nous tend la nature pour nous conduire à la reproduction. Voyons d'abord de plus près ce qu'en dit Schopenhauer, avant de revenir à la science de l'amour.

De prime abord, écrit-il, l'amour est un phénomène irrationnel, capable de rendre fou le plus sage et de mettre en danger mortel le plus prudent. C'est ce qui

---

1. Arthur Schopenhauer, *Métaphysique de l'amour sexuel*, in *Le Monde comme volonté et représentation*, traduit de l'allemand par Auguste Burdeau, PUF, 1966.

explique l'incompréhension totale dont il est victime depuis toujours, y compris de la part des poètes, des moralistes et des philosophes. « Les moralistes maudiront cette concupiscence brutale. Les poètes parleront d'âmes prédestinées et d'attractions inévitables. Platon racontera que, dans les temps où les hommes étaient androgynes, Jupiter, irrité contre eux, les dédoubla, que, pour rabaisser leur orgueil, il les fendit en deux comme des soles, et que, depuis lors, chacun court après la moitié qu'il a perdue jusqu'à ce qu'il l'ait trouvée. Mais les poètes sont des songe-creux, les moralistes sont des ânes, et Platon se moque de nous[1]. »

L'amour *dérange*, dans les deux sens du terme : parce qu'il résiste à toute théorisation et parce qu'il est toujours intempestif. Schopenhauer l'accuse de venir inopportunément perturber les grands esprits, interrompre hommes d'État et savants dans leurs graves occupations, n'hésitant pas à « glisser ses billets doux et ses boucles de cheveux jusque dans les portefeuilles ministériels et les manuscrits des philosophes ».

Mais pourquoi diable toutes ces ardeurs, tous ces soupirs, toutes ces larmes et tous ces cris ? Un sentiment qui « exige parfois le sacrifice de la santé, de la richesse, de la position sociale et du bonheur », qui provoque « tant de passion, de tumulte, d'angoisse et d'efforts » ne saurait être considéré comme une « bagatelle » ou un caprice. Bien au contraire. Si l'amour est si opiniâtre, c'est qu'il vise très haut. Il poursuit un

---

1. Propos cités par Paul-Armand Challemel-Lacour, *Études et Réflexions d'un pessimiste*, suivi de *Un bouddhiste contemporain en Allemagne, Arthur Schopenhauer*, Fayard, 1994.

but qui est « le plus important de tous les buts qu'un être humain peut avoir dans la vie ». Il est donc normal qu'on le pourchasse avec autant « d'ardeur et de zèle ».

À la réflexion, continue Schopenhauer, l'amour n'est ni gratuit, ni contingent, ni désintéressé ; il obéit à une logique parfaitement rationnelle. Il vise un objectif précis, d'ordre métaphysique : « Ce qui est en jeu, ce n'est rien de moins que la prochaine génération. » Si nous tombons amoureux, c'est que nous cherchons à nous reproduire. Mais nous n'en sommes que très rarement conscients. Car ce n'est pas la raison qui nous pousse dans les bras de notre partenaire, mais le « vouloir-vivre », cette force inconsciente capable de tous les sortilèges pour arriver à ses fins : la survie et la reproduction.

Lorsque nous aimons, nous croyons qu'il s'agit d'un choix souverain, alors qu'il n'en est rien. Notre moi conscient est sous le joug d'un « vouloir-vivre » tyrannique, obsessionnellement tendu vers un objectif central : la procréation. Aimer, c'est travailler « sans le savoir pour le génie de l'espèce », dont nous ne sommes que « les courtiers, les instruments et les dupes ». Pourquoi les « dupes » ? Parce que là où chacun croit fermement à la liberté, la gratuité et la singularité de son amour, il ne fait en réalité qu'obéir à une nécessité universelle dont la portée le dépasse : « C'est pour l'espèce qu'il travaille quand il s'imagine travailler pour lui-même. »

La liberté amoureuse est donc un leurre et le hasard une imposture. Tomber amoureux, c'est tomber dans un piège. Un piège abominable, hélas, car la personne aimée ne fera qu'exceptionnellement notre bonheur. Plus vraisemblablement, elle nous précipitera dans un malheur absolu. Nous nous serons donc sacrifiés pour la génération suivante. Ce à quoi nous n'aurions jamais consenti si nous n'avions d'abord « perdu la tête ».

L'amour, c'est cette *ruse* de la nature, destinée à nous faire accepter l'inacceptable et vivre l'invivable : le cauchemar conjugal. « Dépense, soin des enfants, entêtements, caprices, vieillesse et laideur au bout de quelques années, tromperie, cocuage, lubies, attaques d'hystérie, amants, et l'enfer et le diable ! » Oui, le « diable », car pour Schopenhauer, l'amour est un dispositif satanique. Les accès de mélancolie immédiatement consécutifs aux étreintes sexuelles sont l'écho de cet horrible « rire du diable » qui résonne alors dans nos oreilles : « N'a-t-on pas observé que *illico post coïtum cachinnus auditur Diaboli* ? »

*

L'amour serait donc un piège que nous tendrait la nature pour nous forcer à procréer ; telle est l'hypothèse schopenhauérienne, que certains scientifiques pensent pouvoir aujourd'hui vérifier empiriquement. Lucy Vincent, docteur en neurosciences, exprime, dans deux essais passionnants intitulés *Où est passé l'amour ?* et *Comment devient-on amoureux ?*[1], les

---

1. Lucy Vincent, *Comment devient-on amoureux ?*, Odile Jacob, 2004 ; *Où est passé l'amour ?*, Odile Jacob, 2008 ; de même pour les citations suivantes.

mêmes interrogations que Schopenhauer : pourquoi tombons-nous amoureux ? Pourquoi éprouvons-nous tant de plaisir à aimer et nous sentir aimés ? Pourquoi pouvons-nous passer des nuits entières perdus dans la contemplation émerveillée de l'autre ? Pourquoi l'amour fait-il de nous des êtres aussi dépendants, aussi focalisés, aussi aliénés ? Et la réponse est identique à celle de Schopenhauer : « Pour que le couple se forme, il faut le piège de l'amour. » L'aveuglement et l'euphorie amoureuse répondent à une finalité biologique. L'amour est une « programmation comportementale » destinée à nous mener, sans que nous en ayons vraiment conscience, sur le chemin de la reproduction. Piégés, comme pour Schopenhauer. Et cela s'explique de façon simple : « Les deux sexes sont des étrangers l'un pour l'autre, voire des menaces : ils doivent se ménager un terrain d'entente le temps de la reproduction. » Ce terrain d'entente, c'est l'*amour*.

Ce que Lucy Vincent veut démontrer, c'est qu'entre l'homme et la femme, c'est d'abord la méfiance qui règne, donc la distance, voire la rivalité. L'amour est ce subterfuge qu'a inventé la nature pour nous conditionner à accepter l'autre sexe, à rechercher sa présence, à le chérir, à éprouver du plaisir en sa compagnie, malgré les craintes qu'il nous inspire. Car ce rapprochement et cet attachement sont indispensables à la procréation.

Pour nous forcer à enfanter, la nature a mis en place des circuits neuronaux particuliers, dont le but est de nous porter à l'idéalisation de notre partenaire. La « cristallisation » stendhalienne n'est en fait rien d'autre qu'une programmation neurologique, spécifiquement orientée vers la reproduction. L'amour opère donc un « remaniement important dans le cerveau pour faciliter l'entente entre les sexes le temps de la reproduction ». Avant de préciser ce que Lucy Vincent entend par là, commençons par comprendre l'origine de cette « méfiance » instinctive entre les sexes.

Pourquoi les deux sexes représentent-ils une menace l'un pour l'autre ? Parce qu'ils obéissent à des stratégies reproductives antagonistes. « Les cerveaux de l'homme et de la femme le savent bien et chacun se protège de l'autre et se méfie. » L'origine de cette « mésentente archaïque entre les sexes », c'est la disparité mathématique entre l'offre et la demande d'ovules. La femme ne produit qu'un ovule par cycle et elle est la seule capable de gestation et de mise au monde. L'ovule est donc une denrée rare, qui fait de la femme un « objet de convoitise ». L'homme, à l'inverse, fabrique des millions de spermatozoïdes par jour et sa disponibilité sexuelle le rend capable de féconder plusieurs partenaires le même jour.

Chacun va donc poursuivre sa propre logique : « La stratégie des femmes repose sur la sélection sévère des nombreux candidats » en fonction de leur capacité à assurer les ressources matérielles nécessaires à la vie de la mère et de l'enfant. Tandis que « la stratégie des hommes repose sur la découverte de moyens pour imposer leur offre au détriment des autres candidats ». Bref, sélection du côté des femmes, compétition du côté des hommes. Résultat : « La femme choisit le partenaire qui montre le plus de signes extérieurs de richesse et de puissance » et l'homme la partenaire qui présente les meilleurs « indices de fertilité ». Du fait de la disparité entre la disponibilité des gamètes mâles et femelles, la femme craint que l'homme cherche ailleurs des occasions d'insémination, tandis que l'homme, qui subit une rude concurrence, n'est jamais absolument certain d'être le géniteur de son enfant. Chacun est alors conduit à élaborer une « stratégie de reproduction », ou, si l'on veut, un « scénario de séduction » propre à subjuguer le sexe d'en face.

Commençons par l'homme. Comment s'y prend-il pour faire la démonstration de son envergure ? Il offre fleurs, cadeaux et dîners au restaurant. Dans beaucoup d'espèces animales, pour signaler sa puissance, le mâle se dote d'« appendices coûteux en termes métaboliques », comme la queue du paon. Selon ce « principe du handicap », l'homme qui roule en Porsche, possède un bateau ou une collection de tableaux prouve, en s'offrant le superflu, qu'il peut allègrement pourvoir au nécessaire[1]. Mais il peut aussi séduire par son sens de l'humour. De nombreuses études ont en effet montré que « ceux qui ont un grand sens de l'humour ont en même temps les meilleurs scores d'intelligence ». De fait, être drôle n'est pas donné à tout le monde : cela requiert des capacités cognitives spécifiques et dénote une façon personnelle, détachée, ironique, bref supérieure de décoder le monde. L'humour agit donc comme une « queue de paon intellectuelle ». La formule « Femme

---

1. Amiotz Zahavi, « Mate selection. A selection for a handicap », *Journal of theoretical biology*, 53, 1975.

qui rit à moitié dans ton lit » serait donc biologiquement fondée. La femme hilare au premier rendez-vous ignore sans doute que rire stimule le système immunitaire, dissipe le stress, protège des maladies cardiovasculaires, de la douleur et même du cancer, mais son instinct ne la trompe pas : l'homme désopilant présente des gages d'intelligence et de santé ; il marque ainsi des points face à ceux qu'on appelait, dans le salon proustien de Mme Verdurin, « les ennuyeux ».

La tendance mâle à la vantardise (la « frime »), à la compétition hiérarchique et à la démonstration de force relève aussi de l'âpre rivalité pour les femmes. D'où la prédilection pour les postures physiques de domination, par exemple le fait de bomber le torse. Pour « faire l'important », « les escargots, les grenouilles et les crapauds gonflent leur corps, les chats hérissent le poil, les pigeons se rengorgent, les gorilles se frappent la poitrine à grands coups[1]... » Les techniques de cour de l'homme sont donc en définitive assez primitives... sinon primaires.

Mais celles de la femme ne le sont pas moins. L'homme est attiré par les attributs physiques indiquant la fertilité, donc la jeunesse. C'est pourquoi la femme consacre depuis toujours de l'énergie à tenter de préserver l'aspect lisse de sa peau et la brillance de ses cheveux, signes les plus éclatants de fraîcheur et de santé. Quant à la tonicité et l'habileté de son corps, elle en fait la démonstration en étant capable de mar-

---

[1]. Helen Fischer, *Histoire naturelle de l'amour*, traduit de l'anglais par Évelyne Gasarian, Hachette Littératures, coll. « Pluriel », 2008.

cher avec un « appendice » aussi handicapant que des talons hauts. Cette curieuse coutume, introduite par Catherine de Médicis, fait office de queue de paon pour la femme. En outre, ainsi chaussée, elle est forcée de cambrer les reins, tout en faisant ressortir les fesses et la poitrine. Tant pis si ses pieds la font atrocement souffrir ; l'essentiel, c'est de mettre en valeur ses plus précieux atouts, ce qui n'avait d'ailleurs pas échappé à Schopenhauer : « La plénitude d'un sein de femme exerce un attrait extraordinaire sur le sexe masculin, parce que, étant en rapport direct avec la fonction de reproduction de la femme, il promet au nouveau-né une nourriture copieuse. »

À en croire Schopenhauer, nous tenons ici la raison du succès des prothèses mammaires et des soutiens-gorge tricheurs, à effet amplificateur. Si la plus plate d'entre nous s'offre une poitrine à faire se damner un saint, c'est qu'elle veut évoquer la mère nourricière (à moins que ce ne soit, dans certains cas, plutôt de vache laitière qu'il s'agisse…).

Avant de revenir aux sérieuses analyses des neurobiologistes, je me permets ici de faire observer le paradoxe suivant. La femme se fait belle depuis toujours, mais jamais, jusqu'à nos jours, elle n'avait été à ce point obnubilée par l'âge. N'est-il pas étrange qu'elle cherche aujourd'hui, par tous les moyens, à paraître jeune, donc féconde, alors qu'elle a conquis de haute lutte la reconnaissance de ses facultés intellectuelles et le droit de ne pas enfanter ? D'un côté, notre époque a permis à la femme de transcender son rôle traditionnel de simple reproductrice ; de l'autre, elle est plus que jamais encouragée à séduire en valorisant ses atouts reproductifs. Cette contradiction se dissipe si l'on considère que le marché exerce aujourd'hui sur les femmes une pression tout aussi coercitive que le patriarcat d'autrefois. La jeunesse est devenue un continent économique qui ne recule devant aucun argument publicitaire, pour promouvoir ce que Michel Houellebecq appelle « la fascination pure pour une jeunesse sans limites[1] ».

L'injonction à paraître jeune, à l'aide de cosmétiques et d'actes chirurgicaux de plus en plus sophistiqués, est la nouvelle aliénation des femmes. Une façon moderne et insidieuse de les rappeler à leur « vocation première » : la procréation. Préservons donc notre « capital jeunesse », offrons-nous des lèvres pulpeuses à vie (quitte à ressembler à un canard) et prouvons que nous pouvons encore être belles et fécondes à l'âge mûr, comme certaines stars exhibant leur ventre à la une des magazines. Reconnaissons que Monica Bellucci, posant nue et enceinte à quarante-quatre ans, en couverture du *Vanity Fair* italien, est resplendissante. Il n'empêche qu'elle donne ainsi l'exemple de la contorsion qui nous est désormais imposée : vieillir tout en restant jeune.

Car aujourd'hui la vieille dame, ce n'est plus la gentille mamie de notre enfance, celle qui avait recueilli Babar perdu dans la ville, mais une « non-personne » que la société condamne au silence et à l'invisibilité. C'est avec lucidité que (la future vieille) Camille Laurens met dans la bouche de son personnage Julien ce jugement définitif : « En un sens, les femmes vieilles,

---

1. Michel Houellebecq, *La Possibilité d'une île,* Fayard, 2005.

c'est un troisième sexe, une sorte de genre neutre, les mecs n'en ont plus rien à foutre[1]. »

Fermons la parenthèse et revenons au piège amoureux. Il s'agit maintenant de comprendre comment deux êtres, conditionnés par des stratégies antagonistes, vont néanmoins parvenir à s'entendre et à s'unir. Pourquoi l'homme renonce-t-il à disperser ses innombrables spermatozoïdes et accepte-t-il de se consacrer exclusivement à une femme et un enfant dont il n'est même pas sûr d'être le père ? Pourquoi la femme, qui est si convoitée, finit-elle par arrêter son choix à un homme nécessairement imparfait et limité, alors qu'elle peut en théorie viser la lune ? Et comment fait-elle pour enrôler celui-ci à ses côtés dans le partage rébarbatif du quotidien ? C'est ici que la notion de piège prend tout son sens : si l'un et l'autre consentent à cette perte de liberté, à cette limitation de leurs possibles, c'est qu'ils n'ont jamais été aussi heureux de leur vie. L'autre est la « perle rare », dont on ne peut plus concevoir d'être séparé.

Quel est le mystère de cette distorsion du jugement ? C'est le prodige de la nature : les craintes s'envolent et font place à un enthousiasme extraordinaire, grâce à des bouleversements hormonaux stupéfiants. Helen Fischer, chercheur à l'université de Rutgers et spécialiste de la question, qualifie cette phase de « véritable feu d'artifice de neurotransmetteurs[2] ».

---
1. Camille Laurens, *L'Amour,* POL, 2003.
2. Helen Fischer, *Histoire naturelle de l'amour, op. cit.*

C'est sous l'effet de ces modifications chimiques que l'on tombe amoureux. Pourquoi cette personne est-elle devenue à nos yeux l'être unique et parfait ? Grâce à l'élévation du taux de dopamine. Pourquoi occupe-t-elle obsessionnellement toutes nos pensées ? À cause des fluctuations du taux de sérotonine. Pourquoi avons-nous tout le temps envie de faire l'amour ? Grâce à la libération d'ocytocine. Pourquoi ressentons-nous ensuite tant de plaisir à rester enlacés et partager une cigarette ? Parce que les synapses de nos deux cerveaux sont inondés d'endorphines, une sorte de cannabis endogène.

Voyez, il n'y a rien là d'extraordinaire ou d'inexplicable, nous disent les scientifiques. Le professeur de psychiatrie Michel Reynaud est même en mesure de délivrer la « recette du philtre d'amour » : « Trois doigts de lulibérine (le désir immédiat), un trait de testostérone (hormone du désir sexuel), quatre doigts de dopamine (sensation de désir et de plaisir), une pincée d'endorphines (le bain de bien-être *post-coïtum*) et un peu de sirop d'ocytocine (hormone de l'orgasme)[1]. » L'ensemble de ces processus hormonaux permet de comprendre comment l'homme et la femme, au départ si sceptiques, baissent la garde en tombant amoureux. La physiologie moléculaire cérébrale influence non seulement les sensations et les émotions, mais également les jugements et les sentiments. C'est ce qu'explique très bien Michel Reynaud : « L'amour passion irradie à la fois les circuits

---

1. Michel Reynaud, *L'amour est une drogue douce... en général*, Robert Laffont, 2005 ; de même pour la citation suivante.

du plaisir et de la récompense, impliqués dans l'addiction, mais aussi les circuits de perception et d'analyse de l'autre, impliqués dans la théorie de l'esprit. »

En résumé, pour que nous puissions nous reproduire, la nature a créé des mécanismes chimiques dont la finalité est d'altérer nos capacités de réflexion, voire de nous rendre aveugles. C'est seulement à cette condition que nous acceptons l'union – *a priori* impensable – avec l'autre sexe. Voilà pourquoi l'amour est un piège. Mais pour comprendre en quoi c'est un dispositif « diabolique », il faut, avec les neurobiologistes, se poser une dernière question : pourquoi sommes-nous tombés amoureux de cet être-ci et pas d'un autre ? Comment s'explique le choix de l'élu ?

*

L'individuation du sentiment amoureux est une question très complexe, à laquelle je consacrerai un chapitre, mais pour Lucy Vincent, cela ne fait aucun doute : « Nos goûts et nos inclinations sont gouvernés par un calcul génétique inconscient. » N'en déplaise aux âmes romantiques, le choix amoureux s'opère selon des critères purement biologiques et utilitaires. Les critères d'attraction selon lesquels nous trouvons cette femme ou cet homme irrésistible résultent d'un certain nombre d'indices signalant la qualité de son génome. Ces informations sont véhiculées par les phéromones (de *pherein*, « transporter », et *hormon*, « exciter »), ces substances chimiques produites par les glandes exocrines ou sécrétées avec l'urine qui jouent le rôle de messagers chimiques entre les amants. Ce qui fait dire à Lucy Vincent : « Scientifiquement donc, il semble bien qu'entre deux personnes, les choses se passent un peu comme entre nos amis les chiens : on se renifle sans s'en rendre compte, et notre cerveau est en attente de certaines molécules odorantes qui servent de code de reconnaissance » entre individus compatibles.

Certes, cela peut sembler un peu abrupt comme façon d'expliquer les choses, et on peut préférer la poésie avec laquelle un écrivain comme Yves Simon parle des « affinités olfactives ». Dans le beau roman *Les Éternelles,* la fascination d'Yves Simon pour Irène tient en grande partie à son odeur, ou plutôt à ses odeurs : « Irène et ses parfums, bien sûr, qui dès la première seconde me racontèrent le roman de sa vie : alchimie mystérieuse et réussie entre des essences inconnues et sa peau. Ces affinités olfactives firent de nous des amants de l'odeur, et nul doute que les histoires qui commencent sur cet impalpable agencement demeurent à jamais énigmatiques, puisque aucun mot ni démonstration ne peut en décrire le procès[1]. » Pour la neurobiologie, il n'y a là ni mystère ni énigme, mais un déterminisme chimique inconscient. Nous tombons amoureux du partenaire qui dispose d'une panoplie génétique complémentaire à la nôtre, de façon à optimiser nos chances de mettre au monde un enfant doté du meilleur potentiel. Certaines combinaisons de gènes peuvent en effet offrir à la progéniture une meilleure

---

1. Yves Simon, *Les Éternelles*, Grasset, 2004.

résistance immunitaire. Autrement dit, qui se complète s'assemble.

Ce qui est incroyable, c'est que Schopenhauer, sans avoir la moindre idée de génomique, avait eu l'intuition de cette harmonisation génétique. Selon lui, le « vouloir-vivre » pousse chacun vers le coparent idéal, c'est-à-dire celui qui maximise les chances d'engendrer un enfant robuste. Pourquoi les femmes de petite taille sont-elles attirées par les hommes grands ? Pourquoi les hommes chétifs apprécient-ils les rondeurs féminines ? Pour rétablir un équilibre dans la prochaine génération : « Chacun s'efforce d'éliminer à travers l'autre ses propres faiblesses, défauts et déviations par rapport à la norme, de peur qu'ils ne se retrouvent, ou même deviennent de vraies anomalies, dans l'enfant à naître. »

L'amour serait donc moins une affaire de sentiment que de neutralisation et de compensation biologiques. Ainsi s'expliqueraient les longs et pénétrants regards des débuts, lorsqu'il nous est impossible de détacher nos yeux de l'être aimé. « Cet examen minutieux est la méditation du génie de l'espèce » sur les aptitudes physiques et intellectuelles de notre futur rejeton.

*

Mais c'est là que le piège va se refermer sur nous. Ce « génie de l'espèce » est hélas un « industriel qui ne veut que produire » et qui se soucie peu de notre bonheur. Le coparent idéal est très rarement le conjoint idéal. « Il est exceptionnel que la compatibilité et l'amour fassent bon ménage. » Schopenhauer pense même que c'est le cas inverse qui est le plus fréquent : « L'amour jette son dévolu sur des personnes qui, s'il n'y avait la relation sexuelle, seraient détestables, méprisables et même répugnantes aux yeux de l'amant. Mais la volonté de l'espèce est tellement plus puissante que celle de l'individu que l'amant refuse de voir tout ce qui lui est odieux, ferme les yeux et se méprend sur tout, et se lie à jamais à l'objet de sa passion. » Une fois les enfants nés, nous voilà condamnés à partager notre vie avec un être « détesté ».

Certes, Lucy Vincent n'est pas aussi désenchantée, mais elle rejoint le philosophe sur ce point douloureux : la désillusion est plus ou moins inéluctable. La génitrice parfaite ne fait pas nécessairement une épouse agréable. Saint Jérôme en faisait déjà l'amer constat : « On éprouve les bœufs et les ânes avant que de les acheter ; mais les femmes on les prend sans avoir connaissance de leur humeur et de leur vie »... Quant aux hommes, c'est encore plus compliqué : le bon géniteur peut faire non seulement un mauvais époux, mais un piètre père. Idéalement, conclut Lucy Vincent, la femme aurait besoin de deux hommes : « un donneur de spermatozoïdes à fort taux de testostérone pour la fabrication d'un système immunitaire performant et un homme à bas taux de testostérone pour les soins, l'alimentation et la protection », les seconds étant beaucoup plus fidèles et paternels que les premiers. D'après elle, on rencontre en effet peu d'hommes très virils et fortement impliqués dans l'intendance domestique. « Ces *reproducteurs* voient comme un piège l'investissement qu'on leur impose en contrepartie de leur tentative de reproduction. » Ils en viennent petit à petit à se désintéresser du foyer et leur épouse en souffre. L'homme et la femme partagent alors le sentiment désagréable de s'être sacrifiés, mais sans savoir réellement à qui, à quoi, comment ni pourquoi. Ils ne s'expliquent pas leur déception. Alors qu'elle aussi était génétiquement planifiée...

Ce n'est pas un hasard si la majorité des séparations advient en moyenne au bout de trois ou quatre ans, soit le temps qu'il faut au couple pour mener un enfant au seuil d'une relative autonomie. Helen Fischer, après avoir étudié soixante-deux cultures, observe que le nombre de divorces culmine partout autour de la quatrième année de mariage. « Ils parlent des langues différentes, exercent des métiers différents, entonnent des prières, craignent des démons différents, et connaissent tous un pic de divorce au bout de quatre ans[1]. » La culture a beau se diversifier à l'infini, la nature, elle, parle toujours d'une seule voix, la même pour tous les humains, à toutes les époques, depuis la préhistoire. Ainsi Helen Fischer se plaît-elle à imaginer une Lucy folle d'amour, courant à travers les prairies d'Afrique de l'Est rejoindre son amoureux, puis le quittant pour un autre, afin d'engranger des ressources supplémentaires pour sa progéniture...

Ce que Lucy Vincent et Helen Fischer veulent démontrer, c'est que si l'amour et l'attachement sont

---

1. Helen Fischer, *Histoire naturelle de l'amour, op. cit* ; de même pour la citation suivante.

inscrits dans la physiologie cérébrale, le *désamour* l'est également. Car il répond lui aussi à une nécessité biologique. Après une première phase de feu d'artifice hormonal, la libération de dopamine diminue et les récepteurs aux endorphines se désensibilisent. Cette décélération est nécessaire pour que nous puissions reprendre le cours normal de notre vie, personne ne pouvant se maintenir durablement en surrégime. Sans cette « déprogrammation », nous resterions des amants éperdus et contemplatifs, inaptes à la vie sociale et professionnelle. Inutile, donc, de regretter la béatitude des débuts ou de chercher à rallumer le feu. Pour Helen Fischer, au bout de trois ou quatre ans « si vous souhaitez que votre partenaire continue à vous exciter sexuellement, et réciproquement, il faudra forcer la nature car vous êtes en quelque sorte engagé à contre-courant du reflux biologique ».

C'est alors, disent nos deux chercheuses, que peut, ou non, s'installer un autre type de relation, fondé non plus sur la passion érotique, mais sur l'attachement et l'affection. Cela exige, d'après Lucy Vincent, du « travail », dont elle pense même qu'il est le « secret de l'amour ». En se basant sur une étude[1] menée auprès de cent vingt-six étudiants amoureux, dont l'objectif était de mettre en rapport leurs sentiments amoureux et les traits de leur personnalité grâce à deux questionnaires, elle affirme que le bonheur amoureux est l'apanage des plus « conscien-

---

1. G. Engel, K. Olson, C. Patrock, « The personality of love : fundamental motives and traits related to components of love », *Personality and Individual Differences*, 32, 2002.

cieux ». « Aucun autre trait de caractère (le fait d'être extraverti, agréable, curieux ou névrotique) n'est corrélé de manière statistiquement significative au sentiment amoureux (...) Inversement, les gens les moins consciencieux sont aussi ceux qui sont les moins satisfaits de leur relation amoureuse, qui menacent le plus de partir et qui pratiquent le plus l'infidélité. » Ainsi, l'amour ne sourit qu'aux personnes faisant preuve d'un grand « sens du devoir » et qui abordent leur relation amoureuse avec autant de sérieux, de détermination et de persévérance que leurs études ou leur travail. La preuve que tout ne relève pas de la seule biologie...

*

Que penser de l'approche chimique de l'amour ? D'abord qu'elle est fascinante : nous pourrions enfin tenir l'explication du coup de foudre et de la lassitude qui lui succède nécessairement. Et nous pourrions désormais savoir comment nous en prémunir : « Connaître la raison biologique de la fin de l'aveuglement et de l'euphorie ne peut que nous aider à accepter l'imperfection de ce que nous vivons désormais. » La science aurait la vertu de nous épargner la désillusion. Connaître la mécanique chimique à l'œuvre dans l'amour serait donc le plus sûr moyen de ne pas souffrir.

Mais la neurobiologie a-t-elle réellement percé à jour la *vérité* de l'amour ? En dénonçant l'illusion romantique, elle entend nous rendre plus lucides, donc plus forts, mais elle n'échappe pas non plus à une certaine naïveté… À moins qu'il ne s'agisse plutôt d'une forme déguisée de moralisme familialiste, comme le pensent Christine Détrez, sociologue, et Anne Simon, chargée de recherches au CNRS. Dans un essai percutant intitulé *À leur corps défendant, les femmes à l'épreuve du nouvel ordre moral*, elles consacrent un chapitre entier[1] à la critique de l'approche neuroscientifique de l'amour. Selon elles, la démarche de Lucy Vincent, visant à biologiser l'amour en ignorant l'importance des déterminismes socioculturels à l'œuvre, poursuivrait des fins moralisatrices. La naturalisation du couple, la démonstration de son utilité biologique et de son caractère prophylactique ne seraient pas gratuites, mais au service de la « morale du couple » monogame et fidèle.

La science de l'amour est ainsi accusée de perpétuer les stéréotypes les plus éculés sur la prétendue universalité du couple, se substituant ainsi aux sermons de l'Église. La biologie aurait troqué un principe transcendant, Dieu, contre un autre, la « biologie hypostasiée ». En faisant l'éloge du « travail consciencieux » en amour, le discours scientifique justifierait les idées de sacrifice et d'abnégation chères au christianisme et deviendrait ainsi « le vecteur laïcisé du familialisme ». Le « tout biologique » n'aurait ainsi pas d'autre but que la défense de l'ordre moral, du mariage et de la famille. L'essentialisation de la femme-mère témoignerait du même souci d'ordre

---

1. Christine Détrez et Anne Simon, *À leur corps défendant*, Seuil, 2006. Voir en particulier le chapitre « La neurobiologie au service de la morale » ; de même pour les citations suivantes.

social et symbolique. Pour les biologistes, la maternité reste l'horizon indépassable de la femme, tandis que l'homme se voit conforté dans son rôle animal de pourvoyeur de ressources.

Critique sans doute pertinente, mais trop sévère à mon sens. Faire le procès de la science, la considérer comme bêtement asservie à l'ordre moral et à l'idéologie réactionnaire me paraît excessif et en grande partie injuste. Toute avancée dans la connaissance de l'humain constitue un pas de plus dans la découverte de l'homme par lui-même et, à ce titre, la chimie de l'amour me semble apporter un éclairage important à la compréhension du phénomène amoureux. Ma critique personnelle ne porte pas tant sur la finalité éventuellement moralisatrice de la neurobiologie de l'amour, que sur ce qu'elle laisse inexpliqué, comme en dehors d'elle. Cette théorisation laisse impensées deux choses fondamentales : d'une part, la dimension non sexuelle du désir amoureux ; d'autre part, la dimension non amoureuse du désir sexuel.

La première raison qui m'amène à douter de l'approche strictement biochimique de l'amour, c'est le fait qu'elle évacue tout ce qui, dans l'amour, déborde la seule pulsion sexuelle : le désir d'un être pour un autre peut fort bien ne pas être d'ordre purement physique et s'enraciner ailleurs que dans la fascination féminine pour une solide paire d'épaules, et masculine pour une poitrine plantureuse. Bien d'autres composantes (psychologiques, morales, spirituelles, intellectuelles…) que les indices visibles de fertilité peuvent présider au choix amoureux, composantes relevant de la pure *intériorité* psychique.

Une personne n'est pas seulement un *corps*, mais une *chair* – le corps vécu de l'intérieur – et une *âme* – l'esprit vécu de l'intérieur. C'est la raison pour laquelle les êtres dépourvus d'attributs reproductifs – la femme un peu trop plate, un peu trop vieille ; l'homme un peu trop gros, un peu trop humble – peuvent devenir objets d'amour... En outre, comment la neurobiologie explique-t-elle le choc amoureux à l'âge de la ménopause ? Et que dit-elle de l'amour homosexuel, dont la procréation ne peut évidemment pas constituer la raison d'être ? Dans le chapitre « Choisit-on l'être aimé ? », j'explorerai les infinis méandres, conscients et inconscients, qui conduisent à l'élection de l'être aimé, et qui me semblent très largement dépasser le seul déterminisme biologique.

La seconde raison pour laquelle la biologie de l'amour ne peut être tenue pour la vérité unique du désir et de l'amour, c'est qu'elle fait l'impasse sur l'*érotisme*, qu'elle ignore le *désir* dans sa propension à la gratuité, à la dépense inutile, le désir exempt de finalité reproductive, voire étranger à toute sentimentalité. La neurobiologie ignore le désir dans sa vérité nue, dans son horizontalité brute, le désir qui ne relève ni de l'amour ni de la survie de l'espèce, le désir comme « machine désirante », selon l'expression de Gilles Deleuze et Félix Guattari, avec ses turbines, ses rouages, ses processus, ses flux, ses intensités, ses pannes, ses courts-circuits, ses ratés, ses succès, ses pièges et sa logique purement mécanique. « L'espèce se perpétuera très bien sans moi. Moi, je veux baiser cette fille, alors, d'accord, j'accepte d'en passer par un minimum de voilage, mais parce que la fin justifie les moyens », avoue le héros de *La bête qui meurt*, le bouleversant roman de Philip Roth[1]. Tandis que le vieux professeur fait découvrir Velasquez à son étudiante subjuguée, il pense : « Je me passerais de cet intérêt pour Kafka et Velasquez. (…). On se joue une comédie. Une comédie qui consiste à fabriquer un lien factice, et tristement inférieur à celui que crée sans le moindre artifice le désir érotique. Retour en force des conventions, on se décrète des affinités, on maquille le désir en phénomène socialement acceptable. Or c'est justement son côté inacceptable qui rend le désir désir (…) ça n'a rien à voir avec les achats de rideaux et de housses de couette, ni avec l'enrôlement officiel dans un tandem de perpétuation de l'espèce. »

J'ai beau respecter infiniment le travail et les découvertes passionnantes des scientifiques, je ne peux pas m'empêcher de penser qu'il ne s'agit là que d'un aspect de l'amour, ce continent immense, dont la vérité se dérobe à mesure qu'on cherche à l'objectiver et la rationaliser. Si vérité de l'amour il y a, elle ne peut être que plurielle. La chimie amoureuse est une facette de l'amour, elle n'est pas *tout* l'amour. La philosophie ne peut pas souscrire à une conception strictement *naturaliste* de l'amour et du rapport entre les sexes. Car si la nature humaine constitue bel et bien un déterminisme pour tous les humains, c'est un déterminisme auquel l'homme a la liberté de se sous-

---

1. Philip Roth, *La bête qui meurt*, traduit de l'anglais par Josée Kamoun, Gallimard, 2004 ; de même pour la citation suivante.

traire. La *culture* est en effet le signe éclatant de la capacité humaine à transcender le donné biologique, en vertu de la faculté que Rousseau appelle « perfectibilité ». Ce qui définit l'homme, c'est la plasticité et l'inventivité, qui rendent possibles l'apprentissage et la prise de distance à l'égard des lois naturelles : « Comme tout organisme vivant, l'être humain est génétiquement programmé, mais programmé pour apprendre », comme l'écrit le biologiste François Jacob[1].

En effet, ce qui appartient en propre au genre humain, la culture – le langage, la religion, la pensée, la technique, l'art… –, n'est pas un héritage génétique, mais le résultat d'un apprentissage. « Au lieu qu'un animal est au bout de quelques mois ce qu'il sera toute sa vie, et son espèce au bout de mille ans ce qu'elle était la première année de ces mille ans[2] », écrit Rousseau, l'homme, parce qu'il est libre et perfectible, écrit son histoire, celle de l'individu et celle de l'espèce. Aussi l'homme et la femme ont-ils, avec les siècles, *appris* à s'aimer, c'est-à-dire à se considérer mutuellement comme tout autre chose que des géniteurs potentiels.

---

1. François Jacob, *Le Jeu des possibles*, Fayard, 1981.
2. Jean-Jacques Rousseau, *Discours sur l'origine et les fondements de l'inégalité parmi les hommes*, in *Œuvres complètes*, Gallimard, La Pléiade, t. 3, 1964.

Quelle est la part d'animalité dans la sexualité humaine ?

> « Nos femmes, il faut les prendre en levrette,
> comme les animaux, parce que c'est naturel.
> Et le sperme coule mieux, parce qu'elle est en pente ».
>
> Lucrèce, *La Nature des choses*

« Des animaux dénaturés, voilà ce que nous sommes », écrivait Vercors. Le propre de l'homme, c'est la liberté de s'arracher au déterminisme biologique. Ce qui distingue une femme d'une femelle, un homme d'un mâle, c'est que tous deux ne sont pas emprisonnés dans leur instinct reproducteur. Certes, ils ont la possibilité de procréer, mais déclarer que c'est là leur destination finale revient à les animaliser. Ce qui, dans la tradition occidentale, signifie les déconsidérer. Les Grecs et leurs héritiers ne veulent en effet sous aucun prétexte être assimilables à des bêtes.

Lorsqu'à l'aube de notre civilisation l'humanité a cherché à se définir elle-même, elle s'est attachée, par la mythologie et l'épopée, à circonscrire clairement son espace : l'homme n'appartient ni à la race des dieux ni à celle des animaux ; il occupe une position médiane, entre la surhumanité et l'infra-humanité. D'après Hésiode, auquel on doit l'un des grands mythes fondateurs de l'Occident, alors que les dieux sont immortels et jouissent du privilège de ne pas connaître la faim, les hommes sont mortels et affamés. La fumée qui s'exhale des banquets suffit amplement aux premiers, tandis qu'aux seconds, il faut toujours plus de viande, ce qui les rapproche des bêtes, avec lesquelles ils partagent aussi la soif, la fatigue, la maladie, la vieillesse et la mort.

Il faudra toute l'audace de Prométhée pour que l'humanité parvienne héroïquement à s'arracher à l'animalité. En volant le feu aux dieux, il deviendra l'émancipateur du genre humain. Grâce à lui, l'homme se sépare du monde des animaux – chasseurs et mangeurs de viande crue – pour devenir un agriculteur, mangeur de viande cuite et de pain. Ses pratiques alimentaires élaborées dénotent sa supériorité sur la sauvagerie animale. Les « bonnes manières », si difficiles à acquérir, témoignent de cet acharnement à refouler l'animalité. On ne se tient pas « comme un porc », on ne mastique pas « comme un bovin », on ne s'adresse pas à autrui « comme à un chien » et on « ne fait pas l'âne ». Mais c'est surtout du loup qu'il faut se démarquer, ce prédateur impitoyable, qui symbolise la crainte archaïque de l'homme livré à la forêt. Hobbes consacrera des centaines de pages à déterminer à quelles conditions l'homme peut ne pas être « un loup pour l'homme » dans le *Léviathan*.

Quelle est la part d'animalité... 45

L'animalité semble bien être la hantise de l'humanité. C'est la raison pour laquelle les colons « civilisateurs », lorsqu'ils violaient par milliers les jeunes Indiennes, le faisaient dans l'honorable « position du missionnaire », et non pas bestialement, à quatre pattes, comme nos ancêtres les singes. Dès qu'il s'est dressé sur ses deux jambes, *Homo erectus*, l'homme debout, s'est trouvé face à une femme dont le sexe avait disparu derrière la fourrure. À mesure qu'il s'est fait de moins en moins apparent, de plus en plus caché par le vêtement et la pudeur, le sexe féminin est devenu le mystère essentiel de l'érotisme et le support de tous les fantasmes.

*

Ainsi, le lieu par excellence où l'homme définit son humanité, ce n'est peut-être pas tant l'alimentation que la façon d'appréhender la sexualité, comme le pense Claude Lévi-Strauss. Dans *Les Structures élémentaires de la parenté*, le plus philosophe des ethnologues montre en effet que la sexualité est le domaine premier dans lequel s'effectue le passage de la nature à la culture.

La nature, c'est l'indiscipline sexuelle ; la culture, c'est la réglementation sexuelle. Si l'homme est le seul animal capable de transcender les déterminismes biologiques, c'est qu'il est aussi le seul à s'imposer des *interdits*. Plus exactement, pour que la liberté humaine puisse pleinement s'exercer, il faut paradoxalement qu'elle soit entravée par la *règle*. De ce point de vue, l'animal ne peut pas être dit « libre », précisément parce que « jamais pour un animal rien n'est interdit », comme l'écrira Georges Bataille. Là où l'animal est entièrement programmé par son code génétique et ses instincts, l'être humain se montre capable de différer sa jouissance ou d'y renoncer. La culture, dès lors, n'est autre que le discours de légitimation des interdits et prescriptions qui fondent l'humanité.

Pour mener à bien sa démonstration, Lévi-Strauss s'attelle à un problème qui a toujours déconcerté sociologues et ethnologues, celui de la prohibition de l'inceste. Pourquoi ce tabou est-il énigmatique ? Parce qu'il échappe à l'ordre binaire qui structure la pensée occidentale. Celle-ci ne connaît en effet que deux types de faits humains : les *faits de nature,* donnés et universels, et les *faits de culture,* construits et relatifs. La nécessité de s'alimenter pour vivre est un fait de nature, tandis que le maniement des baguettes ou de la fourchette est un fait de culture. Or l'interdit de l'inceste est le seul phénomène qui échappe à cette typologie. Il apparaît dans toutes les sociétés, comme un fait naturel, et pourtant c'est une règle, donc un fait culturel. Un paradoxe qu'avaient jugé insurmontable la plupart des anthropologues, jusqu'à ce que Lévi-Strauss résorbe ce problème épistémologique dans un mouvement dialectique. Si la prohibition de l'inceste ne relève ni de la nature ni de la culture, c'est qu'elle représente l'articulation de ces deux mondes : elle est « le processus par lequel la nature se dépasse elle-même[1] ». La société ne peut se structurer qu'en codi-

---

1. Claude Lévi-Strauss, *Les Structures élémentaires de la parenté*, PUF, 1949 ; de même pour les citations suivantes.

fiant les relations sexuelles. La guerre qui serait la plus dommageable aux hommes, c'est la guerre pour les femmes. Ils peuvent bien se battre pour tout le reste, le territoire, le prestige, le pouvoir... mais s'ils s'entretuent pour les femmes, ils se condamnent au chaos absolu. « L'inceste est socialement absurde avant d'être moralement coupable. » Pourquoi ? Parce que la société est un système d'*échanges*. Or qui dit échange dit *réciprocité*. Et qui dit réciprocité dit *régulation,* car il faut veiller à ce que les valeurs échangées s'équilibrent. Dans cette économie du *don* et du *contre-don*, la femme est le « bien » le plus précieux, car c'est elle qui assure la survie du groupe. Il faut donc en encadrer très soigneusement le partage. On pose alors un *interdit* – choisir sa femme dans sa famille – doublé d'un *devoir* – donner une parente à une autre famille. Pour toute femme cédée, il y aura une femme due. C'est pourquoi l'inceste est banni : parce qu'il constituerait une rupture du pacte de réciprocité.

Offrir la parente qu'on se refuse, telle est la règle fondatrice de la culture. C'est grâce à cette contrainte que le groupe social n'éclate pas « en une multitude de familles, qui formeraient autant de systèmes clos, de monades sans porte ni fenêtre et dont aucune harmonie préétablie ne pourrait prévenir la prolifération des antagonismes ». À la différence des animaux, le rapport premier entre les hommes relève ainsi davantage du régime économique de l'*échange* que de celui de la *concurrence*. Pour éviter la guerre, le choix du partenaire sexuel est retiré à l'individu pour être confié à la société. L'événement le plus intime est ainsi un enjeu essentiellement *social*.

Georges Bataille rejoint ici Claude Lévi-Strauss. Dans l'analyse qu'il consacre aux *Structures élémentaires de la parenté*, il écrit : « L'essence de l'homme est donnée dans l'interdit de l'inceste et dans le don des femmes, qui en est la conséquence (...) C'est l'interdit de la jouissance animale, de la jouissance immédiate et sans réserve (...) qui définit l'attitude humaine, à l'opposé de la voracité animale[1]. » C'est en s'interdisant la facilité qu'il y aurait à consommer sa sœur ou sa fille que l'être humain se manifeste. Les exceptions à la prohibition universelle de l'inceste – les pharaons qui épousent leur sœur, ou encore les « rois divins » des sociétés africaines théocratiques – en confirment la signification. Il s'agit d'un privilège réservé à des êtres sacrés, plus proches des forces cosmiques que du commun des mortels.

*

Mais les interdits ne se limitent pas à l'inceste. À l'époque encore puritaine qui est celle de Bataille – auteur licencieux et censuré –, c'est l'ensemble des « choses du sexe » qui est suspect et honteux. Pourquoi tant de mystère, de silence, de pudeur et d'inhibition à l'égard d'une fonction si naturelle ? C'est à cette question que répondent *L'Érotisme* et *Les Larmes d'Éros*, œuvres magnifiques qui soulignent le rapport étroit entre la *sexualité* et la *mort*.

---

1. Georges Bataille, *L'Érotisme*, Éditions de Minuit, 1957 ; de même pour les citations suivantes.

Quelle est l'origine des interdits sexuels ? Pourquoi l'homme a-t-il très tôt élaboré une *morale du corps,* définissant le bon et le mauvais, le licite et l'illicite, le pur et l'impur ? Réponse de Bataille : pour conjurer la *peur de la mort.* Le puritanisme, l'horreur du vice, la méfiance à l'égard de la volupté seraient directement liés à la répulsion suscitée par la mort, laquelle provoque la putréfaction du corps : « L'horreur de la mort n'est pas seulement liée à l'anéantissement de l'être, mais à la pourriture qui rend les chairs mortes à la fermentation générale de la vie. »

Le dégoût suscité par le cadavre est très proche de celui qu'inspirent les excréments, lesquels sont évacués de l'organisme par les conduits sexuels. La mort et la sexualité sont ainsi corrélées, puisqu'elles renvoient toutes deux au registre de l'ordure et de l'immonde. La violence terrifiante de la décomposition du corps, ce fourmillement de la vermine, ces odeurs nauséabondes sont à l'origine du second grand interdit universel : celui de laisser un macchabée sans sépulture. D'après Bataille, cet interdit ne touche pas seulement à la mort, mais également à la sexualité, marquée par la même « orgie de l'anéantissement ». « La sexualité et la mort ne sont que les moments aigus d'une fête que la nature célèbre avec la multitude inépuisable des êtres, l'un et l'autre ayant le sens du gaspillage illimité auquel la nature procède à l'encontre du désir de durer qui est le propre de chaque être. » Ce que la mort et la sexualité ont en commun, c'est cette « débauche d'énergie vitale », cette prodigalité dispendieuse et improductive qui est l'œuvre de la nature et qui suscite la frayeur.

Pourquoi la sexualité peut-elle être aussi terrorisante que la mort ? Parce qu'elle projette l'individu hors de lui-même, dans cette « petite mort », cette éclipse foudroyante de la conscience, cette déchirure de l'intériorité, temporaire mais abyssale, qu'est la *jouissance*. « De même que la violence de la mort renverse entièrement – définitivement – l'édifice de la vie, la violence sexuelle renverse en un point, pour un temps, la structure de cet édifice. » Il ne peut donc y avoir de monde humain que réglé par la culture, qui n'est autre que la récusation, par l'interdit, de la fureur sexuelle et de la monstruosité de la mort. « La possibilité humaine dépendit du moment où, se prenant d'un vertige insurmontable, un être s'efforça de dire *non*. »

C'est à ce refus opposé à la rage destructrice de la nature que renvoient les *interdits sexuels*. Eux seuls rendent possible l'édification d'un monde du travail, préservé, rassurant et régulier, un monde de l'économie restreinte, du calcul, de la rentabilité et de la sécurité, où « la raison commande ». La chair, caractérisée par la « pléthore des organes génitaux » et le « déchaînement », est toujours excessive. Dès qu'elle fait effraction dans le monde du travail, elle en menace l'efficacité. Il ne peut y avoir d'activité laborieuse sans refoulement de l'exubérance sexuelle et de sa « luxueuse dilapidation d'énergie », laquelle rejoint « l'excès déraisonnable de la mort »[1].

Voilà pourquoi toute morale fondée sur la valeur du travail ne peut qu'être puritaine et s'attacher à endiguer ce « gaspillage » inconsidéré qu'est l'exulta-

---

1. Georges Bataille, *La Part maudite*, Éditions de Minuit, 1967.

tion de la chair. Gaspillage car, contrairement à ce que nous disaient les neurobiologistes dans le chapitre précédent, « plus la jouissance érotique est pleine, moins nous sommes soucieux des enfants qui peuvent en être l'effet ». Faire l'amour par pur plaisir, s'accoupler gratuitement, sans viser la perpétuation de l'espèce, voilà qui est contraire aux valeurs d'utilité, de sacrifice et d'épargne sur lesquelles se fonde la puissance de la société occidentale.

Pas de puissance sans *ordre,* pas d'*ordre* sans *morale*, pas de *morale* sans *interdits*. La société commence par un non inaugural opposé à la violence naturelle et se construit à travers un ensemble de règles culturelles s'imposant à chacun pour le bien de tous. Aussi l'individu n'est-il plus qu'un élément indifférencié d'un système doctrinal collectif, auquel il est forcé d'adhérer. Le voilà, en quelque sorte, chosifié, privé de sa capacité d'autodétermination, soumis à la norme, rangé, instrumentalisé, déshumanisé par l'obéissance servile à la *loi*. Mais qui aspire à demeurer une marionnette ? Qui accepte de se soumettre corps et âme aux lois morales, sans jamais les remettre en question, de s'agenouiller jour et nuit devant les nécessités du travail, de ne chercher que le bien sans jamais penser à mal ? Personne. L'interdit, en se posant, énonce explicitement que la pente naturelle de l'homme est de le transgresser. Et Bataille d'en conclure : « L'interdit est là pour être violé[1]. »

Si la société se constitue par le non opposé à la

---

1. Georges Bataille, *L'Érotisme, op. cit.* ; de même pour les citations suivantes.

nature, les individus qui la composent ne peuvent reconquérir leur autonomie que par le non opposé à ce non : la réappropriation souveraine par chacun de ce qui lui appartient en propre, à savoir son corps et son désir. Dût-il lui en coûter la vie, l'homme est un être capable d'ignorer ou de détourner souverainement les règles pour « se placer au-dessus des choses ». « La transgression diffère du retour à la nature ; elle lève l'interdit sans le supprimer », écrit Bataille. S'ouvre ainsi un *temps sacré,* qui fracture temporairement le *temps profane* du travail, pour laisser resurgir l'exubérance, la consumation et la violence. C'est le temps de la fête, de l'orgie rituelle et du sacrifice, le temps de la « transe des organes », de l'insouciance, de la dépense et du risque. « La fête consume dans sa prodigalité sans mesure les ressources accumulées dans le temps du travail », poursuit Bataille.

À Athènes, les grandes dionysies avaient lieu hors les murs, dans des grottes, montagnes ou forêts sauvages. Lors de ces orgies, on buvait, on chantait, on dansait, on dépeçait des animaux sauvages pour les manger crus. Dionysos, l'adolescent à la belle chevelure bleue qui sillonnait le monde dans son char tiré par des panthères, escorté de bacchantes, de silènes et de satyres aux petites cornes et aux jambes de bouc, incarnait l'envers indomptable de la cité grecque, placée sous l'égide raisonnable d'Apollon, garant de l'ordre, de la paix et de l'équilibre. Dieu du vin, de l'ivresse, de l'illusion et de la vitalité, Dionysos était le héros de l'*hybris,* de la démesure, du débordement, de l'excès et de la jouissance immédiate. Le héraut de Nietzsche aussi. Les Athéniens se pressaient aux fêtes dionysiaques pour célébrer l'insoumission par le dérèglement des sens, une tradition que l'on retrouvera dans les fêtes et carnavals du Moyen Âge.

Faut-il voir dans ce retour périodique de l'exubérance naturelle une forme de régression vers l'animalité ? Ce serait n'avoir rien compris à Bataille, qui ne cesse d'affirmer l'inverse. À ceux qui accusent cette profusion sexuelle d'être bestiale, il répond qu'elle est au contraire le signe distinctif d'une humanité pleinement civilisée. C'est là que la notion d'érotisme prend tout son sens. Alors que la *sexualité* animale est purement organique, fonctionnelle et mécanique, l'*érotisme* humain excède la simple fonction de reproduction, en mettant « la vie intérieure en question[1] ». La vie intérieure ici, c'est la conscience de la mort. « Le singe, dont parfois la sensualité s'exaspère, ignore l'érotisme », parce qu'il ne sait pas qu'il doit mourir. « C'est au contraire du fait que nous sommes humains, et que nous vivons dans la sombre perspective de la mort, que nous connaissons la violence exaspérée, la violence désespérée de l'érotisme. »

Aussi la volupté s'accompagne-t-elle toujours d'un certain coefficient de sauvagerie. Dans la « crise sexuelle », l'homme conjure l'obscénité et l'extrême violence de la mort par la « rage » et la brutalité érotiques. Cela expliquerait pourquoi « beaucoup de femmes, d'après Bataille, ne peuvent jouir sans se raconter une histoire où elles sont violées »…

---

1. Georges Bataille, *Les Larmes d'Éros*, Jean-Jacques Pauvert, 1961 ; de même pour les citations suivantes.

*

L'écrivain Milan Kundera a sûrement lu Bataille. Est-ce ce dernier, ou l'expérience des femmes, qui a inspiré à l'auteur de *L'Insoutenable Légèreté de l'être* ce thème, récurrent chez lui, de la violence de l'érotisme ?

Lorsque Sabina demande à son amant Franz : « Et pourquoi ne te sers-tu pas de ta force contre moi, de temps en temps ? », il lui répond doucement : « Parce qu'aimer c'est renoncer à la force[1]. » Sabina comprend alors deux choses essentielles : « Premièrement, que cette phrase était belle et vraie. Deuxièmement, qu'avec cette phrase Franz venait de s'exclure de sa vie érotique. »

Pour Kundera comme pour Bataille, « l'amour physique est impensable sans violence ». Une violence qui n'a pourtant rien à voir avec la sauvagerie animale. Le cochon, qui ne connaît pas l'interdit, ne peut jamais désobéir, tandis que l'homme, lui, se fixe des règles qu'il est libre de transgresser. Il est donc le seul être capable de ce « jeu alternatif de l'interdit et de la transgression » qui constitue le fond de l'érotisme. Violer un interdit, ce n'est pas régresser à l'état naturel, mais au contraire réaffirmer en creux la validité de cet interdit. Loin d'être bestial, l'érotisme témoigne d'un rejet de l'animalité.

---

[1]. Milan Kundera, *L'Insoutenable Légèreté de l'être*, traduit du tchèque par François Kérel, Gallimard, 1984 ; de même pour les citations suivantes.

La proposition se vérifie lorsque l'on considère l'importance accordée à la beauté physique des partenaires sexuels. Par-delà la subjectivité des goûts, il existe un idéal universel de beauté, qui consacre l'effacement de l'animalité visible. Un corps nous paraît d'autant plus désirable qu'il dissimule au mieux les fonctions physiologiques, la mécanique des organes et tout ce qui évoque la bête non répudiée.

Ouvrons ici une parenthèse, pour prolonger la réflexion de Bataille sur ce point, qui a encore beaucoup évolué depuis la rédaction de *L'Érotisme*. Ce souci d'évacuer l'organique remonte à l'Antiquité. Ce sont d'abord les règles des femmes, dont il faut se tenir à distance. Leur apparition périodique, en signalant que la femme n'a pas été fécondée, est un échec de la vie. Ainsi, s'interdire de partager la couche d'une femme « indisposée », c'est tenter d'expulser la mort. C'est sans doute sous cet aspect que le lien entre mort et sexualité est le plus étroit.

La femme est cycliquement *impure* ; tous les mois, elle évacue la vie à travers d'abondantes pertes de sang. Elle doit donc tenter de le faire oublier, en veillant scrupuleusement à dissimuler les signes les plus visibles de sa condition hormonale. Aussi Ovide lui donnait-il ce précieux conseil : « J'ai été sur le point de vous avertir que la forte odeur du bouc ne devait pas siéger sous vos aisselles et que vos jambes ne devaient pas être hérissées de poils rudes[1]. » Depuis l'Antiquité, la toilette et la purification apparaissent comme des rituels nécessaires pour cacher

---

1. Ovide, *L'Art d'aimer*, Mille et Une Nuits, 2000.

l'*impur*. Mais ce qui caractérise en propre notre époque, c'est ce paradoxe d'un corps auquel on refuse tant sa corporéité et sa finitude qu'on lui interdit non seulement de *mourir*, mais également de *vieillir*. Car « la ride, comme l'écrit Jankélévitch, est une allusion à la mort ». Mais comment faire ? Vieillir, n'est-ce pas la seule manière de ne pas mourir jeune ? Je reviendrai plus longuement sur cette question de l'image du corps dans le chapitre « La libération sexuelle nous a-t-elle réconciliés avec notre corps ? ».

Parenthèse fermée, revenons à Bataille, qui ne s'arrête pas là. La force de *L'Érotisme* est de souligner toute l'ambiguïté du désir érotique : d'un côté, l'érotisme congédie la bestialité et son cortège de poils, rides et odeurs ; de l'autre, il ne s'éveille qu'à l'évocation de la bête sous-jacente. « La beauté négatrice de l'animalité, qui éveille le désir, aboutit dans l'exaspération du désir à l'exaltation des parties animales. » Pas d'érotisme authentique sans un coefficient, plus ou moins important, de sauvagerie. Le désir naît précisément du trouble suscité par la superposition équivoque de la femme et de la femelle, de l'homme et du mâle. Le *corps érotique* est autre chose que le simple *corps biologique* : c'est la rencontre, ou plutôt le choc, de l'homme civilisé et du fauve, de la femme soignée et de la panthère (ou de la cochonne), du corps culturel et du corps organique, qui ressurgit en profanant le premier.

Ainsi s'explique le désir de souillure qui s'empare violemment des héros de l'*Histoire de l'œil*, cette nouvelle somptueusement obscène de Bataille, dans laquelle deux adolescents, en proie à une fureur sexuelle sacrilège, se livrent à la débauche dans « une odeur de sang, de sperme, d'urine et de vomi qui faisait reculer d'horreur » et obligent une de leurs victimes, Sir Edmond, à boire un calice rempli d'urine « dans une extase immonde[1] ». Dans la postface du même roman, « Réminiscences », Bataille écrit : « Je n'aimais pas ce qu'on nomme les plaisirs de la chair, en effet parce qu'ils sont fades. J'aimais ce que l'on tient pour sale. Je n'étais nullement satisfait, au contraire, par la débauche habituelle, parce qu'elle salit seulement la débauche et, de toute façon, laisse intacte une essence élevée et parfaitement pure. La débauche que je connais souille non seulement mon corps et mes pensées mais tout ce que j'imagine devant elle et surtout l'univers étoilé[2]. »

Bataille n'est pas le seul à se complaire dans cet âcre goût de la souillure. Lorsque le grand Joyce écrit à sa femme Nora, ses lettres, truffées de mots orduriers qu'il trouvait « divinement excitants », sont empreintes du même *érotisme de la salissure* : « Ma gentille polissonne, mon petit gibier de foutoir, voici un autre billet pour acheter de jolies choses, culottes ou bas ou jarretières. Achète des culottes de pute, mon amour, et pense bien à en asperger les jambes de ton parfum, et aussi à les jaunir un petit peu derrière (...) raconte sur toi les choses les plus minimes, tant qu'elles seront obscènes, secrètes, immondes. N'écris rien d'autre. Que chaque phrase soit pleine

---

1. Georges Bataille, *Histoire de l'œil*, Jean-Jacques Pauvert, rééd. 2001.
2. *Ibid.*

de mots et de sons sales et impudiques. (...) Chatouille-toi ton petit machin pendant que tu écris pour que tu dises pire et pire encore. Écris les mots sales en gris et tiens-les un moment contre ton doux con brûlant, chérie, et remonte aussi ta robe et tiens-les sous ton cher petit popotin péteur[1]. »

Des flatulences gastriques de Nora, j'ose m'aventurer encore plus loin dans le registre scatologique. Jamais sans doute personne n'avait écrit quelque chose d'aussi profond sur les excréments que Kundera dans *L'Insoutenable Légèreté de l'être*. Il s'agit de ce passage hallucinant du sixième et dernier chapitre. L'action s'interrompt brusquement, pour laisser la place à une digression sur la mort du fils de Staline, qui était « à la fois fils de Dieu (car son père était vénéré comme Dieu) et damné par lui ». Lorsqu'il fut capturé par les Allemands au début de la guerre, ses codétenus anglais lui reprochèrent de laisser derrière lui des latrines sales. Mais un demi-dieu ne regarde pas au-dessous de lui après s'être soulagé. Bientôt forcé à cette humiliation par le commandant allemand du camp, il « s'élança vers les barbelés sous haute tension qui entouraient le camp... et y resta suspendu ». Conclusion : « Le fils de Staline a donné sa vie pour de la merde. Mais mourir pour de la merde n'est pas une mort absurde (...). La mort du fils de Staline a été la seule mort métaphysique au milieu de l'universelle bêtise de la guerre. » Plutôt mourir que regarder sa merde en face, telle est la portée de ce suicide métaphysique. Considérant que « la merde est un

---

1. James Joyce, *Lettres à Nora*, Gallimard, *Tel Quel* n° 83, 1980.

problème théologique plus ardu que le mal », Kundera se risque à une justification théologique, « autrement dit une théodicée de la merde », qui éclaire de façon extraordinaire l'origine du désir de souillure : « Tant qu'il était permis à l'homme d'être au Paradis, ou bien il ne déféquait pas, ou bien, ce qui paraît plus vraisemblable, la merde n'était pas perçue comme quelque chose de répugnant. En chassant l'homme du Paradis, Dieu lui a révélé sa nature immonde et le dégoût. L'homme a commencé à cacher ce qui lui faisait honte, et dès qu'il écartait le voile il était ébloui d'une grande lumière. Donc, aussitôt après avoir découvert l'immonde, il découvrit aussi l'excitation. Sans la merde (au sens littéral et figuré du mot) l'amour sexuel ne serait pas tel que nous le connaissons : accompagné d'un martèlement du cœur et d'un aveuglement des sens. Dans la troisième partie de ce roman, j'ai évoqué Sabina à demi nue, debout avec le chapeau melon sur la tête à côté de Tomas tout habillé. Mais il y a une chose que j'ai cachée. Tandis qu'ils s'observaient dans la glace et qu'elle se sentait excitée par le ridicule de sa situation, elle s'imagina que Tomas allait la faire asseoir, telle qu'elle était, coiffée du chapeau melon, sur la cuvette des waters et qu'elle allait vider ses intestins devant lui. Son cœur se mit à tambouriner, ses idées se brouillèrent et elle renversa Tomas sur le tapis ; l'instant d'après elle hurlait de plaisir. »

Voilà l'érotisme de l'impureté magistralement expliqué et définitivement différencié de l'animalité proprement dite. Le sale, dans le fantasme de Sabina, est une construction érotique sophistiquée et transgressive, faculté dont les animaux sont totalement dépourvus, eux qui ne connaissent ni langage, ni concepts, ni interdits.

Dans ses belles *Variations sur l'érotisme*, Guy Scarpetta, grand lecteur de Bataille, rappelle que le corps humain porte encore les vestiges de l'animalité : les ongles sont les scories des griffes et le système pileux est un reste de pelage. Selon l'auteur, les fragments résiduels de la bête sont chargés d'investissements fétichistes et constituent autant de lieux privilégiés de transgression. Les actrices italiennes des années 1950 (ou encore la délicieuse Julia Roberts aujourd'hui) arborent volontiers des touffes de poils aux aisselles, violant ainsi la norme puritaine des aisselles glabres. Or, il n'existe pour Scarpetta « rien de plus bouleversant que ce jeu métonymique avec l'animalité », l'aisselle velue étant « l'index implicite de la fourrure pubienne »[1]. Mais le comble de l'érotisme est atteint chez ces quelques femmes « qui se plaisent à inverser la norme, c'est-à-dire tout à la fois à raser leur pubis et à conserver le poil de leurs aisselles – un tel raffinement, d'évidence, les rend dignes des scénarios les plus voluptueux ».

Les aisselles encore, mais cette fois pour l'odeur âcre qu'elles peuvent dégager. Notre culture du propre éradique la transpiration avec zèle et ténacité, mais sait-on que la sueur est un ingrédient des philtres d'amour dans le monde entier ? Et se souvient-on qu'à l'époque de Shakespeare la femme délicate faisait

---

[1]. Guy Scarpetta, *Variations sur l'érotisme*, Descartes et Cie, 2004 ; de même pour les citations suivantes.

volontiers humer à son amant une « pomme d'amour » qui avait séjourné sous son bras, pour éveiller son désir ? Preuve que l'odorat, autre vestige de l'animalité, peut devenir une zone intense d'investissement érotique, comme en témoigne le célèbre mot de Napoléon à Joséphine, après sa victoire à Marengo : « Je serai à Paris demain soir. Surtout ne vous lavez pas »...

Et si Scarpetta avait raison lorsqu'il écrit : « L'animalité, c'est ce qui doit être, dans l'érotisme, cultivé » ? Et si tout l'art érotique consistait à réintégrer l'animalité comme métaphore et comme symbole ? Qu'il puisse exister une *culture de l'animalité*, voilà qui nous sépare radicalement des bêtes. Ainsi, lorsque Lucy Vincent écrit que « scientifiquement, il semble bien qu'entre deux personnes les choses se passent un peu comme entre nos amis les chiens », elle oublie que les humains ne se flairent pas le derrière devant la boulangerie. Et s'il leur arrive d'utiliser une laisse ou une cravache dans leurs jeux érotiques, c'est précisément pour se démarquer de l'animal par une subversion métonymique.

En résumé, c'est lorsque la sexualité ose transgresser les interdits pour exprimer sa « part maudite », sa part de négativité, de violence et de sauvagerie, qu'elle est paradoxalement la moins animale. Elle se mue alors en érotisme, apanage spécifiquement *humain*.

*

La pensée de Bataille sur l'érotisme me paraît à la fois terriblement juste et terriblement embarrassante. Je conviens qu'il n'y a pas d'érotisme sans transgression et qu'il est inapproprié de considérer les pratiques violentes ou sales comme « bestiales ». Mais alors que penser du viol ? Que c'est un acte éminemment érotique, donc suprêmement humain, parce qu'il est à la fois interdit, violent et impudique ? Difficile à admettre. « Il n'y a pas de belles brutes, il y a des brutes », comme l'écrit Denis de Rougemont dans *L'Amour et l'Occident*[1].

Où finit l'érotisme et où commence la barbarie sexuelle ? Quand sont reniées à la fois l'animalité et l'humanité, quand on entre dans le registre de l'*immonde*. Est barbare celui avec qui on ne peut pas « faire monde ». Pour les Grecs, le barbare est celui qu'on ne peut pas comprendre, parce qu'il s'exprime dans une langue étrangère, obscure, celui avec lequel le dialogue est impossible. Par extension, c'est l'homme qui se meut dans un univers totalement inintelligible, qui agit dans le non-sens et l'absurdité de la folie destructrice. Le barbare sexuel est un *monstre*. Il n'appartient ni à la catégorie des hommes, doués d'une conscience morale qui leur interdit le crime, ni à la catégorie des bêtes, qui tuent et s'accouplent d'une manière instinctive et génétiquement programmée. Le loup affamé ne se jette sur sa proie que pour la dévorer toute crue. L'animal ne commet pas de crimes, il n'est jamais abject. L'homme, lui, est capable de préméditer l'horreur, de jouir de la détresse de sa victime, de s'en

---

1. Denis de Rougemont, *L'Amour et l'Occident*, Plon, 1939.

délecter lentement, selon son bon plaisir, jusqu'à la déshumaniser totalement.

Si seul l'homme est capable de nuire sciemment et gratuitement, il est aussi le seul à pouvoir transgresser toutes les lois, non seulement morales, mais aussi biologiques. L'homme est l'unique être vivant capable de se soumettre volontairement au jeûne et à la continence sexuelle, il est aussi le seul capable de boulimies autodestructrices et de conduites suicidaires. Alors que l'animal est toujours mû par l'instinct de survie (la sienne propre ou celle du groupe), l'homme, lui, peut être entièrement guidé par ce que Freud appelle la « pulsion de mort ».

À la différence de la bête, l'homme est capable de se *dénaturer*, de renverser le cours naturel des choses, pour le meilleur – la culture – ou pour le pire – la barbarie. C'est pourquoi toutes les sociétés humaines cherchent à endiguer la seconde au moyen de la première, en construisant des normes morales intangibles, au risque d'étouffer parfois l'élan vital...

Qui a inventé
la morale sexuelle occidentale ?

> « Aimer sans foutre, c'est peu de chose.
> Foutre sans aimer, ce n'est rien. »
>
> Jean DE LA FONTAINE

Toutes les sociétés humaines ont réglementé la sexualité, pour répudier le monde animal et faire advenir un ordre humain. Mais alors qu'à l'origine de nombreuses civilisations on trouve un culte du plaisir sexuel, l'Occident, lui, a très tôt jeté l'anathème sur la sexualité et l'érotisme. Quelle est l'origine du puritanisme occidental ? D'où nous vient la méfiance à l'égard du corps ? Qui a inventé la répression sexuelle ? Pourquoi avons-nous adopté une morale pudique et rigoriste, là où tant d'autres cultures ont glorifié les plaisirs sensuels ?

En Orient, les premières civilisations ont, pour la plupart, exalté l'érotisme, voire divinisé l'ardeur sexuelle. À Babylone, l'amante déchaînée stimule la vigueur du sexe mâle par des dévotions sacramentelles. En Égypte, le dieu du Soleil, Aton-Rê, guidé par Hathor, grande prêtresse de l'amour charnel, engendre sa descendance en se masturbant et domine un panthéon de divinités baignant dans les luxures cosmologiques. En Chine, un manuel taoïste affirme que l'Empereur Jaune est devenu immortel après s'être accouplé avec mille deux cents femmes en une nuit. En Inde, le tantrisme fait de l'orgasme une étape initiatique vers le divin et les positions du Kamasutra se déclinent lascivement sur les façades des temples, invitant les fidèles à expérimenter avec créativité les positions les plus savantes. Enfin, en terre d'Islam, le Prophète lui-même passe pour un amant émérite, capable d'honorer magnifiquement ses neuf épouses au cours de la même nuit. Quant au Paradis d'Allah, c'est un lieu d'éternelle béatitude sexuelle : l'élu y vivra dans un état d'érection permanent, dans une oasis peuplée de jeunes filles nues aux yeux noirs, aux cheveux de soie et à la peau satinée d'ambre et de musc. Chacune de ses éjaculations lui procurera une jouissance d'une dizaine d'années…

Pendant ce temps, l'Occident, lui, condamne la luxure, régule le coït, interdit la polygamie, punit l'adultère, brûle la prostituée et torture l'homosexuel. En prônant une morale sexuelle puritaine et rigoriste, le monde chrétien antique et médiéval fait donc figure d'exception. Comment rendre compte de cette exception culturelle occidentale ?

Selon l'opinion commune, c'est le christianisme qui est le grand responsable de l'esprit d'ascétisme qui a pétrifié le rapport au corps de l'homme occidental. Mais en réalité, ce n'est pas tout à fait juste sur le plan historique. Certes, à certaines périodes, l'Église chrétienne a engendré d'abominables souffrances et livré au bûcher d'innombrables « sorcières », au nom de la *pureté,* de la *chasteté,* de la *virginité* et de la *procréation*. Mais, comme l'écrit Michel Foucault dans *L'Usage des plaisirs,* « il faut se garder de schématiser et de ramener la doctrine chrétienne des rapports conjugaux à la finalité procréatrice et à l'exclusion des plaisirs. En fait, la doctrine sera complexe, sujette à discussion, et elle connaîtra de nombreuses variantes[1] ».

On aurait, bien sûr, de bonnes raisons de penser qu'*Éros,* un mot si cher aux Grecs, et qui n'apparaît plus que deux fois dans l'Ancien Testament, pour n'être plus jamais mentionné dans le Nouveau, a été tout simplement évacué par le judéo-christianisme. Mais est-ce pour autant la Bible qui instaure le puritanisme et la misogynie qui l'accompagne ? N'est-ce pas plutôt l'interprétation, souvent étroite et dogmatique, qu'en ont donnée les Pères et docteurs de l'Église, ces théologiens chastes, saints et autoritaires, qui ont construit la sévère doctrine chrétienne au cours des siècles ?

Avant d'enquêter sur ce très vaste sujet, il faut se poser une question : qu'il s'agisse des Écritures ou de l'Église, est-ce vraiment le christianisme qui a *inventé* la morale sexuelle ? Ne trouve-t-on pas déjà chez les Grecs et les Romains les premières expressions du puritanisme ?

---

1. Michel Foucault, *Histoire de la sexualité*, t. 2, *L'Usage des plaisirs*, Gallimard, 1984.

*

Quelle est l'origine de la répression occidentale des instincts ? Il faut le demander au plus grand « généalogiste de la morale » qui soit : Friedrich Nietzsche. Pour lui, cela ne fait aucun doute : les premiers fautifs, ceux qui portent la lourde responsabilité d'avoir plongé la civilisation occidentale dans la « dégénérescence », la morbidité, l'ascétisme, la punition et l'esprit de sacrifice et de pénitence, ceux qui ont fait d'un coup « vieillir » l'humanité, ce sont Socrate, le vieux philosophe grec, et son disciple Platon. « J'ai reconnu en Socrate et Platon des symptômes de déchéance, des instruments de la désagrégation grecque », écrit-il dans *Le Crépuscule des idoles*[1].

Selon Nietzsche, la pensée socratique constitue « un tournant de perversité profonde pour l'histoire des valeurs », car elle est l'œuvre d'un individu qui se proclamait « médecin » de l'âme, alors qu'il était lui-même gravement malade. Seul un homme faible, débile, a pu produire une philosophie si négative, si castratrice, si haineuse à l'égard de la vie, si « dégénérescente », pense-t-il. Socrate, qui était laid et « peuple », souffrait d'une « monstrueuse carence de tout sens mystique », associée à une « hypertrophie de la faculté logique ». Comment ce vieil épouvantail

---

[1]. Friedrich Nietzsche, *Le Crépuscule des idoles,* traduit de l'allemand par Patrick Wotling, Flammarion, 2005 ; de même pour les citations suivantes.

crasseux aurait-il pu délivrer un autre message que celui du nihilisme, cette « volonté d'anéantissement », ce triomphe continu du non sur le oui ? « L'idéal ascétique a sa source dans l'instinct prophylactique d'une vie dégénérescente qui cherche à se guérir, qui, par tous les moyens, s'efforce de se conserver, qui lutte pour l'existence ; il est l'indice d'une dépression et d'un épuisement physiologique partiels, contre lesquels se raidissent sans cesse les instincts les plus profonds et les plus intacts de la vie, avec des inventions et des artifices toujours nouveaux », écrit Nietzsche dans *La Généalogie de la morale*[1].

Même « volonté morbide » chez Platon, accusé par Nietzsche de déprécier le monde réel au profit de l'illusion métaphysique d'un « monde intelligible » transcendant. Pourquoi Platon a-t-il besoin de projeter le Bien dans un au-delà du monde sensible ? Pourquoi fait-il du corps le « tombeau de l'âme » ? Pourquoi s'acharne-t-il à calomnier le désir et les forces vitales de l'homme ? Par « lâcheté », répond Nietzsche : « Face à la réalité, Platon est lâche, – par conséquent, il s'enfuit dans l'idéal[2] ». Platon voudrait nous faire croire que l'homme chaste et vertueux est un noble esprit qui sait dominer ses pulsions, mais pour Nietzsche, celui qui brime sa vitalité est au contraire un faible, incapable de faire face à son

---

1. Friedrich Nietzsche, *La Généalogie de la morale*, in *Œuvres philosophiques complètes*, traduit de l'allemand par Henri Albert, Gallimard, 1970.
2. Friedrich Nietzsche, *Le Crépuscule des idoles, op. cit.* ; de même pour les citations suivantes.

désir, un hémiplégique qui préfère mourir à son corps plutôt que d'en assumer les paradoxes. Platon est un affabulateur, doublé d'un imposteur, qui se « venge de la vie avec la fantasmagorie d'une vie *autre*, d'une vie *meilleure* ». Le platonisme serait donc porteur d'une grave pathologie, extrêmement contagieuse hélas, puisqu'elle a infecté toute l'histoire de l'Occident, de l'Évangile aux Lumières kantiennes.

La vérité, pour Nietzsche, c'est qu'il n'y a qu'un seul monde, celui que nous habitons dans notre *corps* de chair et de sang. On aurait pu rêver, regrette-t-il, que la morale occidentale succombe plutôt aux séductions de l'hédonisme matérialiste d'Épicure, dont les Romains, et tout particulièrement Lucrèce et Ovide, avaient donné une lecture si libertine, si gourmande, si séduisante. La vie aurait été tellement plus légère, plus gaie, si les femmes avaient été plus souvent de fières Carmen, libres et sensuelles, que de pathétiques Iseult désincarnées. Mais notre culture a préféré le grand non à la vie de Platon au grand oui vitaliste, joyeux et exultant d'Épicure.

Pourquoi ? Parce que le platonisme a engendré le christianisme, qui n'est qu'un « platonisme pour le peuple ». À cause des sermons des prêtres, ces « faibles » d'entre les faibles, la morale « décadente » s'est déversée sur la Terre, corrompant tous les corps et toutes les joies sur son passage. La « moraline » chrétienne a poursuivi jusqu'à la mortification l'œuvre nihiliste de Platon et achevé de faire d'Éros et Aphrodite « des kobolds infernaux et des esprits trompeurs, en créant dans la conscience des croyants, à chaque excitation sexuelle, des remords allant jusqu'à la torture[1] ».

*

Mais faut-il croire Nietzsche et considérer Platon comme le premier des « fossoyeurs du corps » ? Est-il bien honnête d'en rester aux imprécations nietzschéennes, sans chercher à faire la part des choses ?

Un génie ne fait pas la part des choses et c'est pour cela qu'il est génial. Nietzsche a le génie de l'aphorisme fulgurant, de la métaphore et de la provocation. C'est même sans doute quand il est le plus violent, le plus outrancier, le plus méchant qu'il est le plus éblouissant. Mais c'est aussi là que sa pensée prend le plus délibérément ses distances avec le souci d'objectivité.

Si on lit superficiellement Platon, alors, oui, Nietzsche a raison. Mais si l'on va plus loin, on prend alors conscience de la propension de Nietzsche (et de ses nombreux émules) à la caricature. Si on était mesquin, on pourrait commencer par retourner à Nietzsche le compliment à propos de la « maladie » de Socrate et Platon. Nietzsche ne cesse de dire que nos pensées émanent de notre corps, autant que de notre esprit : on pense comme on vit et on vit comme on pense. « Corps je suis et rien d'autre », dit-il. Or qui, de Platon ou de Nietzsche, est le plus « malade » ? Platon, qui portait ce sobriquet parce

---

1. Friedrich Nietzsche, *Aurore*, in *Œuvres philosophiques complètes*, *op. cit.*

qu'il était « large d'épaules », ou ce malheureux Nietzsche, au sujet duquel Stefan Zweig écrivait qu'il était « martyrisé » par la maladie ? « Maux de tête, des maux de tête martelants et étourdissants, qui pendant des journées étendent stupidement sur un divan ou sur un lit ce pauvre être en délire ; crampes d'estomac, avec vomissements de sang, migraines, fièvres, manque d'appétit, abattements, hémorroïdes, embarras intestinaux, frissons de fièvre, sueurs nocturnes – c'est un effroyable cercle vicieux[1]. »

Aussi le philosophe Emil Cioran, qui n'est pas mesquin mais seulement cynique, fait-il de Nietzsche lui-même le faible qui cherche à se venger. Il « tire ses ennemis de soi, comme les vices qu'il dénonce. S'acharne-t-il contre les faibles ? Il fait de l'introspection ; et quand il attaque la décadence, il décrit son état. Toutes ses haines se portent indirectement contre lui-même... Il s'est vengé sur les autres *de ce qu'il était*[2] ». Bref, Nietzsche traitant Platon de malade fielleux, c'est l'hôpital qui se moque de la charité...

Pourquoi tant de hargne à l'égard de Platon ? Et surtout, pourquoi reprocher à Platon d'être haineux, alors qu'il n'y a jamais eu chez lui ni horreur du corps ni culpabilisation de la chair ? Dans le procès que Nietzsche instruit contre le platonisme, tous les éléments sont à charge, et ils ne sont pas tous de bonne foi.

---

1. Stefan Zweig, *Nietzsche*, traduit de l'allemand par Alzir Hella et Olivier Bournac, Stock, 1930.
2. Emil Cioran, *Syllogismes de l'amertume*, in *Œuvres*, Gallimard, La Pléiade, 2011.

À l'égard du corps, Platon n'éprouve en réalité ni haine, ni ressentiment, ni mépris, ni même condescendance. Pour une raison simple : le corps ne peut rien vouloir par lui-même, il n'est capable ni de vice ni de vertu, il ignore le bien et le mal. Par conséquent, il n'est jamais fautif. Seule l'âme a le pouvoir de diriger la conduite de chacun d'entre nous. Choisir la débauche ou l'ascétisme est l'affaire de l'âme, pas celle du corps. Le corps n'est donc pas corrompu, car seule l'âme est corruptible.

Pour Platon, le corps n'est pas le lieu d'une *faute*, mais d'une *limite* : le corps est fini, imparfait, prisonnier des sens, soumis au vieillissement, à la dégradation et mortel. Il est ce qu'il est et rien que ce qu'il est. Mais il n'est pas en soi mauvais. Il est dans la *nature* du corps de tendre à la satisfaction de ses besoins vitaux et il est *contre-nature* de ne pas les satisfaire. Platon ne préconise jamais la mortification : « Quand notre corps est maître de digérer aliments et boissons, il est capable alors de nous communiquer bonne santé, beauté et vigueur par-dessus le marché[1]. » Il n'y a donc dans les appétits du corps rien de répréhensible.

Ce qui peut, en revanche, faire l'objet d'un jugement de valeur, c'est la conduite de l'âme, comparée à un « attelage ailé » dans le *Phèdre*. Si le cocher, qui symbolise l'âme, ou l'esprit (*nous*), tient fermement les rênes du turbulent cheval noir, qui incarne la fougue des désirs sensuels (*epithumia*), alors l'âme

---

1. Platon, *Lois,* in *Œuvres complètes,* Gallimard, La Pléiade, t. 2, 1943.

noble accède à la lumière du Vrai. Si, au contraire, le cocher se laisse emporter par l'animal, alors l'âme vile s'enfonce dans la bêtise : « Ceux dont les gloutonneries, impudicités, beuveries ont été l'exercice, ceux qui n'ont pas fait preuve de retenue, c'est dans les formes d'ânes ou de pareilles bêtes que tout naturellement s'enfoncent leurs âmes[1]. »

C'est donc l'âme, et non le corps, qui est susceptible de « s'enfoncer » dans l'animalité. Quand l'homme confond l'*être* et l'*avoir*, quand il est prisonnier des apparences, esclave de l'immédiateté, avide de possession, aliéné à l'extériorité, à la surface, à l'opinion commune (*doxa*), bref à la grossièreté du monde, alors le corps (*soma*) devient le tombeau (*sema*) de l'âme : *Soma sema.*

Mais comment empêcher la dérive de l'âme dans la trivialité du corps ? En fortifiant l'un et l'autre, en veillant à leur *équilibre*, en renforçant leur *harmonie* : « Il faut donc que celui qui veut s'instruire ou qui s'applique fortement à n'importe quel travail intellectuel donne en retour de l'exercice à son corps par la pratique de la gymnastique et que, de son côté, celui qui façonne soigneusement son corps donne en compensation de l'exercice à son âme, en étudiant la musique et la philosophie dans toutes ses branches, s'ils veulent l'un et l'autre mériter qu'on les appelle à la fois bons et beaux[2]. »

Le corps doit non seulement être éduqué, mais

---

1. Platon, *Phédon*, in *Œuvres complètes*, Gallimard, La Pléiade, t. 1, 1940.
2. Platon, *Timée*, in *Œuvres complètes*, *op. cit.*, t. 2, 1943.

honoré, car il est l'abri provisoire de l'âme immortelle. Il a été conçu *par l'âme* et *pour l'âme*. Il a beau avoir un statut ontologique inférieur à l'âme – puisque c'est l'âme qui a conçu le corps et qui le dirige –, il n'est pas pour autant indigne. Il faut, au contraire, lui accorder autant d'attention qu'à l'entretien de la résidence d'un hôte de marque.

Enfin, dans ses derniers dialogues, notamment le *Philèbe* et les *Lois,* Platon va jusqu'à faire l'éloge des plaisirs. Certes, pas à la façon hédoniste d'Épicure, mais du moins reconnaît-il la valeur et l'importance des plaisirs dans l'existence humaine : « Ce qui au plus haut point est naturel aux hommes, c'est d'avoir des plaisirs, des peines, des désirs, auxquels il est forcé que le vivant mortel en général soit tout bonnement comme accroché et suspendu par les intérêts les plus sérieux de son existence[1]... »

Nietzsche fait donc à Platon un procès injuste en l'accusant d'avoir culpabilisé le corps et le plaisir, alors qu'il n'a fait qu'inviter l'homme à maîtriser ses instincts. Il n'est question ni de privation, ni de pénitence, ni de mortification ; tout est affaire de maîtrise, de sagesse, de vertu et de tempérance. Si Platon doit être tenu pour responsable de quelque chose dans le pessimisme sexuel occidental, ce n'est pas d'avoir fustigé le corps en tant que tel, mais d'avoir dissocié l'*amour* et la *sexualité*, qui sont pensés à part, comme relevant de deux sphères clairement distinctes, condamnées à ne jamais se rencontrer, à la façon de deux droites parallèles.

---

1. Platon, *Lois, op. cit.*

Pour Platon, l'amour sublime est réalisé par l'union *spirituelle* – et non charnelle – de deux âmes, qui s'enthousiasment mutuellement dans leur recherche du Vrai. L'amour est cet élan divin qui nous arrache à notre finitude et nous fait tendre vers l'infini. À l'inverse, le désir sexuel nous emprisonne dans notre corps et ne poursuit que sa propre extinction. Alors que la possession physique éteint sans arrêt le désir dans de brèves jouissances charnelles, l'amour, lui, accroît sans cesse le désir et vise son immortalité.

C'est la raison pour laquelle Socrate, qui aime Alcibiade et en est aimé, se refuse physiquement à lui, au grand regret du jeune éphèbe, qui devra se contenter de dormir sagement à ses côtés. Que pourrait leur apporter l'étreinte physique, puisqu'ils s'aiment ? Rien de plus que ce qu'ils possèdent déjà : le désir de l'amour vrai et éternel. L'accouplement ne pourrait conduire qu'à une passion vaine et éphémère, qui les éloignerait tous deux du véritable sens de leur amour : la *quête du divin*.

Quand deux êtres s'aiment, il est donc préférable qu'ils ne fassent pas l'amour, nous dit Platon. Aussi l'érotique platonicienne peut-elle se résumer ainsi : « Aime, mais ne fais pas l'amour. » Aujourd'hui, comment ne pas donner raison à Nietzsche et tort à Platon ?

*

Personne ne trouvera rien à redire au fait que, pour son bien propre, Socrate n'ait pas cru bon de céder à son désir d'Alcibiade. En revanche, on aurait quelques raisons de penser que cette continence n'a pas eu les effets positifs escomptés sur ce dernier.

Lorsqu'il fait son entrée théâtrale à la fin du *Banquet,* c'est un magnifique jeune homme « totalement ivre », titubant, soutenu par une joueuse de flûte et ses compagnons de beuverie, la tête couronnée d'une guirlande de violettes. Il hurle sa jalousie à Socrate, qui repose sur le même lit qu'Agathon, le maître des lieux. Prié de prononcer à son tour un discours sur l'amour, il fait, à travers l'éloge de celui-ci, l'apologie de son maître, dans une confession qui surprend par sa profondeur et son humilité. Dans cette improvisation inspirée, il avoue que son amour pour Socrate l'a révélé à lui-même. Lui, le fin stratège, l'athlète primé, le guerrier valeureux, a compris, en aimant ce va-nu-pieds de philosophe, la vanité du succès et la supériorité de la sagesse, de la tempérance et de la modestie. Et il se sent honteux. Bien qu'il éprouve le désir ardent d'unir son corps à celui de Socrate, il se félicite du refus du vieux philosophe, car il lui permet de purifier son âme, en l'orientant vers l'essentiel : la quête des Idées vraies.

Même si cela ne constitue pas un argument philosophique propre à disqualifier la pensée de Platon, je ne peux pas m'empêcher de rappeler que, s'il est vrai que le meilleur d'Alcibiade s'exprime dans et grâce à l'amour, le pire ne lui a pas été évité par la continence. Car jamais elle ne le rendit sage. Dévoré par l'ambition, dépensier, tyrannique, extravagant, machiavélique et opportuniste, il fut, d'après l'historien

Thucydide, « l'un des principaux auteurs de la ruine d'Athènes » (en envoyant au désastre la totalité de la flotte athénienne vers la Sicile en 415 avant J.-C.), avant d'être le pire des traîtres en se ralliant à Sparte, la grande cité rivale.

L'amour platonique aurait-il échoué ? La chasteté devait conduire à une purification du désir, elle-même condition d'une purification de l'âme. Or Alcibiade n'a jamais eu l'âme pure, tant s'en faut. On pourrait donc en conclure que c'est peut-être l'inverse qui s'est produit. La frustration de son désir sexuel aurait décuplé son désir de pouvoir ; le refoulement de sa *libido sentiendi* (pour employer un jargon entremêlant saint Augustin et Freud) aurait démultiplié sa *libido dominandi*. Hypothèse séduisante, mais difficilement vérifiable, vingt-cinq siècles plus tard...

Reste que l'on est en droit de s'interroger : au nom de quoi deux êtres qui s'aiment ne devraient-ils pas s'unir physiquement l'un à l'autre ? Hélas, il faut répondre que c'est au nom de la misogynie. Selon Platon, l'amour n'atteint l'excellence que dans la *philia* pédérastique, cette amitié virile qui vise le bien de l'aimé et le conduit sur la voie de la sagesse. Une conception de l'amour amenée à devenir le modèle moral dominant de l'Antiquité gréco-romaine, sous l'influence conjuguée du platonisme et du stoïcisme.

Dans le monde hellénistique, le sommet de l'amour est atteint dans cette relation désincarnée qui lie le jeune élève au vieux maître, dont Socrate (cité plus de soixante fois dans les *Entretiens* d'Épictète, le fondateur du stoïcisme) fournit l'exemple le plus abouti. La pédérastie (*paiderasteia*), qui lie, en une communion puissante, un adulte, l'*éraste*, à un adolescent, l'*éromène*, a une finalité éducative (*paideia*) et n'est noble que lorsqu'elle est chaste. « Le baiser que l'amant donnera à son aimé, la communauté de leur existence, tout contact entre eux seront comme à l'égard d'un fils ; ses mobiles seront nobles (...) », écrit Platon dans *La République*[1]. Dans les *Lois*, il indique d'ailleurs qu'il juge « contre la nature la copulation des mâles avec les mâles, ou des femelles avec les femelles ».

Platon condamne ainsi l'homme à dissocier radicalement l'amour et la sexualité. D'un côté, l'amour, qui ne se comprend qu'entre hommes et dans l'abstinence ; de l'autre, la sexualité, qui se pratique avec la femme, mais sans amour, « en vue de la génération ». Chez Platon, on ne *fait* donc jamais l'amour : ou bien on s'aime, entre hommes, et on ne se touche pas ; ou bien on s'accouple avec sa femme, sans l'aimer. Comment Socrate aurait-il pu aimer l'horrible Xanthippe, son épouse acariâtre et cupide ? Les femmes sont ainsi interdites d'amour, elles sont inaptes à aimer et à être aimées. C'est ce qui fait de la pédérastie un « idéal misogyne de virilité totale », selon l'expression de l'historien Henri-Irénée Marrou[2]. Dans le monde fermé et phallocrate de l'amour pédérastique, la femme n'existe que comme *femelle*.

---

1. Platon, in *Œuvres complètes*, t. 1, *op. cit.*
2. Henri-Irénée Marrou, *Histoire de l'éducation dans l'Antiquité*, t. 1, *Le Monde grec*, Seuil, 1981.

Quelle femme pourrait alors se reconnaître dans l'érotique platonicienne, puisqu'elle ne lui est pas adressée ?

Platon n'est donc pas l'inventeur du puritanisme, mais de la *misogynie,* une longue tradition dont les aphorismes cinglants de Nietzsche constituent l'un des sommets. De ce point de vue-là au moins, Nietzsche est le fidèle héritier de Platon... Encore que, pour être tout à fait honnête, il faut admettre que ni Platon ni Nietzsche ne sont en fait vraiment misogynes. Platon a beau ne pas aimer les femmes, il leur donne, dans sa république idéale, les mêmes droits et devoirs qu'aux hommes et peut donc être reconnu comme le premier penseur féministe. À l'inverse Nietzsche adore les femmes ; ce qu'il abhorre, c'est le féminisme. Le philosophe réellement misogyne, c'est Arthur Schopenhauer.

*

Mais si ce n'est pas Platon, qui donc a inauguré la répression sexuelle en Occident ?

D'après le penseur Michel Foucault et l'historien Paul Veyne, les premiers à avoir prôné le moralisme sexuel sont les Romains païens des premiers siècles après Jésus-Christ, particulièrement à l'époque de Marc Aurèle et des violentes persécutions antichrétiennes.

Dans l'imagerie collective, Rome est un joyeux lupanar et le Romain un débauché ivre mort, vautré au milieu de danseuses nues. En réalité, le *Satiricon* de Pétrone, les élégies érotiques romaines, les statues au sexe fier, puis, bien plus tard, les films de Fellini, sans oublier Astérix et Obélix, ont largement contribué au mythe de l'orgie romaine, qui relève davantage du fantasme que de la vérité historique. Car, derrière cette Rome onirique, se cache une Rome répressive et pudibonde, en particulier sous le haut Empire.

Les Romains n'ont pas seulement inventé le puritanisme : ils sont aussi et surtout à l'origine de la morale du *couple* marié et paisible, tel qu'il se donne à voir sur les sarcophages des époux, où ils sont peints sourire aux lèvres et main dans la main. D'amour, au sens sentimental où nous l'entendons aujourd'hui, il n'est bien entendu pas encore question, mais l'entente, la bienveillance réciproque, la fidélité conjugale deviennent l'image même de la vertu et de la moralité civique. Le type d'attachement qui doit régir le couple marié s'apparente à la *philia* qui relie les amis, et nullement à l'*éros* qui unit les amants.

Les époux, qui ne doivent s'accoupler que pour procréer, voient en effet leur vie sexuelle strictement encadrée par de nombreux interdits : jamais dans la journée (cela souillerait le soleil), toujours dans l'obscurité et sans trop de caresses, car l'épouse risquerait d'éprouver du plaisir, ce qui n'est pas souhaitable. On ne prend pas sa femme comme une courtisane, on ne laisse pas le ventre de l'épouse devenir ce « puits à plaisir » qui mène les femmes à l'hystérie, cette pathologie, dont le nom dérive du grec *hystera* (utérus) –, attribuée depuis Hippocrate aux femmes dont la matrice s'est déplacée, parfois jusqu'au cerveau... On comprend donc que le cunnilingus fût strictement interdit.

La particularité de cette morale conjugale réside dans ce que Paul Veyne appelle le « puritanisme de la virilité[1] » : ce qui est infamant, pour l'homme, c'est de tenir une position de dominé. Se faire « chevaucher », comme dit Sénèque, par une femme est une abomination. De même, lorsqu'il est question de s'offrir un jeune esclave mâle, « faire la femme » n'est pas digne d'un honnête citoyen : pratiquer servilement une fellation ou se faire sodomiser sont des crimes moraux, qu'on attribue à d'abjects tyrans comme Caligula. Quant à l'impératrice Messaline, troisième épouse de l'empereur Claude (et mère de Britannicus), connue pour son avidité sexuelle et son goût du pouvoir, elle synthétise tout ce que le Romain tient en horreur : la femme puissante, intrigante, libertine, bref, scandaleuse.

Le puritanisme occidental doit-il donc davantage au paganisme antique qu'au christianisme ? N'allons pas trop vite, précise Paul Veyne. « La partie n'est pas jouée. Païens et chrétiens, à une certaine époque, ont dit pareillement : "Ne faites l'amour que pour avoir des enfants." Mais cette proclamation n'a pas les mêmes conséquences selon qu'elle est faite par une doctrine de sagesse qui donne à de libres individus, pour leur autonomie en ce monde, des conseils qu'ils suivront en personnes autonomes, s'ils les trou-

---

1. Cité par Philippe Ariès et Georges Duby (dir.), in *Histoire de la vie privée*, t. 1, *De l'Empire romain à l'an mil*, Seuil, 1985 ; de même pour les citations suivantes.

vent convaincants ; et que la même proclamation soit faite par une Église toute-puissante, qui entend régenter les consciences pour leur salut dans l'au-delà et qui veut faire la loi à tous les hommes sans exception, convaincus ou pas. »

La différence est énorme, en effet. Là où le stoïcien prêche pour sa propre « paroisse », le chrétien fonde la communauté paroissiale et son prêtre, chargé de veiller au salut des âmes par la surveillance des corps. Mais ce qui sépare encore plus radicalement le christianisme du stoïcisme, ainsi d'ailleurs que du platonisme et de l'épicurisme, c'est l'invention du *péché de chair*. Pour les Grecs, le corps n'est pas fautif : il est seulement *faillible*. Pour les chrétiens, il devient le lieu d'une *culpabilité* originelle.

*

D'où les chrétiens tirent-ils ce concept de péché de chair ? Est-ce un héritage juif ? Question très complexe, à laquelle le philosophe protestant Paul Ricœur, expert en exégèse biblique, répond de façon négative, en analysant la figure du serpent dans la Genèse[1]. Selon Ricœur, le serpent *disculpe* du péché à la fois Dieu et Adam, puisque c'est lui qui est à l'origine de la faute. Le Mal préexiste donc à l'homme, il est cet autre avec lequel l'humanité doit composer en lui résistant. Ne pas succomber à la tentation du Mal

---

1. Voir le chapitre « Le péché originel : étude de signification », in *Le Conflit des interprétations, Essais d'herméneutique*, Seuil, 1969.

est la seule façon de s'en délivrer et de faire l'épreuve suprême de la *liberté*.

Adam ne serait donc pas à proprement parler coupable. Il l'est d'autant moins qu'entre lui et le serpent, quelqu'un d'autre s'est interposé : la femme, qu'Adam dénonce immédiatement et sans détour à Dieu : « Il reprit : "Et qui t'a appris que tu étais nu ? Tu as donc mangé de l'arbre dont je t'avais défendu de manger !" L'homme répondit : "C'est la femme que tu as mise auprès de moi qui m'a donné de l'arbre, et j'ai mangé !" Yahvé Dieu dit à la femme : "Qu'as-tu fait là ?" et la femme répondit : "C'est le serpent qui m'a séduite, et j'ai mangé" » (3, 11-13).

L'hypothèse de la non-culpabilité d'Adam, émise par Ricœur, se confirme si l'on se réfère au texte hébreu de l'Ancien Testament. La première fois que le terme *hett*, traduit par « péché », apparaît, c'est au verset 7 du chapitre 4 de la Genèse, pour qualifier le geste d'Adam. Or, ce terme renvoie davantage à l'idée d'*erreur*, de *méprise*, ou de *cible manquée* que de faute impardonnable : « Certainement, si tu agis bien, tu relèveras ton visage, et si tu agis mal, le *péché* se couche à ta porte, et ses désirs se portent vers toi : mais toi, domine sur lui. » On peut ajouter que, dans ce verset, le péché est situé hors de l'homme : c'est le péché et les désirs qui « se portent », de l'extérieur, vers lui. Le péché n'habite pas encore au cœur de l'homme, au plus profond de son être, comme ce sera le cas dans le Nouveau Testament.

Enfin et surtout, l'Ancien Testament ne confère pas de connotation directement sexuelle au « péché d'Adam ». Les premiers hommes ont goûté au fruit de l'« arbre de la connaissance du Bien et du Mal ». Rien n'indique explicitement qu'ils aient commis l'« acte de chair ». Il s'agit d'une *faute d'orgueil,* imputable au désir de savoir (*libido sciendi*) et au désir de pouvoir (*libido operandi*) et non pas au désir de jouissance (*libido sentiendi*). En revanche, les amoureux affamés du très sensuel Cantique des cantiques (introduit dans l'Ancien Testament au Ier siècle avant J.-C.) jouissent voluptueusement l'un de l'autre : « Qu'il me baise des baisers de sa bouche ! », « Car tes baisers sont meilleurs que le vin », « Tes deux seins sont comme deux faons, jumeaux d'une même gazelle, le bas de ton ventre est une coupe ronde »… Certes, il est possible de donner pudiquement un sens allégorique à cet hymne à la sensualité (qui célébrerait, pour les juifs, l'amour entre Yahvé et son peuple Israël, et pour les chrétiens l'amour du Christ pour l'Église), mais il est aussi permis de l'interpréter littéralement comme un festin érotique profane : « Croissez, multipliez » et rassasiez-vous des nourritures terrestres. « Soutenez-moi avec des gâteaux de raisins, ranimez-moi avec des pommes ; car je suis malade d'amour. Sa main gauche est sous ma tête, et sa droite m'embrasse » (2, 5-6).

Mais si la condamnation de l'érotisme ne provient ni de la pensée grecque ni du judaïsme, quelle en est alors l'origine ? Pour Paul Ricœur, les premiers chrétiens auraient étrangement subi l'influence de la gnose, religion venue du Proche et du Moyen-Orient et mêlant des influences diverses (messianisme apocalyptique de Palestine, croyances venues d'Égypte et d'Iran, judaïsme essénique…). Pour les sectes gnostiques, en particulier le manichéisme des premiers siècles, le monde matériel est une prison diabolique où l'âme divine de chacun d'entre nous a chuté. Ce royaume des Ténèbres est foncièrement mauvais. Il faut chercher à en précipiter la fin, pour que l'âme puisse se délivrer de ce corps fautif et retrouver sa pureté originelle dans le royaume de la Lumière. Par conséquent, il faut lutter ardemment contre le plus grand fléau qui soit : la *procréation*. La sexualité est au service du Mal, elle nous ensevelit à jamais dans la fange du monde. La seule attitude moralement concevable est l'abstinence complète, l'abolition de tout commerce avec le corps.

C'est donc de cette religion orientale que viendrait la dévalorisation radicale du corps et de l'érotisme, telle qu'elle s'exprime chez les Pères de l'Église, ces grands prédicateurs chrétiens des cinq premiers siècles. Un héritage on ne peut plus paradoxal, quand on sait que la gnose était combattue comme une hérésie par les chrétiens. Un abîme sépare en effet la gnose (et la pensée grecque) du christianisme : l'idée de Création, illuminée par la gloire du Créateur. Au soir de chaque jour de la Genèse, figure la formule : « Dieu vit que cela était bon » et, au sixième jour, « Dieu vit que cela était très bon ».

Le monde étant l'œuvre de Dieu, l'idée gnostique d'un monde livré aux forces du Mal est sacrilège pour les chrétiens, de même que la diabolisation de la procréation, qui contredit l'injonction à « croître et multiplier ». Les premiers chrétiens auraient donc été imprégnés malgré eux par la « théologie du Mal » gnostique qu'ils combattaient, et auraient fini par adopter une conceptualisation comparable à la leur. Comme le remarque avec justesse l'écrivain russe Evgueni Zamiatine dans le roman *Nous autres* : « Le monde se développe uniquement en fonction des hérésies, en fonction de ce qui rejette le présent, apparemment inébranlable et infaillible. (...) Seuls les hérétiques sont le ferment de la vie[1]. »

L'influence gnostique permettrait d'expliquer l'ambiguïté profonde du statut du corps dans le christianisme : glorifié comme œuvre de Dieu, comme « temple du Seigneur » dans une main, honni comme lieu du péché dans l'autre.

Sur ce point, on peut regretter que les grands Pères de l'Église aient préféré le message sévère du treizième apôtre, Paul de Tarse, pharisien converti, célibataire et chaste, mort en martyr par décapitation et vénéré comme un saint, à celui de Jésus.

Le corpus paulinien est en effet imprégné de thèmes gnostiques : le corps déchu et coupable, habité par le Mal, la radicalité du rejet de la chair, l'enfer promis aux hommes tombés dans la fornication (*porneia*). Or ces thèmes sont en contradiction avec le dogme évangélique de l'Incarnation et avec l'idée de pardon, centrale dans le christianisme. Sous la plume de Paul, la spiritualité et la sensualité deviennent véritablement ennemies l'une de l'autre. On est très loin du beau Cantique des cantiques... Dans l'Épître aux Romains, il s'attaque avec véhémence à la chair, cette « inimitié contre Dieu ». Le « désir de chair » est la source ultime du Mal, il per-

---

1. Evgueni Zamiatine, *Nous autres*, Gallimard, 1979.

vertit la volonté et représente la négation même de la vie : « Le désir de chair, c'est la mort, tandis que le désir de l'esprit, c'est la vie et la paix » (8, 6). La condition humaine est celle d'une scission intérieure, d'un combat entre la chair, viscéralement habitée par le péché, et l'Esprit, lieu de la Grâce divine. « Vouloir le bien est à ma portée, mais pas l'accomplir, puisque le bien que je veux, je ne le fais pas, et le mal que je ne veux pas, je le fais. Or, si ce que je ne veux pas, je le fais, ce n'est pas moi qui agis, mais le péché qui habite en moi » (7, 18-20). Dans l'Épître aux Galates, il voue tous les auteurs de péchés de chair à l'enfer : « Or, les œuvres de la chair sont manifestes, ce sont l'impudicité, l'impureté, la dissolution, l'idolâtrie, la magie, les inimitiés, les querelles, les jalousies, les animosités, les disputes, les divisions, les sectes, l'envie, l'ivrognerie, les excès de table, et les choses semblables. Je vous dis d'avance, comme je l'ai déjà dit, que ceux qui commettent de telles choses n'hériteront point le royaume de Dieu » (5, 19-21).

Mais l'intransigeance de l'apôtre Paul n'est-elle pas en contradiction avec la clémence de Jésus, dans l'un des plus beaux passages de l'Évangile, celui du pardon accordé à la femme adultère (Jean 8, 1-11) ? Alors que Paul, en pharisien, expédie dans les ténèbres de l'enfer les auteurs d'« inconduite sexuelle », Jésus, lui, s'abaisse vers la pécheresse, grave un message mystérieux dans la terre, la relève et ne la condamne pas : « Alors les scribes et les pharisiens amenèrent une femme surprise en adultère et, la plaçant au milieu du peuple, ils dirent à Jésus : "Maître, cette femme a été surprise en flagrant délit d'adultère. Moïse, dans la Loi, nous a ordonné de lapider de telles femmes : toi donc, que dis-tu ?" Ils disaient cela pour l'éprouver, afin de pouvoir l'accuser. Mais Jésus, s'étant baissé, écrivait avec le doigt sur la terre. Comme ils continuaient à l'interroger, il se releva et leur dit : "Que celui de vous qui est sans péché jette le premier la pierre contre elle." Et s'étant de nouveau baissé, il écrivait sur la terre. Quand ils entendirent cela, accusés par leur conscience, ils se retirèrent un à un, depuis les plus âgés jusqu'aux derniers ; et Jésus resta seul avec la femme qui était là au milieu. Alors, s'étant relevé, et ne voyant plus que la femme, Jésus lui dit : "Femme, où sont ceux qui t'accusaient ? Personne ne t'a-t-il condamnée ?" Elle répondit : "Non, Seigneur." Et Jésus lui dit : "Je ne te condamne pas non plus : va, et ne pèche plus." »

Dans un autre passage de l'Évangile de Jean, Jésus, à l'encontre de toutes les convenances en vigueur à l'époque, s'adresse à une femme, la Samaritaine, qui en est à son sixième mariage, et lui offre à boire l'eau qui étanchera définitivement sa soif. Jésus pardonne nos péchés, il les prend sur lui pour les clouer sur le bois de la Croix, il est tendre envers les fautifs, attentif à leur souffrance, il ne cherche pas à les punir, mais à les accompagner : il les aime. L'*agapè* chrétienne n'a pas d'autre signification que cet amour *accueillant* et *bienveillant* envers toute créature. « Si nous nous aimons les uns les autres, Dieu demeure en nous, et son amour est parfait en nous », nous dit l'apôtre Jean (I Épître 4, 12)

Qui a inventé la morale sexuelle occidentale ? 89

Hélas, c'est d'amour et de compassion, précisément, que l'Église a trop souvent manqué tout au long de son histoire. À vouloir fanatiquement être catholiques, les hommes d'Église en oublièrent parfois d'être d'abord *chrétiens*. Les horreurs de l'Inquisition doivent plus aux docteurs de l'Église qu'aux Écritures, dont l'esprit d'amour et de pardon a été trahi au profit d'une discipline des corps hypocrite, phallocrate et violente. Sur ce plan, la doctrine catholique me paraît avoir perverti le sens profond du christianisme.

*

Le premier grand coupable de la perversion du message évangélique est Augustin, évêque d'Hippone, infatigable prédicateur, dont l'influence sur la théologie chrétienne sera immense. Pour celui qui deviendra saint Augustin, quiconque se livre à la « fornication » mérite la damnation. Dieu n'ouvrira les portes du Royaume des Cieux qu'à ceux qui auront été chastes. À quoi aura donc servi le sang versé par le Christ sur la Croix ? On se le demande d'autant plus qu'Augustin s'oppose à l'usage cérémoniel du vin lors de l'Eucharistie, au motif que les moines pourraient trouver là une occasion de s'enivrer…

On ne sera pas surpris d'apprendre qu'Augustin a été pendant neuf ans, avant sa soudaine conversion au christianisme, un adepte du manichéisme (secte qui pénétra au cours des premiers siècles dans les provinces orientale de l'Empire romain, gagnant la

Syrie, la Palestine, le nord de l'Arabie et l'Égypte, puis l'Afrique du Nord, l'Espagne et le sud de la Gaule). Car les écrits d'Augustin portent la trace de la doctrine de Mâni (vers 216-277), ce Babylonien qui se donnait pour le dernier des grands prophètes après Adam, Zoroastre, le Bouddha et Jésus, et qui pensait, comme les gnostiques, que l'âme ne peut se délivrer de la matière que par la continence absolue. Saint Augustin, manichéen repenti, va faire basculer durablement l'Église dans l'obsession de la « concupiscence », qu'il met en relation directe avec le péché originel. Adam et Ève se sont accouplés, alors que Dieu leur avait demandé de ne pas le faire. Le *péché d'orgueil* de la Genèse devient, sous la plume d'Augustin, un *péché de chair* transmis, comme une « masse de perdition », à toute l'humanité par Adam.

Adam a désobéi par son corps aux ordres de Dieu. C'est donc dans son corps qu'il sera châtié : la terre sera hostile, dure à cultiver, le travail sera pénible : « Maudit soit le sol à cause de toi ! À force de peines, tu en tireras subsistance tous les jours de ta vie. Il produira pour toi épines et chardons et tu mangeras l'herbe des champs. À la sueur de ton visage tu mangeras ton pain jusqu'à ce que tu retournes au sol, puisque tu en fus tiré. Car tu es glaise et tu retourneras à la glaise » (Genèse 3, 17-19).

Mais il n'y a pas que le travail qui sera une épreuve. Ce qui est fascinant, chez Augustin, c'est le contenu obsessionnellement *sexuel* qu'il donne à la punition corporelle. Car ce qu'Adam a perdu, dans la Chute, ce n'est pas seulement le rapport à une nature bienveillante et paradisiaque, c'est aussi et surtout... la maîtrise de son érection, tantôt présente lorsqu'on ne la souhaiterait pas, tantôt pitoyablement absente au moment où on en attend tout. Adam a refusé d'obéir à Dieu ? Eh bien, désormais, son sexe refusera de lui obéir. « Aussi bien, ceux mêmes qui recherchent avec ardeur cette volupté, soit dans l'union légitime du mariage, soit dans les commerces honteux de l'impureté, ne ressentent pas à leur gré l'émotion charnelle. Tantôt ces mouvements les importunent malgré eux et tantôt ils les abandonnent dans le transport même de la passion ; l'âme est tout en feu et le corps reste glacé[1]. »

Dans le jardin d'Éden, Adam n'avait pas ce genre de problème : il contrôlait par la volonté son membre viril, aussi facilement que les mouvements de ses bras ou de ses jambes : « La concupiscence ne faisait pas mouvoir ses membres contre le consentement de la volonté, et la désobéissance de la chair ne témoignait pas encore contre la désobéissance de l'esprit. » Si Adam n'avait pas désobéi, il n'y aurait eu ni panne érectile, ni angoisse, ni luxure inutile. « Les parties destinées à la génération auraient été mues, comme les autres membres, par le seul commandement de la volonté. Il aurait pressé sa femme dans ses bras avec une entière tranquillité de corps et d'esprit, sans ressentir en sa chair aucun aiguillon de volupté, et sans que la virginité de sa femme en souffrît aucune atteinte. » Mais il a péché, hélas, entraînant avec lui toute l'humanité dans les affres ignobles du désir

---

[1]. Saint Augustin, *La Cité de Dieu*, in *Œuvres*, Gallimard, La Pléiade, t. 2, 2000 ; de même pour les autres citations.

sexuel, cette tyrannie infernale des sens, dont Augustin avoue être le premier à faire quotidiennement la très pénible expérience...

Cela a commencé à l'adolescence, écrit-il dans les *Confessions,* dans le marécage infect, la « pourriture » des premiers éveils de la chair. « Des vapeurs s'exhalaient de la boueuse concupiscence de ma chair, du bouillonnement de ma puberté ; elles ennuageaient et offusquaient mon cœur ; tellement qu'il ne distinguait plus la douce clarté de l'affection des ténèbres sensuelles. L'une et l'autre fermentaient confusément, et ma débile jeunesse emportée à travers les précipices des passions était plongée dans un abîme de vices[1]. » Le pire, c'est que cette maladie, qui ronge l'âme d'« ulcères », qui la « jette hors d'elle-même, avec une misérable et ardente envie de se frotter aux créatures sensibles », est incurable. Malgré tous les efforts de volonté d'Augustin pour l'anéantir, le désir sexuel ne cessera jamais de le harceler toute sa vie durant, pendant son sommeil, hélas trop souvent pourvoyeur d'horribles émissions de liquide séminal. La nuit, les « images de la volupté », repoussées durant le jour, viennent le torturer : « Elles s'offrent à moi, sans force à l'état de veille ; mais dans le sommeil, elles m'imposent non seulement le plaisir, mais le consentement au plaisir et l'illusion de la chose même. Ces fictions ont un tel pouvoir sur mon âme, sur ma chair que, toutes fausses qu'elles sont, elles suggèrent à mon sommeil

---

1. Saint Augustin, *Confessions*, traduit par Joseph Trabucco, GF, 1964 ; de même pour les citations suivantes.

ce que les réalités ne peuvent me suggérer quand je suis éveillé. »

Ah ! si seulement il pouvait en finir une bonne fois pour toutes avec ce fléau abject : la pulsion sexuelle ! Mais comment faire, si la volonté n'y suffit pas ? S'émasculer ? C'est le choix que firent certains Pères de l'Église, comme Origène. Mais il faut bien procréer ! (Augustin eut un fils, nommé Adeodat, « donné par Dieu ».) La vraie question est donc : comment conserver son organe reproductif, tout en demeurant absolument chaste ? Et la réponse d'Augustin est simple : seule la grâce de Dieu peut éteindre le feu du désir. L'unique voie du salut est donc la prière, « afin que mon âme, échappée à la glu de la concupiscence, me suive jusqu'à vous, afin qu'elle ne se rebelle plus contre elle-même, et que, même pendant le sommeil, non seulement elle ne consomme pas, sous l'influence d'images bestiales, des turpitudes dégradantes jusqu'à l'émission charnelle, mais même qu'elle n'y consente même pas ».

Sans vouloir verser dans la psychanalyse de bazar, il est tout de même amusant de découvrir que le théologien le plus farouchement hostile à la chair est un individu qu'elle travaille obsessionnellement. Il y a mieux encore : Augustin n'a pas de mots assez durs à l'encontre des homosexuels – « les débauches contre-nature, comme celles des sodomites, doivent être partout haïes et châtiées » – et pourtant, il semble bien qu'il ait été lui-même l'auteur de telles « perversions de la volupté ». Parlant de l'amitié (forcément virile à cette époque-là), il s'étonne qu'en ce qui le concerne elle n'échappe pas aux « ordures de la concupiscence », qu'elle aille, elle aussi, se perdre « dans le torrent de poix bouillante, dans le bouillonnement monstrueux des noires voluptés ». Que devrions-nous donc penser de sa condamnation de l'onanisme ? Prions à notre tour pour que l'âme de saint Augustin repose en paix...

Si saint Paul et saint Augustin peuvent être tenus pour des figures inaugurales du moralisme sexuel occidental, ils furent bientôt suivis par une armée de théologiens zélés du Moyen Âge, qui construisirent, tout au long des siècles, une véritable forteresse conceptuelle, assortie d'une nomenclature extrêmement précise de châtiments et de pénitences.

Aussi pouvait-on lire dans le *Pénitentiel* de Burchard, évêque de Worms (vers 1008-1012), un manuel destiné aux confesseurs : « T'es-tu accouplé avec ta femme ou avec une autre par-derrière, comme les chiens ? Si oui : dix jours de pénitence au pain et à l'eau. As-tu forniqué seul, c'est-à-dire en prenant ton membre viril dans ta main, et en tirant le prépuce, l'as-tu agité au point de répandre par ce plaisir ta semence ? Si oui : dix jours de pénitence au pain et à l'eau. As-tu bu le sperme de ton mari, afin qu'il t'aime davantage grâce à tes agissements diaboliques ? Si oui : sept ans de pénitence au pain et à l'eau, aux jours fixés. » Ce ne sont que quelques exemples d'un catalogue maniaque de toutes les pratiques considérées comme relevant de la « fornication » – la sexualité hors mariage, l'adultère, le viol, l'inceste, le rapt, le sacrilège, la prostitution, le concubinage – ou des « sodomies » – positions interdites (levrette, femme en position dominante), masturbation, fellation, cunnilingus, sodomisation, *coïtus interruptus*, ou *inter femora* (entre les cuisses), etc. Car la luxure est « fille du diable », comme l'écrit le docteur de l'Église Thomas d'Aquin au XIIIe siècle, dans sa monumentale *Somme théologique*. La luxure est l'un des sept péchés capitaux, ou « péchés de tête (*capita*) », ces vices susceptibles d'en entraîner d'autres dans leur sillage, comme l'orgueil, l'avarice, la gourmandise, la paresse, l'envie et la colère.

Enfin, à la même époque, Bonaventure de Bagnoregio, dit saint Bonaventure, énonce les « remèdes qui contribuent à éloigner de l'âme la luxure[1] » : « La contrition du cœur, la prière fréquente, la méditation continuelle de la mort, de l'enfer, et d'autres sujets semblables (…), l'abstinence de la viande, le jeûne, mais surtout un jeûne égal et modéré, et le travail des mains qui empêche les évagations multipliées de notre cœur. » Que faire lorsque surgissent des « pensées impures » ? Leur substituer « des pensées pieuses et de saints désirs ». C'est aussi simple que ça.

*

Pour autant, malgré les sermons des prêtres, les pratiques sexuelles du Moyen Âge demeurent très libres. Le discours répressif de l'Église est sérieusement concurrencé par la tradition grivoise des contes et fabliaux érotiques, glorifiant « culs », « trous », « fentes » et « cons », ainsi que par les coutumes

---

1. *Œuvres spirituelles de saint Bonaventure*, traduit par l'abbé Berthomier, Louis Vivès, 1854 ; de même pour les citations suivantes.

folkloriques, comme celle du « valentinage » qui accorde aux épouses un jour de liberté érotique avec un « valentin » tiré au sort. Les nombreuses fêtes populaires sont autant d'occasions de transgresser les règles et d'offrir aux corps le plaisir que la morale conjugale leur refuse. Comme l'a montré Georges Bataille, la fête, qui célèbre toujours une croyance religieuse ou une superstition, est un temps dans lequel l'homme renoue avec le sacré, à travers la transe et l'excès. Pour une journée, pour une nuit, l'érotisme redevient pure vitalité, pure expansion, pure exubérance. La sexualité, que l'Église a en quelque sorte *naturalisée,* ou *désacralisée*, en la réduisant à son aspect reproductif, est comme *resacralisée*, rendue à sa dimension de communion avec le divin.

Du coup, c'est toute la « moraline » chrétienne qui semble *a contrario* porter les stigmates du monde profane qu'elle condamne : le mensonge, l'hypocrisie et le conformisme. Le carnaval, où l'on séduit et faute derrière un masque, permet toutes les audaces que la morale religieuse réprouve et rappelle à chacun que la vie est une mascarade. Personne n'est dupe de personne ; la réalité du mariage, tout le monde le sait, est le cocuage, thème de prédilection des récits médiévaux.

La plus belle période, c'est celle de la jeunesse. À la campagne, avant de convoler, on concubine, on se bécote dans les foins, on se baigne nus dans la rivière, on se caresse au bal, on fait l'amour à la belle étoile, on s'adonne au « maraîchinage », au « fouillage », au « mignotage »... et les vieux ferment les yeux. Il est même fréquent que le curé lui-même vive dans le péché, sans que les fidèles désertent pour autant la messe du dimanche, à laquelle plus d'un assiste, d'ailleurs, tout en ayant des « pensées impures » à l'égard de sa voisine de devant.

L'Église, seule, ne peut pas réprimer les mœurs. Elle ne convainc que les convaincus. Les autres, l'immense majorité des autres, refusent le modèle de la chasteté et désobéissent souverainement au sixième commandement du Décalogue : « Tu ne commettras pas d'adultère. » L'Église n'empêchera pas non plus les peintres de la Renaissance d'explorer la nudité et d'érotiser les corps. Tandis que Michel-Ange donne à voir le sexe nu d'Adam, à quelques centimètres seulement de la bouche d'Ève, sur le plafond de la chapelle Sixtine, Léonard de Vinci dessine avec le plus grand réalisme des croquis de coït. Quant aux gentilshommes, ils se pavanent en arborant de volumineuses braguettes chargées de pierreries, dans lesquelles ils glissent mots d'amour et fruits confits, à offrir tout chauds à leur maîtresse...

Durant tout le Moyen Âge, l'Église a donc échoué à moraliser les conduites. Qu'est-ce qui permet alors d'expliquer qu'à partir du XVIe siècle l'Occident fasse volte-face et intègre dans ses mœurs les préceptes puritains que les prêtres n'avaient pas réussi à imposer à l'ensemble de la société ?

C'est la naissance de l'État moderne qui va modifier en profondeur le regard porté sur la sexualité. Entre le XVIe et le XVIIIe siècle, les monarchies traditionnelles de l'Europe médiévale cèdent la place à des États bureaucratiques. La morale sexuelle est désormais régie par des *lois civiles*, et plus seulement par des *lois religieuses.* La vie érotique de chacun est quadrillée par le tribunal, la mairie, la prison et l'asile. La légitimité des mariages est contrôlée, les actes sont archivés, les coupables d'adultère poursuivis. Le dispositif répressif, que Michel Foucault appellera l'« archipel punitif généralisé », se met progressivement en place à partir de la seconde moitié du XVIe siècle, avec pour obsession le respect des « bonnes mœurs ». Désormais, la bigamie, l'inceste, l'adultère, la sodomie deviennent des délits, passibles de très lourdes peines, allant du fouet à la décapitation. Les sanctions sont toujours moins lourdes pour les hommes que pour les femmes, qui se voient même condamnées à mort en cas d'adultère, dans l'Angleterre de Cromwell, tandis que l'infidélité masculine est toujours jugée avec beaucoup plus d'indulgence[1].

À l'âge classique, le puritanisme entre dans une nouvelle phase : le *puritanisme religieux* se double désormais d'un *puritanisme d'État,* ou *puritanisme idéologique.* Ce n'est plus seulement parce que la luxure détourne de Dieu qu'il faut la combattre, c'est aussi et surtout parce qu'elle contredit les valeurs sur lesquelles se fonde la puissance de l'État : la *famille,* le *travail* et l'*épargne.* Toutes les conduites déviantes par rapport à ces principes sont contre-productives, car elles perturbent la logique économique de rentabilité, qui régit désormais les rapports humains.

---

1. Je reviendrai sur cette inégalité dans le chapitre « Le mot "amour" a-t-il le même sens pour l'homme et pour la femme ? ».

Comment expliquer cette rencontre inédite de la morale religieuse et du moralisme économique ? Jusqu'alors, les buts matériels que se fixait l'homme n'étaient pas valorisés par l'Église, qui méprisait l'argent et sanctifiait la pauvreté. Le monde sacré et le monde profane étaient clairement séparés. Voilà à présent qu'ils se rejoignent dans un catéchisme commun. Comment cela a-t-il été possible ?

Ce mariage du religieux et de l'économique porte un nom : la Réforme. Comme l'a montré Max Weber dans *L'Éthique protestante et l'Esprit du capitalisme*, ce que la Réforme introduit dans les consciences, c'est l'idée que le travail humain, avec les sacrifices, la persévérance, la régularité et le besoin d'honnêteté qu'il implique, est en soi une manière de glorifier Dieu. C'est en accomplissant minutieusement son ouvrage que l'horloger helvétique se rapproche du Seigneur, non en s'adonnant à des pratiques sacramentelles inutilement dispendieuses. Comme l'ordonne Calvin, « l'activité de l'homme doit se tenir dans les limites humaines de l'utilité[1] ». Le métier (*Beruf*) de chacun est sa vocation spirituelle.

Si travailler, c'est servir Dieu, gagner de l'argent n'est plus honteux ; ce qui est immoral, c'est le gaspillage. Le protestant est économe et n'exhibe rien de sa fortune ; il dépense peu et thésaurise beaucoup. Or, précisément, ce dont le capitalisme a besoin, c'est d'épargnants laborieux, car le moteur du capital, c'est l'investissement, lequel est alimenté par l'épargne.

---

1. Max Weber, *L'Éthique protestante et l'Esprit du capitalisme*, traduit de l'allemand par J. Chavy, Plon, 1964.

Les valeurs exaltées par l'éthique protestante – travail, famille, ascétisme – ont ainsi permis l'essor du système capitaliste. Aussi Georges Bataille rejoint-il Max Weber lorsqu'il écrit que la Réforme a détruit « le monde de la consumation improductive », pour livrer « la terre aux hommes de la production, aux bourgeois[1] ».

Religion et économie se sont donc efficacement conjuguées pour imposer aux mœurs le plus grand rigorisme. Jamais l'opposition entre érotisme et idéal social n'avait été aussi radicale qu'au temps de la Réforme. La répression ira croissant jusqu'à la Révolution.

*

Bientôt, la morale religieuse et le moralisme économique pourront compter sur un précieux allié dans leur combat contre la luxure : la science. Le *moralisme savant* n'est pas nouveau : aux premiers âges de l'Occident, le médecin Hippocrate voyait déjà dans l'activité sexuelle une dangereuse perte de semence, générant de nombreux maux, notamment la démence, la sénilité et la calvitie… Mais la particularité du moralisme savant des temps modernes, c'est qu'il tend à devenir le seul discours autorisé.

Dans son *Cours de philosophie positive*, Auguste Comte, le fondateur du positivisme, annonce une ère nouvelle, dans laquelle seuls comptent l'expérience,

---

1. Georges Bataille, « Morale puritaine et capitalisme », *Critique*, vol. 4, n° 23, 1948.

les faits et les lois scientifiques. En vertu de ce qu'il nomme la « loi des trois états », l'esprit humain serait passé successivement de l'« âge théologique » (où tout est expliqué par la ou les divinités) à l'« âge métaphysique » (où tout est expliqué par des concepts abstraits) pour entrer à présent dans l'« âge positif » (où tout est expliqué par les sciences). Ce que vise le positivisme, c'est à « éliminer les spéculations métaphysiques abstraites, établir les critères de la rationalité des savoirs, et comprendre les lois de l'organisation sociale ». Seule la science est dans le vrai. « Tout ce qu'on appelle logique, métaphysique, idéologie est une chimère et une rêverie, quand ce n'est point une absurdité », écrit-il[1].

Alors que l'âge théologique pose la question du « qui ? » et que l'âge métaphysique s'interroge sur le « pourquoi ? », l'âge positif répond au « comment ». Après le temps des docteurs de l'Église, voici venu le temps des « docteurs de la science ». Or, en matière sexuelle, ils ne sont guère plus tolérants que les premiers. Au XIXe siècle, le discours savant prend même une direction nettement idéologique, en se mettant au service de la politique nataliste. La science impose un hygiénisme austère, coercitif et productiviste. C'est l'heure où fleurissent les manuels du « savoir-se reproduire », qui établissent une codification extrêmement rigoureuse du « comment » pratiquer l'acte sexuel.

---

1. Auguste Comte, lettre à Valat, 24 septembre 1819, cité par Henri Gouhier, *La Jeunesse d'Auguste Comte et la Fondation du positivisme*, t. 3, Vrin, 1941.

Où ? Uniquement sur le lit conjugal, béni le jour des noces et souvent surmonté d'un crucifix. « Un bon lit est le seul autel où puisse dignement s'accomplir l'œuvre de chair », affirme le docteur Montalban dans la *Petite Bible des jeunes époux* en 1885.

Dans quel appareil ? La longue chemise de nuit pour les deux époux, ce qui ne dispense pas du devoir de ne pratiquer la chose que dans l'obscurité complète.

Dans quelle position ? Les deux seules favorables à la conception : ventro-ventrale, ou la femme agenouillée. Les « postures illégitimes » sont extrêmement dangereuses pour la fertilité, tout comme les « fraudes conjugales » : accouplement les jours interdits, coït interrompu, caresses bucco-génitales, coït anal…

Pendant combien de temps ? Trois minutes, c'est amplement suffisant. Au-delà, la fécondation est compromise. Seuls les débauchés s'attardent.

À quelle fréquence ? Pas trop souvent, car il est important d'économiser le précieux liquide séminal, qui est l'« extrait le plus pur du sang », comme l'affirme le docteur Alexandre Mayer dans *De la santé des gens mariés ou physiologie de la génération de l'homme et hygiène philosophique du mariage* (paru en 1865). Et puis, tout dépend de l'âge : pour de jeunes mariés, deux ou trois rapports hebdomadaires, pour les quinquagénaires, un toutes les trois semaines. Au-delà, on ferme la boutique, car c'est de l'énergie gaspillée en pure perte. Pour vivre vieux, vieillissons chastes.

— Quelles précautions prendre ? Surtout, ne pas

faire jouir sa femme. La découverte des mécanismes de l'ovulation par Pouchet et Négrier, sous la monarchie de Juillet, a mis en évidence la superfluité du plaisir féminin pour la conception. Certains, comme le docteur Moreau de la Sarthe, vont même jusqu'à penser que la frigidité féminine est un gage de fertilité.

Quant au plaisir solitaire, les docteurs de l'Église en avaient fait un péché, les Docteurs de la science en font une maladie mortelle, depuis que le médecin suisse Samuel-Auguste Tissot en a démontré les dangers dans son ouvrage à succès *L'Onanisme*[1] en 1760. Pour les récalcitrants, outre la surveillance parentale, on préconise la cautérisation du canal de l'urètre au nitrate d'argent pour les garçons, et les ceintures contentives pour les filles.

Les médecins ont ainsi fourni à l'Église une caution scientifique à son horreur de la volupté. Désormais, le modèle de la chasteté est rationnellement fondé. L'Église n'a plus le monopole du discours répressif. L'austère morale républicaine, le moralisme savant, le sévère Code napoléonien, sans parler de l'ét(h)iquette, se conjuguent à la morale chrétienne pour stigmatiser la volupté. Ainsi se construit, avec la collaboration active de tous les acteurs influents de la société – hommes d'Église, juristes, politiques, savants, détenteurs de capitaux –, un système moral répressif, aux dispositifs toujours plus sévères jusqu'à la fin du XIXᵉ siècle. Ce qu'on a coutume d'appeler la

---

1. Samuel-Auguste Tissot, *L'Onanisme. Dissertation sur les maladies produites par la masturbation*, La Différence, rééd. 1998.

« morale chrétienne » recouvre donc en réalité un ensemble, à la fois homogène et hétérogène, de prescriptions venues de tous les horizons pour dire la même chose : l'abstinence est excellente, le désir doit être maîtrisé, le plaisir est suspect, la fidélité est une vertu, l'adultère un mal, la masturbation une calamité, l'homosexualité une infamie.

Car il n'y a pas que l'Église qui ait peur du sexe. Pour tous ceux qui font de la pensée rationnelle l'activité suprême de l'homme, l'érotisme représente une énigme et une menace. Parce qu'elle ouvre sur un continent proprement impensable – l'éblouissement de la *jouissance* –, la sexualité échappe à toute emprise. La jouissance n'est pas un concept, qu'on peut soumettre à l'analyse rationnelle, examiner, évaluer ou clarifier. Elle est inconcevable, indéfinissable, irréductible à toute catégorie, réfractaire à toute forme de capture par le discours. C'est une expérience hors langage, hors temps, hors espace, un saut métaphysique, qui fracture l'ordonnance habituelle des choses et nous fait oublier, pour un instant, *qui nous sommes.*

C'est bien cette perte de contrôle qui terrorisait saint Augustin : « Au moment où cette volupté, la plus grande de toutes entre celles du corps, arrive à son comble, l'âme enivrée en perd la raison et s'endort dans l'oubli d'elle-même. » La jouissance est un abandon, qui chasse la pensée et nous fait tutoyer l'infini. En ce sens, elle est très proche de la *transe mystique,* comme en atteste la célèbre *Extase de sainte Thérèse,* sculptée par Le Bernin, d'après un passage de l'autobiographie de la pieuse Thérèse d'Ávila, qui fut la première femme docteur de l'Église. Elle y décrit une de ses « visions divines » : un bel angelot tenant une « longue lance d'or » lui transperce le cœur « jusqu'au fond des entrailles », puis la retire, la laissant « toute en feu avec un grand amour de Dieu (...). La douleur était si grande qu'elle me faisait gémir ; et pourtant la douceur de cette douleur excessive était telle qu'il m'était impossible de vouloir en être débarrassée (...). C'est une si douce caresse d'amour qui se fait alors entre l'âme et Dieu[1] ». Faisant vibrer le marbre, sainte Thérèse semble ici parcourue par les mêmes ondes de plaisir que celles qui secouent Lady Chatterley dans les bras de son amant : « Elle frémit, et son esprit fondit et s'évanouit. Aiguës et douces, des vagues d'indicible plaisir roulèrent sur elle, comme il la pénétrait, faisant naître ce long frisson, cette fusion qui se répandait en elle et l'emportait à l'extrémité de tout, dans une dernière extase aveugle[2]. » Voilà ce qui effraie les moralistes de tous bords, cette hystérie de la chair, cette folle explosion des sens qui fait chavirer notre âme loin de tout.

Et pourtant, il se pourrait que là ne soit pas le fond du problème. Peut-être que cette peur du plaisir renvoie à quelque chose de plus angoissant encore que le sexe, quelque chose de plus anarchique, de plus révolutionnaire, de plus absolu : l'amour. Ce qui perdrait les hommes, ce ne serait pas tant les plaisirs du

---
1. Thérèse d'Ávila, *Livre de la vie*, Cerf, 2002.
2. D.H. Lawrence, *L'Amant de Lady Chatterley*, traduit de l'anglais par F. Roger-Cornaz, Gallimard, 1932.

corps que les plaisirs de tête. Les voluptés de la chair ne sont rien en comparaison des extases mentales et sentimentales. Elles seules peuvent rendre fou le plus sage et le mener à sa perte. Le puritanisme de la morale conjugale n'est donc peut-être qu'un voile pudique posé sur la pire obscénité qui soit : l'amour.

À quoi sert le mariage ?

> « Ne pouvant pas supprimer l'amour,
> l'Église a voulu au moins le désinfecter,
> et elle a fait le mariage. »
>
> Charles BAUDELAIRE, *Les Fleurs du mal*

L'amour, avant d'être un objet de culte, a d'abord été un objet de méfiance. Un sentiment aussi indomptable, aussi capricieux, aussi subversif a en effet de quoi inquiéter les partisans de l'ordre. L'amour est asocial : il brise les alliances, rompt les pactes, bouscule les traditions, se moque des rangs et des castes, outrepasse les normes et fait fi de la morale. Il est porteur de transgression, de rébellion, de désordre, voire de révolution.

Comment faire confiance à un amoureux, cet être atteint d'une pathologie de l'attention, obsessionnellement tendu vers un unique objet ? Comment espérer en faire un citoyen éclairé, alors qu'il souffre d'une « angine psychique[1] » qui conditionne ses émotions,

---

1. José Ortega y Gasset, Payot & Rivages, *Études sur l'amour*, traduit de l'espagnol par Christian Pierre, coll. « Petite Bibliothèque Rivages », 2004.

altère ses facultés sensorielles, paralyse ses aptitudes cognitives et détériore ses capacités de jugement ? Depuis qu'il a bu le philtre qui l'a rendu fou, l'amoureux est ensorcelé, envoûté, hypnotisé. Il ne rêve plus que de caresses infinies, d'extase et d'évasion dans une « érosphère » coupée du réel : « Ce que je veux, c'est un petit cosmos (avec son temps, sa logique) habité seulement par "nous deux" (...). Tout ce qui vient de l'extérieur est une menace[1]. » Dès qu'il est né à l'amour, l'homme est mort au monde.

C'est la raison pour laquelle la plupart des sociétés humaines se sont toujours efforcées d'étouffer l'amour. L'évocation même du sentiment en vient même parfois à être considérée comme plus sacrilège que celle de la luxure. Ainsi le poète romain Catulle fait-il scandale en écrivant des vers enflammés à sa femme Claudia. Car l'amour, à Rome, est bien plus obscène que les petites fantaisies érotiques que l'on s'offre en toute impunité avec sa concubine ou un petit esclave : « Quand un Romain tombait amoureux fou, ses amis et lui-même considéraient ou bien qu'il avait perdu la tête pour une femmelette par excès de sensualité, ou bien qu'il était tombé moralement en esclavage ; et docilement, en bon esclave, notre amoureux offrait à sa maîtresse de mourir, si elle le lui ordonnait. Ces excès avaient la noire magnificence de la honte[2]. »

Il n'y a pas qu'à Rome que l'amour est considéré comme plus dangereux que la volupté. Dès l'aube de l'Antiquité, tous les garants de l'ordre s'en sont tou-

---

1. Roland Barthes, *Fragments d'un discours amoureux*, Seuil, 1977.
2. Paul Veyne, in *Histoire de la vie privée*, *op. cit.*

jours méfiés. Si seulement on pouvait purement et simplement l'éradiquer ! Mais c'est aussi impossible que de vouloir empêcher la foudre de s'abattre sur les récoltes. La seule chose à faire, c'est de préserver la société des ravages de la passion en délimitant un espace protégé : celui du mariage. Ce fut l'affaire des rois, des prêtres, mais aussi des banquiers et des notaires que de construire, consolider et codifier cet édifice conjugal à vocation purement utilitaire. L'amour, quant à lui, fut laissé aux poètes, qui lui offrirent des chants sublimes et douloureux. L'amour est relégué dans un *dehors*, celui de la folie, de la tragédie, du désordre des passions, du sang et des larmes.

En Grèce, *éros* et *gamos* sont symbolisés par deux divinités distinctes. Héra (qui deviendra Junon à Rome), l'épouse de Zeus (Jupiter), est la déesse du mariage légitime (*gamos*) et la gardienne de la fidélité. Dans sa main, elle tient la pomme de grenade, emblème de la fécondité du couple. Tandis qu'Aphrodite (la future Vénus), nue ou presque, drapée dans un léger voile qui laisse deviner ses formes sensuelles, est une figure ambiguë et menaçante, à l'image d'*éros*. C'est elle qui provoque les passions dévastatrices, pousse les amants à l'adultère et favorise la fécondité des unions illégitimes. Redoutable Aphrodite ! Lorsqu'elle offre à un mortel sa ceinture magique, le malheureux est en proie à des désirs érotiques inextinguibles. Mais elle s'en moque et fait doucement rire les vagues lorsqu'elle s'avance dans la mer. Fatale Aphrodite ! C'est encore elle qui provoque la sanglante guerre de

Troie, en faisant naître l'amour de Pâris pour la belle Hélène...

La sphère citoyenne de la conjugalité se démarque ainsi clairement de la sphère asociale et intrépide de l'amour et du désir. Jeunes gens, laissez-vous ensorceler par vos maîtresses, adonnez-vous à tous les plaisirs avec les prostituées, mais soyez raisonnables, épousez celle que le groupe social vous désignera. N'allez pas vous commettre à la choisir par amour. Ce serait courir à votre perte. Ainsi, au mot « amour » du dictionnaire universel de Furetière, on trouve cet exemple, encore marqué par l'influence gréco-romaine : « Il s'est marié par amour, c'est-à-dire désavantageusement et par l'emportement d'une aveugle passion. » Quant à vous, mesdemoiselles, faites preuve de bon sens et retenez la leçon de sagesse immémoriale de la grand-mère de la jeune Berthe, inchangée depuis les origines de la civilisation : « Écoute, fillette, une vieille qui a vu trois générations et qui en sait long sur les hommes et sur les femmes. Le mariage et l'amour n'ont rien à voir ensemble. On se marie pour fonder une famille et on forme une famille pour constituer la société. La société ne peut se passer du mariage[1]. »

Car les intérêts supérieurs de la communauté dépassent largement ceux, étroits et égoïstes, de l'individu. Le mariage est une procédure contractuelle destinée à assurer la cohésion sociale. « On ne se marie pas pour soi, quoi qu'on dise ; on se marie

---

1. Guy de Maupassant, « Jadis », in *Contes et nouvelles*, Gallimard, La Pléiade, t. 1, 1974.

autant ou plus pour sa postérité, pour sa famille »,
écrivait Montaigne dans les *Essais*[1]. La détestable
coutume du « charivari » est symptomatique du
poids exorbitant du contrôle social sur les affaires
conjugales. Lorsqu'un mariage était jugé « mal
assorti », un cortège tonitruant traversait le village
pour manifester sa réprobation, en saccageant
l'espace public sur son passage. Dans un tapage
assourdissant, huées, quolibets et sifflements se
mêlaient aux bris de vaisselle et aux gestes obscènes,
pour ridiculiser les pauvres époux aspergés de boue.
Ceux-là l'avaient bien cherché, en n'écoutant que
leur cœur, au mépris des coutumes villageoises.
« Qui se marie par amour, dit un proverbe provençal,
a bonne nuit et mauvais jour. » Autant le lui rappeler
le jour même de la noce.

Le mariage engage la société tout entière. Sa vocation première est d'assurer à la progéniture la meilleure assistance possible. Dans la lutte pour l'existence, les sociétés fondées sur le lien conjugal s'avèrent mieux armées que les autres. Le mariage instaure en effet une division du travail entre les sexes qui profite à la descendance. L'homme apporte les ressources matérielles, tandis que la femme nourrit et soigne les enfants. Sans cette alliance durable, fondée sur des droits et des devoirs, la nouvelle génération, abandonnée aux forces isolées de la mère, serait moins résistante. La procréation et l'éducation sont ainsi l'objectif premier du mariage. C'est pourquoi on lance du blé, symbole de fécondité (remplacé

---

[1]. Montaigne, *Essais*, Gallimard, La Pléiade, 1962.

plus tard par du riz), sur les jeunes mariés à l'issue de la cérémonie. Enfanter est une mission si importante que la femme stérile, celle « dont les mamelles ne se gonflent pas de lait », était fréquemment répudiée à Babylone. Car alors le mariage n'avait plus de raison d'être. Et Saint-Just, député à la Convention, déclarait encore, bien des siècles plus tard : « Tout homme et femme mariés depuis sept ans et n'ayant pas d'enfants doivent se séparer[1]. » Quant à ceux qui n'ont toujours pas convolé à vingt-cinq ans, ils sont, au Moyen Âge, fouettés en procession publique chaque année, pour n'avoir pas encore de descendance.

Se marier pour procréer, certes, mais pas avec n'importe qui. Le mariage est une affaire fondamentale pour les familles, car il représente un enjeu économique majeur. C'est la raison pour laquelle il est « arrangé » par la communauté, selon des principes immuables. Chez les possédants, il vise la transmission de l'héritage et permet d'accroître son capital, à moins qu'il ne serve à légitimer une grossesse malencontreuse. Chez les paysans, il assure le partage du fastidieux travail de la terre. La femme a besoin d'un mari pour les lourdes besognes : labourer les champs, abattre les arbres ou déplacer les blocs de pierre. L'homme, lui, ne saurait se passer d'une épouse pour semer, cueillir et conserver les récoltes. Chez les riches comme chez les pauvres, le mariage est une affaire bien trop importante pour être abandonnée au caprice amoureux. L'endogamie fournit des gages

---

1. Saint-Just, *L'Esprit de la révolution*, 10/18, 1963.

de solidité bien plus probants. Au XVIIe siècle, on dresse même une « table des mariages », qui établit une correspondance entre le montant de la dot et le statut social du parti. Suivant la fortune de son père, la jeune fille peut aspirer à un paysan, un marchand, un commis ou un duc. Dans cette transaction, elle est considérée comme une pièce de bétail n'ayant pas son mot à dire.

Le mariage reste une affaire d'hommes et tout est fait pour rappeler à l'épouse sa soumission au mâle. Ainsi, à Rome, lorsqu'il la possède pour la première fois, le jeune marié ne déflore pas sa femme, âgée de onze ou douze ans à peine, mais la sodomise, histoire de lui rappeler qui est le chef, avant de regagner sa propre chambre. « La nuit de noces est un viol légal », écrit Paul Veyne[1]. Si fresques et sarcophages offrent l'image d'un couple idéalisé se tenant par la main, la réalité est plus triviale. La femme n'est qu'un « outil du métier de citoyen » ; elle permet d'arrondir le patrimoine et fournit à la cité des enfants légitimes pour perpétuer le corps civique, les rejetons nés du concubinage étant considérés comme des citoyens de second ordre. Rien n'interdit de malmener son épouse et, au besoin, de la battre. On ne l'embrasse jamais et on la touche le moins possible.

Les rapports conjugaux resteront longtemps marqués par la froideur et la violence entre ces deux étrangers, qui s'unissent souvent sans même se connaître. La nuit de noces demeure, jusqu'au début

---

1. Cité par Dominique Simonnet (dir.), in *La Plus Belle Histoire de l'amour*, Seuil, 2003.

du XXᵉ siècle, un rituel d'initiation traumatisant, comme le rappelle Jean-Paul Sartre dans *Les Mots,* qui entendait, enfant, les histoires angoissantes que se racontaient les femmes à propos de la découverte de la sexualité. Heureusement, le voyage de noces vient dissiper le trouble, en gravant de beaux souvenirs dans la mémoire, tout en épargnant à la famille la gêne liée au partage de la couche.

*

Que les pères aient intérêt à nouer des alliances économiques stables, que les gouvernants aient tout à gagner d'un système normatif pérenne, cela est finalement parfaitement logique, puisque les uns et les autres ont vocation à régenter un ordre terrestre, mû par des principes d'utilité fonctionnelle. Mais ce qui est beaucoup plus surprenant, c'est la position de l'Église, qui, elle, se réfère à l'ordre du divin, un ordre transcendant qui déborde largement les préoccupations utilitaires et qui souvent les récuse. C'est sans doute ce paradoxe qui explique les modifications doctrinales profondes qui ont marqué l'histoire du christianisme au sujet du mariage.

Car l'Église, on s'en souvient trop peu, n'a pas toujours encouragé la conjugalité. Elle ne s'immiscera dans le rituel du mariage, cérémonie autrefois purement profane, qu'au XIIIᵉ siècle. Avant de faire du mariage un sacrement, symbolisant l'union du Christ et de son Église, du Verbe et de l'Humanité, l'Église s'est tenue à distance d'une institution qui, pour permettre la procréation, devait autoriser les rapports sexuels. Et c'est là que le bât blesse...

Aux premiers siècles de l'ère chrétienne, l'Église condamne fermement le mariage, car il implique la souillure du corps. Il est impur, sali par la concupiscence. « Les noces peuplent la terre, la virginité le paradis », dit saint Jérôme, qui prône le monachisme. L'image sublime du célibat de Jésus pousse des milliers de fidèles vers les « solitudes » de la fuite dans le désert, à l'exemple de saint Jérôme, ce Père de l'Église qui y combattit avec témérité les fauves, mais surtout ses propres démons : « Or donc, oui moi-même, qui m'étais infligé une si dure prison, sans autre société que les scorpions et les bêtes sauvages, souvent je croyais assister aux danses des jeunes filles. Les jeûnes avaient pâli mon visage, mais les désirs enflammaient mon esprit, mon corps restant glacé ; devant ce pauvre homme, déjà moins chair vivante que cadavre, seuls bouillonnaient les incendies des voluptés[1] ! »

Le modèle de l'anachorète et son ascétisme douloureux nourrissent ainsi les conceptions antimatrimoniales des premiers chrétiens. La croyance dans la survenue imminente de l'Apocalypse impose de considérer l'exigence de *pureté* comme supérieure à l'exigence de reproduction. C'est la raison pour laquelle Paul, considéré comme le plus grand des évangélistes, encourage d'abord l'abstinence : « Celui qui n'est pas marié s'inquiète des choses du Seigneur,

---

1. Saint Jérôme, *Lettre CCXXVII, à Eustochium* in *Vie monastique* n° 47, abbaye de Bellefontaine, 2011.

des moyens de plaire au Seigneur, et celui qui est marié s'inquiète des choses du monde, des moyens de plaire à sa femme » (I Corinthiens 7, 32-33). Mais Paul confère tout de même au mariage une forme de légitimité, car, à tout prendre, c'est un moindre mal que la luxure : « Mieux vaut se marier que brûler » (I Corinthiens, 7, 10). En permettant la canalisation du désir, la conjugalité est un rempart contre la *porneia*, à savoir la « fornication » : « Je pense qu'il est bon pour l'homme de ne point toucher de femme. Toutefois, pour éviter la fornication, que chacun ait sa femme, et que chaque femme ait son mari... » (I Corinthiens 7, 1-2).

Il faudra attendre l'Antiquité tardive pour que le mariage soit pleinement encouragé par l'Église. Dans le traité qu'il lui consacre, intitulé *Sur le bien du mariage,* Augustin le juge enfin « honorable », car il a pour but la procréation et l'éducation chrétienne des enfants. Le plus influent des Pères de l'Église s'oppose ainsi avec virulence à la secte manichéenne (dont il fut autrefois l'adepte), qui condamne la procréation. Pour les manichéens, on l'a vu, la vie terrestre, prisonnière du monde des Ténèbres, est un mal dont il faut décourager la propagation. C'est à ce malthusianisme avant la lettre que répond Augustin dans son *Contra Faustum* : « Vous ne désirez pas d'enfants, alors que c'est en leur nom seulement que les mariages sont conclus. Pourquoi donc n'êtes-vous pas de ceux qui interdisent le mariage, puisque vous tentez de le priver de cela même qui le constitue ? Retirez-lui cela, et les maris deviennent de vils amants, les épouses des putains, les lits matrimoniaux des bordels et les beaux-pères des proxénètes. » Cette dernière phrase illustre bien le caractère problématique du lien entre la procréation et la sexualité, toujours entachée de concupiscence. Idéalement, ajoute-t-il, « la procréation serait plus honorable si elle pouvait être obtenue en se dispensant de relations sexuelles »...

Sans nul doute, saint Augustin se serait aujourd'hui prononcé en faveur de l'insémination artificielle. Mais à défaut de pouvoir s'en abstenir, les époux devront prendre aux ébats sexuels le moins de plaisir possible, sous peine de transformer l'épouse en « putain » et le lit nuptial en « bordel »[1].

Saint Augustin établit ainsi une hiérarchie, qui aura force de loi pendant tout le Moyen Âge et influencera durablement la morale occidentale : « Garder la continence, c'est l'état le plus parfait ; rendre le devoir conjugal est une chose permise ; l'exiger en dehors des nécessités de la génération, c'est un péché véniel ; commettre la fornication ou l'adultère, c'est un péché mortel[2]. » Le mariage de l'empereur Henri II le Pieux et de Cunégonde (canonisée en 1200), qui n'aurait jamais été consommé, est l'illustration parfaite de cette *chasteté conjugale* érigée en modèle. Un idéal d'amour purement spirituel, auquel peuvent encore être rattachés les vœux de chasteté prononcés en privé par le philosophe contemporain Jacques Maritain et sa femme Raïssa, conformément

---

1. Je reviendrai sur la dualité mère/putain dans le chapitre « Le mot "amour" a-t-il le même sens pour l'homme et pour la femme ? ».
2. *De ce qui est bien dans le mariage,* in *Œuvres complètes, op. cit.*

à leur souhait de consacrer pleinement leur existence à Dieu.

L'Église débattra longtemps de la légitimité du mariage. Ce n'est qu'au XIIIe siècle qu'elle proclamera solennellement, dans le premier canon du concile de Latran IV (1215) : « Les époux sont appelés à la béatitude éternelle, tout comme ceux qui se sont consacrés à la virginité. » Les « biens du mariage » sont définis, conformément aux vœux de saint Augustin : *Proles, fides, sacramentum* (la fécondité, la fidélité et la sacralité). La doctrine chrétienne a donc énoncé trois normes successives : d'abord, ne te marie pas, ne fais pas l'amour ; ensuite, marie-toi sans amour, pour procréer ; enfin marie-toi par amour, mais ne fais l'amour que pour enfanter.

Avec le recul, l'aspect le plus frappant de la première doctrine chrétienne du mariage n'est pas tant sa peur de la sexualité, que son silence au sujet de l'*amour* entre époux. Un silence fidèle à celui de la Bible. Entre la passion (*éros*), honnie des théologiens, et la douce amitié entre époux (*philia*), il n'y a pas de place pour ce que nous, modernes, entendons par « amour », à savoir une relation d'affection érotisée. Le seul amour qui mérite d'être glorifié, c'est celui de Dieu pour ses créatures – car « Dieu est amour » – et celui, en retour, des fidèles pour le Créateur, ou *agapè*, terme qui figure cent dix-sept fois dans le Nouveau Testament (parmi lesquelles soixante-quinze fois chez Paul et vingt-cinq chez Jean). Le lien conjugal relève quant à lui de la *philia,* cette bienveillance réciproque dénuée de désir, qui caractérise aussi bien la relation de confiance des amis intimes que le tendre lien des parents aux enfants. Ce qui unit les époux, c'est ce que Montaigne appellera l'« amitié maritale », aussi nommée « affection » ou « dilection », faite de charité, de fidélité et de persévérance.

Le rêve, évidemment, ce serait que cette amitié se transforme en amour. Mais si l'on en croit Jankélévitch, l'amour n'est pas une amplification graduelle de l'amitié. Ce qui caractérise l'amour, c'est qu'« on s'y installe d'emblée[1] » ; il ne connaît pas de crescendo. « L'amitié se fortifie graduellement par des raisons, comme une conviction qui peu à peu s'enracine avec le temps, sous l'influence de l'habitude et de la réflexion. L'amour, lui, naît subitement, par une soudaine inspiration ; l'amour, comme Pallas Athénée, naît adulte ; l'amour commence par lui-même. » On ne devient pas amoureux à force d'être amis. L'amour, c'est « tout de suite ou jamais », c'est une mutation brusque, un « saut qualitatif », une « mue soudaine et radicale ». Et de citer la belle phrase des *Caractères* de La Bruyère : « L'amour commence par l'amour. » Au mieux peut-on espérer qu'un mariage arrangé débouche peu à peu – avec beaucoup de bonne volonté de part et d'autre – sur une amitié complice et affectueuse. Mais ni l'amour ni le désir ne peuvent naître artificiellement de la volonté.

Ainsi, le partage grec de l'amour en trois sphères distinctes, *éros, philia* et *agapè*, conditionnera les représentations et les pratiques amoureuses pendant

---

1. Vladimir Jankélévitch, *Traité des Vertus*, t. 2, *Les Vertus et l'Amour*, Flammarion, nouv. éd. 1986.

des siècles. On désire sa maîtresse (*éros*), on respecte affectueusement sa femme (*philia*) et on adore Dieu (*agapè*).

*

Il faudra attendre la seconde moitié du XVIIIe siècle pour que cette typologie soit enfin bousculée... pour le meilleur et pour le pire. La naissance du *mariage d'amour* introduit une nouveauté radicale. Désormais, l'union conjugale sera le lieu où peuvent et doivent se conjuguer *éros*, *philia* et *agapè* : le désir érotique, la tendre amitié et l'adoration. Ce qui signifie que, pour la première fois, amour, sexualité et conjugalité vont être pensés comme indissociables. Comment une telle révolution dans les mentalités a-t-elle été possible ? Comment le sentiment amoureux, qui fut si longtemps réprouvé et relégué hors de la sphère conjugale, en est-il venu à être considéré comme le fondement même du mariage ? Comment le mariage d'amour est-il devenu la norme conjugale de l'Europe chrétienne ?

C'est l'avènement de l'*individualisme*, sous l'impulsion des philosophes des Lumières, qui permet d'expliquer ce changement de paradigme. Le terme d'« individualisme » est souvent confondu avec son avatar contemporain, le « narcissisme ». Il évoque ce mélange d'égoïsme, de cynisme et de prétention, ce mépris de l'autre, typiques de l'homme postmoderne, aliéné à sa propre image. Mais il faut se souvenir qu'avant de désigner les travers de la société actuelle, le mot a d'abord revêtu une haute signification morale : celle d'un *individu, libre, souverain et responsable*, source de ses représentations et de ses actes, maître de ses choix, y compris dans le domaine sentimental. D'un *sujet pensant*, qui n'est plus assujetti qu'à lui-même. Il faut remonter au geste inaugural de Descartes pour en saisir toute la portée philosophique. À première vue, les *Méditations métaphysiques* peuvent sembler nous éloigner de la problématique de l'amour, mais il n'en est rien. L'itinéraire cartésien est emblématique, car il fournit le socle fondateur du concept de *sujet*. Il permet donc de comprendre ce qu'est un *sujet amoureux*.

Aux XVIe et XVIIe siècles, sous l'impulsion de Copernic, puis de Galilée, l'une des certitudes métaphysiques fondamentales sur lesquelles reposait l'humanité, le géocentrisme, s'effondre comme un château de cartes. Descartes se demande alors si l'idée même de certitude a du sens. Peut-il seulement y avoir une vérité indiscutable en ce monde d'illusions ? Pour le savoir, la seule méthode est de procéder à un doute hyperbolique : tout révoquer en doute, massivement et sans réserve, faire table rase de tout ce que l'on tenait jusqu'à présent pour vrai. Au bout de ce doute volontaire va émerger la certitude première : si je doute, c'est que j'existe ; je ne peux pas me saisir doutant sans me saisir du même coup existant. *Cogito ergo sum* : du seul fait que je pense, je suis, nécessairement. Telle est la vérité initiale, qui est l'unique fondement indubitable de toutes les autres.

Descartes pose ainsi les bases d'un édifice considérable : la construction progressive du concept de sujet individuel, pierre angulaire de la philosophie des Lumières. Bientôt, le sujet, considéré comme principe et valeur, s'émancipera de tout argument d'autorité, s'affranchira de toutes les tutelles, à commencer par celle de la tradition. Des siècles de coercition théologico-politique se délitent, toutes les normes sont réévaluées à la lumière de la Raison. Désormais, l'homme peut devenir son propre maître, définir ses propres valeurs, sans en référer à des principes transcendants. Il est devenu un citoyen libre et responsable, passé de l'hétéronomie de la loi reçue à l'autonomie de la loi pensée. Il est mûr pour la *démocratie amoureuse*.

Comment l'amour aurait-il pu échapper à cette puissante dynamique d'autonomisation du sujet ? Alors que, sous l'Ancien Régime, les hommes n'existaient que comme membres d'une communauté, à l'époque moderne, nombreux sont ceux qui peuvent « se suffire à eux-mêmes », selon l'expression de Tocqueville ; « ceux-là ne doivent rien à personne, ils n'attendent pour ainsi dire rien de personne ; ils s'habituent à se considérer toujours isolément[1]. » La définition même de l'identité individuelle s'en trouve bouleversée. Autrefois, l'homme se définissait avant tout par son rôle social. À cette subjectivité *extérieure*, la modernité va ajouter une subjectivité *intérieure*. L'homme devient une singularité absolue et irréductible. La *personne*, c'est ce moi intime qui échappe au contrôle social, qui

---

1. Alexis de Tocqueville, *De la démocratie en Amérique,* in *Œuvres,* Gallimard, La Pléiade, t. 2, 1992.

aspire à être reconnu comme un être unique, comme une *fin en soi*.

Or qu'est-ce que l'amour, sinon précisément cette reconnaissance du caractère unique et incommensurable de l'autre ? « Est *atopos* l'autre que j'aime et qui me fascine. Je ne puis le classer, puisqu'il est précisément l'Unique, l'Image singulière, qui est venue miraculeusement répondre à la spécialité de mon désir[1]. » Dans l'état amoureux, l'individu révèle son intimité décisive, il dévoile son fond secret et inaliénable. Ainsi voit-on peu à peu l'amour se soustraire à l'emprise de la société, pour devenir l'espace d'un choix individuel et libre. Désormais, « rien ne supplée à l'union des cœurs », écrit l'encyclopédiste d'Holbach.

Mais on passerait à côté de l'essentiel si on ne rapportait pas cet avènement de l'individualisme à une revendication capitale pour les philosophes des Lumières, celle du *droit au bonheur*. La vie n'a de sens que comme quête du bonheur, qui est la finalité véritable de notre être. Or, la félicité du foyer est, par excellence, le lieu de son épanouissement radieux et harmonieux. Tel est le message que transmettent, à l'unisson, moralistes, peintres et écrivains. Rien ne rend plus heureux que la vie simple et tranquille des époux, dans la chaleur de l'intimité familiale. Aussi Diderot donne-t-il à sa fille chérie ces précieux conseils, juste avant son mariage : « Votre bonheur est inséparable de celui de votre époux ; il faut absolument que vous soyez heureux ou malheureux l'un

---

1. Roland Barthes, *Fragments d'un discours amoureux*, op. cit.

par l'autre : ne perdez jamais de vue cette idée, et tremblez au premier désagrément réciproque que vous vous donnerez, car il peut être suivi de beaucoup d'autres[1]. » Désormais, il n'est d'idéal que domestique et de bonheur que conjugal.

L'avènement de la sphère de l'intimité, au sein de l'espace privé, se reflète dans une architecture nouvelle. Dans la bourgeoisie, la chambre conjugale fait son apparition, ménageant ainsi aux parents une alcôve isolée abritant le lit nuptial, béni le jour des noces et surmonté d'un crucifix. Car l'Église, conformément à la parole de Jésus – « les époux ne forment qu'une seule chair » –, est à présent la plus ardente prosélyte de ce couple d'époux unis par un lien indestructible.

Comme le remarque justement le sociologue Serge Chaumier dans *La Déliaison amoureuse*, l'Église « revendique » alors le mariage d'amour « comme si elle en était l'instigatrice »[2], en négligeant l'historicité de son discours. « La conception monogamique du couple et le caractère sacré de la famille sont désormais présentés comme universels et de toute éternité », alors qu'en réalité ils sont révolutionnaires et historiquement situés.

*

---

1. Cité dans *Histoire du mariage*, S. Melchior-Bonnet et C. Salles (dir.), Robert Laffont, coll. « Bouquins », 2009.
2. Serge Chaumier, *La Déliaison amoureuse. De la fusion romantique au désir d'indépendance,* Petite Bibliothèque Payot, 2004 ; de même pour la citation suivante.

Hélas, la révolution amoureuse ne fut pas à la hauteur de l'espoir qu'on avait placé en elle. La conjugalité enfin choisie devait apporter la félicité à cet individu nouveau ; elle promettait des matins radieux et des nuits voluptueuses, des désirs partagés et des épreuves surmontées. Après avoir triomphé d'un entourage hostile, les amants devaient faire de leur amour un refuge hermétique contre les périls venus du dehors : « Ils se marièrent, furent heureux et eurent beaucoup d'enfants. » Mais la réalité apporta un cinglant démenti à l'angélisme des contes de fées. Le mariage d'amour avait généré un immense espoir, celui que caressaient les héros de Molière ou de Marivaux, amoureux en dépit de l'ordre social. Or il a produit de l'amertume, de la mélancolie et du désenchantement. Pourquoi ?

Parce que l'amour est tombé dans un piège : celui du *devoir d'amour*. Désormais, le seul mariage forcé, c'est celui de la conjugalité et de l'amour. Les époux *doivent* s'aimer. L'amour, longtemps relégué hors du mariage, en constitue désormais l'unique fondement. On se marie *par* amour, *au nom* de l'amour, *pour* l'amour.

Mais cette glorification de l'amour pose un problème. Car celui-ci n'obéit pas à la même logique que le mariage, une logique fonctionnelle, instrumentale, formelle et rationnelle, là où l'amour est gratuit, rebelle, créatif et irrationnel. De la lutte de ces deux logiques pour la légitimité, l'amour sortira d'abord vainqueur. Le mariage se voit progressivement déchu de ses prérogatives sociales – ordre public, transmission du patrimoine, procréation – puisque l'engagement est devenu un acte autodéterminé. Et, tandis que le mariage se privatise et se délégitime, l'amour, selon un schéma inverse, se socialise et s'autojustifie. C'est ce chiasme qui va provoquer, à terme, l'explosion du mariage d'amour.

L'amour moderne va en effet se trouver pris au piège de nouvelles normes sociales tout aussi coercitives, voire davantage, que celles qui l'emprisonnaient jusqu'alors. L'amour, enfermé dans le conformisme du devoir d'amour et intoxiqué par le culte du bonheur, deviendra la première cause de divorce. Car s'il est seul à justifier le mariage, il peut seul en anéantir la signification s'il s'évanouit.

Le mariage d'amour ne peut survivre au désamour… à moins de se réinventer.

Le mariage d'amour
est-il la première cause de divorce ?

« Le mariage est une dette contractée dans la jeunesse
et que l'on paie à l'âge mûr. »

Arthur SCHOPENHAUER

« Étant donné que les humains des deux sexes
sont généralement des névrosés,
pourquoi seraient-ils des anges
une fois appariés ? »

Denis DE ROUGEMONT

« Le mariage repose sur une absurdité. L'un évolue dans une direction, l'autre dans le sens opposé, et ça craque. Ou bien un des deux ne bouge pas, l'autre évolue, et ça se disloque. (...) On fit un grand pas en avant en dénonçant le mariage en tant qu'institution divine, en rabattant les exigences de félicité absolue au sein du mariage, et en admettant enfin que le droit au divorce pour les époux désunis avait sa raison d'être. Et ce fut une bonne chose ! » déclarait August

Strindberg dans la préface de *Mariés !*[1], son sulfureux recueil de nouvelles consacré aux déboires de la vie conjugale. Une bonne chose pour les uns, une mauvaise pour les autres que ce droit au divorce qui, aussitôt proclamé, allait provoquer un changement de société majeur : l'avènement du *divorce de masse*. Bientôt, près d'un mariage sur trois, et plus d'un sur deux dans les grandes villes, allait se solder par un échec. Pourquoi ?

Parce que après avoir fait sa révolution, l'amour s'est emprisonné lui-même dans un nouveau conformisme : celui du *devoir d'amour*. Si c'est au nom de l'amour que l'on se marie, c'est aussi au nom de l'amour que l'on divorce. L'exigence d'amour est devenue la norme : je *dois* aimer mon conjoint et il *doit* m'aimer, le contraire est impensable. L'amour, promu en *valeur*, devient une injonction morale, un « impératif catégorique », pour employer le langage de Kant. Mais ce devoir d'amour est paradoxal, puisqu'il m'impose la fidélité à vie, tout en sacralisant l'amour, devenu la condition première du bonheur. Me voilà donc enfermé dans ce dilemme : si je n'aime plus mon conjoint, ou s'il ne m'aime plus, je dois rester coûte que coûte sa femme (son mari), au nom du *devoir conjugal*. Mais si je demeure à ses côtés, je trahis l'essence du mariage, puisque sa seule raison d'être est l'amour. Je peux alors juger qu'il est plus moral de quitter mon mari (ma femme). Notre couple n'a plus aucun sens, si l'amour qui l'a fait naître est mort. Dans

---

[1]. August Strindberg, *Mariés !* traduit du suédois par Pierre Morizet et Eva Ahlstedt, Babel, 2006.

ce cas, mon *droit au bonheur*, ou du moins, à la vérité, l'emporte sur mon *devoir conjugal*.

Comment se résoudre à faire son deuil de l'amour, alors que c'est lui qui donne sa signification la plus manifeste à l'existence ? Comment accepter sa détérioration, quand il est partout glorifié comme étant la sphère la plus authentique de la réalisation du moi, la seule clé du bonheur ? Quand mon conjoint m'est devenu totalement indifférent, comment ne pas désirer chercher l'amour ailleurs ?

Si l'amour est le sens même de la vie, vivre sans amour, ou au milieu des ruines d'un amour détruit, c'est vouer sa vie à l'absurde. Mieux vaut alors divorcer que se consumer à petit feu dans le non-sens. Certes. Mais divorcer, c'est aussi mourir un peu, se désagréger, se déconstruire, rompre avec un schéma existentiel, avec ses axes, sa géographie, son histoire, se retrouver seul et disloqué, abandonné, déboussolé. Même si c'est moi qui prends la décision de rompre, je me sens « largué », comme amputé d'une partie de moi-même, atrophié, diminué. Il me faut à présent redevenir un, cheminer en sens inverse de la fusion initiale, me réapproprier cette moitié de moi-même que j'avais abandonnée à l'autre.

C'est pour s'épargner cette difficile confrontation avec eux-mêmes, autant que par souci de protéger leur conjoint et leur famille, que beaucoup de déçus du mariage renoncent en définitive au divorce. Partir ? Mais pour aller où ? Autant me résigner à rester, en considérant que je n'ai pas le droit de partir. Je dois rester à ma place, la seule qui soit vraiment mienne, aux côtés de celui ou celle que j'ai épousé(e) par amour. Alors, que faire ? Rester au nom du *mariage* ou partir au nom de l'*amour* ?

Et si l'amour était tombé dans un piège ? Lui, ce solitaire, ce rebelle, ce passionné, qu'on avait relégué hors du mariage par crainte de ses débordements, de ses tempêtes, de ses désordres, est à présent requis de devenir le principe fondateur du couple conjugal. C'est sur lui, et lui seul, que se construit le mariage, cette institution qui lui avait toujours été étrangère, voire franchement hostile. Alors que l'expression « mariage d'amour » eût passé, pendant de longs siècles, pour un oxymore, les deux termes doivent maintenant former un assemblage parfait.

Mais est-ce seulement possible ? La modernité a confié à l'amour la lourde responsabilité d'être le ciment du couple et la raison d'être de la famille, charges autrefois prudemment soustraites à l'individu pour se voir confiées au groupe social. Mais l'amour peut-il en répondre seul ? Exiger de l'amour qu'il soit le garant de la durée, de la solidité et de la fidélité du couple, n'est-ce pas lui demander de se dénaturer ? Comment peut-il à lui seul s'imposer la pondération, la sagesse et l'équilibre que requièrent la vie conjugale et l'éducation des enfants ? Comment faire d'un anarchiste un bourgeois conventionnel et prospère ?

La fréquence du divorce n'a rien d'étonnant, elle ne fait que révéler l'extrême fragilité d'un projet contradictoire par essence : transformer ce poète libertaire qu'est l'amour en chantre du devoir, de la bienséance et de l'ordre moral. On pourrait même aller jusqu'à penser, avec Denis de Rougemont, que cette émotion ingouvernable qu'est l'amour est l'antithèse absolue du mariage. « Personne, que je sache, n'a encore osé dire que l'amour tel qu'on l'imagine de nos jours est la négation pure et simple du mariage que l'on prétend fonder sur lui[1]. »

Le mariage d'amour a donc représenté un piège pour l'amour. Un piège d'autant plus redoutable que l'homme contemporain ne dispose plus de solides repères moraux pour le guider dans ses choix. Rester ou partir ? Divorcer ou ne pas divorcer ? Quel est le *bon* choix ? Pour le savoir, il faudrait disposer d'une échelle de valeurs intangible. Or, tout au long des derniers siècles, et tout particulièrement depuis le milieu du XXe, les codes moraux de l'ensemble de la société n'ont pas cessé de chanceler, laissant l'individu en plein vertige axiologique. L'axe du bon et du mauvais n'est plus une ligne horizontale et fixe, qui place de façon indiscutable le bien au-dessus du mal, mais une série de points flottants, dispersés, éclatés, où les valeurs dérivent, se croisent, s'entrechoquent et se séparent, comme des atomes perdus au milieu du vide. Dès lors, faire le bon choix en amour et prendre la bonne décision, au cas où les choses tournent mal, devient de plus en plus problématique. Où est la norme du bien ? Et, si je l'ignore, comment éviter de faire le mal ?

*

En amour, la tragédie de l'homme postmoderne, c'est d'être l'héritier déboussolé de trois systèmes de

---

1. Denis de Rougemont, *L'Amour et l'Occident, op. cit.*

valeurs, progressivement entrés en concurrence les uns avec les autres : la *morale chrétienne*, le *moralisme républicain laïque* et l'*idéologie libertaire*. Chacun de ces trois dogmes a été successivement dominant et dominé, loué et critiqué, compris et dénigré, intériorisé et rejeté, construit et déconstruit, sacralisé et profané, mais aucun n'a définitivement triomphé de l'autre. Il se pourrait bien que le chaos sentimental que nous connaissons aujourd'hui résulte d'une crise morale, c'est-à-dire d'un conflit indépassable entre ces trois morales de l'amour, qui s'affrontent dans un combat trop souvent manichéen et prosélyte, dont nous sommes toujours les otages égarés.

Car une guerre sans vainqueur ni vaincu, une guerre sans armistice, est une guerre vouée à s'éterniser. Les trois morales ne se sont pas exclues l'une l'autre : elles se sont superposées, en essayant de se fondre l'une dans l'autre. Les difficultés actuelles du couple résultent du caractère irréconciliable des présupposés et des finalités de ces trois dogmes désormais forcés de cohabiter. Leur combat mouvementé pour la légitimité a bousculé tous les schémas, pulvérisé toutes les certitudes et déstabilisé en profondeur l'expérience intime de l'amour et de la sexualité de chacun d'entre nous, qu'il abandonne, assommé, meurtri et perdu, à des contradictions morales insurmontables, des « paradoxes terminaux », pour reprendre l'expression de Milan Kundera dans *L'Art du roman*.

Que l'amour soit un phénomène complexe, cela n'est pas nouveau. Mais la modernité, puis la postmodernité l'ont rendu encore plus problématique, comme l'indique le penseur Edgar Morin, dans un texte justement intitulé « Le complexe d'amour » : « Il est de la nature même de l'amour de réunir en lui les contradictions de l'existence, la contradiction entre le Moi et le Toi, entre le temps qui flétrit et le désir d'éternité, entre le sentiment de notre infime particularité et notre aspiration à tout embrasser, entre l'individu et la société, entre l'absolu et le relatif, entre la vie et la mort, Éros et Thanatos. Les temps modernes exaspèrent, intensifient ces contradictions en même temps que l'amour lui-même se trouve intensifié, exaspéré et soumis plus intensément aux forces désagrégatives[1]. »

Pour comprendre ces paradoxes terminaux, il faut d'abord revenir sur l'antagonisme historique des morales chrétienne, républicaine et libertaire, au sujet de la conception du lien conjugal et du divorce.

*

Commençons par le dogme chrétien, historiquement premier en Occident. Pourquoi la morale chrétienne est-elle hostile au divorce ? Parce que, pour le chrétien, le mariage revêt une haute signification spirituelle. « Ils seront une seule chair, que l'homme ne sépare pas ce que Dieu a uni », dit l'Évangile de Matthieu (19, 6). L'alliance de l'homme et de la femme symbolise l'union du Christ et de l'Église. Cette « union de cœur, de corps et d'esprit » est donc nécessairement indissoluble, car elle reflète l'indissolubilité de l'Unité divine.

---

1. Edgar Morin, « Le complexe d'amour », *Arguments*, 1961.

Dans le mariage, le chrétien s'engage à imiter la parfaite Unité de Dieu. Ainsi, divorcer, c'est rompre cette Unité sacrée, déshonorer Dieu en bafouant l'idéal unitaire de la conjugalité. Les deux individualités que sont les époux ne doivent plus exister comme êtres séparés, mais *fusionner* pour devenir, eux aussi, une unité, une « individualité à deux », une totalité soudée, exclusive et définitive, qui n'est pas sans rappeler le modèle de la « sphère » que Platon fait décrire à Aristophane dans *Le Banquet*. Cet idéal sublime d'un couple capable de durer contre vents et marées, en s'épaulant dans l'adversité, grâce à la présence efficace de Dieu à ses côtés, se réalise parfois, comme chez ce couple magnifique que forment les époux Bourbon Busset, nous le verrons. Mais historiquement, ce *mythe* de la fusion indissoluble a surtout servi d'alibi pour légitimer un ordre social fondé sur le patriarcat et le familialisme. Que dissimule en réalité ce dogme de l'unité ? Comment peut-on, de deux, ne faire plus qu'un ? Il faut que l'un des époux s'efface devant l'autre. Lequel des deux ? Saint Paul répond sans ambage : « Femmes, soyez soumises à vos maris, comme au Seigneur ; car le mari est le chef de la femme, comme le Christ est le chef de l'Église » (Éphésiens 5, 22-23).

La soumission de la femme est l'expression de sa fidélité au Christ. Derrière le discours de l'indissolubilité, l'Église va ainsi diffuser un modèle dont les desseins phallocrates sous-jacents échapperont longtemps à la conscience féminine. En persuadant la femme que le mariage est sa vocation et sa chance, en l'exhortant à l'enthousiasme, l'Église l'enferme dans une injonction à aimer mystificatrice. Ne faire qu'un, pour la femme, cela signifie renoncer à toute individualité propre, se livrer *corps et âme* à la domination de son époux, plus exactement faire corps avec lui, au point de lui aliéner son âme. La femme devient la vestale du couple ; entretenir le feu de l'amour est son sacerdoce. Un devoir de constance, de soumission, d'abnégation, de dévouement et de procréation est exigé d'elle, comme preuve de son amour. La femme a pour mission sacrée d'être épouse, mère et aimante, c'est son seul destin sur terre[1].

Le message biblique a-t-il été perverti pour être mis au service d'une idéologie phallocrate ? Sans doute. Ce qui est certain, c'est que le dogme conjugal de l'Église, qui fut longtemps hégémonique, a servi de caution spirituelle à un ordre sociopolitique fondé sur la domination, souvent violente, de l'homme sur la femme. Mais les femmes ne furent pas éternellement dupes de l'illusion dans laquelle on cherchait à les confiner. Du moins pas toutes…

Dès le XVIIe siècle, certaines accourent dans les salons des précieuses et se laissent gagner par le frisson de la liberté. Dans ces cercles littéraires, alors très en vogue, le mariage est dénoncé comme une prison, où toute jeune fille enterre son rêve d'amour. « L'amour peut aller au-delà du tombeau, mais il ne va guère au-delà du mariage », écrit Madeleine de Scudéry, la plus illustre des précieuses. Le génie féminin va consister à retourner le dogme conjugal contre lui-même, au nom même de l'amour. On nous persuade dès le berceau,

---

1. J'y reviendrai dans le chapitre « Pourquoi l'amour fait-il souffrir ? ».

disent-elles, que l'amour est notre vocation sacrée, que nous sommes destinées de toute éternité à aimer, que c'est là l'unique sens de notre existence ? Alors soit ! Qu'on nous permette d'aimer l'homme pour lequel nous soupirons et nous l'adorerons jusqu'à notre dernier souffle. Donnez-le-nous, cet amour, laissez-nous le vivre et cessez de nous sacrifier sur l'autel de vos sordides calculs de dots ! Nous nous faisons une trop haute idée de l'amour pour le voir s'abîmer dans le marchandage, la servilité et l'hypocrisie. Au nom de l'amour, cet idéal sublime, nous refusons la tyrannie du mariage !

Ainsi, malgré les travers parfois ridicules de ce mouvement, raillés avec beaucoup d'humour par Molière, les précieuses firent preuve d'une audace et d'un modernisme étonnants. Car, en refusant le mariage, elles eurent le courage de désavouer la morale chrétienne, qui constituait alors le socle de valeurs intangible sur lequel reposait la société tout entière. S'émanciper, ce n'était pas seulement s'opposer au despotisme du mari, c'était renier sa foi. On imagine les violents déchirements intérieurs que connurent alors ces premières féministes.

Des conflits intimes qu'un grand nombre d'entre nous, hommes et femmes confondus, traversent encore aujourd'hui. En effet, tout chrétien, ou, plus exactement, tout catholique – les protestants étant sur ce point beaucoup plus libéraux – qui se trouve un jour malheureux en ménage, ne peut vivre que douloureusement le rejet de sa communauté que lui vaudrait un divorce. L'hostilité de l'Église à l'égard de la dissolution du lien conjugal condamne les fidèles à un arbitrage cornélien entre leur salut terrestre – quand le divorce semble être l'unique voie de la survie – et leur salut céleste, qu'ils ne peuvent gagner qu'en ne séparant pas ce que Dieu a uni. Que faire ? Rester marié et dépérir, ou divorcer et être ostracisé ? Dans les deux cas, je suis fautif, mais quelle est la faute la plus grave : trahir l'amour humain au nom de la vie éternelle, ou trahir l'amour divin au nom de la vie présente ? Le dilemme moral est immense. Dois-je être heureux ou sauvé ? Ai-je le droit de penser, comme Camus, que « mon royaume est tout entier dans ce monde » ? Et si c'était *maintenant ou jamais* ?

À ces questions, les penseurs des Lumières ont apporté une réponse qui deviendra le credo le plus mobilisateur de l'individu moderne, avant de devenir le plus problématique de l'homme contemporain : le sens de la vie consiste à s'accomplir ici-bas comme un *individu heureux*. Tous nos actes doivent tendre à cet idéal. Le sacre de l'individu fait de nous des êtres libres, capables de s'autodéterminer dans tous leurs choix, y compris amoureux. Ne reconnaître d'autre loi que celle que je me prescris à moi-même, comme le souhaitait Rousseau, c'est refuser toute forme d'allégeance à une autorité supérieure, c'est exercer mon libre arbitre, opiner, juger, voter, croire ce que je veux... et aimer qui bon me semble. Mais ce choix n'a de sens que rapporté à la quête la plus morale d'entre toutes : la recherche du bonheur. Car telle est l'ultime finalité de la liberté : être heureux. Ainsi du « mondain » de Voltaire, qui, renouant avec l'eudémonisme épicurien, jouit voluptueusement des plaisirs d'ici-bas :[1]

> « Ce temps profane est tout fait pour mes mœurs.
> J'aime le luxe, et même la mollesse ;
> Tous les plaisirs, les arts de toute espèce,
> Tout honnête homme a de tels sentiments[1]. »

Comment un tel homme pourrait-il endurer à vie la compagnie indésirable d'une épouse qui ne trouve pas, ou plus, grâce à ses yeux ? Pour Voltaire, et ses confrères de l'*Encyclopédie*, mieux vaut s'épargner un tel supplice que de courir après une hypothétique béatitude *post mortem*. Lorsque Saint-Just déclare que « le bonheur est une idée neuve en Europe[2] », il parle au nom de tous ceux qui, comme les philosophes, revendiquent le bonheur comme un droit imprescriptible. Dès lors, les jours du mariage chrétien indissoluble sont comptés…

*

Après des débats houleux, très hostiles à l'Église, les révolutionnaires adoptent en 1792 la « loi sur les actes civils », qui soustrait le mariage à toute ingérence religieuse. La réglementation canonique demeure, mais devient facultative. Le contrat civil précède le sacrement, et peut même s'y substituer. On peut désormais se marier sans la bénédiction du prêtre. En perdant le

---

1. Voltaire, *Le Mondain*, Atelier du livre, 2011.
2. Conclusion du rapport présenté à la Convention au nom du Comité de salut public, le 3 mars 1794.

privilège exclusif du cérémonial et de la symbolique du mariage, l'Église, jusqu'alors unique détentrice de l'institution matrimoniale depuis le concile de Trente, perd le monopole des consciences. La sécularisation du mariage gagnera bientôt les voisins européens de la France, au grand regret de la papauté.

Le dogme chrétien de l'indissolubilité du mariage s'en trouve dangereusement menacé, car la logique du mariage civil conduit nécessairement à la légalisation du divorce. Le changement de paradigme est en effet de taille. L'horizon du mariage s'est *laïcisé* ; sa finalité, sa signification profonde n'est plus du tout la même que sous l'Ancien Régime. Alors que, pour la morale chrétienne, se marier, c'est servir Dieu, pour la morale républicaine, se marier, c'est servir la patrie. Le bonheur conjugal devient, sous la République, un gage de citoyenneté. « Nul n'est citoyen s'il n'est bon père et bon époux », dit l'article 4 du chapitre « devoirs » de la Déclaration des droits de l'homme et du citoyen. Ainsi, être heureux en ménage devient le premier des *devoirs civiques*, la première des *vertus politiques.*

Si Dieu n'a plus rien à faire dans cette histoire, si c'est au nom du bonheur, et non plus de l'amour divin, que l'on se marie, si l'on ne prête plus serment devant Dieu, mais devant le maire, alors divorcer n'est plus immoral. Bien au contraire, rompre un lien qui n'en est plus un, c'est recréer un lien avec soi-même, se retrouver, renaître. Cette relation d'intimité avec soi, de confiance en soi, de bienveillance envers soi, est le préalable indispensable à la quête du bonheur. Or, si le bonheur constitue la plus haute sphère de la moralité, il est *immoral d'être malheureux*. Divorcer devient alors un acte éminemment moral, n'en déplaise aux autorités religieuses. Aussi le citoyen Cailly adresse-t-il cette supplique édifiante à l'Assemblée nationale : « Écoutez les vœux de tant d'époux enchaînés pour leur malheur, et le scandale public ; écoutez les cris de douleur de ces femmes infortunées, victimes ou de la contrainte, ou de la séduction, ou de l'erreur d'un moment (...) Eh ! Pourquoi ces grilles, ces verrous, cette captivité perpétuelle, dignes du despotisme oriental ? (...) Le divorce rendra au mariage sa dignité ; il écartera le scandale des séparations ; il tarira la source des haines ; il leur fera succéder l'amour et la paix[1]. »

La revendication sera entendue : en France, le divorce est reconnu comme un droit concomitamment au mariage civil en 1792. La doctrine catholique de l'indissolubilité, très ébranlée depuis le milieu du XVIIe siècle, est enfin abattue : en invoquant la simple « incompatibilité d'humeur ou de caractère », l'un ou l'autre époux peut obtenir très rapidement et très simplement le divorce. Un choix qu'ils seront nombreux à faire, toutes catégories sociales confondues. L'historienne Ghislaine de Feydeau indique que, dans les trois années qui suivent l'adoption de la loi sur le divorce, de 1792 à 1795, on assiste à une véritable explosion du divorce, surtout à Paris. Chez les riches, les pauvres, les hommes ou les femmes, la nouvelle loi autorisant la rupture du lien conjugal apparaît comme

---

1. *Griefs et plaintes des femmes mal mariées*, cité par Ghislaine de Feydeau, « Un mariage qui résiste et des enjeux qui changent », in *Histoire du mariage, op. cit.* ; de même pour la citation suivante.

l'aube d'une délivrance inespérée. « Ainsi se décline sur tous les tons la liberté : liberté de dénouer un lien que l'on n'avait pas eu à choisir, liberté de se tromper, liberté de retrouver une seconde chance, liberté désirée tout simplement. »

Le divorce devient ainsi une des plus belles conquêtes républicaines, puisqu'il concentre en lui-même les trois principes d'égalité, de liberté et de bonheur, érigés en valeurs suprêmes par les Lumières. Tout homme, sans distinction de classe ou de sexe (égalité), a le droit (liberté) de rompre un lien conjugal qui ne le rend pas, ou plus, heureux (bonheur). Pas de bonheur envisageable sans droit au divorce. Le divorce devient ainsi le *principe fondateur* du bonheur conjugal, voire de l'amour lui-même : « Rien ne contribue plus à l'attachement mutuel que la faculté du divorce : un mari et une femme sont portés à soutenir patiemment les peines domestiques, sachant qu'ils sont maîtres de les faire finir », écrit Montesquieu[1]. Pour les Lumières, la clé de l'amour, c'est la reconnaissance de sa possible fin. Les époux ne peuvent être unis l'un à l'autre que s'ils peuvent se penser séparés.

Cette philosophie pessimiste du mariage sera abondamment relayée par toute une littérature romanesque appliquée à dénoncer l'enfer conjugal, en ridiculisant l'ambition des parents, le mercantilisme matrimonial, la cupidité des maris et l'hystérie des épouses trahies. Des thèmes qui triomphent dans le théâtre bourgeois du XIXe siècle, avec ses coureurs de dot, ses cocus pré-

---

1. Montesquieu, *Lettres persanes*, in *Œuvres complètes*, Gallimard, La Pléiade, t. 1, 1950.

tentieux, ses demi-mondaines volages et ses amants cachés dans le placard... Face au chaos conjugal, le divorce apparaît comme la voie de la raison, de la sagesse, de l'harmonie et de la paix. Comme l'écrit le procureur Chaumette : « Le divorce est le dieu tutélaire du mariage, puisqu'il le fait jouir d'une paix inaltérable et d'un bonheur sans nuage[1]. » Le divorce fait ainsi, paradoxalement, figure de sauveur d'un mariage dangereusement menacé.

Voilà de quoi heurter la morale chrétienne ! En effet, la réprobation à l'égard du divorce ne tardera pas à se faire entendre. Fait intéressant, ce n'est pourtant pas au nom des valeurs religieuses qu'aura lieu le virage conservateur du tournant du XIXᵉ siècle, mais au nom des « bonnes mœurs républicaines ».

*

Rétrospectivement, les années immédiatement consécutives à la révolution de 1789 ne furent qu'une parenthèse avant-gardiste entre deux époques de conformisme conjugal. Sur bien des points, le XIXᵉ siècle se montrera même nettement plus familialiste, patriarcal, conservateur et pudibond que l'Ancien Régime. Certes, la République veut des individus *libres, égaux et heureux*, mais encore faut-il s'entendre sur le sens de ces trois termes.

À tous ceux qui s'imaginent, à tort, que « liberté » signifie « licence » ou « libertinage », la morale républicaine rappelle qu'il n'en est rien. Pas de droit sans

---

1. Cité par Ghislaine de Feydeau, in *Histoire du mariage, op. cit.*

devoir, pas de liberté sans responsabilité : la nouvelle morale bourgeoise, soucieuse de se démarquer des mœurs dissolues de l'aristocratie, entend contenir la liberté dans le cadre étroit de la conjugalité monogame et de la famille. L'idéologie républicaine se proposait d'être émancipatrice, en invitant chacun à se libérer des préjugés et des traditions, mais elle va sombrer dans un *moralisme* étriqué et pudibond, en cherchant à gouverner l'ensemble des conduites.

Garant de l'ordre social et des « bonnes mœurs », le mariage est incarcéré dans la prison puritaine du « comme il faut » et du « ça ne se fait pas ». L'amour et la sexualité deviennent l'objet d'une *police des mœurs* obsessionnelle, intransigeante, régressive, misogyne et hypocrite. Le divorce, lui, se voit soumis à toutes sortes de conditions limitatives sous la Terreur, avant d'être très strictement encadré par le Code civil de 1804, puis carrément aboli sous la Restauration, « dans l'intérêt de la religion, des mœurs, de la monarchie et des familles[1] ». Victime d'une très forte réprobation, il ne réapparaîtra timidement que sous la Troisième République.

Quant à l'égalité, là encore, point trop n'en faut : ne tombons pas dans l'égalitarisme ! La femme, qu'on avait vue descendre dans la rue, ouvrir des clubs, défiler, vendre ses bijoux pour les offrir à la patrie et

---

1. La loi est votée le 22 avril 1816 : « Louis, par la grâce de Dieu, Roi de France et de Navarre, voulant rendre au mariage toute sa dignité dans l'intérêt de la religion, des mœurs, de la monarchie et des familles, et, prenant en considération le vœu qui nous a été manifesté par les Chambres, Nous avons ordonné et ordonnons ce qui suit : Art. 1er. Le divorce est aboli. »

même exhiber ses formes sous le Directoire, est bientôt invitée à rentrer chez elle, pour y retrouver ses casseroles et sa broderie. « Depuis quand est-il d'usage, soutient Chaumette, de voir la femme abandonner les soins pieux de son ménage, le berceau de ses enfants, pour venir sur la place publique dans la tribune aux harangues[1] ? » Si, en théorie, la femme est considérée comme libre de choisir son époux, en pratique, le mariage reste une affaire de famille, de dot et de douaire. L'égalité s'arrête à la porte du foyer, qui demeure, pour la femme, un lieu de réclusion et de soumission. Le Code civil de 1804 consacre bientôt formellement la supériorité du mari et sa pleine autorité sur son épouse, comme en témoignent les articles 213 – « Le mari doit protection à son épouse, la femme obéissance à son mari » – et 217 – « La femme, même non commune ou séparée de biens, ne peut donner, aliéner, hypothéquer, acquérir, à titre gratuit ou onéreux, sans le concours du mari dans l'acte, ou son consentement par écrit ».

Après les excès enthousiastes de la Révolution, voici venu le temps austère de la vertu, qui sépare d'une lourde nappe de fumée le boudoir des dames du fumoir des messieurs, seuls habilités à traiter des affaires de la nation. Les hommes vêtus de noir savourent un cigare en discutant politique, les femmes boudent devant leur miroir et enterrent leurs rêves d'amour et de bonheur dans la pénombre glacée de la chambre conjugale. C'est, comme disait Stendhal, l'« éteignoir ».

---

1. Cité par Ghislaine de Feydeau, in *Histoire du mariage*, op. cit.

Ici se révèle toute la dimension mystificatrice du dogme de la fusion. Former une seule entité, aux intérêts communs, c'est abolir les différences, converger, constituer une volonté unique, une conscience unique. Un couple qui ne partagerait pas les mêmes opinions commettrait un adultère moral. Par conséquent, la femme n'a pas besoin du droit de vote, puisque, par définition, elle ne peut penser autrement que son mari. Ainsi, alors que la Révolution poursuivait, en théorie, l'égalité de tous les êtres humains, en pratique, la République s'efforcera seulement de tendre à l'égalité de tous les hommes, au sens mâle du terme. Derrière le dogme de l'égalité se cache en fait une idéologie de la *différence des sexes*.

Mais où est donc passée l'idée du bonheur ? A-t-elle été abandonnée ? Non, bien au contraire, elle demeure le cœur de la morale républicaine. À condition que l'on s'entende, là aussi, sur le sens qu'il convient de lui donner. Il s'agit d'un type de félicité qui n'a, en fait, rien à voir avec l'hédonisme aristocratique dont se réclamait Voltaire. C'est un bonheur fait de constance, de vertu, de sens du devoir et de respect des convenances. Le bonheur n'est pas un art de jouir, mais un savoir-vivre, une forme de politesse, dont il serait inconvenant de se départir. Un faux bonheur, en somme, qui s'accommode de toutes les frustrations, pourvu qu'elles lui donnent l'occasion de *paraître vrai*. Un bonheur domestique, régulier, paisible et replié sur les valeurs familiales. En un mot, un *bonheur bourgeois*.

Tellement bourgeois que la noblesse, d'ailleurs, n'adhérera à cette nouvelle norme conjugale qu'avec beaucoup de réticence. Elle verra encore longtemps, dans le mariage d'amour, un dangereux frein aux alliances stratégiques, présentant de surcroît le risque d'un fâcheux mélange de sang et de condition. Dans la noblesse, « aimer sa femme est du dernier bourgeois[1] », ou, pire encore, cela fait « peuple ». L'homme amoureux de son épouse, écrit Montesquieu dans les *Lettres persanes*, est un médiocre « qui n'a pas assez de mérite pour se faire aimer d'une autre ».

Il faudra du temps à l'aristocratie, cramponnée aux principes d'hérédité, de transmission et de hiérarchie naturelle, pour accepter de bonne grâce l'alliance d'un des siens avec une roturière, fût-elle très riche. Et sans doute encore plus de temps pour renoncer sans regret aux délices de l'adultère et de la sexualité vénale, au nom de l'« amour conjugal » et de sa pudibonderie. « D'innombrables anecdotes prouvent que l'aristocratie de cour considérait la limitation des rapports sexuels au mariage comme "bourgeoise" et indigne de la condition de noble », écrit l'écrivain et sociologue Norbert Elias[2]. Quant aux classes laborieuses, chez qui les mœurs étaient plus libres, des campagnes de moralisation publique seront nécessaires pour les convaincre de croire à ce nouveau schéma amoureux.

C'est l'essor économique et politique de la bourgeoisie qui permet d'expliquer que le dogme républicain de l'amour conjugal ait fini par devenir hégémonique, en conquérant progressivement l'en-

---

1. Serge Chaumier, *La Déliaison amoureuse*, op. cit.
2. Norbert Elias, *La Société de cour*, traduit de l'allemand par Pierre Kamnitzer et Jeanne Etoré, Flammarion, 1974.

semble du corps social. La conjugalité monogame est en effet le seul modèle conforme à une éthique bourgeoise, influencée par le calvinisme, qui valorise le *devoir*, le *travail*, le *mérite*, la *réussite*, l'*utilité*, la *propriété* et la *famille*, des principes éthiques qui contribueront à l'essor du capitalisme. Dans le mariage, aimer est un devoir, qui nécessite des efforts (mérite). L'homme possède sa femme (propriété), elle l'épaule dans sa carrière (travail et réussite) et met au monde ses enfants (famille). Pour ce qui est du principe d'utilité, c'est lui qui dicte son rythme à une sexualité conjugale avare, puritaine et purement reproductive. De même que le bourgeois ne dispense sa semence qu'avec une régulière parcimonie, il respecte bien trop l'argent pour le dilapider. Il l'épargne ou le réinvestit : il ne le gaspille pas.

Ainsi en va-t-il de la vie sexuelle comme de la vie économique. On thésaurise en regardant vers l'avenir. L'ici et maintenant, l'instant présent, son incroyable nouveauté par rapport à ceux qui le précèdent, la vie dans son battement intrépide, la volupté gratuite, l'imprévu, la bifurcation, la nouvelle page sont interdits. Le bonheur, c'est de *continuer*. En définitive, le mariage d'amour républicain ressemble à s'y méprendre au mariage de raison chrétien qu'il prétendait combattre : la liberté, l'égalité et le bonheur ne sont qu'illusions.

Ainsi, nul besoin d'être marxiste pour penser que le dogme du bonheur conjugal fut, en grande partie, une mystification bourgeoise. Le mariage d'amour promettait l'harmonie et la félicité à vie ; il a enfermé le couple à double tour dans une normalité monotone, écrasante, et souvent déprimante. Il a condamné les époux à n'être que des époux et jamais des amants, poussant l'homme à chercher dans l'adultère et la prostitution un exutoire à ses désirs, et privant la femme mariée de toute vie érotique. La pauvre n'avait alors guère d'autre identité reconnue que celle de *madone* ou de *pute*. La sainteté ou la luxure, seuls destins concevables pour la femme. À choisir, mieux valait alors sans doute, comme certaines d'entre elles, se voir conférer un tiers statut, celui de *malade*, en « optant » pour l'hystérie.

*

Si, donc, il n'est pas besoin d'être marxiste pour observer les effets délétères de la primauté bourgeoise accordée à l'ordre, à la pudeur et aux convenances, il faut en revanche faire un pas de plus pour épouser les thèses radicales de Wilhelm Reich, inspirées de Marx et Engels, et considérer que tous les maux de la société ont pour origine la *répression sexuelle* voulue par la bourgeoisie. Or, souvent sans avoir lu cet auteur, la jeunesse des années 1960-1970 va s'en emparer pour servir la révolution politique et faire du « familialisme bourgeois et réactionnaire » l'origine de toutes les névroses, individuelles et collectives.

D'après Reich, la « misère sexuelle[1] » est la cause non seulement de toutes les perversions et vices privés, mais encore du ressentiment social qui conduit au fas-

---

1. Wilhelm Reich, *L'Analyse caractérielle,* traduit de l'allemand par Pierre Kamnitzer, Payot, 1992 ; de même pour les citations suivantes.

cisme. L'homme qui satisfait ses « besoins génitaux naturels », dit-il, ne versera jamais dans le fanatisme. C'est la morale sexuelle qui est à l'origine de tous les maux politiques, « l'autoritarisme, la politique partisane, le moralisme, le mysticisme, la délation, la diffamation, la bureaucratie autoritaire, l'idéologie belliciste et impérialiste, la haine raciale ». Si les hommes avaient une sexualité épanouie, la société serait moins violente et plus sûre. Or, l'obstacle à ce bonheur sexuel n'est autre que le *mariage*.

Pourquoi l'idéologie conjugale est-elle si dangereuse ? Parce qu'elle repose sur des principes insensés : la *fidélité* des épous les pousse à l'adultère, tandis que la *chasteté* des demoiselles conduit directement les jeunes gens au bordel (où ils attrapent la syphilis). Quant à l'indissolubilité du lien conjugal, elle est tout simplement contre-nature, l'homme étant naturellement polygame. Or un homme frustré est un homme dangereux. Ainsi, selon Reich, les principes d'ordre, chers à la bourgeoisie, se révèlent être de redoutables facteurs de *désordre*. Si l'on veut en finir une bonne fois pour toutes avec ce moralisme étouffant, cynique et retors, dit Reich, il faut, purement et simplement, supprimer le mariage et la famille, et laisser chacun s'adonner à une sexualité « naturelle », affranchie des règles et des tabous qui l'asphyxient.

C'est ainsi que Reich devient le prophète de la « révolution sexuelle », qui entend substituer au dogme matrimonial le dogme libertaire de la *jouissance immédiate*. À la fin des années 1960, dans une fiévreuse incandescence, la jeunesse réclame l'« amour libre » et rêve de libertinage hédoniste sans fin. « Ni

Dieu, ni maître », et le désir pour seul guide. Les messagers de l'« orgasme cosmique » reichien dénoncent la « dictature du mariage » et la vision étroitement petite-bourgeoise de l'amour que véhiculent les valeurs conjugales. Certains pensent alors naïvement pouvoir abattre à coups de pavés le solide édifice moral du mariage. Lequel résiste et se débat vaillamment contre cet assaut violent, hirsute et parfois infantile. Armé de toute la force immémoriale de la tradition, le mariage tangue, mais ne capitule pas. La reddition est impensable. Elle est d'autant plus inimaginable que la révolution sexuelle a, en partie, échoué.

Certes, sous de très nombreux aspects, elle a représenté une extraordinaire respiration : au diable la répression de la jouissance, la soumission inconditionnelle de la femme, le culte de la chasteté, la hantise du divorce et (bientôt) l'homophobie ! Il était temps ! La dissociation de la sexualité, de l'amour et de la reproduction, enfin autorisée par la pilule contraceptive, donna à chacun et chacune l'occasion de multiplier les expériences et d'explorer ses désirs. On ne peut que s'en féliciter. Mais la tonalité guerrière du propos antibourgeois et la véhémence de l'injonction à « jouir sans entrave » constituèrent une nouvelle forme d'oppression, dissimulée derrière un discours émancipatoire. Sur les ruines de l'amour bourgeois, c'est bel et bien un nouveau moralisme qui surgit, parfois encore plus coercitif, culpabilisateur et conformiste que l'ancien. La jeunesse antibourgeoise des années 1970 instaura un nouveau tribunal dogmatique, qui exerça une forme de terreur anticonjugale... au nom de l'amour libre. Car lorsque la liberté est érigée en dogme absolu, elle finit par produire des effets sectaires et liberticides. Au fond, qu'a-t-il de libre, cet amour ? Une chose est d'être *libéré*, une autre est d'être *libre*. De même, une chose est de parler de *sexualité libre*, une autre est de parler d'*amour libre*.

À quelle condition l'amour pourrait-il être dit « libre » ? S'il pouvait être exempt de toute forme de déterminisme et se construire hors de toute norme. Or qu'en est-il en réalité ? Dans les faits, l'amour est, a toujours été et sera toujours un sentiment soumis à de puissants déterminismes, individuels et collectifs (sur lesquels je reviendrai plus longuement dans la deuxième partie). L'amour n'est jamais totalement libre. Mais le propre de notre époque, c'est que l'amour se croit libre, alors qu'il est tout simplement *déréglé*, en raison, d'une part, des divergences doctrinales dont il est toujours l'objet, d'autre part, des incohérences internes propres à chacune des doctrines qui s'en disputent la définition.

La jeunesse des années 1970 n'a-t-elle pas en effet véhiculé quelques incohérences de taille ? Lorsqu'elle s'empressa de dénoncer les paradoxes de la morale bourgeoise, avait-elle conscience des paradoxes véhiculés par ses propres messages ? Comment s'y retrouver, entre le mot d'ordre « Faites l'amour, pas la guerre » et le slogan « Plus je fais l'amour, plus je fais la révolution » ? Comment être révolutionnaire tout en étant pacifiste ? En acceptant des compromis avec les principes d'ordre qu'on souhaite renverser.

L'échec de la révolution sexuelle, c'est celui de son horizon politique perdu : au lieu de s'inscrire, comme en rêvaient les utopistes, dans un communisme égalitaire et heureux, elle s'est produite au sein d'un capitalisme inégalitaire et malheureux, où elle s'est, fatalement, pervertie. Le sexe libéré promettait une aube messianique à l'amour, dans un monde où la dictature violente de l'argent et la vulgarité du monde marchand auraient été abolies. Il a enfanté un régime amoureux traumatisé, et une sexualité aliénée à une nouvelle norme éthique : le *devoir de jouissance*.

La culpabilité s'est désormais inversée : la faute n'est plus, comme autrefois, dans la *fornication*, mais au contraire dans l'*impuissance*, ou dans le défaut de *performance*. La faute la plus impardonnable, ce n'est plus le désir de jouissance (la « luxure »), mais l'incapacité à y accéder ou à l'offrir à son ou sa partenaire. Être « nul au lit », c'est déroger à la norme imaginaire du « bien faire l'amour », une norme aussi virtuelle que mensongère, qui sert davantage les intérêts des médias, de l'industrie pharmaceutique et des gourous en tout genre, que ceux des amoureux forcés d'y adhérer.

Autre slogan incohérent : le fameux « Il est interdit d'interdire », censé libérer le désir. Mais s'il n'y a plus d'interdits, on voit mal comment pourrait s'épanouir un quelconque érotisme, lequel suppose, comme l'a montré Bataille, la solidité des interdits qu'il subvertit par jeu. Sans normes, sans prohibitions, sans tabous, il n'y a ni liberté, ni érotisme. Le beau rêve d'une liberté érotique sans frein s'est abîmé dans la récupération marchande et corrompu dans l'exploitation publicitaire. Je reviendrai sur tous ces points dans un prochain chapitre.

Mais la défaite la plus cuisante de la révolution sexuelle, c'est sur le front anticonjugal qu'elle l'a subie.

Quarante ans plus tard, le mariage est toujours aussi coriace. Le phénomène emblématique de sa ténacité, c'est la revendication, nouvelle, du droit au *mariage homosexuel*. Qu'une communauté, bannie et opprimée pendant des siècles, puis enfin légitimée et libérée grâce à la révolution sexuelle, réclame à présent le droit au mariage, « comme tout le monde », n'est-ce pas la meilleure preuve de la souveraineté absolue de la norme conjugale ? De même, le déchaînement des passions dans les rangs des opposants au mariage gay (notamment à l'occasion du vote de la « proposition 8 » en Californie) montre clairement que le mariage demeure, pour de très nombreux esprits, la norme suprême et intangible, l'institution fondatrice de tout ordre humain. S'il fallait un autre argument pour s'en convaincre, il suffirait de rappeler qu'aux États-Unis 75 % à 80 % des divorcés se remarient. Ceux-là, de plus en plus nombreux, ne dérogent à la conjugalité que pour mieux la servir, dans un second ou énième mariage, qui promet d'être plus conforme à la haute idée qu'ils ont du mariage.

*

Un mariage qui, bousculé par l'Histoire, forcé de s'acculturer aux nouveaux schémas sociaux et culturels, s'est altéré, voire *dénaturé*. Tout au long des siècles, le mariage a su s'adapter aux nouvelles pratiques et aux nouveaux idéaux. Mais à présent, le nouvel ordre moral devient inassimilable, depuis que nous sommes entrés dans une phase de mutations anarchiques extraordinairement rapides. Le mariage se situe aujourd'hui au stade critique de tout processus de transformation qu'est la crise : la norme conjugale se cherche. Déconstruit, dénormalisé, mais pas encore reconstruit et renormalisé, le mariage est, en quelque sorte, une *norme anomique*.

D'où le désarroi sentimental actuel, dans lequel s'entremêlent, dans une confusion parfois totale, des résidus de mauvaise conscience religieuse et des slogans athées, des préceptes puritains et des exhortations à « jouir sans entrave », des désillusions de vieillard et des rêves d'enfant. Sous les pavés, il y avait bien du sable, mais ce n'était pas la plage, c'était le désert de l'anomie, cet état de neutralisation désenchantée de toutes les valeurs.

C'est cet état d'anomie, ou de confusion des normes, qui nous voue à errer dans un univers d'*antinomies*, ou d'*injonctions paradoxales*. En l'absence d'étalon universel du bien, nous ne hiérarchisons plus nos aspirations, ce qui nous condamne à désirer indistinctement, sur le même plan horizontal, des choses autrefois disjointes et moralement hiérarchisées. Ainsi, nous voulons la stabilité mais l'amour fou, la fidélité mais l'érotisme torride, l'engagement mais la liberté, la famille mais pas le familialisme, la femme aimante mais pas esclave, l'homme protecteur mais pas autoritaire, et encore beaucoup d'autres synthèses improbables. Et c'est parce que ces équilibres ne peuvent être qu'instables, voire chimériques, que la déception est certaine et le divorce proche.

En outre, nous ne sommes pas seulement écartelés entre la fidélité à la tradition et la fascination pour la nouveauté. Car, en réalité, rares sont ceux qui adhèrent pleinement aux valeurs véhiculées par la société postmoderne, individualiste, consumériste et exhibitionniste. Ainsi, la détresse propre à l'homme contemporain, c'est de vivre comme tout le monde, en consommant, y compris de l'amour et du sexe, tout en pensant, également comme tout le monde, que le consumérisme est une aliénation. Aussi nous sommes-nous habitués à n'accorder aucune valeur morale, aucune légitimité, voire aucun *sens* à la plupart de nos comportements.

Cette scission intérieure, entre une certaine idée de l'amour et la soumission conformiste à une vulgate en crise, fait de chacun d'entre nous l'otage de paradoxes terminaux, pour reprendre l'expression de Kundera dans *L'Art du roman*. Alors que les temps modernes avaient cru, depuis Descartes, au mirage de la raison toute-puissante et « corrodé » une à une toutes les valeurs héritées du Moyen Âge, les temps postmodernes découvrent avec effroi que « la victoire totale de la raison, c'est l'irrationnel pur »[1].

*

Quels sont ces *paradoxes terminaux* de l'amour ?

Le premier paradoxe de l'amour postmoderne est le divorce entre le *désir de fusion* et le *désir de liberté*. L'idéal conjugal de la fusion reste profondément ancré dans nos représentations, conscientes et inconscientes. Traitant de cette « urgence étrange de dissoudre son individualité dans celle de l'autre et d'absorber dans la sienne celle de l'être aimé », le penseur espagnol Ortega

---

1. Milan Kundera, *L'Art du roman*, Gallimard, 1986.

y Gasset s'étonne, dans ses *Études sur l'amour,* de ce « mystérieux désir » : « Alors que dans toutes les autres circonstances de la vie, rien ne nous répugne autant que de voir les frontières de notre existence individuelle franchies par un autre être, le plaisir de l'amour consiste à se sentir métaphysiquement poreux à une autre individualité, en sorte de ne trouver satisfaction que dans la fusion de deux individualités, dans une "individualité à deux"[1]. » Mais la mythologie de la fusion coexiste aujourd'hui avec le culte, inverse, de la liberté individuelle. La logique du moi s'oppose à la logique du nous. Chacun revendique le droit à cultiver *son* bonheur, *ses* propres aspirations, *ses* goûts et *ses* habitudes. On assiste ainsi au conflit de deux forces dialectiques : la première vise la *fusion* et cherche l'accomplissement du *couple,* la seconde tend à l'*individuation* et poursuit l'épanouissement de la *personne.*

Certes, dans les mariages heureux, ces deux aspirations contradictoires parviennent à se contrebalancer, ou à se dépasser l'une dans l'autre, en réalisant une forme d'équilibre. Mais dans de très nombreux cas, c'est l'inverse qui se produit : l'une et l'autre tendance se radicalisent. Le dogme de la fusion évolue ainsi en *tyrannie de la totalité,* tandis que l'individualisme se mue en *narcissisme.*

Que faut-il entendre par « tyrannie de la totalité » ? La conception totalisante de l'amour et de l'être aimé, en vertu de laquelle l'amour devrait tout apporter : la passion *et* le bonheur, l'intensité *et* la durée, l'érotisme *et* la confiance, l'épanouissement personnel *et* le par-

---

1. José Ortega y Gasset, *Études sur l'amour, op. cit.*

tage, la complicité *et* l'indépendance, la famille *et* la liberté... Quant à l'être aimé, l'amour totalitaire en attend tout. Alors que ses grands-parents s'en tenaient au partage traditionnel des rôles, la jeune fille d'aujourd'hui rêve d'un homme qui serait tout à la fois époux, amant, confident, partenaire, père, frère, coparent et ami ; il en va de même du jeune homme, qui appelle de ses vœux la femme totale.

Comme l'a très bien montré le sociologue Serge Chaumier, la nouvelle exigence des contemporains, c'est d'« exister l'un par l'autre[1] ». Dire à son partenaire : « Tu es *tout* pour moi », c'est lui signifier qu'il est « à la fois l'être révélé et le révélateur de mon moi [...] le révélateur de mon identité, de mon existence ». C'est pourquoi nous nous devons d'être l'un envers l'autre *totalement* transparents. Pas de secret, pas de fuite, pas d'écart. Désormais, il faut « tout partager ». C'est ainsi que l'on croise des hommes escortant patiemment leur épouse au palpitant rayon mercerie des grands magasins, ou des femmes non moins héroïques subir d'interminables matchs de rugby...

Mais n'est-ce pas, justement, parce que nous surestimons sa capacité à nous rendre miraculeusement *complets* que l'amour conjugal nous voue au malheur ? Car plus nous recherchons l'absolu, moins nous pouvons nous satisfaire du relatif. Alors que, d'un côté, nous succombons à l'idéalisme de la totalité, de l'autre, nous nous enfonçons dans un narcissisme exacerbé. Tandis que nous nous abandonnons aux voluptés du tout

---

1. Serge Chaumier, *La Déliaison amoureuse*, *op. cit.* ; de même pour les citations suivantes.

révélateur et protecteur, nous revendiquons fièrement notre singularité individuelle. Le moi personnel affirme haut et fort ses droits face au nous conjugal : droit à disposer de lui-même, de son temps, de son intimité (son « jardin secret »), droit à la jouissance, droit à l'épanouissement personnel, droit à la construction de soi, à la « sculpture de soi », pour employer le langage du philosophe Michel Onfray, droit à l'autodétermination, bref, *droit à exister sans l'autre*. Comme l'a montré le philosophe Gilles Lipovetsky dans *L'Ère du vide*, l'individualisme est entré dans un second stade, dit « individualisme hédoniste et narcissique », marqué par l'obsession de l'ego et l'autocontemplation[1].

Ce conflit entre l'illusion de la totalité et le culte du moi explique bon nombre de divorces. Comment font les couples qui parviennent à conjuguer le désir de fusion et le désir de liberté, en faisant du temps un allié et non un ennemi ? Est-il possible de concevoir une *fusion libre*, une *fusion fissionnelle* ? Si la présence de l'autre est nécessaire, l'*absence* n'est-elle pas la condition d'une réelle *présence à l'autre* ? Quelle est la bonne distance ? Ce sera l'une des questions que j'aborderai dans le dernier chapitre de ce livre.

Le problème est d'autant plus délicat qu'un second paradoxe terminal vient compromettre l'accomplissement de l'idéal d'équilibre entre fusion et liberté.

*

---

1. Gilles Lipovetsky, *L'Ère du vide. Essais sur l'individualisme contemporain*, Gallimard, 1983.

Le second paradoxe de l'amour postmoderne est le divorce entre le *désir de durée* et le *désir de nouveauté*.

La durée du mariage demeure le critère objectif de sa réussite. Nous célébrons toujours les anniversaires de mariage comme les plus belles victoires de l'existence. La stabilité, la détermination et la constance sont tenues, comme autrefois, pour des vertus exemplaires. Mais le paradoxe actuel, c'est que cela ne nous empêche pas, dans le même temps, de sacrifier à une logique amoureuse de plus en plus consumériste. L'amour obéit aujourd'hui aux mêmes règles pragmatiques que le monde marchand – la fascination pour la nouveauté, la tyrannie de l'immédiateté, la création artificielle de besoins continûment urgents – et aux mêmes lois impitoyables que le marché du travail – l'obsession de la performance, la mobilité, la précarité, la flexibilité, l'interchangeabilité… et la fragilisation des plus vulnérables.

Aussi l'amour se vit-il aujourd'hui comme une *association limitée et résiliable*, un *engagement contractuel* révocable à tout moment, une sorte de CDD sentimental, dont il faut continuellement renégocier les termes. Ce partenariat ne se poursuit que si le bilan est jugé positif par les partenaires. Comme l'écrit le sociologue britannique Anthony Giddens, ce type de relation, qu'il nomme « pure », est « autoréférentielle » : elle ne dépend plus que du seul désir des deux « associés » de la faire durer[1]. Ce qui signifie que la

---

1. Anthony Giddens, *La Transformation de l'intimité. Sexualité, amour et érotisme dans les sociétés modernes*, traduit de l'anglais par Jean Mouchard, Le Rouergue/Chambon, 2004.

rupture est inscrite dès le début de l'histoire comme un horizon, sinon prévisible, du moins plus qu'envisageable.

La *séparation* est aujourd'hui souvent préférée à la *réparation*. Lorsque mon partenaire n'est plus adapté à mes besoins, lorsqu'il n'est plus *fonctionnel*, ou lorsqu'un nouveau candidat offre davantage d'atouts – jeunesse, santé, enthousiasme –, je saisis ma télécommande et je zappe. Il y a peut-être mieux sur un autre canal. Ainsi la logique compulsive de la consommation a-t-elle perverti la relation amoureuse : les personnes sont, comme les objets, vouées à l'obsolescence, voire à la péremption. Nous sommes entrés dans l'ère des relations « liquides », selon l'expression du sociologue Zygmunt Bauman[1], où l'on jette les partenaires ayant dépassé la date limite de consommation, la plupart du temps pour se jeter dans les bras de quelqu'un d'autre. Il en résulte un modèle amoureux totalement réinventé, qui s'apparente davantage à une *monogamie sérielle*, ou à une *polygamie séquentielle*, qu'à l'union de toute une vie.

Les plus chanceux parviendront finalement à trouver le bonheur dans l'une de ces multiples séquences et désireront appuyer sur le bouton « pause ». Ceux-là ne peuvent que se féliciter des transformations sociologiques qui leur ont offert le droit à l'échec et le droit à une deuxième, une troisième ou une énième chance, quel que soit leur âge. Car la vie est de plus en plus longue. Autrefois, comme l'écrit l'historien Jacques

---

1. Zygmunt Bauman, *L'Amour liquide. De la fragilité du lien entre les hommes*, Le Rouergue, 2004.

Solé, « la mort faisait office de divorce[1] » ; on pouvait mourir avant de commencer à s'ennuyer avec son conjoint. Mais aujourd'hui, se marier à vingt-cinq ans « pour la vie », c'est signer pour soixante, voire soixante-dix ans. Combien d'entre nous sont en mesure de faire une telle promesse ? Peut-on blâmer ceux qui n'y parviennent pas ? Ne doit-on pas plutôt louer l'immense progrès que constitue la possibilité offerte à chacun d'entre nous, à tout âge, de réinscrire l'amour et la passion dans le champ des possibles et de « recommencer à zéro » ?

Pour autant, cela ne doit pas nous faire oublier la masse innombrable de ceux qui vivent la précarisation du mariage (et du couple en général) comme une catastrophe. On se marie, par définition, « pour la vie », sinon on ne se marie pas. On convole toujours en étant pleinement habité par l'idéal romantique de l'amour éternel. Mais on prend la réalité du monde postmoderne en pleine face. Car la réalité, aujourd'hui, c'est le nouveau, le changement et le plaisir immédiat. Ce n'est plus, comme autrefois, la tradition, l'ordre stable et le bonheur pérenne. Nombreux sont ceux qui ont perdu au change. Ils traversent leur divorce comme une pénitence et ne réenvisagent l'amour que dans la peur croissante de voir leur valeur d'usage baisser tendanciellement année après année. Pour tous ceux et celles qui n'ont jamais pu ou voulu « refaire leur vie », l'époque que nous traversons n'est pas tant celle de la bienheureuse monogamie sérielle,

---

[1]. Jacques Solé, *L'Amour en Occident à l'époque moderne*, Complexe, 2002.

que celle de la *solitude*. Certains s'en accommodent, d'autres en souffrent terriblement.

Et puis il y a tous ceux qui ne croient pas, ou plus, non seulement au mariage, mais, plus profondément, à l'amour et qui deviennent d'ardents prosélytes du *célibat* et du *libertinage*. Quel profit y a-t-il à les écouter ? Qu'ont à nous apprendre de l'amour ceux qui en dénoncent la dimension aliénante et décident de le fuir comme le pire des maux ? Don Juan n'est-il pas le plus avisé d'entre nous, puisqu'il a compris que l'amour n'était qu'illusion et que le seul bonheur sur terre résidait dans l'accomplissement de ses désirs ?

Le libertin est-il un homme libre ou un esclave ?

> « La coquetterie sauve ordinairement les femmes des grandes passions, et le libertinage en garantit presque toujours les hommes. »
>
> François Joachim DE PIERRE DE BERNI

Si l'amour est un piège fatal, la seule attitude sage ne consiste-t-elle pas à ne jamais contracter le mal, sous peine de sombrer dans un abîme de tourments, d'y perdre la raison, la santé et jusqu'au goût de vivre ? « La sagesse est de se tenir sur ses gardes, pour échapper au piège. Car éviter les filets de l'amour est plus aisé que d'en sortir une fois pris : les nœuds puissants de Vénus tiennent bien leur proie », écrivait le poète latin Lucrèce[1], le premier à avoir vanté les mérites du « vagabondage » amoureux.

Quant aux imprudents qui se seraient commis, par

---

[1]. Lucrèce, *La Nature des choses*, traduit du latin par Chantal Labre, Arléa 2004 ; de même pour les citations suivantes.

inconscience ou par défi, à boire le philtre d'amour, il y a urgence à leur trouver un puissant antidote. Si l'on veut une vie bonne, légère, joyeuse, riche, nous disent les libertins, il faut à tout prix éviter cette cause parmi les causes du malheur qu'est l'amour. Ne pas aimer, c'est ne pas souffrir. Soyons raisonnables : il faudrait être fou pour n'en aimer qu'une, quand tant d'autres sont désirables. Fou pour penser qu'elle seule peut nous rendre heureux, fou pour faire dépendre d'elle notre bonheur, fou pour lui sacrifier notre liberté. L'amour étant une folie et un esclavage, la seule philosophie amoureuse qui vaille est celle qui consiste à aiguiser son sens critique. Si l'on veut bien être lucide, il faut convenir, nous dit Lucrèce, que l'amour heureux n'existe pas. Pourquoi ? Parce qu'il n'a pas sa place dans le monde.

Pour Lucrèce, la véritable sagesse commence par la connaissance vraie du monde. Or qu'est-ce que le monde pour ce fidèle héritier du matérialisme d'Épicure ? Rien d'autre qu'une combinaison aléatoire d'atomes et de vide. Tous les corps, tous les phénomènes, toutes les expériences humaines se ramènent à un entrelacs de corpuscules minuscules. L'amour n'échappe pas non plus à la matière : il est une composition hasardeuse d'atomes, se détachant sur le néant.

Platon est dans l'erreur lorsqu'il pense que l'amour est une force divine, un « démon », il s'égare lorsqu'il énonce que le seul vrai amour est celui qui conduit au ciel des Idées éternelles, infinies et absolues. Platon est dans l'illusion pour une raison simple : le ciel est vide. Par conséquent, l'idéalisme, le spiritualisme et toutes les doctrines fondées sur le salut de l'âme et sur la méfiance à l'égard du corps sont ineptes. L'attitude la plus sage, si l'on vise le Bien, ne consiste donc pas, comme le voulait Platon, à refuser les plaisirs des sens au nom de l'amour du divin. Pour le matérialiste, qui vit dans un monde horizontal, dépourvu de transcendance et de spiritualité, le « Souverain Bien » peut être atteint ici-bas, ici et maintenant, par la satisfaction des désirs du corps et la recherche du plaisir. Fidèle à Épicure, Lucrèce pense que le plaisir des sens (*hedonè*) est le plus grand bonheur qu'il nous soit donné de goûter en cette vie, le seul qui ne mente pas.

Mais tandis qu'Épicure prônait une discipline ascétique du corps, se méfiant des désagréments dont il peut être la cause – « Je m'adonne au plaisir du corps, mangeant du pain, buvant de l'eau et je dédaigne les plaisirs coûteux, non point pour eux-mêmes, mais à cause des ennuis qui les suivent » –, Lucrèce invite au contraire à un hédonisme vitaliste : chacun doit assouvir ses désirs, il n'y a rien là de dangereux ni de répréhensible. Ce qu'il faut redouter, ce qui est déraisonnable, c'est l'amour, ce piège dans lequel s'enlise immanquablement l'amoureux, comme il s'emploie à le montrer dans le livre IV de son long poème *De natura rerum* (*La Nature des choses*). Ce livre, intitulé « Les sens et l'amour », a été abondamment commenté, mais je m'étonne de n'avoir jamais vu soulignée sa dimension humoristique.

Dès l'introduction, on est pourtant amené à sourire de la prétention de l'entrée en matière. Comme

Socrate, Lucrèce s'estime seul détenteur de la vérité de l'amour : « Je parcours une région ignorée que nul mortel encore n'a foulée. J'aime puiser aux sources vierges, j'aime cueillir des fleurs inconnues et en tresser pour ma tête une couronne unique, dont les Muses n'ont encore ombragé le front d'aucun poète. C'est que, tout d'abord, grandes sont les leçons que je donne ; je travaille à dégager l'esprit humain des liens étroits de la superstition ; c'est aussi que sur un sujet obscur je compose des vers brillants de clarté qui le parent tout entier des grâces de la poésie. » Peut-on en vouloir à un si bel esprit de manquer de modestie ? Ce serait bien immodeste...

Lucrèce pense avoir clairement identifié tous les visages de l'amour et se sent investi d'une haute mission : démontrer la vanité de l'amour, décrire ses périls, exposer avec lucidité les moyens de s'en prémunir, ou, le cas échéant, d'en guérir. Épicure avait libéré le genre humain de la peur, Lucrèce entend l'affranchir de l'esclavage amoureux. Nulle œuvre n'est donc plus utile et plus urgente que celle-là.

Dans un univers régi par des causes rigoureusement matérielles, un cosmos sans finalité et sans providence, composé exclusivement d'atomes et de vide, l'amour n'est d'abord rien d'autre qu'un phénomène mécanique, qui n'engage que le corps, un désir « muet », une pulsion aveugle, dirions-nous aujourd'hui. L'amour n'est pas une rencontre d'âme à âme, mais un échange chimique entre deux corps. C'est par le canal des sens que l'objet aimé agit sur nous. Il émane de son corps une multitude de corpuscules invisibles, impalpables, volatils, les

« simulacres », qui se répandent subtilement dans l'atmosphère et viennent frapper nos organes de la vue, de l'ouïe, du goût et de l'odorat. Ces particules infinitésimales, douées d'une grande rapidité et capables de tous les agencements, ont beau être insaisissables, elles n'en sont pas moins totalement matérielles.

Il est frappant de voir que Lucrèce, et avant lui Épicure, auquel le poète romain emprunte sa théorie des simulacres, a eu l'intuition du rôle important, dans le processus de séduction, joué par ces étonnantes substances que la science contemporaine a découvertes sous le nom de « phéromones » (de *pherein,* « transporter » et *hormon,* « exciter »). Les phéromones sont en effet définies comme « des substances sécrétées par des individus et qui, reçues par d'autres individus de la même espèce, provoquent une réaction spécifique, un comportement ou une modification biologique » par les deux scientifiques ayant mis en évidence leur existence, le biochimiste allemand Peter Karlson et l'entomologiste suisse Martin Lüscher, en 1959[1].

Qu'est-ce que l'amour ? Rien d'autre que l'effet produit par les simulacres sur l'organe sexuel, qui se gonfle et n'aspire qu'à s'épancher, surtout dans la fleur de la jeunesse. « L'adolescent à qui le fluide fécond de la jeunesse se fait sentir, dès que la semence créatrice a mûri dans son organisme, voit s'avancer vers lui les simulacres qui lui annoncent un

---

1. M. Barbier, *Les Phéromones, aspects biochimiques et biologiques*, Masson, 1982.

beau visage et de brillantes couleurs ; cette apparition sollicite les parties gonflées de liquide générateur (...) et alors la volonté surgit de répandre la semence là où tend la violence du désir[1]. » Un liquide en surabondance qui demande à se répandre, un besoin de désengorgement, une « humeur du corps », « telle est la réalité qui se nomme *amour* ; voilà la source de la douce rosée qui s'insinue goutte à goutte dans nos cœurs et qui plus tard nous glace de souci ».

Mais Lucrèce pousse le matérialisme plus loin : il n'y a pas que nos sens qui soient excités par les simulacres. Nos idées, nos opinions, nos songes, tout ce qui relève de l'esprit est également produit par ces minuscules particules. « Ces membranes légères, détachées de la surface des corps et qui voltigent en tous sens dans les airs » sont si fluides, leur tissu est si délié qu'elles se faufilent partout en nous. Elles sont capables d'assiéger notre esprit, de l'aveugler, de l'effrayer, de le fasciner et de le faire souffrir. Bref, ce sont elles qui sont responsables non seulement du désir sexuel, mais aussi de l'amour, comme phénomène psychique. L'amour, de même que le jugement, la pensée, la parole, n'est que rencontre, agrégation et tourbillon d'atomes.

Quand les hommes auront compris, grâce aux leçons de Lucrèce, qu'ils ne sont qu'un composé aléatoire de corpuscules, que leur amour ne procède que d'une mécanique physiologique aveugle, ils ouvriront enfin les yeux et ne souffriront plus. Si

---

1. Lucrèce, *La Nature des choses, op. cit.* ; de même pour les citations suivantes.

l'homme veut être heureux (et, hélas, il ne s'agit toujours que de lui, dans le sens exclusivement masculin du terme), il doit obéir à deux principes simples : l'*infidélité* et la *lucidité.*

Premier conseil : garde-toi d'être fidèle, ne te lie pas à une « passion exclusive qui te promet soucis et tourments », cherche au contraire d'autres exutoires à ton désir. Réserver ta « sève » à une seule ne peut que te mener à la catastrophe. Car « l'amour est un abcès qui, à le nourrir, s'avive et s'envenime ; c'est une frénésie que chaque jour accroît ».

Seul antidote : le « vagabondage ». « Si tu ne te confies pas encore sanglant aux soins de la Vénus vagabonde (*Venus vulgivaga*) et n'imprimes pas un nouveau cours aux transports de ta passion », tu es un homme fini. La Vénus vagabonde ne te « prive pas des plaisirs de Vénus » ; elle te permet au contraire de les prendre « sans risquer d'en payer la rançon ». Jette ta sève dans « les premiers corps venus », batifole, et tu atteindras la « volupté véritable et pure », qui est le « privilège des âmes raisonnables plutôt que des âmes égarées ».

L'amour n'a de sens que dans la jouissance plurielle. Car voici ce qui t'attend si tu n'aimes qu'une seule femme : l'aliénation, la ruine et l'esclavage. Tu verras ton bien se fondre, « s'en aller en tapis de Babylone », tu négligeras tes devoirs, ta réputation sera ternie, « tout cela pour des parfums, pour de belles chaussures de Sicyone qui rient aux pieds d'une maîtresse, pour d'énormes émeraudes dont la transparence s'enchâsse dans l'or ».

Mais il y a pire encore que la dilapidation de ta

fortune : tu ne connaîtras jamais aucun moment de béatitude avec la femme que tu aimes. Car, même dans les instants de volupté, tu seras toujours assailli par l'angoisse : « Tantôt c'est un mot équivoque laissé par la maîtresse à la minute du départ et qui s'enfonce dans un cœur comme un feu qui le consumera ; tantôt encore c'est le jeu des regards qui fait soupçonner un rival ou bien c'est sur le visage aimé une trace de sourire. » Bref, tu ne goûteras aucun instant de paix, tu te rongeras les sangs pour un oui ou pour un non, tu vivras dans l'inquiétude permanente et ne savoureras jamais la tranquille plénitude de l'ataraxie.

D'où ce deuxième précieux conseil : ne t'aveugle pas. Si d'aventure tu t'étais laissé prendre au piège de Vénus, tu peux encore « échapper au malheur », à condition d'ouvrir les yeux (et les narines...). Si c'est Stendhal qui a inventé le mot de « cristallisation », c'est Lucrèce qui a, le premier, parlé de la pente de l'amoureux à se laisser leurrer par son imagination. Et c'est avec humour qu'il se moque de l'ordinaire banalité de toute femme, dès lors qu'elle n'est plus vue à travers le prisme déformant de l'amour. « La passion trop souvent ferme les yeux aux hommes et ils attribuent à la femme aimée des mérites qu'elle n'a pas. En est-il assez de contrefaites et de laides, dont on les voit faire leurs délices et dont ils ont le culte ! (...) La noire a la couleur du miel, la malpropre qui sent mauvais est une beauté négligée. Des yeux verts font une Pallas ; la sèche et nerveuse devient une gazelle ; la naine, la pygmée, l'une des grâces, un pur grain de sel ; la géante est une merveille, un être plein de majesté ; la bègue, capable de parler, gazouille ; la muette est pudique.

Mais la furie échauffée, insupportable, bavarde, a un tempérament de feu ; c'est une frêle mignonne que la malheureuse qui dépérit ; elle est délicate, quand elle se meurt de tousser ; quant à la grosse matrone enflée, tout en mamelles, c'est Cérès en personne qui vient d'enfanter Bacchus. Un nez camus fait une tête de silène, de satyre ; de grosses lèvres appellent le baiser ; mais en cette matière, il serait trop long de tout dire. »

Et quand bien même ta maîtresse serait réellement belle, souviens-toi toujours qu'« il y a d'autres maîtresses possibles », celle-ci n'a rien d'exceptionnel. Elle n'est pas la divine créature que tu crois. La preuve : comme toutes les autres, elle émet parfois de fâcheux petits gaz à l'odeur répugnante, tandis que tu te languis devant sa porte, en lui susurrant des mots fleuris. La femme que tu adores « est sujette, nous le savons, aux mêmes incommodités que les plus laides ; la malheureuse s'empoisonne elle-même d'odeurs repoussantes qui mettent en fuite ses servantes et les font rire en cachette (...) Et cependant souvent l'amant en larmes à qui elle a fermé sa porte couvre son seuil de fleurs et de guirlandes, parfume de marjolaine le portail altier et dans sa douleur en couvre les panneaux de baisers. S'il était reçu, sans doute quelque relent l'indisposerait, il chercherait alors un prétexte pour s'en aller, il oublierait des plaintes longuement méditées, il s'accuserait de sottise en comprenant qu'il a fait de sa belle quelque chose de plus qu'une mortelle. C'est ce que n'ignorent pas nos Vénus, aussi mettent-elles grand soin à cacher ces arrière-scènes de leur vie aux amants qu'elles veulent retenir dans leurs chaînes ».

Ne sois pas aussi dupe qu'eux : souviens-toi que la femme n'est que jeu, comédie, coquetterie, simulation et dissimulation. Ne te laisse jamais enchaîner à ses charmes. À Platon, dont le message était : « Aime, mais ne fais pas l'amour », Lucrèce répond : « Fais l'amour, mais n'aime pas », prône une philosophie de la légèreté et fonde ainsi, bien avant que le terme existe, l'éthique libertine, amenée à devenir une inépuisable source d'inspiration pour la littérature, particulièrement au XVIIIe siècle.

Un des premiers grands admirateurs du « sublime Lucrèce », le poète latin Ovide, prolongera les réflexions de son maître dans un savoureux traité, *L'Art d'aimer*, qui se présente comme un manuel du vagabondage. Avec l'autorité du savant, il dévoile tous les ressorts de la séduction – art de se conduire, de se vêtir, de se parfumer, de parler... – et donne des directives, cette fois très pratiques, aux amants, comme celle de se couper les poils de nez ou de ne pas « sentir le bouc ».

Si la luxure est d'abord une hygiène de vie, elle est aussi et surtout un art de la « chasse ». Aussi le premier conseil concerne-t-il le soin à apporter au terrain d'opération. Dans cette ville dévolue à l'amour qu'est Rome, « c'est surtout dans les théâtres et leurs gradins en demi-cercle que tu chasseras : ces lieux t'offriront plus que tu ne peux désirer (...) Ne néglige pas non plus les courses où rivalisent des chevaux généreux. Le cirque, avec son nombreux public, offre de multiples occasions[1] ».

---

1. Ovide, *L'Art d'aimer, op. cit.* ; de même pour la citation suivante.

Mais le plus grand service qu'Ovide rende aux amants est de les encourager à l'audace, car toute femme est une proie, qu'une habile stratégie permet de capturer. Pas une qui soit définitivement inaccessible. « Avant tout, que ton esprit soit bien persuadé que toutes les femmes peuvent être prises : tu les prendras ; tends seulement tes filets (...) Celle même dont tu pourras croire qu'elle ne veut pas voudra (...) Donc va ; n'hésite pas à espérer triompher de toutes les femmes ; sur mille, il y en aura à peine une pour te résister. » Alors, s'il y en a neuf cent quatre-vingt-dix-neuf qui sont prêtes à s'offrir, pourquoi se contenter d'une seule ?

*

Don Juan, lui, en fera succomber pas moins de mille trois, rien qu'en Espagne ! « Quoi ? claironne-t-il à l'adresse de Sganarelle, tu veux qu'on se lie à demeurer au premier objet qui nous prend, qu'on renonce au monde pour lui, et qu'on n'ait plus d'yeux pour personne ? La belle chose de vouloir se piquer d'un faux honneur d'être fidèle, de s'ensevelir pour toujours dans une passion, et d'être mort dès sa jeunesse à toutes les autres beautés qui nous peuvent frapper les yeux ! Non, non, la constance n'est bonne que pour les ridicules[1]. »

Au grand amour, il faut préférer les amours, qui, ce n'est sans doute pas un hasard, deviennent fémi-

---

1. Molière, *Dom Juan ou le Festin de pierre*, in *Œuvres complètes*, Seuil, 1962.

nines lorsqu'elles sont plurielles : un *bel* amour, de *belles* amours. Quoi de plus ridicule en effet, et de plus pathétique, que le calvaire de Tristan ? Pourquoi vouloir mourir pour un seul visage, pour des yeux, une bouche ou des seins uniques, alors que tant d'autres peuvent nous faire désirer la vie, en nous procurant tous les plaisirs du monde ? « Le plaisir, le plaisir par-dessus tout », s'exclamait un auteur libertin anonyme[1], le plaisir comme art de vivre, le plaisir comme philosophie. Le libertin organise son existence entière autour de ce point focal, dont tout procède et vers tout converge, et cultive avec raffinement l'art d'en être toujours le maître.

Car le plaisir ne se prend pas n'importe comment. Il ne s'agit nullement de devenir le jouet de ses pulsions primaires, mais au contraire d'user au plus haut point de toutes les ressources de son esprit. Le libertin (du latin *libertinus*, « affranchi »), avant d'être un jouisseur, est un *libre penseur*, un homme qui s'est émancipé de la tradition, de toutes les idées reçues, un *individu* qui exerce souverainement son libre arbitre, en réévaluant tous les savoirs à l'aune de sa propre raison. Or que savons-nous de l'amour ? Rien, ou plutôt rien qu'un tissu de chimères, de mythes, de croyances, cousu de toutes pièces par une morale répressive, castratrice et hypocrite. Le libertin, lui, connaît l'amour, il ne se voile pas la face, il ne se ment pas à lui-même. Il est *lucide*. Pas d'exaltation lyrique, pas d'aspiration à la transcendance,

---

1. *Le Petit-Fils d'Hercule*, éd. établie par P. Wald Lasowski, Le Livre de Poche, 2010.

pas de sentimentalisme grandiloquent, pas de dévotion envers la féminité. Rien que du discernement, de la clairvoyance, de l'empire sur soi, du pragmatisme, voire du cynisme.

Voici ce qu'écrit l'auteur du *Journal du séducteur*, le personnage créé par Kierkegaard pour incarner le donjuanisme – appelé « stade esthétique » –, au moment de rompre avec sa fiancée Cordélia : « Je suis un esthéticien, un érotique, qui a saisi la nature de l'amour, son essence, qui croit à l'amour et le connaît à fond, et qui me réserve seulement l'opinion personnelle qu'une aventure galante ne dure que six mois au plus, et que tout est fini lorsqu'on a joui des dernières faveurs. Je sais tout cela, mais je sais en outre que la suprême jouissance imaginable est d'être aimé, d'être aimé au-dessus de tout. S'introduire comme un rêve dans l'esprit d'une jeune fille est un *art*, en sortir est un *chef-d'œuvre*[1]. »

Séduire, puis rompre ; aimer, puis abandonner ; promettre, puis trahir ; ne vivre avec chaque femme que ce qui est beau, abandonner le reste – l'ennui et les ennuis – aux autres. Puisque la femme *divine* n'existe pas, autant chercher à vivre, avec des femmes perpétuellement belles, des moments de félicité éternellement variés. Une parcelle de sublime par-ci, un fragment de miracle par-là, l'infini dans l'éternel renouvellement, la perfection dans la mosaïque des possibles, l'absolu dans la *démultiplication* et la *différenciation*.

---

1. Sören Kierkegaard, *Le Journal du séducteur*, traduit du danois par F. et O. Prior et M.-H. Guignot, Gallimard, 1943.

Le donjuanisme n'est donc que superficiellement une éthique de la quantité. Plus profondément, il est une esthétique de la *variation*. Aucune femme n'est comparable à une autre, chacune a une saveur particulière, singulière, chacune cache un trésor bien à elle. Rien n'est plus électrisant que de chercher à déceler « ce millionième de dissemblance qui distingue une femme des autres[1] ». C'est cette chose, ce petit détail, dont la révélation passionne infatigablement Tomas, le héros de *L'Insoutenable Légèreté de l'être* de Kundera.

C'est parce que chaque femme est unique qu'on ne peut pas se contenter d'une unique femme. « Que cherchait-il chez toutes ces femmes ? Qu'est-ce qui l'attirait vers elles ? L'amour physique n'est-il pas l'éternelle répétition du même ? Nullement. Il reste toujours un petit pourcentage d'inimaginable. Quand il voyait une femme tout habillée, il pouvait évidemment s'imaginer comment elle serait une fois nue (ici son expérience de médecin complétait celle de l'amant), mais entre l'approximation de l'idée et la précision de la réalité il subsistait un petit intervalle d'inimaginable, et c'était cette lacune qui ne le laissait pas en repos (...) Quelles mines ferait-elle en se déshabillant ? Que dirait-elle quand il lui ferait l'amour ? Sur quelles notes seraient ses soupirs ? Quel rictus viendrait se graver sur son visage dans l'instant de la volupté ? » Autant de questions excitantes. C'est pourquoi le meilleur de l'érotisme, le

---

1. Milan Kundera, *L'Insoutenable Légèreté de l'être*, op. cit. ; de même pour la citation suivante.

moment le plus délicieux, est atteint à l'instant paroxystique qui précède le déshabillage, comme les regards irrésistibles de Daniel Day Lewis l'ont si bien révélé à l'écran, dans l'adaptation cinématographique du roman, réalisée par Philip Kaufman. Il n'est plus seulement question ici, comme chez Lucrèce, de « jeter sa sève dans le premier corps venu », mais de dévoiler la singularité érotique de chaque femme.

C'est ce qui fait dire à l'écrivain Guy Scarpetta, commentant ce passage : « Le libertin ici n'est pas un simple cavaleur poursuivant n'importe quelle femme de façon indifférenciée, mais celui dont la souveraineté s'exerce dans le choix, ce qui fait du libertinage un art de la *variation* et non une simple convulsion à l'accumulation[1]. » Le libertinage n'est pas une course aveugle au nombre, mais une *philosophie de la liberté*. « J'aime la liberté en amour, tu le sais, et je ne saurais me résoudre à renfermer mon cœur entre quatre murailles », rappelle Don Juan à Sganarelle.

*

Don Juan, un homme libre ? Voilà qui vient contredire l'idée commune, selon laquelle le libertin est au contraire un esclave. Pour tous les défenseurs de la morale conjugale, le libertin est un être déshumanisé, asservi à ses pulsions animales, perpétuellement en fuite, pathologiquement dispersé, dépourvu d'identité et d'unité, bref, un être inconsistant et immoral.

---
1. Guy Scarpetta, *Variations sur l'amour, op. cit.*

Ainsi, pour Kierkegaard, l'homme du « stade esthétique », qui virevolte de désir en désir, est un être sans substance, aussi léger que l'air dans lequel il papillonne, aussi fluide que la vague qui l'emporte toujours ailleurs que là où il est. « Don Juan est une image qui résulte du jeu de multiples hasards comme ces flots moutonneux à la surface de la mer qui composent l'espace d'un instant une forme à peine esquissée : une personne sans personnalité qui ne fait qu'effleurer l'existence. La mouvance changeante de la mer est ici métaphore pour une vie esthétique non réfléchie qui est fluence et turbulence[1]. »

À cette existence *esthétique* vouée à la répétition, à la vacuité, à l'ennui, à l'échec et au désespoir, dont il a lui-même fait l'expérience dans sa jeunesse dissolue (comme cet autre grand détracteur de la luxure qu'est saint Augustin), Kierkegaard oppose l'existence *éthique*, placée sous le signe du choix, de l'engagement, du mariage, de la fidélité et de la constance. Alors que l'esthéticien flotte à la surface de sa vie, l'éthicien, lui, la gouverne de l'intérieur, en se posant comme l'auteur de ses actes. « Choisir, c'est le sérieux de la vie », c'est devenir un être humain, inscrire sa vie dans la *temporalité*, rompre avec l'asservissement à l'immanence, et viser l'éternité. « L'esthétique est en l'homme ce par quoi il est immédiatement ce qu'il est ; l'éthique est en l'homme ce par quoi il devient ce qu'il devient. » En s'engageant dans le mariage, l'homme effectue un « saut

---

1. Sören Kierkegaard, *Le Journal du séducteur*, *op. cit.* ; de même pour les citations suivantes.

qualitatif », du stade esthétique au stade éthique, se réapproprie sa vie et prend ses responsabilités dans le temps. Le nomadisme est vain, la multiplicité est pauvre ; la vraie richesse se situe dans l'*unité du choix*, seule porte d'accès à l'éternité.

Kierkegaard fait ainsi de l'homme marié le modèle de l'homme raisonnable et de Don Juan un sujet dépossédé de lui-même, sans identité, un martyr de la volupté, un otage de l'instant. L'esthéticien est un être irrésolu, instable et éparpillé, incapable d'habiter le temps, condamné à vivre dans la discontinuité, en faisant de *petits sauts*, de plaisirs isolés en jouissances éphémères. Don Juan ne vit que de courtes extases fragmentées, alors que le bonheur est un *grand saut* définitif, une plénitude continue.

Mais comment le moraliste pourra-t-il convaincre Don Juan qu'il est dans l'erreur ? Comment lui fera-t-il entendre raison, alors que, dans le monde que se donne le libertin, il est justement le seul à avoir raison ? Raison de penser que le monde n'est qu'un théâtre, qu'une comédie risible, où tout n'est que vanité, artifices et apparences, raison de croire que, dans un monde factice, le seul choix rationnel est de *choisir de ne pas choisir*. L'époux ne s'oppose pas au libertin comme l'homme du *choix* à l'homme de la *fuite*. Car, pour être libertin, il faut autant, sinon plus, de détermination et de persévérance que pour être fidèle.

Il arrive même que le libertin soit profondément attaché à une femme, comme c'est le cas pour Tomas, qui aime tant sa femme Tereza qu'il quittera leur exil genevois pour la retrouver dans la Prague stalinisée de 1968, lui sacrifiant ainsi sa carrière de chirurgien, pour embrasser celle de laveur de carreaux. Comment lui en vouloir de désirer, dans cette vie de plomb qu'est le communisme, un peu de légèreté, quelques instants de grâce fugitifs, volés à la barbarie totalitaire ? « J'ai appris à marcher, écrivait Nietzsche, depuis ce temps je me laisse courir. J'ai appris à voler : depuis je n'attends plus qu'on me pousse pour changer de place. Maintenant je suis léger, maintenant je vole, maintenant je m'aperçois en dessous de moi-même, maintenant un dieu danse en moi[1]. »

L'amour métaphysique et pesant qu'éprouve Tomas pour Tereza n'a rien à voir avec sa curiosité insatiable des femmes. Ce sont deux pans distincts de sa vie, rigoureusement parallèles et incommensurables. Le libertin est donc capable d'aimer et de s'engager, même si tel n'est pas toujours son choix. Car, pour lui, l'amour et la sexualité sont deux sphères distinctes. Certes, elles peuvent se confondre dans l'érotisme conjugal, mais elles peuvent aussi se penser séparément. L'amour est une chose, le désir en est une autre ; or, en matière de désir, le libertin est un expert. Il n'est esclave de son organe qu'en apparence. En réalité, il le contrôle mieux que quiconque.

Aux yeux du libertin, la véritable liberté est le contraire de la pulsion aveugle, indifférenciée et indisciplinée. Elle réclame au contraire un haut degré

---

1. Friedrich Nietzsche, *Ainsi parlait Zarathoustra*, traduit de l'allemand par Maurice de Gandillac, Gallimard, 1971.

d'intellectualisation. « Don Juan, c'est à la fois l'espèce pure, la spontanéité de l'instinct, et l'esprit pur dans sa danse éperdue au-dessus de la mer des possibles », écrit Denis de Rougemont[1]. Le libertin rationalise ses désirs et cultive, plus qu'aucun autre, l'art et la manière de les orchestrer savamment. Aussi Tomas énonce-t-il clairement l'axiome qui régit, avec une rigueur mathématique, les modalités de ses « amitiés érotiques » : « Il affirmait à ses maîtresses : seule une relation exempte de sentimentalité, où aucun des partenaires ne s'arroge de droits sur la vie et la liberté de l'autre, peut apporter le bonheur à tous les deux. Pour avoir la certitude que l'amitié érotique ne cède jamais à l'agressivité de l'amour, il ne voyait chacune de ses maîtresses permanentes qu'à de très longs intervalles. Il tenait cette méthode pour parfaite et en faisait l'éloge à ses amis : "Il faut observer la règle de trois. On peut voir la même femme à des intervalles rapprochés, mais alors jamais plus de trois fois. Ou bien on peut la fréquenter pendant de longues années, mais à condition seulement de laisser passer au moins trois semaines entre chaque rendez-vous."

Ce système offrait à Tomas la possibilité de ne pas rompre avec ses maîtresses et d'en avoir à profusion[2]. »

Le libertinage, c'est l'arithmétique au service du plaisir. Le libertin est un *calculateur*, au sens propre et figuré du terme, ce qui suppose une grande dispo-

---

1. Denis de Rougemont, *L'Amour et l'Occident*, op. cit.
2. Milan Kundera, *L'Insoutenable Légèreté de l'être*, op. cit.

nibilité. Seul un homme libre de ses horaires peut s'offrir le luxe de s'imposer une rythmique érotique. C'est cette maîtrise du tempo qui fait du libertinage tout le contraire d'un esclavage : un privilège *aristocratique*.

*

Là où le paysan vit enchaîné au rythme du soleil, le libertin, qui se lève tard, est à lui-même son propre soleil : il va là où le portent ses propres lumières. Il est tout sauf une bête asservie à l'instant présent, cette dimension la plus pauvre de la temporalité. Il n'est pas ce personnage vide et inessentiel pour lequel le temps n'est qu'une continuelle métamorphose dépourvue d'unité. Ce n'est ni un *petit sauteur* ni un primesautier, comme le voudrait Kierkegaard, mais un grand *coureur*.

Si le libertin fait semblant de se moquer du passé, c'est par commodité, pour trahir plus facilement. Et s'il semble ne pas se soucier de l'avenir, c'est pour s'offrir le luxe de promettre. « Promets, promets, cela ne coûte rien ; en promesses, tout le monde peut être riche », disait Ovide dans *L'Art d'aimer*. Don Juan est parfaitement maître du passé et de l'avenir, tellement maître qu'il s'octroie la permission d'en faire des temps réversibles.

Le libertinage relève d'une savante *architecture du temps*. Car le plaisir n'est pas pris dans l'instant, il est goûté de bout en bout d'un processus, parfois très long, dont chaque étape est jouissive. Ce n'est pas la possession fugace du corps d'Elvire qui procure à

Don Juan le plus grand plaisir, c'est la mise au point du stratagème, l'élaboration du processus complexe pour arriver à ses fins, des premiers émois de la belle jusqu'à la capitulation finale. Le plaisir, c'est cette construction d'un temps entièrement dévolu à Éros, d'un *temps érotique*, propice au fantasme. Le libertin est le prince du temps. Doué d'une excellente mémoire (indispensable au mensonge), il est aussi capable d'un remarquable sens de l'anticipation (indispensable à la ruse). Et, par-dessus tout, il est capable de différer son plaisir, d'en retarder délicieusement l'échéance, car il sait qu'après il y aura moins de magie qu'avant.

Il faut bien du talent pour être libertin. N'est pas Don Juan ou Valmont qui veut. Le grand libertin est aussi rare que le grand stratège. Kierkegaard voulait ne retenir que la vacuité d'un personnage exclusivement sensuel, mais Don Juan est au contraire un personnage plein d'esprit. Personne n'est moins instinctif et plus réfléchi que le grand libertin. Pour mettre au point ses machinations retorses, ses dispositifs diaboliques, Valmont, le fascinant libertin des *Liaisons dangereuses*, de Choderlos de Laclos, déploie des trésors d'ingéniosité. Rapide, mobile, réactif, souple et léger comme l'air, il est là au bon moment, s'adapte, improvise, surprend et parvient toujours à ses fins. Il est *virtuoso*, pour parler le langage de Machiavel, qui voyait dans cette aptitude à imposer sa loi à la fortune l'essence même du génie politique.

L'amour se mène comme une guerre, et seuls les plus habiles tacticiens accumulent les victoires. Pour le libertin, le territoire à conquérir n'est pas tant le corps de la femme désirée que son cœur. Le plaisir est pris dès les tout premiers instants, lorsque le séducteur entre par effraction dans le monde de sa proie. Pénétrer l'espace dans lequel elle se meut, violer son intimité, la forcer à se découvrir, attendre, la faire attendre, s'enfuir, revenir, repartir, toutes ces phases décisives sont jouissives.

Le plaisir, c'est la mise au point du plan de bataille, l'enchaînement prévisible des petits triomphes, le contrôle vigilant des opérations, la reddition progressive et inéluctable de la victime. Toutes ces séquences sont bien plus délectables que l'assaut final, bref instant de volupté charnelle, se détachant sur une longue succession de délices intellectuelles. Le plaisir ne relève donc pas tant de la possession que du *fantasme*, cette capacité de l'imagination à décontextualiser et recontextualiser une même femme, réellement aperçue en train de prier à l'église, et transportée ailleurs en imagination, dans une baignoire, dans un carrosse ou dans un lit…

Le libertin n'est donc pas cette « bête de sexe », incapable de toute profondeur, que veulent en faire les moralistes. D'ailleurs, s'il l'était, il ne parviendrait pas à ses fins.

*

Si les femmes succombent, ce n'est pas seulement à la sensualité du libertin, c'est surtout au *vertige des mots*, dont il sait user comme personne. Le langage est une arme de séduction massive. Il est une inépuisable source d'enchantement pour la femme, qui aime se contempler dans le miroir des mots. Pour conquérir une femme, rien n'est plus efficace que les paroles, les vers, les lettres et les déclarations, et, *last but not least,* l'humour. Les femmes sont si amoureuses des mots qu'elles peuvent supporter de longues séparations, pourvu qu'elles soient régulièrement abreuvées de messages venus de leur amant. Certaines préfèrent même les paroles aux fleurs.

Le libertin est le maître du verbe : joueur, dissimulateur, comédien, caméléon, c'est un orfèvre de la manipulation, un virtuose de la mise en scène, un prince de l'équivoque, un roi du mensonge. C'est pour cela qu'il sait se faire aimer mieux que quiconque. « Les libertins, explique Diderot, sont bien venus dans le monde, parce qu'ils sont inadvertants, gais, plaisants, dissipateurs, doux, complaisants, amis de tous les plaisirs (...) ; c'est qu'ordinairement les libertins sont plus aimables que les autres, qu'ils ont plus d'esprit, plus de connaissance des hommes et du cœur humain ; les femmes les aiment, parce qu'elles sont libertines. Je ne suis pas bien sûr que les femmes se déplaisent sincèrement avec ceux qui les font rougir. Il n'y a peut-être pas une honnête femme qui n'ait eu quelques moments où elle n'aurait pas été fâchée qu'on la brusquât, surtout après sa toilette. Que lui fallait-il alors ? Un libertin[1]. »

Plus on est séducteur, plus on est séduisant. Ce qui charme les femmes, c'est cette *liberté* absolue, cette superbe autodétermination du libertin. Don Juan

---

1. Denis Diderot, Lettre à Sophie Volland, 7 octobre 1761.

prend toutes les libertés : vivre à son rythme, prendre son temps, écouter ses désirs, mettre en scène ses fantaisies érotiques. Il n'est otage de rien ni de personne, il cumule tous les privilèges de l'aristocrate : le temps, le mouvement, la liberté, les plaisirs, le raffinement, bref, la « légèreté de l'être ».

*

La morale conjugale rate donc sa cible lorsqu'elle fait de Don Juan un esclave. D'autant qu'elle la manque une seconde fois lorsqu'elle fait du libertin un ennemi de la morale et des bonnes mœurs, alors que Don Juan n'existe qu'en les subvertissant, donc en en confirmant, en creux, la nécessité.

Le libertin n'a pas vocation à renverser l'ordre établi. Non seulement parce qu'il est bien trop individualiste pour être révolutionnaire, mais aussi et surtout parce que, pour lui, la plus grande volupté consiste à violer l'interdit et les convenances. Si on en venait à le priver d'interdits, le libertin cesserait immédiatement de s'enthousiasmer. Ce qui le stimule, c'est la profanation : essentiellement celle du *corps-temple de Dieu* et celle de la *femme-madone*. « Qui n'a pas été branlé par une duchesse ignore le plaisir », écrit l'auteur libertin anonyme du *Petit-Fils d'Hercule*.

Mais pour que profanation il y ait, il faut que Dieu existe. S'il n'existait pas, à quoi bon blasphémer ? Le libertin a besoin de Dieu, de la sacristie et du confessionnal, autant que de jupons, de dentelles et de bordels. La hantise puritaine du péché et la pudeur féminine lui sont nécessaires, car ce sont elles qui nourrissent les fantasmes les plus exquis. C'est toute la différence entre un *sacrilège,* comme Don Juan, et un *désacralisateur*, comme Nietzsche. Le libertin n'est pas un briseur d'idoles, puisque la sacralité et la morale religieuse sont les conditions mêmes de son art de la transgression.

C'est également ce qui sépare le libertin du militant libertaire, qui se réclame pourtant parfois son héritier. Le libertin n'est ni le surhomme nietzschéen, ni le prophète de la révolution sexuelle, ni le néo-épicurien hédoniste des temps postmodernes. S'il aime la liberté, rien ne lui est plus étranger que le libertarisme, au nom duquel il nous faudrait tous accéder à une liberté sans frein, à une liberté institutionnalisée et démocratiquement partagée par tous. Le libertin exècre l'idée d'égalité, autant que celle de fraternité. Il ne vante la liberté que pour son bon plaisir, ce qui n'est évidemment possible qu'à condition que tous les autres hommes demeurent des esclaves. De même que sans interdit il n'y a pas d'érotisme, sans élitisme il n'y a pas de plaisir vrai. Pour s'offrir le luxe de tomber dans la décadence, il faut habiter les sommets. Les bas-fonds ne sont passionnants que lorsqu'on en explore les profondeurs fétides en calèche, en habit et pour rien. De même, il est d'autant plus délectable de violer la norme du bon goût que l'éducation aura permis d'en maîtriser les subtilités arbitraires.

Le libertin ne menace donc ni l'ordre établi, ni la hiérarchie sociale, ni la morale, au point que son slogan pourrait être : « Plus je fais l'amour, moins je fais la révolution. » Car « jouir sans entrave » n'est pas jouir, pour quelqu'un qui trouve sa jouissance dans la *désobéissance*. Ainsi, vouloir faire de l'esthétique libertine, aristocratique et égoïste entre toutes une nouvelle éthique, démocratique et égalitaire, est un projet qui n'a pas beaucoup de sens. Pas plus, en tout cas, que n'en a la condamnation de Don Juan par les moralistes.

*

Qu'est-ce qui nous permettrait en effet d'affirmer, ou de nier, qu'il vaut mieux répéter les mêmes caresses avec des femmes différentes que d'inventer de nouveaux gestes avec la même femme ? Que l'archéologue, capable d'explorer toute une vie la même femme, est meilleur que le conquérant, qui préfère découvrir de nouveaux territoires ? Quel critère de jugement pourrait servir d'étalon, qui ne soit pas le produit d'une certaine morale, d'une certaine idée du bien et du mal ? Cela a-t-il un sens de se proclamer pour ou contre le libertinage, pour ou contre la fidélité ?

Contre le libertin, on aura toujours raison, mais il n'aura pourtant jamais totalement tort, car il ne cherche pas à avoir raison : le but même qu'il poursuit est d'avoir tort aux yeux du monde. Contre le fidèle, on aura aussi toujours raison, mais il n'aura, lui non plus, jamais totalement tort, car, pour lui, le vrai amour dépasse largement les dimensions du monde connu et vise l'éternité. Inutile, donc, de prêcher dans un sens ou dans l'autre. D'autant que les hommes sont rarement ou tout l'un, ou tout l'autre. Ils peuvent être *fidèles et libertins*, successivement – comme saint Augustin et Kierkegaard – ou simultanément, comme Tomas, ou Valmont, qui ne trahit les femmes que par fidélité à la machiavélique marquise de Merteuil, ou encore Sartre, « polyamoureux », mais ontologiquement attaché à Simone de Beauvoir – j'y reviendrai plus longuement dans le dernier chapitre.

Quel intérêt y a-t-il à porter un jugement moral sur le libertinage ou la fidélité, alors que les deux postures sont fondées chacune sur une certaine vision du monde, incommunicable à celui qui ne la partage pas ? Ces deux discours ne peuvent pas dialoguer entre eux. Ainsi, ce n'est pas au nom de la morale conjugale que le libertinage est critiquable ; et, symétriquement, ce n'est pas au nom de l'antimorale conjugale que la fidélité est contestable. C'est au nom de la femme, asservie dans les deux cas. L'esclave, ce n'est ni le mari ni Don Juan : c'est la femme, que Don Juan ne rencontre jamais et que l'époux ne rencontre que trop.

Le mot « amour » a-t-il le même sens pour l'homme et pour la femme ?

> « Les hommes veulent toujours être
> le premier amour d'une femme.
> C'est là leur vanité maladroite.
> Les femmes ont un sens plus sûr des choses.
> Ce qu'elles aiment, c'est être
> le dernier amour d'un homme. »
>
> Oscar WILDE, *Aphorismes*

« Les femmes sont de plus grandes amoureuses que les hommes, elles sont donc prédisposées à souffrir davantage, écrivait l'intellectuel espagnol Ortega y Gasset dans ses *Études sur l'amour*. La femme amoureuse se désespère généralement de n'avoir jamais, lui semble-t-il, devant elle l'homme qu'elle aime dans sa totalité. Elle le trouve toujours un peu distrait comme si, en venant au rendez-vous, il avait laissé se disperser par le monde des provinces de son âme. Et vice versa, l'homme sensible a plus d'une fois eu honte en se sentant incapable de se livrer radicalement, d'être totalement présent, comme la femme amoureuse. L'homme, pour cette raison, se sait toujours maladroit en amour et inapte à la perfection que la femme veut donner à ce sentiment. »

Tandis que la femme est une « grande amoureuse », l'homme, lui, n'est jamais totalement absorbé par sa passion, poursuit Ortega. Cela s'explique, d'après lui, parce que « la femme a une âme plus concentrique, plus unie à elle-même (...) qui tend à vivre avec un axe attentionnel unique », tandis que « l'homme a une âme dissociée avec des compartiments étanches » et des « épicentres ». Alors que la femme a une « tendance à la gravitation unitaire de l'attention », l'homme a un « axe attentionnel multiple (le travail, le loisir, le sexe...) ». Ortega en déduit qu'une femme « peut toujours conquérir l'attention d'un homme dans un champ, il restera libre dans l'autre », tandis que la femme amoureuse s'abandonne totalement à son amour, en abdiquant toute liberté.

Ainsi, tandis que Tomas, le héros volage de *L'Insoutenable Légèreté de l'être*, dissocie clairement l'amour et la « joyeuse futilité de l'amour physique », sa femme Tereza, elle, est incapable de séparer l'âme et le corps. Chaque aventure de son mari est vécue comme une profanation, dont elle souffre dans sa chair : « Tereza est immobile, envoûtée devant le miroir, et regarde son corps comme s'il lui était étranger ; étranger, bien qu'au cadastre des corps ce soit le sien. Il lui donne la nausée. Il n'a pas eu la force de devenir pour Tomas le seul corps de sa vie. Elle a été trompée par ce corps. Toute une nuit, elle a respiré dans les cheveux de son mari l'odeur intime d'une autre ! Elle a soudain envie de renvoyer son corps comme une bonne. »

Mais toutes les femmes sont-elles aussi entières et monolithiques que Tereza ? Sont-elles toutes de « grandes amoureuses », au sens où Ortega l'entend ? Et s'il fallait ne voir, dans cette image de la femme, que l'expression d'une *idéologie de la différence des sexes*, aussi ancienne que les origines de la civilisation ?

*

À quoi renvoie cette idée d'une femme entièrement accaparée par un amour unique ? D'abord à celle d'un homme ayant, à l'inverse, naturellement vocation à la multiplicité. Car il n'y a pas que Don Juan qui ne puisse se satisfaire d'une femme unique. Pendant des siècles, l'idée selon laquelle les besoins, les désirs et les aspirations d'un homme ne peuvent être comblés par une seule femme passait pour une évidence. L'époux avait compris cette vérité depuis toujours et n'acceptait les chaînes du mariage qu'à condition de s'autoriser maîtresses et prostituées. « Les courtisanes, nous les avons pour le plaisir ; les concubines, pour les soins de tous les jours ; les épouses, pour avoir une descendance légitime et une gardienne fidèle du foyer », déclarait Apollodore, un orateur athénien de la seconde moitié du IVe siècle avant J.-C.

Pendant des siècles, la sexualité vénale et l'adultère masculin furent non seulement tolérés, mais socialement encouragés, comme exutoires nécessaires à la pérennité du mariage. Ainsi, qu'il optât pour la carrière tumultueuse du libertin ou l'existence paisible du mari, l'homme demeurait, quant à sa vie sexuelle et sentimentale, un homme *libre*. Il en allait tout autrement de la femme. Mariée à un homme qu'elle n'avait pas choisi, elle était tenue de lui demeurer fidèle corps et âme, quoi qu'il lui en coûtât. L'adultère féminin fut en effet longtemps considéré comme un crime. Punie de mort par noyade en Égypte, lapidée par les Hébreux, répudiée par les Grecs, condamnée à la réclusion, au couvent ou à la prison, jusqu'à la Révolution, privée de dot, séparée de ses enfants, la femme adultère était traitée en créature du diable, tandis que l'époux adultère bénéficiait d'une relative indulgence de la part des autorités religieuses et civiles.

Pourquoi une telle criminalisation de l'infidélité féminine ? Pour une raison simple, voire archaïque : l'homme n'est jamais sûr d'être le père biologique de son enfant. S'il veut optimiser ses chances de se reproduire, il doit s'assurer par tous les moyens de la constance de sa femme. C'est pourquoi il la tient jalousement recluse au gynécée, puis au foyer, lui interdit l'accès à l'espace public et la met au ban de la société lorsqu'elle commet l'« impardonnable ». Mais cette raison biologique n'est pas avouable, parce qu'elle constitue pour l'homme une reconnaissance de sa faiblesse. Une faiblesse qu'il lui faut à tout prix dissimuler. Le génie masculin consistera alors à inverser le rapport de force, en persuadant la femme qu'elle est une créature faible *par nature*, qui ne peut se passer de la protection virile. Pour la femme, la fidélité est donc une nécessité naturelle : il en va de sa survie. Dès lors, commettre l'adultère, c'est trahir non seulement son époux, mais sa nature, s'égarer dans une perversion contre-nature. « Il faut considérer, écrit Schopenhauer dans *Métaphysique de l'amour sexuel*, que l'homme est porté par nature à l'inconstance dans l'amour, la femme à la fidélité (...) L'homme, en effet, peut aisément engendrer plus de cent enfants en une année, en exceptant les jumeaux. Aussi l'homme est-il toujours en quête d'autres femmes, tandis que la femme reste fidèlement attachée à un seul homme ; car la nature la pousse instinctivement et sans réflexion à conserver près d'elle celui qui doit nourrir et protéger la petite famille future. De là résulte que la fidélité dans le mariage est artificielle pour l'homme et naturelle à la femme, et par suite l'adultère de la femme, à cause de ses conséquences, et parce qu'il est contraire à la nature, est beaucoup plus impardonnable que celui de l'homme. »

Schopenhauer se fait ici le porte-parole de centaines de générations d'hommes qui se sont livrés à cette mystification : masquer à la femme sa *supériorité* – être capable d'enfanter, dans le plus grand secret, avec n'importe quel géniteur – et la terreur masculine qui en résulte, en la lui présentant comme une *infériorité*. L'homme persuade la femme qu'il est le plus fort, puisqu'il est à même de répandre partout sa semence, alors que la femme doit craindre pour ses ressources et celles de sa progéniture. Mais Schopenhauer a beau affirmer fièrement qu'il est capable d'« engendrer plus de cent enfants en une année », jamais il ne sera totalement certain d'en être réellement le père, alors que la femme n'aura jamais aucun doute sur sa maternité. Par nature, le plus handicapé des deux, dans la course à la reproduction, est donc l'homme.

C'est la raison pour laquelle la culture a rééquilibré

les choses, en s'évertuant à construire une prétendue « nature féminine », ontologiquement dépendante à l'égard de l'homme. Parce que son squelette est plus fragile, ses muscles moins forts, son cerveau plus petit, parce que toute son anatomie est invalidante, la femme n'a pas d'autre choix que de se soumettre entièrement à l'homme. « La femme et l'homme sont faits l'un pour l'autre, écrit Rousseau, mais leur mutuelle dépendance n'est pas égale : les hommes dépendent des femmes par leurs désirs ; les femmes dépendent des hommes et par leurs désirs et par leurs besoins ; nous subsisterions plutôt sans elles qu'elles sans nous. Pour qu'elles aient le nécessaire, pour qu'elles soient dans leur état, il faut que nous le leur donnions, que nous voulions le leur donner, que nous les en estimions dignes ; elles dépendent de nos sentiments, du prix que nous mettons à leur mérite, du cas que nous faisons de leurs charmes et de leurs vertus[1]. »

La nature a créé deux pôles, celui du sujet et celui de l'objet, un sexe fort et un sexe faible, un agent et un patient. Tel est le credo qui, depuis Aristote, passe pour une certitude. La femme est un être inachevé, incomplet, inapte à l'autonomie, il s'ensuit qu'elle ne peut vivre que *domestiquée*. La réclusion de la femme est ainsi justifiée par un discours visant à la convaincre de sa faiblesse naturelle, alors qu'en réalité elle renvoie, davantage qu'à l'instinct mâle de protection et de domination, à ce qu'on pourrait appeler le « complexe

---

1. Jean-Jacques Rousseau, *Émile ou De l'éducation*, in *Œuvres complètes*, Gallimard, La Pléiade, t. 4, 1969.

de paternité ». S'il veut être sûr et certain d'être le père de ses enfants, l'homme doit cloîtrer son épouse et la dérober au regard des hommes, au besoin en la voilant, en la forçant à bander sa poitrine ou à porter une ceinture de chasteté.

*

Pourquoi tant de suspicion ? Pourquoi une telle peur de l'appétit sexuel féminin ? Sans doute parce que, dans l'imaginaire judéo-chrétien, la femme est soupçonnée d'entretenir des rapports étroits avec le diable. Avant même le péché d'Ève, la tradition hébraïque rapporte que la toute première femme d'Adam, Lilith, était possédée par le démon. Sexuellement insatiable, la belle rousse aux yeux noirs se livrait à toutes les débauches considérées comme sataniques : la contraception, les positions interdites, la fornication avec des incubes et des succubes, les serviteurs et servantes du diable. Chassée du paradis par Adam, elle hantait les profondeurs aquatiques et infraterrestres du monde créé, en « première démone » : fille, épouse et double du diable. C'est elle qui a poussé ce dernier à se déguiser en serpent pour séduire Ève.

Si Ève est beaucoup plus sage que Lilith, elle demeure néanmoins marquée du sceau infamant du péché originel. Le lien avec le serpent, c'est elle ; la tentation, c'est elle, la damnation, c'est elle. « La femme a été le principe du péché, et c'est à cause d'elle que nous devons tous mourir », dit l'Ecclésiaste (25, 33). L'*éros* médiéval est hanté par la figure de la *sorcière,* cette créature obscène qui se livre à la masturbation et à l'orgie et qu'on accuse de s'être laissé sodomiser par l'énorme sexe, couvert d'écailles, de Belzébuth. L'Inquisition livrera ainsi au bûcher, par centaines, des femmes accusées de « fureurs utérines », de férocité sanguinaire et autres sabbats démoniaques.

La supposée nymphomanie des filles d'Ève, toutes héritières de la lascivité et de l'intempérance de leur lointaine aïeule, nourrira ainsi le fantasme d'une femme entièrement gouvernée par son instinct sexuel. Cela explique la volonté obsessionnelle d'éduquer les jeunes filles dans la plus complète ignorance des choses du sexe, à l'image de l'innocente Agnès de *L'École des femmes* de Molière. Sous le second Empire, la femme est même soumise à des interdits langagiers : les mots « chienne », « caleçon » ou « culotte » sont bannis de son vocabulaire. Ainsi, pendant des siècles, les hommes s'acharneront à *désexualiser* les femmes, par crainte de leur voracité diabolique.

Le culte de la Vierge Marie, qui se répand à partir du XIIe siècle, ainsi que celui de l'Immaculée Conception, un peu plus tardif, sont symptomatiques de la volonté d'opposer à la figure d'Ève la tentatrice, celle de Marie la salvatrice. À *l'érotisme non maternel* de la sorcière répond la *maternité non érotique* de la Vierge. « Une entre toutes les femmes », Marie est la seule à ne pas être souillée par le péché originel, la seule à ne pas avoir besoin d'un accouplement pour enfanter. La « nouvelle Ève » constitue le modèle parfait de la *femme sans sexe* et de la *mère sans ventre*. Ainsi se constitue un imaginaire masculin marqué par une forte polarisation : la femme est soit *madone* asexuée, soit *putain* réduite à son sexe. L'homme est invité à la fois à vénérer la femme-mère de l'amour et à honnir la femme-mère de la luxure. La femme ne peut être qu'idéalisée ou dégradée : ou sainte Marie, ou marie-couche-toi-là. Entre les deux, un espace déserté pendant des siècles, au prix d'innombrables déceptions masculines et d'autant de névroses féminines.

Combien d'hommes sont-ils toujours prisonniers de ce vieux clivage ? À en croire Sigmund Freud, ils étaient encore très nombreux à la fin du XIXe siècle, ceux pour qui l'amour céleste et l'amour terrestre renvoyaient à deux sphères incompatibles. « Là où ils aiment, ils ne désirent pas et là où ils désirent, ils ne peuvent aimer », écrit-il dans l'article « Sur le plus général des rabaissements de la vie amoureuse[1] ». « L'homme ne parvient à une pleine jouissance sexuelle que lorsqu'il peut s'abandonner sans réserve à la satisfaction, ce qu'il n'ose faire par exemple avec son épouse pudique. De là son besoin d'un objet sexuel rabaissé, d'une femme moralement inférieure à laquelle il n'ait pas à prêter des scrupules esthétiques, qui ne le connaisse pas dans sa vie et ne puisse le juger. »

Mais comment l'homme pourrait-il ne pas s'enfermer dans le dualisme mère/pute, quand la morale sexuelle exige de lui qu'il accomplisse son devoir conjugal, en veillant scrupuleusement à ne pas s'attar-

---

[1]. Sigmund Freud, *La Vie sexuelle*, traduit de l'allemand par Denise Berger, Jean Laplanche et collaborateurs, PUF, 1977.

der ni faire jouir son épouse ? Chaque soir au coucher, l'époux doit se souvenir du sixième commandement du Décalogue : « Tu ne seras pas luxurieux », et des paroles de saint Jérôme : « Dans le mariage faire l'amour voluptueusement et immodérément est adultère. » Regarder sa femme nue, couvrir son corps de baisers ardents, est même encore plus « adultère » que de faire les mêmes gestes avec une prostituée, car c'est traiter la mère de ses enfants en putain. Alors, à choisir, pécher pour pécher, autant s'accorder le moins illicite et plus jouissif des deux, en allant au bordel. Mieux vaut fréquenter une femme dégradée que dégrader son épouse. D'autant que tout y encourage.

Très tôt, l'Église et les pouvoirs publics ont reconnu dans la sexualité vénale un outil indispensable à la pérennité du mariage et dans la putain une précieuse alliée du moralisme conjugal. Mariage et prostitution ont toujours fait bon ménage. Au XIXe siècle, sans doute le plus puritain de tous, c'est la préfecture de police qui organise et contrôle la maison de tolérance, considérée comme un « égout séminal ». Pas d'ordre conjugal stable sans érotisme tarifé. La « fille légère » – grisette, lorette, cocotte – est une bouffée d'air, qui permet de supporter la pesanteur étouffante de la vie conjugale. Au bordel, tous les fantasmes sont permis. Dans sa belle *Histoire de l'érotisme*, le chercheur et plasticien Pierre-Marc de Biasi en dresse la liste non exhaustive : « Dans les maisons closes, qui, succès aidant, se sont transformées en véritables "temples" des perversions et de la lubricité, on se "rince l'œil" devant des spectacles relevés de jeunes filles intégralement nues se livrant au saphisme sur un tapis de velours noir, flagellations, bestialité. Mais on peut surtout, parfois au milieu du luxe le plus insensé, s'adonner soi-même à tous ses fantasmes : violer une religieuse, se soumettre à une Chinoise ou uriner sur une naine, se faire prendre par une fille harnachée d'une verge artificielle, subir les caresses des nouveaux appareils à électrisation locale, ou même, comble de perversion, aimer une prostituée qui s'est déguisée en sosie de l'épouse au foyer[1]. »

Mais l'époux peut aussi préférer, aux cuisses d'une prostituée, les lèvres d'une maîtresse. Car, si toute femme peut donner du *plaisir*, seule une femme ardemment désirée donne du *bonheur* et seule une femme aimée donne de la *joie*. Et comme il faudrait un hasard miraculeux pour qu'une épouse que l'on n'a pas choisie nous offre ne serait-ce qu'une seule de ces trois choses, il est impensable de ne pas la tromper. Du moins si l'on veut exister comme être humain. Que vaut une vie sans volupté, sans frissons, sans extase ? Rien, c'est une vie qui ressemble à la mort.

*

Or c'est à cette vie qui n'en est pas une que la femme, elle, est condamnée. Pas de plaisir avec le mari, pas de volupté avec un amant (à moins de se mettre gravement en danger). Souvent, son époux la brutalise, mais elle doit se taire. Elle est emmurée vivante. Comment ne sombre-t-elle pas dans l'hystérie, alors qu'on la

---

1. Pierre-Marc de Biasi, *Histoire de l'érotisme. De l'Olympe au cybersexe,* Gallimard, 2007.

force à aimer et qu'on lui interdit de jouir ? C'est ici que l'on mesure la force de l'*idéologie différentialiste*, qui vise à convaincre la femme que le problème ne se pose pas. Toute son éducation se fonde sur deux postulats : la femme se moque du sexe, l'amour seul lui importe.

Si la *nature* féminine, c'est la faiblesse, l'*essence* féminine, c'est l'amour et le dévouement. « Toute l'éducation des femmes, écrit Rousseau, doit être relative aux hommes. Leur plaire, leur être utile, se faire aimer et honorer d'eux, les élever jeunes, les soigner grands, les conseiller, les consoler, leur rendre la vie agréable et douce, voilà les devoirs des femmes dans tous les temps, et ce qu'on doit leur apprendre dès l'enfance[1]. » La femme est investie d'un *devoir d'amour*, qui lui est présenté comme sa vocation, à la fois terrestre et céleste. Elle est, selon l'expression du pape Jean-Paul II, la « prophétesse de l'amour ». L'amour est sa destination métaphysique. Elle est la gardienne du foyer, des valeurs familiales, et rien d'autre ne peut l'intéresser, par opposition à l'homme qui, lui, n'est pas tenu d'aimer sa femme comme elle l'aime.

L'inégalité juridique et économique se double ainsi d'une inégalité sentimentale, constamment réaffirmée, tout particulièrement au XIXe siècle. L'écrivain et philosophe suisse Henri Frédéric Amiel notait dans son monumental *Journal intime* : « La femme qui s'absorbe dans l'objet de sa tendresse est pour ainsi dire dans la lignée de la nature, elle est vraiment

---

1. Jean-Jacques Rousseau, *Émile ou De l'éducation, op. cit.*

femme, elle réalise son type fondamental. Au contraire, l'homme qui enfermerait sa vie dans l'adoration conjugale, et qui croirait avoir assez vécu en se faisant le prêtre d'une femme aimée, celui-là n'est qu'un demi-homme, il est méprisé par le monde et peut être secrètement dédaigné par les femmes elles-mêmes. La femme vraiment aimante désire se perdre dans le rayonnement de l'homme de son choix, elle veut que son amour rende l'homme plus grand, plus fort, plus mâle, plus actif. Chaque sexe est ainsi dans son rôle : la femme est plutôt destinée à l'homme, et l'homme destiné à la société[1]. »

Voilà qui résume parfaitement l'idéologie différentialiste, idéologie au demeurant très consensuelle, puisqu'elle fédère chrétiens et matérialistes, spiritualistes et positivistes, artistes et scientifiques, royalistes et anarchistes, conservateurs et révolutionnaires. Ainsi, lorsque Alexandra Kollontaï, ambassadrice de l'Union soviétique, osera dénoncer la « captivité sentimentale » de la femme, elle sera critiquée par Trotski et traitée de « décadente » par Lénine. La domination de l'homme sur la femme, dernier vestige des valeurs d'Ancien Régime, est un bastion inébranlable. Le monde peut bien se renverser, le pauvre se soulever contre le puissant, l'athée contre le croyant, l'ordre patriarcal est indétrônable.

Fait significatif de leur aliénation, les femmes elles-mêmes sont parfois les plus ardentes prosélytes de la soumission féminine, tant elles sont mystifiées par la propagande essentialiste. Ainsi de Mme Leprince

---

1. Cité dans *Histoire du mariage, op. cit.*

de Beaumont, qui conseille les futures épouses dans *Le Magasin des adolescentes* en 1760 : « Une femme a tort de ne pas se prêter aux bizarreries de son mari. Il faut qu'elle se mette bien dans l'esprit, en se mariant, qu'elle prend un maître auquel elle doit sacrifier ses goûts, ses inclinations, et même ses penchants les plus innocents. » Seules quelques voix s'élèveront alors pour dénoncer l'oppression de la femme, comme celle du philosophe utopiste Charles Fourier : « Comment la femme pourrait-elle échapper à ses penchants serviles et perfides quand l'éducation l'a façonnée dès l'enfance à étouffer son caractère pour se plier à celui du premier venu que le hasard, l'intrigue ou l'avarice lui choisiront pour époux ? se demande-t-il. Le mariage est le tombeau de la femme, le principe de toute servitude féminine[1]. » Or, « partout où l'homme a dégradé la femme, il s'est dégradé lui-même » et s'est rendu malheureux, tant « le bonheur de l'homme, en amour, se proportionne à la liberté dont jouissent les femmes ».

Combien de siècles aura-t-il fallu attendre pour que ce genre de propos ne paraisse pas totalement irrecevable ? Une éternité.

*

Ce n'est qu'à partir de la seconde moitié du XXe siècle que l'on commencera enfin à penser la femme non plus comme le « sexe faible », mais

---

1. Charles Fourier, *Théorie des quatre mouvements,* Les Presses du réel, 2009 ; de même pour les citations suivantes.

comme le « deuxième sexe », que l'on acceptera qu'elle travaille et qu'elle renonce au mariage et à la maternité. À cet égard, la philosophe Simone de Beauvoir a exercé une influence décisive sur la prise de conscience, par la femme, de son conditionnement culturel à la soumission. Dans un passage extraordinaire du *Deuxième Sexe*, intitulé « L'amoureuse », elle se livre à une psychologie de la « servitude volontaire », dans laquelle encore bien des femmes peuvent aujourd'hui se reconnaître : « Le mot *amour* n'a pas du tout le même sens pour l'un et l'autre sexe et c'est là une source de graves malentendus qui les séparent. Byron a dit justement que l'amour n'est dans la vie d'un homme qu'une occupation, tandis qu'il est la vie même de la femme. C'est la même idée qu'exprime Nietzsche dans *Le Gai Savoir* : "Le même mot d'amour, dit-il, signifie en effet deux choses différentes pour l'homme et pour la femme. Ce que la femme entend par amour est assez clair : ce n'est pas seulement le dévouement, c'est un don total de corps et d'âme, sans restriction, sans nul égard pour quoi que ce soit. C'est cette absence de condition qui fait de son amour une foi, la seule qu'elle ait. Quant à l'homme, s'il aime une femme c'est cet amour-là qu'il *veut* d'elle ; il est par conséquent bien loin de postuler pour soi le même sentiment que pour la femme ; s'il se trouvait des hommes qui éprouvassent aussi ce désir d'abandon total, ma foi, ce ne seraient pas des hommes."[1] » L'homme, poursuit Beauvoir, peut

---

1. Simone de Beauvoir, *Le Deuxième Sexe,* t. 2, Gallimard, 1949 ; de même pour les citations suivantes.

parfois être un amant passionné, il n'est pour autant jamais un « grand amoureux ». Même s'il tombe à genoux devant sa maîtresse, il reste un « sujet souverain ». La femme aimée n'est qu'une « valeur parmi d'autres » ; il veut l'intégrer à sa vie, non y engloutir son existence entière. « Pour la femme au contraire, l'amour est une totale démission au profit d'un maître. »

Mais Beauvoir ne s'arrête pas à ce constat. Elle cherche à montrer qu'il ne s'agit pas là d'une *loi de la nature*, mais d'une *différence de situation*. Alors que l'homme, qui s'est construit comme un authentique sujet, *agit*, en élargissant sa prise sur le monde, la femme, considérée comme un « être inessentiel », ne peut se réaliser dans des actes. Tandis que l'homme a « le goût généreux de la transcendance », la femme, vouée à l'immanence, « ne peut pas trouver l'absolu au cœur de sa propre subjectivité ».

« Enfermée dans la sphère du relatif, destinée au mâle dès son enfance, habituée à voir en lui un souverain à qui il ne lui est pas permis de s'égaler, ce que rêvera la femme qui n'a pas étouffé sa revendication d'être humain, c'est de dépasser son être vers un de ces êtres supérieurs, c'est de s'unir, de se confondre avec le sujet souverain ; il n'y a pas pour elle d'autre issue que de se perdre corps et âme en celui qu'on lui désigne comme l'absolu, comme l'essentiel. Puisqu'elle est de toute façon condamnée à la dépendance, plutôt que d'obéir à des tyrans – parents, mari, protecteur – elle préfère servir un dieu ; elle choisit de vouloir si ardemment son esclavage qu'il lui apparaîtra comme l'expression de sa liberté ; elle s'efforcera de surmonter sa situation d'objet inessentiel en l'assumant radicalement ; à travers sa chair, ses sentiments, ses conduites, elle exaltera souverainement l'aimé, elle le posera comme la valeur et la réalité suprêmes : elle s'anéantira devant lui. L'amour devient pour elle une religion. »

L'homme aimé est un dieu qui permet d'abord à la femme de ressusciter son enfance, lorsqu'elle était protégée par la bienveillance parentale. « La femme est heureuse que l'amant l'appelle *"ma petite fille, mon enfant chérie"* ; les hommes savent bien que ces mots : *"Tu as l'air d'une toute petite fille"* sont parmi ceux qui touchent le plus sûrement le cœur des femmes (…) *"Baby, mon bébé"*, murmure l'amant ; et la femme se nomme *"ta petite, ta toute petite"*. »

J'ouvre une parenthèse, pour signaler que Beauvoir elle-même fut subjuguée par le paternalisme de Sartre. Elle note dans ses *Mémoires* qu'une des premières paroles aimantes que lui ait adressées le jeune Jean-Paul, l'été qui suivit l'agrégation de philosophie, alors qu'il repartait du Limousin où elle l'avait invité quelques jours, fut : « Vous ne savez pas quelle tendresse il y a sur votre visage, chère petite fille[1]. » Elle avait trouvé son maître.

D'ailleurs, à partir de ce passage de « L'amoureuse », il semble que Beauvoir se confonde avec la femme idolâtre qu'elle décrit. Il y a trop d'émotion et de vérité dans ce texte, pour qu'on n'y reconnaisse pas l'amoureuse de Sartre qu'elle fut, passionnément,

---

1. Hazel Rowley, *Tête-à-tête : Beauvoir et Sartre, un pacte d'amour*, traduit de l'anglais par Pierre Demarty, Grasset, 2006.

toute sa vie. Lorsqu'elle évoque la vénération de Juliette Drouet pour Victor Hugo, ses journées d'attente interminables, ses innombrables lettres à l'aimé, ne se décrit-elle pas elle-même, toujours *tendue* vers son dieu, au point de s'oublier en lui ? « La mesure des valeurs, la vérité du monde sont dans sa conscience à lui ; c'est pourquoi ce n'est pas encore assez de le servir. La femme essaie de voir avec ses yeux ; elle lit les livres qu'il lit, préfère les tableaux qu'il préfère, elle ne s'intéresse qu'aux paysages qu'elle voit avec lui, aux idées qui viennent de lui ; elle adopte ses amitiés, ses inimitiés, ses opinions ; quand elle s'interroge, c'est sa réponse à lui qu'elle s'efforce d'entendre ; elle veut dans ses poumons l'air qu'il a déjà respiré ; les fruits, les fleurs qu'elle ne reçoit pas de ses mains n'ont ni parfum ni goût (…) : le centre du monde, ce n'est plus l'endroit où elle se tient mais celui où se trouve l'aimé ; toutes les routes partent de sa maison et y conduisent (…) Elle est une autre incarnation de l'aimé, son reflet, son double : elle est lui. Son propre monde, elle le laisse s'effondrer dans la contingence : c'est dans son univers à lui qu'elle vit[1]. »

D'où vient ce rêve d'anéantissement ? D'une quête désespérée de « salut ». La femme ne se sent *justifiée d'exister* que lorsqu'elle est aimée. Lorsqu'elle vit sans amour, son existence lui paraît « vaine, sans valeur, vide » ; il lui semble qu'elle n'a pas le droit de s'aimer elle-même. Mais dès qu'un homme l'aime, elle a enfin « la permission de se chérir à travers l'amour qu'elle

---

[1]. Simone de Beauvoir, *Le Deuxième Sexe*, *op. cit.* ; de même pour les citations suivantes.

inspire ». Tout son univers, son visage, ses courbes, ses souvenirs d'enfance, ses chagrins passés, ses robes, ses habitudes... ont enfin une raison d'être. « Tout ce qu'elle est, tout ce qui lui appartient échappe à la contingence et devient nécessaire : elle est un merveilleux cadeau au pied de l'autel de son dieu », qui l'élève ainsi « au-dessus des mortels ».

Hélas, la femme, qui cherchait le salut dans l'amour, va bientôt s'y noyer. L'amour féminin est voué à la tragédie. Pourquoi ? Parce qu'il est parfaitement contradictoire. En effet, la femme voudrait être, pour l'homme qu'elle aime, l'équivalent de ce qu'il est pour elle, à savoir *tout*. « L'homme est tout pour elle, alors elle voudrait être tout pour lui. » Mais le « douloureux paradoxe », c'est que si l'homme l'aimait de cette façon, inconditionnelle et mystique, elle ne l'aimerait plus. Un homme qui s'abandonnerait complètement à elle, un homme entièrement sous son emprise, « ne pourrait plus offrir ce socle, cette réassurance dont elle est en quête » ni « pallier son déficit d'être ». Un dieu captif n'est plus un dieu.

Par où l'amour ne peut conduire la femme qu'au désespoir. « Car l'amante qui demande à l'amant d'être héros, géant, demi-dieu, réclame de n'être pas tout pour lui alors qu'elle ne peut connaître de bonheur qu'à condition de le contenir tout entier en elle. » Au fond, le tragique de l'amour féminin, c'est que la femme « voudrait être aimée d'un homme qui l'aimerait *comme une femme* ». C'est pourquoi elle ne peut que se mentir à elle-même. Avec une évidente mauvaise foi, elle confond tout : elle prend l'érection pour du désir, le désir pour de l'amour et l'amour pour de la religion. Pire, elle force l'homme au mensonge : « Tu m'aimes ? Autant qu'hier ? Tu m'aimeras toujours ? Adroitement, elle pose les questions au moment où le temps manque pour donner des réponses nuancées et sincères, ou bien les circonstances les interdisent ; c'est au cours de l'étreinte amoureuse, à l'orée d'une convalescence, dans les sanglots ou sur le quai d'une gare qu'elle interroge impérieusement ; des réponses arrachées, elle fait des trophées ; et, faute de réponses, elle fait parler les silences ; toute véritable amoureuse est plus ou moins paranoïaque. »

« Paranoïaque », comment ne le serait-elle pas ? Elle est tombée dans un piège. Aux tout débuts de leur amour, son amant était fougueux, passionné, il ne pouvait rester un seul jour sans la voir. Aujourd'hui, il va, il vient, il voyage, il vit sa propre vie, une vie dans laquelle elle n'occupe plus la première place. L'homme a donné un instant l'illusion de l'*absolu*, mais son amour, en s'inscrivant dans la durée, n'est que *relatif*, il semble varier d'un jour à l'autre et n'offre plus aucun caractère de certitude. Dans l'instant où l'homme désire une femme, sa fougue semble défier le temps, « il la veut avec passion, il ne veut qu'elle ». Mais hélas, son amour n'est absolu que *dans l'instant.* « Dupée, la femme passe à l'éternel. (...) Mais le désir mâle est aussi fugace qu'impérieux ; une fois assouvi, il meurt assez vite tandis que c'est le plus souvent après l'amour que la femme devient sa prisonnière. »

« Après l'amour » : c'est là en effet qu'apparaît dans toute sa cruauté le fossé qui sépare l'homme et la femme. Alors que la femme, après les étreintes, n'est jamais « définitivement délivrée de l'envoûtement charnel », l'homme, lui, se retourne et s'endort. « Pour la femme, le sommeil de l'homme est avarice et trahison. » Comment peut-il s'enfuir aussi lâchement ? Comment peut-il être devenu ce corps bêtement inerte ? « Pour la femme, le dieu, le maître ne doit pas s'abandonner au repos de l'immanence : c'est d'un regard hostile que la femme contemple cette transcendance foudroyée. »

Beauvoir cite ici un extrait de *Je hais les dormeurs*, de Violette Leduc, se terminant par : « Maintenant tu dors. Ton effacement n'est pas honnête (…) Toi quand tu dors, je te hais[1]. » Je pense aussi à ce passage de *Belle du Seigneur,* dans lequel, aussitôt après l'amour, Ariane redevient pour Solal une chose encombrante et gluante, au sens propre. Alors qu'elle caresse l'épaule nue de son amant, il est traversé par des pensées cyniques : « Ô torture de ces douceurs subséquentes. De plus, elle était trop près de lui, et sa moiteur était collante. Il s'écarta et il y eut, provoqué par le décollage, un petit bruit de ventouse détachée. Voilà qu'elle se recollait maintenant. Par amour, bien sûr. Se décoller de nouveau serait désobligeant. Tant pis, souffrir, rester collé, être bon, aimer cette prochaine vraiment trop proche. Je suis odieux, pensa-t-il, oui, odieux car ce passage du sexuel à la tendresse est beau, et je devrais l'en respecter, mais je suis un affreux[2]. » À en croire Beauvoir, Solal n'est pas un « affreux », mais un homme, semblable à tous les

---

1. Violette Leduc et Béatrice Cussol, *Je hais les dormeurs*, Les Éditions du chemin de fer, 2012.

2. Albert Cohen, *Belle du Seigneur*, Gallimard, 1968.

autres. La jouissance est toujours pour l'homme une « petite mort », dans laquelle il s'absente de lui-même, tandis que, pour la femme, le plaisir est comme un grand souffle de vie qui la pénètre. L'orgasme la réveille, la régénère, la stimule... et la rend encore plus passionnée.

Mais la femme amoureuse a d'autres bonnes raisons d'être « paranoïaque ». Car elle n'est pas la seule à se complaire dans la contradiction. De même qu'il y a un *paradoxe féminin* de l'amour, il y a un *paradoxe masculin*, qui s'articule autour du *même* et de l'*autre*. Ce qui attire d'abord l'homme, chez une femme, c'est qu'elle est autre, étrangère, différente. C'est cette nouveauté qui le séduit. Mais bientôt, celle qui était autre va, au fil des jours, devenir la même, et, par là, perdre de sa magie. Elle ne surprend plus, elle ne captive plus, elle s'est intégrée dans le paysage, au point qu'il commence à s'ennuyer avec elle. L'homme cherchait dans la femme son reflet, mais dès qu'il l'a trouvé, il s'en lasse. Elle n'est plus qu'une « servante », un « miroir trop docile », un « écho trop fidèle »[1]. Quand elle comprend que son amour l'a défigurée et anéantie aux yeux du maître, « sa détresse lui ôte encore du prix ; dans les larmes, les revendications, les scènes, elle achève de perdre tout attrait ».

La femme a peur : peur d'une rivale, peur de perdre l'amour, peur de redevenir une « existence injustifiée ». Alors elle s'accroche, désespérément, et c'est là qu'elle est le plus pathétique : elle change de coiffure,

---

1. Simone de Beauvoir, *Le Deuxième Sexe*, *op. cit.* ; de même pour les citations suivantes.

de maquillage, ou s'achète une nouvelle robe, pensant reconquérir son amant. Mais elle ne fait, au mieux, que rallumer son désir physique. Elle a cessé, définitivement, de le fasciner. « Tout effort est vain : elle ne ressuscitera pas en elle cette image de l'Autre qui l'avait d'abord attiré, qui peut l'attirer chez une autre. » Le paradoxe de l'amoureux, c'est qu'il désire que sa maîtresse soit « absolument sienne et pourtant étrangère », il la veut identique à elle-même *et* différente d'elle-même, immobile *et* surprenante. « Cette contradiction déchire la femme et la voue à l'échec. »

Même lorsqu'elle tente, en désespoir de cause, de le rendre jaloux, fait la mystérieuse et s'éloigne, c'est encore elle qui est le plus en danger. Car, si l'homme la dédaigne parce qu'elle est « sienne », c'est aussi parce qu'elle est « sienne » qu'il lui est attaché. Il veut la femme libre, mais il la veut aussi « donnée ». La femme sait que le jeu de l'indifférence feinte est risqué et « sa coquetterie en est paralysée ». Terrifiée par son propre piège, elle s'enfonce dans la maladresse et se sent coupable d'avoir voulu duper son dieu. « Si elle gagne la partie, elle détruit son idole ; si elle la perd, elle se perd elle-même. Il n'y a pas de salut. »

La femme est donc condamnée à souffrir, du moins tant qu'elle n'aura pas d'identité propre, tant qu'elle sera vouée à ne vivre qu'à travers l'homme, tant qu'elle se comportera en *être-pour-autrui* en sacrifiant son *être-pour-soi*, bref, tant qu'elle ne sera pas, comme l'homme, un *sujet libre*. Si elle parvient à conquérir son indépendance, à cultiver des buts propres, à reprendre possession d'elle-même, l'amoureuse pourra enfin aimer sans se laisser engloutir. « Le jour où il sera possible à la femme d'aimer dans sa force et non dans sa faiblesse, non pour se fuir, mais pour se trouver, non pour se démettre, mais pour s'affirmer, alors l'amour deviendra pour elle comme pour l'homme source de vie et non mortel danger. »

C'est sur cet espoir que s'achève le chapitre « L'amoureuse », comme une main tendue aux générations futures.

*

Les femmes d'aujourd'hui ont-elles entendu le message de Simone de Beauvoir ? Leur indépendance économique leur a-t-elle apporté la souveraineté sentimentale ? Parviennent-elles à aimer librement ? Pour un grand nombre d'entre elles, cela n'est pas si sûr.

Ne sont-elles pas toujours aussi nombreuses à demeurer prisonnières de l'archaïque « complexe de Cendrillon » ? Parfois, au fond d'une solitude absolue, dans l'isolement le plus complet, elles attendent patiemment, pleines d'un espoir fou, le sauveur qui viendra miraculeusement leur révéler leur identité et donner une valeur à leur existence. On ne se défait pas aussi facilement d'un héritage de plus de deux millénaires d'imaginaire féminin.

La femme est encore souvent la première à adhérer inconsciemment au préjugé différentialiste, en vertu duquel l'amour et la maternité sont la nécessaire finalité du destin féminin. C'est la raison pour laquelle elle accepte toujours implicitement l'idée selon laquelle c'est à elle qu'incombe prioritairement le devoir d'amour. Elle *doit* aimer, elle est la vestale de l'amour, la gardienne du mariage et de la famille. Le désamour, et le divorce qui pourrait s'ensuivre, n'est pas seulement pour elle une catastrophe – il l'est aussi pour l'homme –, mais une sorte de cataclysme *ontologique*. S'il en va de son être d'aimer, si l'amour est sa nature profonde et sa vocation, alors échouer en amour, c'est « rater sa vie ».

Certes, le militantisme féministe a contribué à faire considérablement évoluer les mentalités. Les femmes ont mis fin à la division sexuelle du travail et massivement investi le monde public. Elles « assurent » et « s'assument ». Elles ne sont plus un objet de tractation entre deux pères de famille, elles découvrent tôt la sexualité, se marient par amour, divorcent et se remarient. Elles ont redéfini leur rôle social, le partage des tâches domestiques et impliquent les pères dans l'éducation des enfants. Pour autant, la liberté amoureuse de la femme est en grande partie illusoire.

En effet, qu'en est-il de la traduction, dans les faits, de l'idéal égalitariste ? Dans *La Déliaison amoureuse*, le sociologue Serge Chaumier montre la dimension mystificatrice de la vulgate du « partage des tâches » : « Les enquêtes sociologiques établissent que même les ménages qui ont un idéal égalitariste au départ finissent le plus souvent par reproduire les modèles traditionnels. (…) Malgré toutes les évolutions que l'on observe, les nouveaux couples demeurent également enfermés dans des rôles stéréotypés qui vont en s'accentuant avec le temps. Si le partage des tâches est devenu la norme idéologique, il n'est pas la réalité ; le couple est toujours une machine à reproduire les différences sexuelles. La répartition inégalitaire se réinstalle fatalement. » Dans la plupart des couples « modernes », mariés ou non, c'est la femme qui reste préposée à la sphère du quotidien : cuisine, ménage, maternage. Le rapport de l'homme au foyer et aux charges familiales est sinon plus léger, du moins plus discontinu, plus dégagé de la matérialité brute et répétitive de la vie domestique.

Égaux, l'homme et la femme ? Pas encore. Sans parler des inégalités persistantes en termes de reconnaissance professionnelle, de statut et de rémunération, une autre forme d'inégalité semble intangible : l'*inégalité amoureuse*. Certes, la femme s'est libérée, mais est-elle, pour autant, libre d'aimer ? En s'émancipant de l'autorité du père et du mari, la femme a bien sûr accompli un saut gigantesque, mais l'autonomie et la liberté ne sont pas synonymes. En réalité, la « femme libérée » des temps postmodernes a parfois tout d'une esclave.

Alors que la femme d'autrefois passait ses journées à attendre son mari, celle d'aujourd'hui n'a plus une seule minute à elle. Assujettie aux mêmes horaires professionnels que l'homme, soumise au même stress, elle est en outre plus que jamais sollicitée dans son rôle de mère. Le credo contemporain de l'épanouissement de l'enfant, placé au centre de la famille, la nécessité accrue de le protéger contre des périls nouveaux (drogue, alcoolisme juvénile, internet, violence scolaire…), l'angoisse liée à son avenir (chômage, précarité, logement, péril écologique) génèrent des contraintes inédites, excessivement lourdes. La femme n'a plus le droit de négliger les devoirs, la dentition, l'équilibre alimentaire, le sport, le niveau d'anglais, les activités extrascolaires et les fréquentations de ses enfants (sans compter les heures passées à faire la queue chez les opérateurs téléphoniques, pour changer un forfait, déclarer une perte de mobile, ou encore – j'adore ce néologisme – le faire « désimlocker »). Autrefois, la petite bourgeoise avait une « bonne » ; aujourd'hui, la bonne, c'est elle. Mais elle est aussi chauffeur, répétitrice, animatrice, et, si possible, psychologue... Jamais l'expression « bonne à tout faire » n'a eu autant de signification.

Ces tyrannies nouvelles ont immanquablement des répercussions sur sa vie sentimentale. Où peut-elle désormais puiser l'énergie nécessaire pour envelopper son mari d'amour et lui faire chaque nuit la danse des sept voiles ? Comment parvenir à être à la fois mère, épouse et maîtresse ? N'est-ce pas une équation impossible ? Car même constamment débordée, la femme libérée est tenue de rester désirable. La presse, la publicité, la télévision la harcèlent de préceptes contraignants et onéreux pour entretenir son « capital » beauté-jeunesse-séduction, transformant insidieusement les canons esthétiques en normes morales. Ainsi s'ajoute, à la longue liste de ses devoirs professionnels et familiaux, un devoir de beauté et de jeunesse. Résultat, la femme idéale du début du XXIe siècle a des journées d'au moins seize heures : huit pour le travail, deux pour les transports (les siens et ceux de ses enfants), deux pour les devoirs, deux pour les tâches ménagères. Mais il faut encore qu'elle soumette son emploi du temps à d'acrobatiques contorsions, afin de dégager du temps pour rester belle, faute de quoi son mari risque d'aller chercher un peu de féminité et de sophistication dans d'autres bras. Elle est prévenue : si elle déroge à son devoir de sex-appeal, elle ne court pas seulement le risque d'être trompée, comme autrefois, mais, beaucoup plus grave, d'être quittée pour une autre, plus appétissante.

Le mariage d'amour, associé à la légalisation du divorce et au culte de la jeunesse, a ainsi condamné la femme à une angoissante précarité sentimentale. Car si l'amour est une totalité, alors c'est tout ou rien. Ou la fusion monogamique, ou le divorce. « Ce n'est pas seulement le caprice, l'égoïsme qui tuent les unions, c'est la quête d'une passion permanente comme ciment de l'union. C'est l'intransigeance folle de ces amants ou conjoints qui ne veulent aucun compromis : ou la ferveur ou la fuite, pas de demi-mesure », écrit le philosophe et écrivain Pascal Bruckner dans *Le Paradoxe amoureux*[1]. C'est ainsi qu'une quantité effroyable de femmes se retrouve, aux rivages maudits de la quarantaine, lâchées par leur mari, sans avoir très bien compris ni pourquoi ni comment. Du jour au lendemain, elles ont tout perdu : non seulement, bien souvent, la sécurité matérielle, mais plus profondément, la raison d'être de leur existence : l'amour. Certaines, hélas, ne s'en remettent jamais.

Car l'inégalité sociologique se double d'une inégalité biologique. À la différence de la femme, le pouvoir de séduction de l'homme croît avec l'âge. Ses tempes grisonnent, des pattes-d'oie apparaissent au coin de ses yeux, mais sa surface sociale est plus importante, sa voiture est plus grosse et il est plus sûr de lui. Bref,

---

1. Pascal Bruckner, *Le Paradoxe amoureux*, Grasset, 2009.

ses « atouts reproductifs » grandissent au fil du temps. À l'inverse, ceux de la femme – beauté et jeunesse – dégénèrent inexorablement. Ainsi, tandis que l'homme est de plus en plus désirable, son épouse l'est de moins en moins. Comment n'irait-il pas chercher, dans les bras d'une femme plus jeune, son équivalent sur l'échelle de la désirabilité ?

D'autant que les moyens de communication modernes offrent à l'adultère la facilité et la discrétion qui lui ont toujours fait défaut. Autrefois, l'épouse pouvait joindre l'époux « en voyage d'affaires », en passant par la réception de l'hôtel qu'il lui avait indiqué. Aujourd'hui, il est joignable sur son « 06 », et peut donc s'évader où bon lui semble. Il peut aussi discuter par mail toute la nuit avec sa maîtresse, tandis que son épouse dort à côté de lui. Il peut ainsi, grâce à l'intimité tactile de son ordinateur portable, pratiquer l'adultère virtuel. Certes, la révolution numérique a aussi profité aux femmes, qui sont, dit-on, de plus en plus nombreuses à être infidèles, mais remettons les choses à leur juste place : la femme, du moins tant qu'elle est mère d'enfants en bas âge, est bien trop occupée pour tromper son mari. Et quand elle s'octroie un amant, elle le rejoint dévorée de culpabilité, tant à l'égard de son époux qu'à l'égard de ses petits, auxquels elle a le sentiment angoissant de voler du temps.

Jeune, la femme est donc trop accaparée par ses contraintes pour aimer et rester aimable ; mûre, elle est plus disponible, mais de moins en moins séduisante ; divorcée, elle est plus que jamais submergée par l'éducation des enfants, car très souvent il ne lui reste plus qu'un week-end sur deux pour penser à elle, tandis que son ex-mari redécouvre, le reste du temps, le bonheur du célibat. L'homme et la femme sont donc toujours aussi inégaux devant la *liberté d'aimer*.

En définitive, les seules femmes libres d'aimer sont celles qui ont les moyens financiers de rester désirables et de déléguer les corvées domestiques, ou encore celles qui choisissent de renoncer au mariage et à la maternité, autant dire une minorité.

*

Faudrait-il conclure de tout cela que le mâle occupe toujours la place incontestée de maître ? Ce serait, à mon sens, sous-estimer les énormes répercussions de l'émancipation féminine sur le sentiment viril de *toute-puissance*, lequel relève d'ailleurs sans doute davantage du fantasme que de la réalité. Tout homme est-il un chef suprême, absolu et infaillible, qui fait souffrir les femmes, mais tire toujours son épingle du jeu ? L'homme est-il, par essence, libre de sentir, d'aimer et de jouir ? Et si cette suprématie virile était, tout comme l'essence féminine, une construction culturelle, davantage qu'une constante psychologique ?

Les hommes, libres d'aimer sans se brûler ? Toujours triomphants, jamais perdants, systématiquement dominants ? C'est ce que toute l'histoire de la philosophie et de la littérature dément avec force. Si les sages ont consacré tant de pages à prévenir contre le piège amoureux, c'est parce que la longue observation des pratiques humaines les avait persuadés de son universalité. Hommes ou femmes, personne n'échappe à l'amour, ni, de ce fait, à la souffrance. C'est la raison pour laquelle la philosophie est aussi indispensable : pour apprendre à supporter la douleur. « Supporte et abstiens-toi », disait Épictète.

Les hommes tombent amoureux, tremblent, attendent, soupirent, écrivent, étouffent, maigrissent, pleurent, crient, se suicident, exactement comme les femmes. Si ce n'était pas le cas, il n'y aurait tout simplement pas eu de littérature. Dante, Goethe, Shakespeare et Racine (pour n'en citer qu'une poignée d'une liste interminable d'auteurs masculins) auraient accouché d'une œuvre mineure, les tribunaux et les divans de psychanalyste ne seraient pas encombrés d'hommes désemparés, et chaque rentrée littéraire ne nous offrirait pas son lot de délicieuses surprises, pour dire et redire, avec des mots nouveaux, l'enfer de l'amoureux.

L'une d'elles m'a particulièrement bouleversée, en 2007 : *Avant, pendant, après,* de Jean-Marc Parisis. Le passage suivant se situe, évidemment, « après » : « À celui qui n'a jamais souffert, l'amour offre un beau baptême de la douleur. En temps de paix, la douleur d'amour est la seule peine considérable. Celle que l'on ne soupçonnait pas, qui vous étonne, vous perd, vous épouvante par son pouvoir de déportation, d'avancement, de transcendance. On s'y sent vivant, mais si loin de ses bases. Et l'angoisse qui vous étreint n'est pas celle de mourir, mais d'accepter la nouvelle vie que vous fait la douleur[1]. »

---

1. Jean-Marc Parisis, *Avant, pendant, après*, Stock, 2007.

Oui, les hommes se damnent, depuis toujours, à cause des femmes. Ils peuvent en devenir l'esclave, le jouet ou le caprice, s'humilier, devenir fous, voire dangereux, par amour. Ils peuvent, comme les femmes, se laisser déposséder d'eux-mêmes. L'homme et la femme sont *égaux devant le mal d'amour.*

Si inégalité il y a entre l'homme et la femme, elle joue d'ailleurs maintenant souvent en défaveur de l'homme, selon un processus qui va en s'accentuant depuis les dernières décennies du XXᵉ siècle. Car la femme d'aujourd'hui a beau être asservie à de nouveaux diktats, elle a néanmoins conquis la liberté suprême : la maîtrise souveraine de sa fécondité. En obtenant le droit à la contraception, puis à l'avortement, elle a accaparé le contrôle de la reproduction. Ainsi, au complexe de paternité – « suis-je vraiment le père de l'enfant ? » – est venu s'ajouter, pour l'homme, un complexe que l'on pourrait appeler le « complexe de dépaternité » : « Qu'adviendra-t-il de mes précieux spermatozoïdes ? »

Privé de la maîtrise de la reproduction, l'homme voit aussi sa *domination sexuelle* violemment contestée. Guy Scarpetta regrette ainsi que le premier féminisme, libérateur, ait cédé la place à un « féminisme de censure », répressif et castrateur. Dans ses *Variations sur l'érotisme*, il déplore la lutte contre la femme-objet, qui condamne le maquillage, la parure et la théâtralité séductrice, ou invite les femmes à défiler en brûlant leur soutien-gorge. Pour cet amoureux des femmes, l'acharnement puritain contre le « jeu d'objet », qui interdit à la femme de jouer avec les clichés du féminin, est profondément anti-érotique.

« Pas d'érotisme sans que chacun, homme ou femme, se mette en position d'être un objet pour l'autre. [...] Car dès qu'on entre dans le jeu de la séduction, on ne se contente pas de considérer le partenaire en objet, on se transforme aussi soi-même (qu'on soit homme ou femme) en objet. » Ce que les féministes pures et dures refusent de comprendre, écrit Scarpetta, c'est que l'érotisme « relève justement des détours du désir, du jeu trouble des artifices, du vertige de la psychologie évanouie », que l'érotisme est fondamentalement *antinaturaliste*.

La condamnation féministe de la femme-objet postule au contraire un désir rivé au « corps naturel » et rêve d'une utopique « transparence des relations » : une sexualité naturelle, sans mensonge, sans manipulation, sans artefact, sans mystère, sans perversité, sans faux-semblant, dans l'harmonie des subjectivités.

Bref, le naturalisme féministe voudrait nous faire croire qu'une femme est plus désirable entièrement nue, sans maquillage, sans vernis à ongles et sans épilation, que maquillée, parfumée, en porte-jarretelles, les ongles peints en rouge, allumant une cigarette ou se caressant les cheveux, au téléphone avec un autre homme. Grave erreur, selon Scarpetta, qui ne croit pas à l'utopie d'une sexualité *naturelle* et *positive*. Pour lui, la rhétorique féministe a tout bonnement évacué l'érotisme, lequel suppose un jeu ambigu avec les codes, les interdits et les clichés.

Mais il y a plus grave : en dénonçant la femme-objet, le féminisme répressif aurait conduit à une police des représentations et des mœurs très dommageable pour l'homme, toujours suspecté d'être coupable, et pour la femme, systématiquement *victimisée*. Tant et si bien que, comme le remarque le psychanalyste Michel Schneider dans *La Confusion des sexes*, nous assisterions aujourd'hui à une crise de la masculinité : l'homme se sentirait « coupable de ne pas être une femme[1] ». Forcé de mettre au pas sa puissance virile, l'homme aurait ainsi perdu la liberté d'introduire dans les jeux érotiques tout ce qui pourrait ressembler à de la violence ou de la sauvagerie, même sous forme métaphorique. Il serait en outre soumis à une censure verbale, lui interdisant de prononcer des obscénités, jugées dégradantes pour la femme. Bref, l'homme devrait se cantonner à une sexualité muette, policée, prévenante et galante et, par là, se priver d'érotisme authentique.

Les ultraféministes voudraient-elles nous ramener aux temps névrotiques du puritanisme ? Faudrait-il à nouveau moraliser la sexualité et réglementer la bonne et la mauvaise manière de vivre ses désirs et de faire l'amour ? L'obsession du harcèlement sexuel ne conduit-elle pas à une surinterprétation, dans un sens nécessairement coupable, des expressions multiformes de la séduction ? Certes, les auteurs de crimes sexuels doivent être sévèrement punis, *a fortiori* lorsqu'ils occupent une position de pouvoir. Les affaires récentes achèvent de nous en convaincre. Mais n'est-il pas utile de rappeler que tout homme n'est pas pour autant un violeur en puissance ?

Après le temps de l'angoisse masculine des « fureurs utérines » de la femme, voici venu le temps

---

1. Michel Schneider, *La Confusion des sexes*, Flammarion, 2007.

de la terreur féminine des *fureurs phalliques* de l'homme. Aurions-nous fait tout ce chemin pour ça : diaboliser l'homme, en lieu et place de la femme ? La femme se serait-elle battue contre l'essentialisation du féminin, pour aboutir, *in fine,* à une essentialisation du masculin ?

*

A-t-il jamais existé réellement, cet homme par essence libre de désirer, d'aimer et de jouir, ce sujet transcendant que décrit Simone de Beauvoir ? Si elle se reconnaissait dans l'amoureuse, Sartre, lui, ne s'identifiait certainement pas à la figure triomphale du dominateur, et encore moins à celle du priapique indifférent. Il était le contraire d'un conquérant léger. Toutes les femmes qu'il a aimées l'ont fait souffrir, à l'exception, sans doute, de Beauvoir, la seule dont il n'ait jamais pu douter de l'amour indéfectible.

Sartre était un don Juan mais s'intéressait peu au sexe. Parce qu'il détestait son propre corps, la chair lui répugnait, la vie organique et grouillante des entrailles lui retournait le cœur. Au mieux parvenait-il, avec les femmes aimées, à un état d'« indifférence sexuelle », selon ses propres termes, mais il ne s'abandonnait jamais. « Je faisais l'amour souvent, mais sans un très grand plaisir. Juste un petit plaisir à la fin, mais assez médiocre[1]. » Il se forçait à faire l'amour, sauf avec Beauvoir. Très tôt, à la fleur de la trentaine, ils

---

1. Cité par Simone de Beauvoir, in *La Cérémonie des adieux*, Gallimard, 1981.

durent reconnaître que c'était inutile de continuer à faire semblant. « Il n'est pas passionné par la sexualité, écrit Beauvoir à son amant américain Nelson Algren, peu à peu, ça nous parut inutile, voire indécent de continuer à coucher ensemble[1]. »

L'exemple de Sartre prouve que tous les hommes ne sont pas travaillés par la pulsion sexuelle au même titre. Mais on pourrait aller encore plus loin, et montrer qu'en définitive, si l'homme *possède* la femme, jamais il ne parvient à *jouir* d'elle. Dans un essai détonnant, intitulé *Le Nouveau Désordre amoureux,* les philosophes Alain Finkielkraut et Pascal Bruckner dépeignent un homme profondément angoissé et toujours déçu par le coït : « La relation sexuelle pour l'homme, c'est l'histoire toujours dramatique d'un être qui veut jouir du corps d'une femme, et finit invariablement par jouir de ses propres organes. Et du plaisir masculin, le moins que l'on puisse dire c'est qu'il est bref et faible. L'éjaculation est une promesse qui ne peut pas être tenue : l'homme a l'impression qu'il va s'envoler, éclater mais il s'écrase, il s'affale, il s'essouffle. (...) Déjà fini, pense-t-il : mais il avait à peine commencé à perdre la tête et maintenant tout est parti. L'éjaculation, c'est toujours le "ce n'est pas ça" (...) L'éjaculation n'est pas seulement précaire, elle est toujours précoce, en avance, prématurée (...) de toutes les façons catastrophique (...) Ennui profond de l'éjaculation[2]. »

---

1. Simone de Beauvoir, *Lettres à Nelson Algren,* Gallimard, 1997.
2. Alain Finkielkraut et Pascal Bruckner, *Le Nouveau Désordre amoureux*, Seuil, 1977 ; de même pour les citations suivantes.

On dit les hommes enivrés de leur puissance phallique ? Mystification, d'après les deux auteurs, qui dressent, avec humour, la liste des « dix inconvénients du pénis » : « Il pend, oscille entre les deux jambes comme un mouvement d'horlogerie, est vulnérable, passif, têtu, se redresse quand nul ne l'appelle, reste flasque dans les instants cruciaux, turgescent, empêche toute marche, au repos ballotte dans l'entre-cuisse contre ses œufs, a une puissance d'arrosage limitée, etc. (...) Mais tous ces désagréments ne sont rien en comparaison de celui-ci : n'apparaître sur la scène qu'au coup par coup, et disparaître dans les coulisses après la projection. »

Finalement, de quoi rêve l'homme quand il fait l'amour ? « Il rêve de pouvoir s'abandonner, sans que pour autant cet abandon au plaisir mette fin à son excitation, il rêve de jouir comme la femme, sans fin, sans trêve (...) L'extase féminine devient ainsi son utopie. » De quoi remettre sérieusement en cause le mythe de l'« Hercule impudent infatué de son appareil ». Certes, le « porteur d'obélisque » a assujetti la femme pendant des siècles, mais il ne parviendra jamais ni à approcher l'infini de l'orgasme féminin, ni à l'extorquer de force à sa partenaire, ni à s'assurer qu'il n'est pas simulé. C'est l'un des facteurs qui contribuent au malaise grandissant de l'homme, dans une société obsédée par la performance sexuelle et intoxiquée par la culture du résultat. Dans tous les domaines de sa vie, et jusqu'au plus intime d'entre eux, l'érotisme, l'homme a définitivement perdu le *droit à la défaillance.*

Les hommes ne sont donc pas plus libres d'aimer et

de jouir que les femmes. Les uns et les autres le sont d'autant moins que la société postmoderne leur présente habilement toutes leurs aliénations nouvelles comme des délivrances. Ainsi en va-t-il de l'idéologie du corps, passée en quelques décennies de l'utopie révolutionnaire du corps libéré à la propagande commerciale du corps sain, jeune et beau. Ne sommes-nous pas, hier comme aujourd'hui, victimes d'une mystification ?

La libération sexuelle
nous a-t-elle réconciliés avec notre corps ?

> « Les sensations sexuelles ont ceci de commun
> avec les sensations de pitié et d'adoration
> que grâce à elles,
> un être humain fait du bien à un autre
> en éprouvant du plaisir
> – on ne rencontre pas si souvent
> dans la nature
> dispositions aussi bienveillantes ! »
>
> Friedrich NIETZSCHE, *Aurore*

Nous voici enfin réconciliés avec le corps. Jamais dans l'histoire de l'humanité il n'aura été aussi choyé, exhibé, adulé. Rompant avec des siècles de puritanisme, notre époque est celle de l'avènement d'un corps divinisé, idolâtré. Le corps est l'horizon indépassable de la modernité, le nouvel « opium du peuple ». Le désenchantement du monde a accouché de la seule vérité indubitable : celle du corps.

« Corps je suis et rien d'autre. » Cet aphorisme du *Zarathoustra* de Nietzsche résume bien notre nouvelle *condition corporelle*. « Dieu est mort » et avec lui toutes nos certitudes. C'est sur fond de ciel vide, déserté par la transcendance, qu'il faut penser la célébration contemporaine du corps.

Mais sommes-nous vraiment libérés ? Suffit-il de déclarer haut et fort le triomphe de la chair, pour que chacun désire et exulte en toute liberté ? Sommes-nous devenus des corps souverains ? Rien n'est moins sûr. Edgar Morin a certainement raison de dire : « Je sais que les libérations sont éphémères, que là où les chaînes se brisent, de nouvelles chaînes se forgent, de nouveaux esclavages se préparent, et que là où une libération est incapable de faire naître une liberté, elle creuse la voie à une nouvelle oppression[1]. » Comprendre ces aliénations nouvelles, c'est prendre conscience d'une série de paradoxes imbriqués les uns dans les autres. Le culte du corps comporte en effet deux versants difficilement conciliables : d'un côté un *moralisme du plaisir*, de l'autre une *esthétique de la mortification*. Or ce moralisme et cette esthétique sont en eux-mêmes des paradoxes. Par voie de conséquence, le rapport que chacun d'entre nous entretient à son propre désir devient de plus en plus complexe. Tâchons d'expliquer cela.

*

Partout, tout le temps, où qu'on aille et quoi qu'on fasse, il est question de sexe. « C'est le sexe

---

1. Edgar Morin, « Où va le monde ? », *Sciences humaines*, 2009.

aujourd'hui qui sert de support à cette vieille forme, si familière et si importante en Occident, de prédication, écrivait le penseur Michel Foucault. Un grand prêche sexuel – qui a eu ses théologiens subtils et ses voix populaires – a parcouru nos sociétés depuis quelques dizaines d'années, il a fustigé l'ordre ancien, dénoncé les hypocrisies, chanté le droit de l'immédiat et du réel ; il a fait rêver d'une autre cité[1]. » Longtemps taboue, la question de la sexualité est devenue totem : elle traverse toute la société, hommes et femmes, jeunes et vieux, pauvres et riches, sature les unes des magazines, les rayonnages des libraires et les programmes télévisuels.

Ce grand vacarme autour du sexe me semble traduire une double préoccupation de la part de l'individu contemporain. D'une part, il révèle un souci techniciste d'améliorer ses performances sexuelles : comment « vivre une sexualité épanouie », « entretenir le désir », « parcourir tous les degrés du plaisir », « réinventer sa sexualité », « découvrir ses zones érogènes », etc. ? D'autre part, il est symptomatique de l'angoisse éprouvée par chacun à l'idée de s'éloigner d'une certaine norme, fût-elle anticonformiste : suis-je comme les autres, ou du moins comme certains autres ? Combien de personnes déclarent-elles *comme moi* avoir des rapports à telle ou telle fréquence, dans telle ou telle position, avoir tant d'orgasmes, tant de partenaires ?

Aussi se voit-on proposer trois types de nourriture pour apaiser cette inquiétude : en premier

---

1. Michel Foucault, *Histoire de la sexualité*, op. cit.

lieu, un interminable catalogue de recettes hygiénico-psychologiques, indiquant à chacun comment « rebooster » sa libido – grâce au tantrisme, à la relaxation, au sport, à l'arrêt du tabac, à la balnéothérapie, au régime crétois, au Viagra ou à une panoplie d'accessoires érotiques dernier cri ; en second lieu, une batterie continue d'enquêtes relatives aux pratiques sexuelles de toutes les tranches d'âge de la population ; en troisième lieu, un florilège de tests psycho-érotiques visant à déterminer si l'on est « plutôt chienne ou plutôt chatte », « plutôt sensuel ou plutôt sexuel », « plutôt exhibitionniste ou plutôt voyeur », « plutôt sado ou plutôt maso », « plutôt fétichiste ou plutôt nature », « plutôt yin ou plutôt yang », « plutôt rétrosexuel, übersexuel ou métrosexuel »…. Pouvoir entrer dans une case, se définir comme appartenant à un *type* répertorié, portant un nom, donner à ses habitudes, à ses phobies, à ses fantasmes la consistance d'une catégorie n'est sans doute jamais apparu aussi important qu'aujourd'hui.

Autrefois, la qualité érotique de la sexualité était un sujet défendu et honteux. Certes, il fallait bien se reproduire, mais en prenant le moins de plaisir possible à la chose. Et surtout en n'en parlant pas. Les mots de l'érotisme étaient censurés, peut-être même encore davantage que les pratiques. Le fait nouveau, aujourd'hui, c'est la façon dont le discours communicationnel (publicité, presse, télévision, cinéma, radio, internet) s'est emparé bruyamment de la question de la sexualité, faisant basculer la culture, en l'espace d'une trentaine d'années, de la censure à la propagande. Et de la propagande à l'angoisse, cette émotion que Kierkegaard définissait comme le vertige de la liberté devant l'« infini des possibles ».

Car la « rhétorique de l'orgasme[1] » va bien au-delà d'un aimable épicurisme de salon. C'est un nouveau moralisme, vendeur et racoleur : celui de l'*excellence érotique*. L'érotisme, à savoir la sphère de nos vies qui relève de l'intériorité la plus intime, est systématiquement rapporté à une norme d'excellence, imposée de l'extérieur et hautement prescriptive. La sexualité est devenue une « extension du domaine de la lutte », comme dirait Michel Houellebecq, un espace dans lequel la logique de la performance, la dictature de la norme et l'angoisse de la défaillance règnent sans partage, bref un nouveau *productivisme*.

Serions-nous passés, en quelques décennies, du *droit au plaisir*, réclamé par nos aînés de la révolution sexuelle, au *devoir d'orgasme*, imposé par ceux-là mêmes qui réclamaient la fin des injonctions et des interdits ? Aurions-nous troqué une morale de la *proscription* contre une morale de la *prescription* ?

Il n'est pas question ici de nier les immenses victoires remportées par le long processus, toujours en cours, de la libération sexuelle : fini le temps de la honte, de la concupiscence et du péché de chair, abolie la haine de l'homosexuel, oubliée la grossesse non désirée, enterrée la phobie du plaisir féminin. Il était grand temps. Mais on peut tout de même s'inquiéter de certaines dérives de ce tropisme sexuel : en quelques décennies, notre société a bas-

---

1. J'emprunte l'expression à Roland Jaccard, *La Tentation nihiliste*, PUF, 1991.

culé du discours de la libération à celui de l'injonction, de la permissivité conquise à la jouissance forcée. Le sexe était une audace, il est devenu un pensum.

*

Ce dogme de l'excellence érotique est d'autant plus coercitif qu'il se trouve aujourd'hui conforté par les plus récentes découvertes en neurobiologie, mettant en évidence les vertus sanitaires exceptionnelles de la jouissance. L'orgasme se traduit par une libération massive d'endorphines dans le cerveau, hormones ayant la propriété de dissiper le stress et de stimuler le système immunitaire. Désormais, si nous voulons vivre vieux et fringants, nous savons que nous devons faire l'amour le plus souvent possible, et le plus longtemps (dans les deux sens du terme) possible. Or la neurobiologie nous apprend également que la vie conjugale en elle-même, maritale ou non, est un formidable gage de santé et de longévité. Le célibataire serait beaucoup plus exposé à toutes sortes de maladies que l'individu marié. Dans *Comment devient-on amoureux ?*, la chercheuse Lucy Vincent, s'appuyant sur des données épidémiologiques, observe que les personnes mariées sont moins sujettes que les personnes célibataires aux maladies cardiovasculaires, au cancer, à la dépression, à la grippe et aux maladies du foie et des poumons. Elle en conclut même que « l'absence de relation de couple ou l'existence de mauvais rapports constituent un risque aussi élevé pour la santé que le tabac et l'alcoolisme ». Enfin, la troisième information majeure révélée par la chimie du cerveau concerne le sentiment d'amour lui-même : il serait, lui aussi, favorisé par l'acte sexuel, lequel provoquerait la sécrétion d'une « hormone de l'attachement », l'ocytocine, qui aurait pour fonction de favoriser le lien affectif et la fidélité. Par conséquent, il semble scientifiquement prouvé que la sexualité harmonieuse, pratiquée dans la stabilité du couple, avec un conjoint que l'on aime, est l'atout essentiel d'une bonne santé, d'autant que la monogamie est nettement moins pourvoyeuse de maladies sexuellement transmissibles que le libertinage ou la sexualité vénale.

L'obsession de la norme sexuelle ne peut ainsi être comprise que rapportée à l'utopie de la santé parfaite et à la hantise du dysfonctionnement. D'où l'apparition de pathologies tout aussi imaginaires que la prétendue norme dont elles s'éloignent. Stupéfiant retournement du discours des savants, quand on pense aux milliers de pages consacrées jadis à prouver « scientifiquement » l'inverse. L'hygiénisme s'était toujours situé du côté de l'avarice sexuelle ; le néohygiénisme contemporain se situe résolument du côté de la dépense. Pendant des siècles, la morale a réprouvé l'érotisme, dans et hors du couple : voici qu'un nouveau moralisme en fait l'alpha et l'oméga d'une vie réussie.

Ainsi, la vision contemporaine du sexe est à la fois *déontologique* – le sexe comme règle de vie – et *téléologique* – le sexe comme salut. Le sexe relève à la fois du principe de précaution (il est bon pour la santé) et du mysticisme, il est à la fois une thérapie et une sotériologie. Il est la vertu cardinale de la nouvelle religion du « bien-être ».

*

Mais cette incantation tapageuse fait-elle de nous des individus sexuellement libérés ? Suffit-il de déclarer le Kama-sutra pour tous, pour que chacun exulte librement et souverainement ? L'adoration du dieu Sexe nous a-t-elle affranchis de nos inhibitions et de nos phobies ? Sommes-nous entrés dans l'ère enchantée de l'orgasme roi, dont rêvaient les prophètes de la révolution sexuelle, comme Wilhelm Reich ? Se pourrait-il au contraire que la glorification de la jouissance nous ait fait perdre de vue l'essentiel, à savoir le désir ? Que l'idolâtrie du sexe se solde *in fine* par une exténuation de l'*érotisme* ?

Trop de sexe ne tue pas le sexe, bien au contraire. Trop de sexe engendre toujours plus de sexe. Le sexe est un gigantesque marché, très certainement amené à poursuivre sa croissance exponentielle. En revanche, il est fort possible que trop de sexe éteigne, lentement mais sûrement, l'érotisme. Il y a en effet dans cette vulgate du sexe quelque chose de fondamentalement anti-érotique : son caractère prescriptif et utilitariste. Dès lors qu'on pense la sexualité en termes de devoir, qu'on la rapporte au bien, au progrès, à la santé, qu'on lui attribue des vertus et une finalité positive, on lui ôte toute signification proprement érotique.

L'érotisme n'est pas dupe du bien : ce n'est pas pour instaurer une nouvelle idée du bien qu'il subvertit les règles morales, mais *sans raison*. Aussi la vulgate permissive lui est-elle aussi étrangère, dans sa glorification du corps, que le discours puritain, dans sa sanctification de l'âme. L'érotisme se situe toujours par-delà le bien et le mal, et n'a de sens qu'à les subvertir l'un et l'autre. Comme l'a montré Georges Bataille, le désir naît, précisément, de l'interdit. Pour déployer ses trésors d'inventivité, l'érotisme a besoin de l'ordre moral. C'est pourquoi, en revendiquant et en cultivant la permissivité, nous avons privé l'érotisme de son adjuvant essentiel : le *goût de la faute*. Si tout est permis, la délectation à désobéir disparaît et le désir tend à s'éteindre.

Dans un excellent essai, intitulé *La Tyrannie du plaisir*, l'écrivain et journaliste Jean-Claude Guillebaud analyse cette peur, nouvelle, de l'évanouissement du désir : « Nos sociétés si agressivement érotisées sont en réalité tenaillées par la hantise du non-désir. Elles parlent avec d'autant plus d'insistance du sexe qu'il leur faut conjurer cette angoisse. On sollicite le désir comme pour éviter qu'il ne capitule[1]. » Comment interpréter autrement le recours, si fréquent dans la publicité, à la thématique du « Cédez à la tentation » ? La récente fortune médiatique de certains mots est également révélatrice de cette inquiétude devant l'érosion du désir. Le mot « fantasme » par exemple. « Hier encore, céder au fantasme était une faute virtuelle, l'aveu à soi-même d'une turpitude délicieuse et rêvée, la projection

---

1. Jean-Claude Guillebaud, *La Tyrannie du plaisir*, Seuil, 1998 ; de même pour la citation suivante.

bouleversante d'un désir interdit et possiblement cataclysmique. Aujourd'hui, les fantasmes sont pieusement convoqués comme autant d'orphelins nécessiteux qui méritent notre sollicitude, des trésors fragiles, des compagnons faméliques et menacés d'inanition. La recommandation contemporaine à leur égard est quasiment suppliante : dorlotez, enrichissez vos fantasmes, cajolez-les de peur qu'ils ne dépérissent… On y ajoute parfois le volapuk économique : veillez à votre "capital-fantasme" (…) Cette rhétorique humanitaire appliquée au désir participe d'une inquiétude nouvelle : celle d'une lente émasculation par défaut, d'un inexorable alanguissement de nos pulsions. Trente ans après, la vraie question n'est déjà plus de lutter contre la répression du désir mais de prévenir sa banqueroute. »

*

De fait, il semble bien que l'érotisme soit entré, à l'instar de la finance, dans une crise profonde. De même que la folie spéculative génère une défiance à l'égard du système bancaire, la frénésie sexuelle provoque, par retour de balancier, une *crise du désir*. Désormais, les puritains ultraconservateurs, comme les chrétiens intégristes du Tea Party américain, ne sont plus les seuls à prôner le retour à la virginité et à la continence. De plus en plus nombreux sont ceux qui se réclament, non pas tant du *no sex*, que d'une toute nouvelle tendance, qu'on pourrait baptiser le « post-sexe ». Ce n'est ni par pudibonderie ni par dévotion au familialisme que ces nouveaux chastes décident de devenir abstinents ; nombre d'entre eux ont eu, jusqu'alors, une sexualité « normale », à l'intérieur ou à l'extérieur du mariage. Ils se convertissent à la continence sexuelle parce que celle-ci est devenue un discours de résistance à la tyrannie de la norme. La seule posture authentiquement libérée, c'est, désormais, celle de la *suspension du désir*.

Entre le libertin autoproclamé, qui court après des transgressions de pacotille dans un club échangiste (comme celle de se faire crucifier et fouetter dans un boudoir kitsch) et le nouveau chaste volontaire, qui passe ses soirées au calme, sans même penser au sexe, le plus anticonformiste des deux est aujourd'hui le second. Autrefois, l'insoumis, c'était celui qui goûtait, comme Don Juan, des plaisirs interdits. Aujourd'hui, c'est celui qui refuse la norme collective du jouir à tout prix. Désobéir, c'est faire de la vie sans sexe une métaphore de l'indignation.

Dans *L'Envie*, la journaliste et écrivain Sophie Fontanel raconte sa traversée d'une longue période de désert sexuel volontaire, dans « l'envie de n'avoir pas envie de sexe », attitude qu'elle qualifie de « pire insubordination de notre époque[1] ». Le succès immédiat de ce livre est le signe que les dissidents au nouvel ordre sexuel sont certainement beaucoup plus nombreux qu'on croit. Il semble en effet que l'on ait affaire à un réel phénomène de société, comme le pense le journaliste Jean-Philippe de Tonnac, après avoir enquêté sur la question. Dans *La Révolution asexuelle*, il met ce nouveau mouvement de fond en

---

1. Sophie Fontanel, *L'Envie*, Robert Laffont, 2011.

relation directe avec la saturation de l'espace visuel par les images pornographiques : « Le désir a toujours à voir avec une certaine impossibilité du désir. Or, cette débauche d'images offertes ne fait que l'éteindre[1]. »

Internet a en effet tout changé. Pour la première fois dans l'histoire de l'humanité, la jeunesse découvre très tôt la sexualité, souvent bien avant l'âge de la puberté, dans une hyperabondance d'images pornographiques multiformes et non hiérarchisées. Soyons lucides. Lorsque les adolescents d'aujourd'hui entreront dans l'âge adulte, beaucoup d'entre eux auront déjà « visionné » plusieurs centaines de fellations expertes sur leur portable, chatté avec un nombre important de « petites salopes qui adorent ça » ou de « super boys très hot » et téléchargé un florilège de doubles pénétrations à faire blêmir l'écran le plus rompu aux positions improbables.

Hélas, aucune de leurs expériences sexuelles futures n'égalera les performances virtuelles qui auront construit leur univers fantasmatique depuis la puberté. L'écart entre la scène spectaculaire du sexe et la platitude de leurs propres ébats leur paraîtra abyssal. Ils seront à la fois blasés et frustrés : blasés par les images, frustrés par les actes. Ils seront mûrs pour l'abstinence... ou pour toute autre addiction.

La pornographie n'est certainement pas mauvaise en soi, elle est même probablement nécessaire. Mais

---

1. Jean-Philippe de Tonnac, *La Révolution asexuelle. Ne pas faire l'amour, un nouveau phénomène de société,* Albin Michel, 2006.

la culture pornographique actuelle, devenue *porno-cratie*, tend à uniformiser les fantasmes dans un sens appauvrissant. Le scénario s'intéresse très peu à la montée du désir et entretient l'illusion d'une possible consommation immédiate et néanmoins totale : il faut à peine cinq minutes aux partenaires pour faire connaissance et se lancer dans une exploration sportive et méthodique d'un impressionnant panel de postures, avant d'être rejoints par un tiers personnage, qui permettra d'en donner à voir encore quelques autres, tout aussi réussies. Pas de place pour la séduction, pour l'attente, pour l'excitation mentale : la femme est toujours offerte, et toujours très satisfaite... Pas d'ébranlement intérieur, pas de commotion, pas de vertige. De la technique, rien que de la technique.

Or c'est sur ce modèle que se construit désormais le répertoire fantasmatique des jeunes. Ils tentent d'imiter ce qu'ils ont vu à l'écran, cherchent la performance, et passent à côté de l'essentiel. Ce qui a été bien souvent anéanti, c'est l'érotisme, à savoir l'art de l'ambiguïté, le jeu avec ce qui se voile et se dévoile, l'écart entre l'être et le paraître, l'équivoque du visible et de l'invisible. Quand toute forme de pudeur a été abolie, que l'obscénité crue est devenue la loi, il n'est plus possible de commettre des impudicités. Et on s'ennuie.

Lorsque le corps de l'autre est intégralement consommé, que reste-t-il à désirer ? « Le désir s'ébauche dans la marge où la demande se déchire du besoin », écrivait le psychanalyste Jacques Lacan[1],

---

1. Jacques Lacan, *Écrits*, Seuil, 1966.

autrement dit le désir ne naît que là où quelque chose reste à désirer, quelque chose qui excède la possession immédiate, la diffère ou la suspend. C'est cette tension érotique qui est en passe d'être totalement évacuée, puisque tous les corps se consomment dans l'instant, avant même que le désir ait eu le temps d'émerger.

Le sacre du plaisir se soldera-t-il, *in fine*, par la mort du désir ?

*

Le paradoxe des paradoxes, c'est que ce *moralisme vitaliste de la jouissance* cohabite avec une *esthétique corporelle mortificatoire*. Le culte du sexe s'exerce en effet sur fond de dictature de l'apparence. Or l'injonction à la beauté exige de nous la plus grande sévérité à l'égard de notre corps, tandis qu'elle plonge les moins gâtés par la nature dans l'inhibition, leur refusant même parfois l'accès à leur propre désir. Qu'on me permette ici de faire référence à quelque chose qui semble n'avoir aucun rapport avec la philosophie : je veux parler de ces émissions de télévision, de plus en plus nombreuses, où il est question, au départ, d'une personne qui ne parvient pas à s'aimer elle-même, tant son physique est « atypique », pour employer une formule politiquement correcte. Elle veut séduire, voire rencontrer le grand amour, mais déteste trop son propre corps pour s'autoriser à en rêver[1].

---

1. Ce qui suit est l'approfondissement d'un article de l'auteur, « Le corps était presque parfait », *Philosophie Magazine*, 2006.

C'est le cas de Samantha, toujours vierge à trente-deux ans. Son corps informe et son visage disgracieux la dégoûtent tant qu'il lui est impossible d'imaginer se déshabiller devant un homme. Ses dents sont si vilaines qu'elle n'ose même pas sourire. Mais un beau jour, sa vie bascule : on lui annonce qu'elle a été sélectionnée pour bénéficier d'un « relooking extrême », offert par une émission de télévision. Folle de bonheur, elle s'envole pour Hollywood, où l'attend une armée de chirurgiens plasticiens, d'orthodontistes, d'esthéticiennes, de coiffeuses, de maquilleuses et d'habilleuses : on lui promet un physique de star. Confiée aux mains expertes de ces démiurges, elle aura droit à une métamorphose intégrale : remodelage du nez, lifting des paupières, correction des lèvres et du menton, rhinoplastie, liposuccion des hanches, implants mammaires, nouvelle denture, coupe et teinture des cheveux, maquillage professionnel, nouvelle garde-robe... Au bout de quelques semaines, Samantha est prête pour le grand jour : le retour à la maison, où famille et amis sont réunis pour l'accueillir. Rayonnante, elle arrive en limousine blanche et tenue de soirée, un immense sourire aux lèvres. Samantha, la petite infirmière complexée, a l'air d'une vraie star d'Hollywood : elle est méconnaissable. Ses proches sont si éblouis qu'ils en pleurent. « Je n'arrive pas à y croire, dit sa mère. Est-ce bien toi, Samy ? »

Est-ce bien toujours elle, en effet ? Et quelles sont les modifications de perception identitaire que générera une telle métamorphose ? Samantha a-t-elle gagné confiance en elle ? Aura-t-elle enfin une vie sexuelle ? C'est ce que l'émission, fort prudemment, passe sous silence, laissant le téléspectateur dans le même état d'émerveillement hébété que les parents de la cobaye.

Si ce type de shows télévisés rencontre une forte audience, c'est que Samantha n'est pas la seule à juger qu'avec son physique elle n'a pas droit à une vie sexuelle, donc à une vie amoureuse « normale ». Que des personnes très disgracieuses souffrent d'épouvantables complexes physiques, cela n'est pas nouveau. Ce qui l'est, en revanche, c'est le sentiment de *culpabilité* que fait naître la disgrâce, si minime soit-elle. Le phénomène n'épargne personne : celui ou celle dont le corps s'affaisse et dont la peau se relâche se sent désormais fautif. À l'heure de la religion de la beauté jeune et musclée, il fait figure d'hérétique, de parjure, de blasphémateur. Ce n'est pas tant des défauts de son corps, qu'il se sent coupable, que de l'absence de volonté qui les a laissés s'installer.

Étrange déplacement de la faute. Pendant des siècles, notre corps nous faisait honte, parce qu'il était le siège peu recommandable de la concupiscence et du péché, mais nous en acceptions la finitude. « Il faut souffrir doucement les lois de notre condition. Nous sommes pour vieillir, pour affaiblir, pour être malades », écrivait Montaigne dans ses *Essais*. Aujourd'hui, à l'inverse, nous revendiquons le droit de jouir de notre corps, mais à condition qu'il sache triompher des déterminismes physiologiques. Nous saluons l'avènement d'un corps enfin libéré, alors même qu'il n'a jamais été aussi soumis au diktat du paraître.

Lorsque Madonna, cette femme surnaturelle de plus de cinquante ans, exhibe, dans un de ses clips, ses muscles saillants et les exercices de gymnastique qui les ont façonnés, elle n'impose pas seulement une esthétique, mais aussi une norme de conduite, un nouvel impératif catégorique : « Tu peux, donc tu dois. » Elle participe ainsi à ce moralisme hygiéniste qui a transformé les canons esthétiques en normes éthiques. Dès lors, elle peut bien dévoiler un corps quasi nu, il n'y a là rien d'impudique : ce corps-là, ce n'est pas la nature qui le lui a donné, c'est elle qui l'a construit. Ce n'est plus son corps intime, son *corps-sujet*, mais un *corps-objet*, un corps « extime », qu'on peut admirer comme on contemple un nu sculpté dans le marbre. La beauté n'est plus un don du ciel, mais le trophée emblématique de la victoire sur soi.

Désormais, la faute ne consiste plus à jouir de son corps, mais à le laisser se dégrader. L'interdit ne frappe plus le sexe, mais le laisser-aller. On a déculpabilisé la chair, mais on stigmatise les chairs flasques. Le slogan « Parce que je le vaux bien », vantant les mérites d'une grande marque de cosmétiques, n'est prétentieux qu'au premier abord. Son impact vient de son insidieux pouvoir d'injonction ; ce que chacune entend est : « Parce que je le dois. » Cette saison, c'est à la magnifique Inès de la Fressange, Parisienne mythique, toujours aussi rayonnante et mince, que les femmes doivent vouloir ressembler à la cinquantaine. Pas facile, même avec une bonne crème antirides...

La libération sexuelle...

*

Notre corps est ainsi devenu à la fois notre premier devoir moral et notre « plus bel objet de consommation », selon l'expression de Jean Baudrillard[1]. La perfection du corps est désormais notre horizon éthique et esthétique. Avec pour commandement unique : « Tu aimeras ton corps comme toi-même. »

Observons ce body-builder fervent que ses compagnons culturistes ont surnommé Narcisse. Il entre dans la salle de musculation comme on pénètre dans un temple, accomplit ses ablutions rituelles à la fontaine-bénitier tout en se regardant dans la glace. Ses trapèzes commencent enfin à lui plaire, mais le miroir ne lui renvoie toujours pas l'image idéale qu'il y cherche. C'est pourquoi il commence, comme tous les matins, à compter comme un robot chaque mouvement qui le rapprochera de la perfection. À chaque lever d'haltères, il jouit de la contemplation de ses muscles proéminents, en proie à une fascination auto-érotique, particulièrement addictive. Ses épaules souffrent, mais son cerveau est inondé de dopamine. Les murs couverts de miroirs lui renvoient une infinité d'images de lui ; il s'y noie avec délices.

Les Grecs plantaient des *narkè* sur les tombes, cette fleur au parfum narcotique qui provoque l'engourdissement de l'esprit, le sommeil et la mort. Narcisse est un autotoxicomane. Il sait que les anabolisants finiront par le rendre impuissant, il sait qu'il

---

1. Jean Baudrillard, *La Société de consommation*, Denoël, 1970.

en demande trop à ses lombaires déjà usées, mais il est « accro ». Il faut qu'il aille au bout de son fantasme de perfection, quoi qu'il en coûte. Au fond, Narcisse s'aime-t-il trop ou se déteste-t-il ?

Tel est le paradoxe : le culte actuel du corps s'accompagne d'une phobie du corporel, d'une haine du corps véritable, du corps organique, comme l'a très bien montré le toujours excellent Jean-Claude Guillebaud dans *Le Goût de l'avenir*. Par essence, écrit-il, la vie du corps est « imparfaite, odorante, transpirante, charnue, diverse, périssable. Elle grouille et elle criaille comme un marché. Elle est rebelle à la conformité, rétive à la norme. Elle est aussi – évidemment – porteuse d'aléas et d'*impuretés*[1] ». La peur, le dégoût, l'obsession de l'impureté, tout est là, en effet. L'utopie du corps parfait renvoie au rêve de *pureté* qui hante l'humanité depuis ses origines. Mais la pureté a changé de signification. Jadis était impur tout ce qui nous détournait de Dieu. Aujourd'hui est impur tout ce qui offense l'idée que l'homme se fait de la dignité de son propre corps.

La pureté se confond ainsi avec la cosmétique et la diététique. Notre aversion pour l'haleine fétide du voisin bedonnant dans l'ascenseur tient à ce que sa part d'animalité affleure à la surface de son être : il ne l'a pas totalement répudiée, il n'a pas congédié la bête en lui. Et on lui en veut de ne pas se conformer à la norme, car il avilit ainsi l'idée même d'humanité. À l'inverse, à chaque lifting, Silvio Berlusconi ne se

---

[1]. Jean-Claude Guillebaud, *Le Goût de l'avenir*, Seuil, 2003 ; de même pour les citations suivantes.

rachète pas seulement un peu de jeunesse : il entend prouver sa haute conception de l'humanité et, plus spécifiquement, de la virilité. Vieillir, c'est déchoir. Une ride est une défaite personnelle et un poil déplacé une dissidence. Les sexes intégralement épilés des actrices pornos semblent aujourd'hui infiniment moins obscènes que *L'Origine du monde* de Courbet. Car la toison énigmatique sent la terre, la bête, l'indomptable femelle, alors que le pubis glabre évoque la pureté virginale de l'enfance, le salon de beauté et la domestication de soi. Il respire l'éternelle fraîcheur, la propreté et la culture : c'est un pubis artificiel. Sans doute le premier pas vers l'utérus artificiel...

*

Cette méfiance à l'égard du corporel ne nous rappelle-t-elle pas la vieille diabolisation de la chair de certains Pères de l'Église ? Souvenons-nous : le corps est habité par le péché, nous disait saint Paul ; il faut le dresser et le punir. Étouffer la concupiscence, éradiquer le désir, réprimer l'appel des sens : tels sont les exercices ascétiques auxquels devait se livrer le fidèle. Pendant près d'un millénaire, l'esprit européen a été en proie à la tentation mortificatrice : jeûnes, macérations, abstinence, pénitence, port du calice et autres flagellations volontaires étaient des conduites sanctifiées, ayant pour finalité de réprimer le démon et de prouver ainsi la supériorité de l'esprit sur le corps, le triomphe du bien sur le mal. Or que reflètent nos régimes tyranniques et notre culte de l'effort physique, sinon le même idéal ascétique et sacrificiel ? Un corps à *corriger,* dans les deux sens du terme.

Paradoxalement, l'utopie du *corps parfait* ne serait-elle donc pas un « fantasme hygiéniste de mort » ? C'est ce que suggère encore Jean-Claude Guillebaud, qui parle d'un « nouveau catharisme » pour qualifier cet « étrange ascétisme inversé ». Chez les cathares, les parfaits refusaient la procréation et prônaient la mort volontaire par inanition. Il fallait tuer la chair pour libérer l'ange emprisonné. Le rêve de perfection est donc un fantasme mortifère. Vouloir un corps parfait, c'est vouloir s'arracher au sien, c'est désirer mourir à son propre corps. Ainsi de la jeune anorexique qui se laisse mourir de faim, succombant aux vertiges obsessionnels du dépassement héroïque et accomplissant le rêve morbide d'un corps sans chair. Aimer son corps jusqu'à vouloir le faire disparaître… tel est le funèbre paradoxe de la mystique du corps parfait.

Pendant des siècles, nous avons eu un *corps sans sexe* : aujourd'hui, nous voudrions avoir un *sexe sans corps.* Mais comment faire pour que ce corps, qui n'en est plus un, soit en mesure de s'adonner à la jouissance ? Et surtout, comment ce corps désincarné peut-il s'offrir à l'autre, s'abandonner à lui, s'il est dans le contrôle permanent de son image ?

Certains font l'amour en se regardant faire l'amour, ils prennent la pose et privilégient les positions au rendu esthétiquement avantageux pour eux-mêmes, un peu comme s'il y avait un photographe dans la pièce. Pour ceux-là, le corps de l'autre n'existe plus.

C'est sans doute la raison pour laquelle ils gardent les yeux fermés d'un bout à l'autre. Leur jouissance n'a rien d'un partage : ce n'est qu'un voyage intérieur, dans lequel l'autre sert tout juste de moyen de locomotion. D'autres au contraire ne parviennent pas, ou plus, à s'offrir au regard d'autrui, tant ils exècrent leur propre image, ou même seulement des portions de leur corps : tantôt c'est une fesse trop plate, tantôt un mollet trop lourd ou une poitrine triste, qui leur rend la nudité insupportable. Ceux-là se condamnent eux-mêmes à la misère sexuelle, comme cette belle qui vieillit qu'est l'Isabelle de *La Possibilité d'une île* de Michel Houellebecq : « Cet idéal de beauté plastique auquel elle ne pouvait plus accéder allait détruire, sous mes yeux, Isabelle. D'abord il y eut ses seins, qu'elle ne pouvait plus supporter (et c'est vrai qu'ils commençaient à tomber un peu) ; puis ses fesses, selon le même processus. De plus en plus souvent, il fallait éteindre la lumière ; puis la sexualité elle-même disparut. Elle ne parvenait plus à se supporter ; et, partant, elle ne supportait plus l'amour, qui lui paraissait faux. Je bandais encore pourtant, enfin un petit peu, au début ; cela aussi disparut, et à partir de ce moment tout fut dit[1]. »

Même la grande Simone de Beauvoir, dont pourtant toute l'œuvre vise à prouver la supériorité du *féminisme* sur la *féminité*, n'échappe pas à cette tyrannie de la beauté. Dans l'épilogue de *La Force des choses*, elle écrit : « Rien ne va plus. Je déteste mon image : au-dessus des yeux, la casquette, les poches

---

1. Michel Houellebecq, *La Possibilité d'une île*, op. cit.

en dessous, la face trop pleine, et cet air de tristesse au-dessus de la bouche que donnent les rides (...) Oui, le moment est arrivé de dire : jamais plus ! (...) Jamais plus je ne m'écroulerai, grisée de fatigue, dans l'odeur du foin ; jamais plus je ne glisserai solitaire sur la neige des matins. Jamais plus un homme (...)[1] » Le « pathétique », écrit-elle ailleurs, c'est que « la femme cesse d'être désirable avant de cesser de désirer ».

*

Se pourrait-il que le culte de l'excellence érotique, conjugué à l'obsession de l'apparence, reconduise chacun de nous sur la triste voie du refoulement ? Ces deux nouvelles normes ne sont-elles pas tout aussi génératrices d'inhibitions, de complexes et de névroses que la vieille morale déchue ?

Comment ne pas interpréter autrement que comme la traduction d'une *angoisse sexuelle* à grande échelle l'énorme succès du business de la sexualité masturbatoire ? Désormais, plus besoin d'en passer par l'autre pour obtenir son plaisir. Les sex toys et le sexe virtuel font encore mieux l'affaire, à moindres frais et sans risque d'humiliation ou de frustration. Certes, les gadgets érotiques sont souvent intégrés comme adjuvants aux pratiques sexuelles à deux ou plusieurs partenaires. Mais il y a peu de chances qu'une femme s'accommode de la présence d'une poupée gonflable dans le foyer. Or celles-ci se ven-

---

1. *La Force des choses*, Gallimard, 1963.

dent de mieux en mieux, ce qui laisse penser que de plus en plus d'hommes vivent en ménage avec une créature artificielle. Devenues de véritables robots sexuels, avec articulations multiples et cheveux, elles pourraient presque être confondues avec de vraies femmes. Dans une culture où l'on demande à la femme de ressembler éternellement à une poupée, pas étonnant qu'on demande à une poupée de ressembler à une femme. En beaucoup mieux, d'après certains...

Quelle femme peut en effet s'enorgueillir d'être toujours disponible, de ne jamais décevoir, d'être totalement impassible devant une panne érectile – et singulièrement d'éviter le désastreux « Ce n'est pas grave » –, de ne jamais faire de scènes, de râler de plaisir à la moindre caresse et de n'avoir jamais ni mauvaise haleine ni les cheveux sales ? Quand on peut avoir la perfection virtuelle, pourquoi se contenter de l'imperfection réelle ?

La masturbation avait toujours été clandestine et honteuse ; voilà qu'elle est devenue un gigantesque marché. Pourvu qu'elle ne devienne jamais un nouvel ordre moral.

*

Qu'est-ce qui nous sauvera de la solitude engendrée par la crise du désir ? Et si c'était l'amour, qu'on disait mort dans les années 1960 ? Assimilé à l'hypocrisie du mariage, accusé de servir les fins du familialisme paternaliste, l'amour fut le grand ennemi de la révolution sexuelle. Mystification, chimère, idéologie, piège, imposture, il fallait en finir avec cette vieille lune.

Mais l'amour a survécu à la libération sexuelle et n'aspire aujourd'hui qu'à la renaissance. C'est totalement abasourdi, comme après un choc, qu'il ressort de l'époque du grand chahut libertaire. Il cherche à présent ses nouvelles marques, hors de tout schéma préconstruit, dans le labyrinthe empli de paradoxes et de pièges qu'est devenue la société. La seule chose qu'il clame avec certitude, c'est que, désormais, *toutes les amours se valent*. Quelle que soit sa configuration, l'amour a un droit absolu à l'existence et la *reconnaissance* : celui qui lie un homme et une femme, mariés ou non, à tout âge – les « vieux » ont enfin le droit d'aimer –, celui qui présente un écart d'âge important ou un fossé culturel entre les deux amoureux, celui qui unit deux femmes, ou encore deux hommes.

En acceptant toutes les formes d'amour, la société nous aurait-elle enfin débarrassés de tous les obstacles à l'amour ? Le temps est-il venu du *réenchantement amoureux* ?

Deuxième partie

QU'EST-CE QUE L'AMOUR ?

Choisit-on l'être aimé ?

« L'amour peut naître d'une seule métaphore. »

Milan Kundera,
L'Insoutenable Légèreté de l'être

« De quelles étoiles sommes-nous tombés l'un vers l'autre ? » déclara Nietzsche, ébloui, à la jeune et belle Lou Andreas-Salomé, lorsqu'il la vit pour la première fois. « Comment connaître le pourquoi d'une attirance, cette histoire d'aimants qui fabrique les futurs amants ? Quelle conspiration extravagante parvient à réunir ce qui n'aurait pas dû l'être ? » se demande, lui aussi, Yves Simon, au début de son beau livre, *Les Éternelles*. Pourquoi est-il tombé amoureux d'Irène et non pas de Claire ou de Jeanne ? S'agit-il d'une prédestination ? Était-ce écrit quelque part, dans les plans de Dieu, les astres, les lignes de la main ou le marc de café ? Ou est-ce un choix souverain, infondé, immotivé, émanant d'une subjectivité totalement libre ? Est-ce parce qu'elle ressemble à sa mère, sa sœur, son amie d'enfance, ou son actrice préférée ? Serait-il seulement capable de dire pour quelles raisons il a reconnu Irène comme sienne ?

Il semblait au narrateur d'*À la recherche du temps perdu* que chacune des jeunes filles qu'il croisait sur la plage de Balbec eût pu le rendre amoureux. « Moi qui, les jours précédents, avais surtout pensé à la grande, ce fut celle aux clubs de golf qui recommença à me préoccuper (...) Mais c'est peut-être encore celle au teint de géranium, aux yeux verts, que j'aurais le plus désiré connaître. Quelle que fût, tel jour donné, celle que je préférais apercevoir, les autres suffisaient à m'émouvoir, mon désir se portant une fois plutôt sur l'une, une fois plutôt sur l'autre[1]. » Pourquoi, dans ce cas, avoir élu Albertine, plutôt que Gisèle ou Andrée ?

Si le pourquoi de son amour est obscur à l'amoureux lui-même, comment quiconque pourrait-il prétendre en détenir la clé ? Et pourtant, des élucidations (voire des élucubrations), la pensée occidentale n'a pas manqué d'en fournir un certain nombre. Décrypter, fouiller, déterrer des motifs, des raisons, repérer des corrélations, des constantes, des répétitions, établir des parallèles, des analogies, formuler des lois, ériger des systèmes, échafauder des théories universelles, telle est la dynamique même du rationalisme occidental. Qu'importe si cet acharnement nomothétique est parfois réducteur ! L'essentiel, c'est de ne laisser aucun phénomène dans le vague et l'indétermination. Mieux vaut généraliser que renoncer à l'ambition de soumettre le réel à un schéma explica-

---

1. Marcel Proust, *À l'ombre des jeunes filles en fleurs*, in *À la recherche du temps perdu*, Gallimard, La Pléiade, 1982.

tif. Aussi la délicate question du *choix amoureux* a-t-elle été théorisée et surthéorisée. Mais s'est-on pour autant approché de la vérité ?

*

Commençons par la première question. L'amour d'Yves est-il imputable aux qualités intrinsèques d'Irène ou à l'impression singulière que ces qualités produisent sur Yves ? Autrement dit, aimons-nous un être parce qu'il est objectivement aimable, ou est-ce, au contraire, parce que nous l'aimons qu'il devient subjectivement aimable ? La controverse la plus intéressante sur ce point critique est celle qui oppose Descartes à Spinoza.

Selon Descartes, l'amour est essentiellement un mouvement de *volonté* dans l'âme, qui se produit lorsqu'elle reconnaît un objet aimable. « Lorsque notre âme aperçoit quelque bien, soit présent, soit absent, qu'elle juge lui être convenable, elle se joint à lui de volonté (…)[1]. » À la différence de la passion, l'amour *raisonnable* résulte d'un acte volontaire de l'âme, pleinement consciente des qualités de ce qu'elle aime. J'aime cette personne, *parce que* je lui trouve des « mérites » qui la rendent digne d'être aimée. Ainsi, mon jugement précède et détermine mon intérêt et mon engouement pour l'être cher.

Spinoza ne partage pas cette conception volontariste de l'amour et développe, au livre III de

---

[1]. René Descartes, *Les Passions de l'âme*, in *Œuvres et lettres*, Gallimard, La Pléiade, 1937 ; de même pour les citations suivantes.

l'*Éthique*, l'idée exactement inverse. Nos goûts amoureux ne sont pas libres, mais résultent d'un *enchaînement causal* rigoureusement déterminé, dont nous voyons les effets mais ignorons les mécanismes obscurs. Si bien que nous aimons, désirons et haïssons « sans cause connue de nous[1] ». Croire que son désir est libre, c'est être bien naïf. La vérité de l'amour peut s'exprimer par le syllogisme suivant : j'aime cet être, *par conséquent* il est aimable. Autrement dit, c'est *parce que* je l'aime que je le considère comme digne d'amour. « Il est donc établi par tout cela que nous ne faisons effort vers aucune chose, que nous ne la voulons, ne l'appétons ni ne la désirons, parce que nous jugeons qu'elle est bonne ; mais, au contraire, que nous jugeons qu'une chose est bonne, parce que nous faisons un effort vers elle, que nous la voulons, l'appétons et la désirons. » Il faut donc se garder de prendre l'effet pour la cause. L'amour ne résulte pas d'un choix délibéré, d'un « libre décret de l'âme » comme le croit Descartes, car « il n'y a dans l'âme aucune volonté absolue ou libre ».

Qu'est-ce qu'aimer pour Spinoza ? C'est ressentir de la *joie* à l'idée que l'être aimé existe. « L'amour est une joie qu'accompagne l'idée d'une cause extérieure. » Cette idée me procure un sentiment d'augmentation de ma puissance d'exister, elle est une affirmation de mon appétit de vivre. Elle est portée par l'énergie du *conatus*, ce « désir de persévérer

---

[1]. Baruch Spinoza, « De l'origine et de la nature des affections », *L'Éthique*, in *Œuvres complètes*, Gallimard, La Pléiade, 1954.

dans l'être ». Mais d'où vient cette idée ? Par quels méandres silencieux s'est-elle logée en moi ? Je serais bien incapable de le dire. Cette cause extérieure me rend joyeux, sans que je sache ni comment ni pourquoi. Elle n'a en elle-même rien d'absolu : quelqu'un d'autre aurait sans doute pu, tout aussi bien, être le dispensateur d'une telle plénitude.

Mais cette réponse peut laisser songeur. D'abord, parce que l'on pourrait tout aussi bien soutenir que l'amour se reconnaît surtout à la souffrance qu'il provoque. L'amour, même le plus heureux, est une alternance de joie et de douleur, d'euphorie et de désespoir, un basculement permanent entre le bonheur fou d'être ensemble et la terreur de l'abandon. Malheureux, il peut anéantir jusqu'à l'idée même de joie et plonger l'amoureux dans les abîmes de la désolation et de la mélancolie ; nous y reviendrons. Il y a autre chose que Spinoza ne dit pas. En renvoyant l'amour à un déterminisme arbitraire, il ne perce pas le mystère de l'*individuation* du sentiment amoureux, de sa *particularisation*. Pourquoi cet être-ci m'apporte-t-il de la joie et pas un autre ? Qu'a-t-il de spécifique pour que je l'aime et le désire, lui ? Est-il impossible de comprendre cela ?

*

L'explication désormais la plus classique est celle qui consiste à voir dans l'objet d'amour présent une évocation inconsciente d'un amour passé : la mère, le père, le frère, la sœur, ou tout autre *amour originel*. On pense ici bien sûr à la théorie freudienne, mais en réalité, le premier à avoir formulé cette théorie des *traces mnésiques*, c'est encore Descartes. N'est-ce pas étonnant, de la part du penseur du *cogito*, qui considérait la conscience comme pleinement transparente à elle-même, sans zone d'ombre ? N'est-ce pas encore plus surprenant, quand on sait avec quel acharnement Freud a combattu le dogme cartésien de la souveraineté du sujet pensant ?

On doit à sa protectrice, la reine Christine de Suède, la théorie cartésienne du choix amoureux. Cette femme curieuse et intelligente désire recueillir les lumières d'un grand philosophe au sujet de cette « impulsion secrète », qui nous pousse vers l'un ou vers l'autre « avant même que d'en connaître le mérite ». Chanut, ambassadeur de France en Suède, qui met les deux intéressés en relation épistolaire, sert ici d'intermédiaire. C'est l'occasion pour Descartes de formuler, dans une lettre étonnante, une théorie à vocation universelle, fondée sur sa propre expérience. Oui, Descartes a bel et bien été amoureux...

Bien que l'amour tienne aux qualités reconnues de la personne aimée, il faut admettre, écrit-il à Chanut, que parfois nous aimons un être *avant* d'avoir pu en juger, sous l'empire d'« inclinations secrètes[1] ». Mais toutes « secrètes » qu'elles soient, ces dispositions ne sont pas pour autant définitivement impénétrables et opaques pour la conscience claire. L'inexpliqué de

---

1. René Descartes, lettre à Chanut, 6 juin 1647, in *Œuvres philosophiques*, éd. établie par F. Alquié, Classiques Garnier, 1998 ; de même pour les citations suivantes.

fait n'est jamais inexplicable en soi. C'est ce qu'il entend démontrer à partir de son propre cas. Descartes confesse avoir longtemps éprouvé une étrange attirance pour les femmes « louches », c'est-à-dire atteintes de strabisme, tout en ignorant pour quelle raison obscure elles exerçaient sur lui un tel ascendant. Un beau jour, il comprend enfin l'origine de ce penchant bizarre : « Lorsque j'étais enfant, j'aimais une fille de mon âge, qui était un peu louche ; au moyen de quoi, l'impression qui se faisait par la vue en mon cerveau, quand je regardais ses yeux égarés, se joignait tellement à celle qui s'y faisait aussi pour émouvoir en moi la passion de l'amour que, longtemps après, en voyant des personnes louches, je me sentais plus enclin à les aimer qu'à en aimer d'autres, pour cela seul qu'elles avaient ce défaut ; et je ne savais pas néanmoins que ce fût pour cela. »

Descartes n'hésite pas à tirer de cet exemple une loi générale, fondée sur l'idée d'un « pli » gravé dans la mémoire. Les personnes qui nous émeuvent laissent des empreintes dans « des parties de notre cerveau, et y font comme certains plis ». Par la suite, « la partie où ils ont été faits demeure par après disposée à être pliée derechef en la même façon par un autre objet qui ressemble en quelque chose au précédent ». Si la métaphore du pli peut paraître un peu fantaisiste, elle révèle une idée essentielle : nos premières amours s'impriment définitivement dans notre esprit et conditionnent les suivantes à notre insu. Le *premier amour* laisse une empreinte indélébile. Et ce qui rend si efficace sa fixation dans la mémoire, c'est précisément qu'elle n'est pas consciente.

Ces « parties du cerveau » où se forment les « plis » peuvent-elles être assimilées à l'inconscient freudien ? En un sens, oui, car les souvenirs gravés sont lointains et impénétrables. Mais un gouffre sépare en réalité les deux penseurs. Descartes estime que, pour remonter à l'origine de son désir et s'en délivrer, il suffit d'y « faire réflexion » : « Depuis que j'y ai fait réflexion, et que j'ai reconnu que c'était un défaut, je n'en ai plus été ému. » Par simple contention d'esprit, l'« inclination secrète » devient une « idée claire et distincte ».

Freud considère, au contraire, que le sujet ne peut parvenir à une telle clairvoyance qu'à l'issue d'un processus analytique, long et souvent douloureux. La grande différence avec la théorie cartésienne, c'est que ce travail d'anamnèse ne peut s'effectuer seul. Pour sortir de la *logique de répétition*, le sujet freudien a besoin de la médiation du psychanalyste.

À moins que cet autre, capable de nous ouvrir les yeux sur nous-mêmes et sur nos « plis », ne soit pas un thérapeute extérieur, mais la personne aimée elle-même. Elle devient alors une Gradiva, cette figure de femme guérisseuse, qui fascina Freud, mais aussi, après lui, Masson, Dalí, Leiris, Barthes et Robbe-Grillet.

*

Qui est la Gradiva, la mystérieuse « femme qui avance » ? Une créature née de l'imagination du romancier suédois Wilhelm Jensen, qui en fait l'héroïne de la nouvelle intitulée *La Gradiva. Fantai-*

sie pompéienne, publiée en 1903. C'est l'histoire d'une guérison, celle de l'archéologue Norbert Hanold, un savant n'ayant aucun goût pour les femmes, mais seulement pour sa science. Lors d'une visite du musée de Naples, il tombe en adoration devant un bas-relief de jeune femme, ne présentant pourtant aucun intérêt archéologique. Comment expliquer cette passion soudaine pour une femme inanimée ? Ce qui le captive tout particulièrement, c'est sa démarche et, plus précisément, la position de ses pieds figés dans le marbre : « Le gauche était déjà avancé et le droit, se disposant à le suivre, ne touchait plus guère le sol que de la pointe des orteils tandis que la plante et le talon se dressaient presque à la verticale[1]. » C'est pourquoi il la nomme Gradiva, « celle qui resplendit en marchant ».

De retour en Allemagne, il s'en procure un moulage, l'accroche dans son bureau et se perd dans une contemplation obsessionnelle et délirante. Tout entier à sa fascination pour cette figure magnétique, il délaisse ses occupations et fait d'étranges rêves. Comme celui-ci, cauchemardesque, où il la voit en jeune patricienne, recouverte d'un voile de gaze gris, se laisser enfouir, avec un calme surnaturel, sous les cendres du Vésuve. À son réveil, il est persuadé que sa Gradiva est réellement ensevelie à Pompéi. Dans le but inconscient de la retrouver, il s'y rend, et c'est alors que se produit l'incroyable révélation.

---

1. Cité par Sigmund Freud, in *Délires et rêves dans « La Gradiva » de W. Jensen*, traduit de l'allemand par Jean Bellemin-Noël, Gallimard, 1986.

Au cours d'une rêverie diurne, dans la lumière éblouissante de midi, alors qu'il erre dans les ruines de la ville-tombeau, il est saisi par une apparition sidérante qui se détache brusquement de ce paysage mortifère : son héroïne de pierre est là, devant lui, en chair et en os. Est-ce un fantôme, un fantasme, une hallucination ou un miracle ? Rien de tout cela, en fait. Cette jeune femme qui s'avance, telle une danseuse, est bien réelle, comme le rappelle son prénom, Zoé – « la vie ». Quant à son patronyme, Bertgang, il est évocateur lui aussi, puisque *Gang* signifie « démarche ».

En réalité, Zoé n'est autre que l'amie d'enfance dont il est amoureux depuis longtemps, sans se l'avouer. Voilà pourquoi la femme inanimée du bas-relief lui paraissait « jamais vue » et pourtant « déjà vécue ». En fait, c'est de Zoé que le héros est passionnément amoureux, mais cet amour refoulé s'exprime par le détour de cette construction fantasmatique complexe. Norbert semble avoir oublié Zoé, qui ne demeure plus qu'à l'état de nostalgie érotique indéterminée, lui laissant un sentiment permanent de « manque » et d'insatisfaction.

Le mystère de cet étrange envoûtement sera petit à petit dissipé, grâce à la délicatesse de Zoé, qui le mènera patiemment sur la voie de la résurrection, en ayant soin d'entretenir habilement l'équivoque vivante-morte et d'en jouer. Ainsi Gradiva désigne, comme le dit Barthes, « l'image de l'être aimé pour autant qu'il accepte d'entrer un peu dans le délire du sujet amoureux afin de l'aider à s'en sortir » ; c'est pourquoi il fait de la Gradiva « une figure de salut, d'issue heureuse, une Euménide, une Bienveillante »[1].

L'amour pourrait-il alors remplir la même fonction que la cure analytique ? C'est ce que suggère Freud, dans le commentaire de l'œuvre auquel il se livre dans *Délires et rêves dans « La Gradiva » de W. Jensen*. Ce récit, qui l'a tant impressionné qu'il s'est lui aussi procuré un moulage de la Gradiva exposé dans son cabinet, est, d'après lui, celui d'une « cure d'amour ». Il y a d'ailleurs de grandes analogies entre le travail de l'archéologue, qui ressuscite les mondes disparus, et celui du psychanalyste, qui cherche dans les profondeurs du passé l'origine enfouie des névroses. Ainsi, la personne vers laquelle nous porte tout notre être serait celle qui détient la clé de notre passé, ce qui en ferait la seule capable de nous en *guérir*.

C'est peu de temps après avoir lu cet essai que Dalí rencontre Gala, incarnation vivante de ses rêveries d'enfant. Ici, il n'est plus question de fiction, mais d'expérience vécue, celle d'une résurrection par l'amour retrouvé. « Elle serait ma Gradiva, ma victoire, ma femme. Mais pour cela, il fallait qu'elle me guérisse. Et elle me guérit, grâce à la puissance indomptable et insondable de son amour dont la profondeur de pensée et l'adresse pratique dépassèrent les plus ambitieuses méthodes psychanalytiques[2]. » C'est la raison pour laquelle il adorera sa muse jusqu'à son dernier souffle.

---
1. Roland Barthes, *Fragments d'un discours amoureux, op. cit.*
2. Salvador Dalí, *La Vie secrète de Salvador Dalí*, La Table ronde, 1952.

Voilà donc notre question initiale en partie éclairée : nos objets d'amour sont des résurgences d'amours passées. Mais un problème demeure pourtant entier : quelle est l'origine de ces premières amours ? Autrement dit, quelle est l'origine de l'origine de l'amour ? Pourquoi Descartes enfant est-il tombé amoureux d'une petite fille « louche » et Norbert de sa voisine à la jolie démarche ? La particularisation initiale, celle qui conditionne toutes les autres, demeure parfaitement mystérieuse.

Certes, on peut la ramener, comme le fait Freud, à l'amour pour le père ou la mère et considérer que ce sont ces deux figures primordiales qui nous marquent définitivement. Papa, maman, on n'en sortirait jamais... Hypothèse d'autant plus séduisante qu'elle semble aujourd'hui corroborée par la neurobiologie : les stimuli sensoriels que nous avons reçus depuis le berceau de la part de nos parents, et plus spécifiquement de notre mère, induisent à vie une plus ou moins grande densité des récepteurs à l'ocytocine (hormone du bien-être) dans le cerveau. Autrement dit, nous sommes conditionnés hormonalement par le schéma relationnel et le système de récompense établis avec nos géniteurs dans l'enfance : ce sont eux qui déterminent par la suite nos attentes en matière amoureuse. Ici, par exemple, la *Gradiva* est évidemment un symbole maternel. Jensen précise que Norbert est orphelin : il n'en faut pas davantage à Freud pour faire de la femme muette, figée dans le marbre et engloutie sous la terre, une image de la mère morte, retournée au néant.

Pour autant ces projections familiales constituent-elles la *vérité* ultime du choix amoureux ? Sont-elles toujours surdéterminantes dans l'amour ? S'agit-il du critère d'élection le plus universel ? Il est impossible de l'affirmer de manière catégorique, mais il est toutefois permis d'espérer que chacun puisse un jour dépasser le drame de l'enfance et tomber amoureux sans demeurer prisonnier des complexes parentaux.

Tout ne se ramène pas à la scène familiale et au trio œdipien, comme l'ont montré Gilles Deleuze et Félix Guattari dans *L'Anti-Œdipe*, cette charge meurtrière contre la psychanalyse, dispositif coupable d'avoir enfermé le désir dans le pré carré du « pipi-caca-papa-maman », afin de servir docilement le « familialisme bourgeois et répressif[1] ». L'interprétation de l'analyste, disent les deux auteurs, est toujours biaisée. Tous les énoncés du patient sont surcodés et détournés, afin de s'inscrire dans un système d'interprétation unique et déterministe. Le choix amoureux, quel qu'il soit, est toujours rapporté aux instances parentales : désir ou dégoût de la mère, peur ou mépris du père, angoisse de castration, jalousie à l'égard du frère ou de la sœur, etc. Ainsi, pour Deleuze et Guattari, Freud puis Lacan auraient condamné l'esprit européen à la culpabilité, au conflit et au ressentiment.

Sans tomber dans les outrances de cet essai incendiaire – qui pour être percutant n'en est pas moins

---

1. Gilles Deleuze et Felix Guattari, *Capitalisme et schizophrénie*, Minuit, 1972 ; de même pour les citations suivantes.

souvent inutilement incompréhensible, à mon sens –, il faut souligner la pertinence d'un argument central de *L'Anti-Œdipe* : la mise en évidence de la dimension sociale du désir. Pour Deleuze et Guattari, il faut cesser de ne penser le désir qu'à l'échelle du moi et de la petite cellule familiale. On ne choisit pas seulement son objet de désir en vertu des évocations parentales qu'il fait naître, mais aussi et surtout en fonction de conditionnements sociaux beaucoup plus larges que la seule famille. « La première évidence est que le désir n'a pas pour objet des personnes ou des choses, mais des milieux tout entiers qu'il parcourt, des vibrations et flux de toute nature qu'il épouse, en y introduisant des coupures, des captures. » Freud et Lacan sont donc accusés, en s'en tenant aux investissements familiaux du désir, d'avoir négligé ses investissements sociaux.

*

C'est pourtant un reproche qu'on ne peut pas faire en bloc à la psychanalyse. Le grand mérite de Carl Gustav Jung est précisément d'avoir souligné l'importance des facteurs sociaux et culturels dans la désignation de l'objet d'amour. D'après lui, ce qui nous conduit à aimer un être en particulier, ce ne sont pas seulement les images à l'œuvre dans notre histoire personnelle, mais aussi les représentations symboliques communes à toute l'humanité. Dans l'étude intitulée *Des archétypes de l'inconscient collectif*, Jung découvre, sous la « couche pour ainsi dire superficielle de l'inconscient », nommée « inconscient personnel », l'existence d'une « couche plus profonde qui ne provient pas d'expériences ou d'acquisitions personnelles, mais qui est innée »[1]. Il y a ainsi deux niveaux d'inconscient : un niveau *individuel* et un niveau *collectif*.

L'inconscient individuel s'exprime par l'image onirique de l'Ombre, qui apparaît souvent dans les rêves, où elle engage de douloureux dialogues avec le moi : symbole noir et obscur, il renferme tout ce qui a été expulsé de la conscience, car jugé incompatible avec le personnage social. Mais sous cet inconscient personnel, siège de l'« intimité personnelle de la vie psychique », se cache un inconscient suprapersonnel, dont les contenus sont universels. Il est peuplé d'images originelles, de figures archaïques « présentes depuis toujours », dans les rêves, les visions, les contes, les mythes et les croyances de tous les hommes. L'ensemble de ces archétypes (du grec *arkhaios*, « ancien ») forme un socle imaginaire commun, au sein duquel on retrouve les modèles de la Mère, du Père, du Soi, mais aussi du Couple divin, de l'Enfant dieu, de la Naissance, de l'Unité, de l'Arbre, du Cercle, de la Croix, etc. Dans cette abondante collection d'images, deux archétypes se détachent pour éclairer la question du choix amoureux : l'*anima* – la part de féminité chez l'homme – et l'*animus* – la part de masculinité chez la femme. Selon Jung, l'organisation psychique est, fondamentale-

---

[1]. Carl Gustav Jung, *Les Racines de la conscience*, traduit de l'allemand par Yves Le Lay, Buchet-Chastel, 1971 ; de même pour les citations suivantes.

ment, bisexuelle. Les polarités masculine et féminine coexistent chez un même sujet et apparaissent personnifiées dans les rêves ou les fantasmes. L'homme porte en lui une *anima* et la femme porte en elle un *animus*, tous deux tissés de songes et de fantasmes récurrents.

Ainsi, l'*anima*, qui « joue un grand rôle dans les rêves des êtres masculins », véhicule des archétypes tels que la nymphe, la femme-cygne, l'ondine, la fée, la walkyrie, la devineresse, l'initiatrice, la sorcière ou encore la prêtresse. La féminité y apparaît presque toujours comme sentimentale, intuitive, aimante, souple, « pénétrée », fécondée, irrationnelle, tendre, douce et accueillante. C'est pourquoi la femme présentant ces caractères est plus souvent objet d'amour que les autres. Elle est jugée plus séduisante par les hommes, parce qu'elle entre en résonance avec leur *anima*.

Tandis que l'homme tombe amoureux d'une femme qui renvoie, de près ou de loin, à une figure de femme logée dans son *anima*, la femme s'éprend d'un homme qui renvoie, de près ou de loin, à une figure d'homme logée dans son *animus* : prince charmant, bien sûr, mais aussi sorcier, artiste, maître spirituel, puissant, héros, aviateur, cow-boy, étranger... ou vieux sage. L'*animus* de la femme est fort, actif, « pénétrant », perçant, fécondant, agressif, rationnel, pensant et courageux. La quintessence du masculin se concentre dans le *logos* grec, qui désigne à la fois la parole, le sens, l'action et la volonté. C'est pourquoi la plupart des femmes recherchent un homme intelligent, dynamique, entreprenant et maniant bien le verbe.

Ce que Jung souligne ici, c'est que la femme idéale ou l'homme idéal ne sont qu'apparemment des créations individuelles ; ces figures rêvées forment en réalité le « sédiment » qui hérite de « toutes les expériences de la lignée ancestrale[1] » au sujet du sexe opposé. Jung ajoute un élément déterminant dans l'élection de l'être aimé. Selon lui, l'*anima* et l'*animus* sont des représentations que le psychisme élabore pour compenser l'attitude consciente. C'est une sorte de contrepartie sexuelle – le féminin si l'on est un homme, le masculin si l'on est une femme –, que chacun réprime pour s'identifier au genre femme ou homme. *Animus* et *anima* vivent en nous, ce sont des dimensions intérieures de nous-mêmes, que nous projetons dans un être du sexe opposé, pour rééquilibrer notre personnalité extérieure.

Ainsi, Perceval, le chevalier gallois de la légende du Graal, valeureux, brutal et redoutable, tombe amoureux de la douce et pure Blanchefleur, car il compense son caractère violent par une *anima* délicate et innocente. Autre exemple, beaucoup moins angélique : Hitler, dans les appartements privés de son « nid d'aigle » de Berchtesgaden, accumulait les images de la Madone et faisait brûler des cierges au pied de sa statue adorée… Il faut donc croire que l'*anima* de ce personnage abject était toute de bonté, d'amour, de tendresse et de compassion.

Côté femmes, Xanthippe, l'épouse pingre et acariâtre de Socrate, avait, semble-t-il, très mal intégré

---

1. Carl Gustav Jung, *L'Âme et la Vie*, traduit de l'allemand par Roland Cahen, Buchet-Chastel, 1963.

son *animus*, c'est-à-dire qu'elle n'avait pas établi de rapport conscient avec sa masculinité intérieure. Elle détestait tout le monde et déversait nuit et jour des flots de hargne contre Socrate et ses amis. Forcée à jouer son rôle social de femme (soumise, douce, aimante et cantonnée aux tâches domestiques) et donc à refouler sa virilité, elle vivait sous l'emprise d'un *animus* caricatural. Elle ne parlait pas, mais vociférait ; elle ne raisonnait pas, mais s'exaspérait ; elle n'agissait pas, mais tentait de paralyser l'action de Socrate, l'interrompant sans cesse dans ses méditations pour lui reprocher de ne pas rapporter assez d'oboles et de drachmes. Un seul être trouvait grâce à ses yeux : l'ennemi juré de Socrate, le poète comique Aristophane, qui connut, de son vivant, le succès et l'argent. « Que n'écris-tu, disait-elle, des comédies comme Aristophane. Voilà un homme d'esprit, un homme populaire et qui gagne tout ce qu'il veut[1]. » Si Xanthippe avait été libre de convoler avec l'homme de son choix, celui-ci aurait certainement été riche et célèbre.

*

Nous voilà au cœur d'un aspect décisif de la question du choix amoureux : aimons-nous un être pour ce qu'il *est* ou pour ce qu'il *représente* socialement ? Épouse-t-on un homme de pouvoir pour ses qualités intrinsèques ou pour sa puissance ? Aime-t-on une

---

1. Louis Gouget, *En marge du Phédon*, 1911, bibliothèque de Lisieux.

belle femme pour ses vertus, ou parce qu'elle est convoitée par tous ?

Rousseau répond sans ambage à cette question, en dénonçant la perversion de nos désirs par l'*amour-propre*, qui nous jette dans les bras de ceux qui nous valorisent aux yeux du monde : « L'homme sociable toujours hors de lui ne sait vivre que dans l'opinion des autres et c'est, pour ainsi dire, de leur seul jugement qu'il tire le sentiment de sa propre existence[1]. » Entre moi et mon objet d'amour, un troisième terme s'insinue et altère ma liberté de choix : le *regard d'autrui*, un regard pesant et discriminant, qui m'invite à n'aimer une personne que si les autres la jugent aimable.

Ainsi, ce sont les autres qui sont investis du pouvoir de décider de la valeur de celui ou celle que j'aime. Mon bonheur n'a de prix que s'il est authentifié par autrui. Non pas que je considère autrui comme un meilleur juge que moi-même, mais ce que je désire par-dessus tout, c'est que les autres désirent ce que je possède. L'*envie des autres* est le signe le plus éclatant de mon bonheur. Ils m'envient, donc je suis heureux. « Si l'on voit une poignée de puissants et de riches au faîte des grandeurs et de la fortune tandis que la foule rampe dans l'obscurité et dans la misère, c'est que les premiers n'estiment les choses dont ils jouissent qu'autant que les autres en sont privés, et que, sans changer d'état, ils cesseraient d'être heureux si le peuple cessait d'être misérable. »

---

[1]. Jean-Jacques Rousseau, *Discours sur l'origine et les fondements de l'inégalité parmi les hommes, op. cit.* ; de même pour la citation suivante.

Aussi le choix amoureux est-il toujours *aliéné* : pour aimer, le sentiment intime de mon amour ne me suffit pas. J'ai besoin de sentir que la valeur de mon objet d'amour est reconnue et validée par autrui. L'heureux homme qui enlace sur la piste de danse une superbe créature jette des regards anxieux autour de lui, non pas parce qu'il craint l'arrivée inopinée de son épouse (couchée en fait depuis longtemps), mais parce qu'il redoute, au contraire, de n'être pas *vu* dans cette posture enviable. Son bonheur amoureux est fondé sur la jalousie, la misère, la frustration et l'humiliation des autres danseurs. Mais qu'une jeune beauté, plus spectaculaire encore, apparaisse soudain, tous les regards se tourneront alors vers elle et son cavalier. Cruel regard d'autrui, aussi traître et volatil que la chance. J'y cherche l'authentification de mon bonheur ; je n'y découvre qu'irréalité et mensonge. Tel est le piège dans lequel s'enlise l'*amour exhibitionniste* : la confusion de l'*être* et du *paraître,* typique de ce que Stendhal appelle l'« amour de vanité ».

*

L'auteur qui a analysé cette aliénation du désir avec le plus de précision est sans doute René Girard, dans *Mensonge romantique et vérité romanesque*. En étudiant les œuvres de cinq romanciers d'élection – Cervantès, Flaubert, Stendhal, Proust et Dostoïevski –, il observe que la dynamique du désir n'est pas linéaire, d'un sujet libre vers un objet choisi, mais *triangulaire*. Analyse que Rousseau avait déjà proposée, mais à laquelle Girard ajoute un élément important : le tiers, qui sert de *médiateur* au désir, n'est pas un autre indéterminé et ordinaire, mais un *modèle*, c'est-à-dire une personne à laquelle s'attache un certain prestige. Cet être que j'admire me fascine surtout par la pleine souveraineté de ses goûts. Alors que mon désir est vague et indéterminé, le modèle semble au contraire disposer d'une fascinante liberté de choix. Or, comme tout lui réussit, il me semble qu'en imitant ses désirs j'obtiendrai, moi aussi, succès et reconnaissance. Ainsi, je tombe amoureux d'une personne convoitée (ou tout au moins agréée) par mon modèle, non pas tant parce que je la désire, mais parce que le désir du modèle opère une *transfiguration* de cette personne. Vu à travers le regard du modèle, tout être, toute chose, est magnifié.

Telle est la vérité amoureuse que le penseur René Girard oppose au « mensonge romantique », ce biais consistant à se leurrer soi-même, en refusant d'admettre l'antériorité du modèle. Allez dire à Tristan qu'il n'aime Iseult que parce que le roi Marc la désire, il vous croira fou... Rivé à la singularité de son moi, le héros romantique croit n'être le disciple de personne. En réalité, ce n'est pas lui qui désire souverainement, c'est l'autre, le modèle, qui désire en lui.

Dans son bel essai, René Girard analyse la fascination de Don Quichotte pour le superbe Amadis de Gaule[1], ce « chevalier du lion » dont les exploits sont

---

1. Héros du roman éponyme de l'écrivain espagnol Garci Rodríguez de Montalvo, publié en 1508.

comparables à ceux de Charlemagne et du roi Arthur. Voulant à tout prix ressembler à son héros, il perd peu à peu son autonomie de jugement. « Don Quichotte a renoncé, en faveur d'Amadis, à la prérogative fondamentale de l'individu : il ne choisit plus les objets de son désir, c'est Amadis qui doit choisir pour lui. Le disciple se précipite vers les objets que lui désigne, ou semble lui désigner, le modèle de toute chevalerie. Nous appellerons ce modèle le *médiateur du désir*[1]. » La « vérité romanesque », c'est que les désirs de Don Quichotte imitent ceux d'Amadis, de même que ceux de Sancho Pança « ne sont pas venus spontanément à l'homme simple qu'est Sancho. C'est Don Quichotte qui les lui a suggérés ». Depuis qu'il a rencontré ce gentilhomme visionnaire, idéaliste et fougueux, Sancho rêve de gouverner une île et de marier sa fille à un duc.

Mais c'est surtout chez Proust et Stendhal que les triangles amoureux s'entrecroisent à l'infini. Le narrateur de la *Recherche* n'est pas *romantique*, car il voit clair dans la médiation de ses désirs : « C'était ma croyance en Bergotte qui m'avait fait aimer Gilberte, ma croyance en Gilbert le Mauvais qui m'avait fait aimer Mme de Guermantes. Et quelle large étendue de mer avait été réservée dans mon amour pour Albertine[2]. » Mêmes enchevêtrements triangulaires chez Stendhal. Lorsque, à la fin du *Rouge et le Noir*, Julien Sorel cherche à reconquérir Mathilde de La

---

1. René Girard, *Mensonge romantique et vérité romanesque*, Grasset, 1977.
2. Marcel Proust, *À l'ombre des jeunes filles en fleurs, op. cit.*

Choisit-on l'être aimé ?

Mole, il a recours à un stratagème implacable : lui offrir une rivale. Il courtise la maréchale de Fervaques, uniquement dans le but d'« éveiller le désir de cette femme et l'offrir en spectacle à Mathilde, pour lui en suggérer l'imitation ». Et le plan fonctionne à merveille, comme le note Girard : « Un peu d'eau suffit à amorcer une pompe ; un peu de désir suffit pour que désire l'être de vanité (...) Dans la plupart des désirs stendhaliens, le médiateur désire lui-même l'objet, ou pourrait le désirer : c'est même ce désir, réel ou présumé, qui rend cet objet infiniment désirable aux yeux du sujet[1]. »

On a ainsi affaire à deux désirs concurrents, c'est-à-dire à un type d'*amour compétitif*, dont Spinoza avait déjà découvert le mécanisme dans l'*Éthique* : « Si nous imaginons que quelqu'un aime ce que nous-mêmes aimons, notre amour deviendra par cela même plus constant. »

*

Mais le modèle n'est pas toujours une personne. Ce qui oriente mes désirs amoureux, c'est aussi une forme, plus ou moins consciente, de conformisme au style de mon époque. Ici, ce n'est pas un autre qui désire à ma place, mais *tous les autres*, qui définissent ensemble ce qui doit être unanimement tenu pour désirable.

Pourquoi certaines personnes ont-elles le don de polariser tous les désirs, alors que d'autres n'ont

---

1. René Girard, *Mensonge romantique et vérité romanesque*, op. cit.

aucun succès ? Pourquoi certains sont-ils constamment sollicités, au point de n'avoir que l'embarras du choix, tandis que d'autres se morfondent dans leur solitude ? Y aurait-il une *hiérarchie érotique*, avec des êtres plus ou moins bien placés sur l'échelle de la désirabilité ?

La femme qui s'éprend d'un homme pauvre, n'ayant aucune surface sociale, l'homme qui épouse une femme laide ou fanée sont doués d'une sorte d'« autonomie métaphysique[1] » qui les rend indifférents aux normes érotiques collectives. À défaut de leur envier leur partenaire, on peut admirer la souveraineté de leur désir et l'authenticité de leur amour. Mais ils sont rares, face à l'immense foule des individus dont les désirs, indifférenciés, flottants et malléables, ne se fixent que sur les êtres collectivement désignés comme aimables. Ici, les qualités projetées dans l'aimé ne sont pas le produit d'une transfiguration personnelle, mais d'un plébiscite.

Ainsi s'explique l'engouement pour les idoles, qui sont d'autant plus *désirables* qu'elles sont *désirées* de tous. Être un(e) fan de Brad Pitt, aimer passionnément celui ou celle que des millions d'autres portent aux nues, c'est sacrifier mes propres critères de jugement, intemporels et fondés sur la vérité de ma personne, à ceux du plus grand nombre, relatifs, culturels et contingents. Pourquoi les stars polarisent-elles tous les fantasmes ? Parce qu'elles cumulent tous les

---

1. J'emprunte cette expression à Francesco Alberoni, *Je t'aime, tout sur la passion amoureuse*, traduit de l'italien par Claude Ligé, Plon, 1997.

privilèges socialement considérés comme hautement désirables : la beauté, la gloire, le succès et l'argent. Elles présentent donc un *coefficient de désirabilité* maximum sur l'immense marché de la séduction.

*

Car il s'agit bel et bien d'un marché, d'autant plus impitoyable qu'il est ultralibéral. Depuis la seconde moitié du XXe siècle, la demande et l'offre d'amour et de sexe, affranchies des normes traditionnelles et patriarcales, s'y rencontrent en situation de concurrence pure et parfaite. Ce qui signifie qu'on peut *a priori* tomber amoureux de n'importe qui, n'importe où, n'importe quand.

En réalité, cette dérégulation ne profite pas à tous, car elle est tributaire des fluctuations de ce qu'on pourrait appeler la « Bourse érotique » : plus une personne est désirée, plus elle est cotée. Les individus les plus chanceux sont dotés d'une forte plus-value érotique, car ils correspondent aux critères esthétiques et sociaux dictés par les médias, la publicité, la mode et le commerce, canons qui constituent le style d'une époque. D'autres, à l'inverse, se voient dépourvus de toute valeur érotique parce qu'ils ne sont ni jeunes, ni beaux, ni glamour, ni puissants, ni célèbres. Ils voient alors leur cours baisser tendanciellement année après année jusqu'à la chute finale. Rien de plus impitoyable que le *capitalisme amoureux.*

À la fin de son récit *La Condition sexuelle*, le psychanalyste Laurent Jouannaud dresse ce constat pessimiste : « Comme partout, le capital attire le capital, il pleut où c'est mouillé : qui a de l'argent, du pouvoir, une tribune accroît immédiatement sa valeur sexuelle. À l'inverse, les économiquement faibles, les solitaires, les pauvres d'esprit voient leur être corps-sexuel dévalorisé : ils n'intéressent personne, même pas eux-mêmes, puisqu'ils ne veulent pas de ceux qui leur ressemblent. La jungle de l'érotisme a imposé ses valeurs à ceux qui en sont les victimes[1]. » Et l'auteur d'appeler de ses vœux une société dans laquelle « chacun jouisse selon ses besoins et non selon ses moyens ». Rien ne nous interdit en effet de rêver d'un monde utopique où les corps seraient enfin « démonétisés », où l'on aimerait l'autre non pour ce qu'il représente ou possède, mais pour ce qu'il *est*.

*

C'est justement à cette quête d'un « amour pur » que nous invite le philosophe Vladimir Jankélévitch qui, dans son bel essai *Les Vertus et l'Amour*, renoue avec la sagesse antique d'un amour qui ne devrait rien aux « appartenances inessentielles et adventices[2] ». La beauté passe, les dons de l'intelligence s'altèrent avec le temps, le succès est éphémère ; ce sont des « qualités empruntées », disait Pascal. Un jour viendra où il faudra les rendre et se mettre à nu. Seule demeurera l'invisible, l'impalpable *essence* de la

---

1. Laurent Jouannaud, *La Condition sexuelle. Notes d'un psychothérapeute*, PUF, 2005.
2. Vladimir Jankélévitch, *Les Vertus et l'Amour*, op. cit.

personne, qui déborde infiniment toute épithète, qui est « au-delà de toute qualité ».

Ce centre de l'« ipséité » est insaisissable, ce moi est « toujours ailleurs, toujours plus loin ». On ne peut l'entrevoir qu'à l'horizon lointain et fuyant de l'infini. Mais on ne peut s'empêcher d'en chercher partout les signes visibles. Car il est difficile d'aimer sans savoir qui est ce moi que l'on aime, et pourquoi on l'aime, comme l'a si bien montré Pascal : « Celui qui aime quelqu'un à cause de sa beauté, l'aime-t-il ? Non : car la petite vérole, qui tuera la beauté sans tuer la personne, fera qu'il ne l'aimera plus. Et si on m'aime pour mon jugement, pour ma mémoire, m'aime-t-on moi ? Non, car je puis perdre ces qualités sans me perdre moi-même. Où donc est ce moi, s'il n'est ni dans le corps ni dans l'âme[1] ? » Et si le moi de l'autre n'est nulle part, s'il n'existe pas, ou s'il est introuvable, pourquoi en suis-je amoureux ?

C'est par la « tautologie d'amour » que Jankélévitch répond à cette question : je t'aime *parce que* je t'aime, parce que tu es ce que tu es. Ainsi de Montaigne et La Boétie : « Si on me presse de dire pourquoi je l'aimais, je sens que cela ne se peut exprimer, sinon en répondant : *parce que c'était lui, parce que c'était moi*[2]. »

L'amour « est à la fois cause efficiente et cause finale de l'amour », il est « une préférence infondée, indiscutée, injustifiée, immotivée, en tout point ar-

---

1. Pascal, *Pensées*, V, 323, Léon Brunschwig (dir.), Flammarion, 1993.
2. Montaigne, « De l'amitié », in *Les Essais*, *op. cit.*

bitraire »[1]. Il ne renvoie à aucune *raison* extérieure. Cessons donc les bavardages inutiles, finissons-en avec cet « occasionalisme du cœur », qui s'évertue à expliquer par le discours *pourquoi* l'aimé est aimable, avec l'« intarissable mauvaise foi de l'amour, qui invente pour les besoins de la cause ces motivations rétrospectives ». L'amour ne s'explique pas ; seul l'amateurisme, avec lequel on ne saurait le confondre, s'explique. Là où l'amateur détaille, soupèse, évalue, compare, l'amoureux aime tout, « en bloc », d'emblée et – du moins s'en persuade-t-il – pour toujours. « L'amour ne choisit pas *dans* ce qu'on lui offre, triant et recensant les caractères, classant, collectionnant, retenant ceci, rejetant cela : car ce genre d'inventaire n'est pas d'un amant, mais plutôt d'un amateur, au sens érotique, professionnel et froidement utilitaire de ce mot ; l'amour n'est pas *sélection* préférentielle mais *élection* massive de ce tout, qu'il adopte comme personne vivante et fin-en-soi. (...) L'amant, comme l'artiste, élit la personne entière, et il prend tout en bloc, qualités et défauts compris, avec les défauts faisant des qualités par cristallisation imaginative (...) L'amour, dans sa logique embellissante, veut l'aimée telle qu'elle est, et il veut tout en elle, son sourire triste, son visage ingrat et son humble corps flétri. Et comment lui objecter ce qui précisément lui sert à fabriquer du charme ? Ce qui devrait le décourager n'est-il pas justement ce qu'il aime ? L'amour assimile le "mal-

---

[1]. Vladimir Jankélévitch, *Les Vertus et l'Amour*, op. cit. ; de même pour les citations suivantes.

gré" pour en faire un "parce que". (...) Ce que nous aimons, c'est la destinée entière de l'aimé, son malheur et sa liberté. »

Aimer d'un amour pur, c'est donc aimer sans raison, voire contre toute raison, dans la nuit du discours, « sans autre raison que son amour même ». Aimer, c'est *déraisonner*. Tout « bon » motif d'aimer, comme la beauté ou l'intelligence, « n'est jamais que la condition hypothétique d'une possible préférence ». Car, à supposer que l'être chimérique, doté de toutes les qualités, puisse exister, rien ne dit que je l'aimerais. Il pourrait aussi me laisser parfaitement indifférent, ne pas provoquer en moi ce « saut qualitatif », cette « mue soudaine » qu'est l'amour.

À l'inverse, on peut tomber amoureux d'une personne qui ne correspond en rien à nos goûts, qui n'est « pas notre genre ». Le jour où Swann rencontra Odette de Crécy, « elle était apparue à Swann non pas certes sans beauté, mais d'un genre de beauté qui lui était indifférent, qui ne lui inspirait aucun désir, lui causait même une sorte de répulsion physique. Pour lui plaire, elle avait un profil trop accusé, la peau trop fragile, les pommettes trop saillantes, les traits trop tirés[1] ». Odette ne lui plaisait pas vraiment, et pourtant il souffrira mille morts pour elle.

On peut même être très cultivé et s'amouracher à en perdre la tête d'une petite putain « insignifiante » et certains jours franchement « laide », comme le

---

1. Marcel Proust, *Du côté de chez Swann*, in *À la recherche du temps perdu*, op. cit.

héros d'*Un amour* de Dino Buzzati[1]. Car l'amour n'est pas un calcul, mais une création, pas un constat, mais une invention, pas un discours, mais un acte poétique qui, en transfigurant l'aimé, transfigure le monde. Lorsque Irène le quitte, Yves, désespéré, s'interroge toujours sur le pourquoi de son amour pour elle. Son psychanalyste l'invite alors à renoncer à toute explication : « Vous avez commencé par un mystère, vous finissez par un autre mystère. Quelle importance ! À la fin du voyage, vous en savez un peu plus sur vous, sur elle, mais rien sur l'extraordinaire instant qui vous a fait vous rencontrer, et tout ce que chacun a aussitôt investi, de son histoire et de ses rêves les plus secrets, dans ce visage et cette silhouette qui venaient de lui apparaître. Car sachez-le, c'est bien d'apparitions qu'il s'est agi : vous vous êtes apparus l'un à l'autre pour apprendre l'amour dans un corps de femme et dans un corps d'homme[2]. »

---

[1]. Dino Buzzati, *Un amour*, traduit de l'italien par Michel Breitman, Robert Laffont, 2004.
[2]. Yves Simon, *Les Éternelles*, op. cit.

Pourquoi adorons-nous l'amour ?

> « Dans le RER, le métro, les salles d'attente,
> tous les lieux où il est permis de ne se livrer
> à aucune occupation, sitôt assise,
> j'entrais dans une rêverie de A.
> À la seconde juste où je tombais dans cet état,
> il se produisait dans ma tête un spasme de bonheur. »
>
> Annie ERNAUX, *Passion simple*

« Ni la mort, ni la vie, ni les anges, ni les princes, ni les puissants, ni le présent, ni l'avenir, ni l'élévation, ni la profondeur, ni aucune autre créature, doivent pouvoir me séparer de toi, ou toi de moi », écrit Kierkegaard à sa fiancée Régine, car « l'amour est tout »[1]. Depuis Platon, une longue tradition philosophique *idéaliste* a fait de l'amour un élan vers l'absolu divin. L'amour est la finalité suprême de l'existence, c'est lui qui confère aux choses vraies leur *vérité,* aux choses bonnes leur *valeur* et aux choses belles leur *beauté.* L'amour est ce qui unit le beau au bon, et le bon au

---

1. Sören Kierkegaard, *Le Journal du séducteur, op. cit.*

vrai. L'amour est le langage de l'âme : il peut tout, sait tout, donne tout, transfigure tout et embellit tout. Comme Dieu, dont il constitue l'essence même.

On aurait pu s'attendre à ce que la tradition philosophique concurrente, le *matérialisme*, initiée par Démocrite au IVe siècle avant J.-C. et poursuivie par Épicure puis Marx, finisse par triompher définitivement de l'idéalisme, enterrant ainsi l'idéal de l'amour absolu et divin. Si, en effet, le monde n'est qu'un composé d'atomes, si le ciel est vide, si la seule et unique réalité est celle du corps, si l'âme n'est qu'une mystification, alors l'amour n'est plus qu'un phénomène purement biologique, sur lequel se sont projetées les illusions mensongères de la religion. En toute logique, notre société postmoderne, laïque, matérialiste et mercantile aurait dû en terminer définitivement avec le vieux mythe de l'amour éternel. Or il semble que ce soit moins que jamais le cas. Ce qui est déconcertant, c'est que l'adoration de l'amour est un credo actuellement dans l'air du temps, à une époque désertée par la transcendance, en proie au doute et à l'incertitude. Comment comprendre que, dans un monde pragmatique, utilitariste et largement désenchanté, cette seule vérité intangible demeure : l'amour est le bien suprême ?

Il suffit de parcourir les titres de la presse magazine, ou de se balader sur les sites de rencontres pour s'en convaincre : notre époque est, sans doute plus qu'aucune autre, assoiffée d'amour, peut-être même encore davantage que de sexe. L'excellente santé des romans sentimentaux en atteste également, qu'ils soient « à l'eau de rose », ou très profonds, comme le vibrant

Un temps fou de Laurence Tardieu, dont l'héroïne pense que « l'unique raison pour laquelle une vie vaut d'être vécue c'est l'amour, c'est une évidence soudain, *la seule certitude possible*, une vie sans amour ça n'est rien, ça n'a aucun sens, ça ressemble à la mort, au temps inutile et perdu, c'est la misère du corps et la misère de l'âme, on en oublie le ciel et la ligne d'horizon[1] ».

Comment expliquer notre fascination paradoxale pour l'amour, « avec son cortège de clartés[2] », à l'heure de la désillusion, du libertinage et du divorce de masse ?

*

On pourrait être tenté d'apporter à cette question une réponse culturaliste. Dans la construction occidentale du concept d'amour, la quête idéaliste de l'amour absolu est un thème récurrent de la philosophie, de la théologie et de la littérature, tandis que sa déconstruction matérialiste est beaucoup plus silencieuse. Ainsi, notre quête idéaliste d'amour pourrait s'expliquer comme résultant d'une forme de *conditionnement culturel*.

Si l'un d'entre nous avait été miraculeusement soustrait à toute *culture amoureuse*, s'il n'avait jamais lu de contes de fées ou de romans d'amour, ni jamais vu de films s'achevant par un fougueux baiser au clair de lune, pourrait-il tomber amoureux ? Userait-il

---

1. Laurence Tardieu, *Un temps fou*, Stock, 2009.
2. André Breton, *L'Amour fou*, Gallimard, 1937.

du même lexique pour exprimer ses émotions ? Certainement pas, répond La Rochefoucauld : « Il y a des gens qui n'auraient jamais été amoureux s'ils n'avaient entendu parler de l'amour[1]. » Du *Banquet* de Platon à *Belle du Seigneur*, en passant par *Tristan et Iseult* et les contes, nous aurions été façonnés par l'idéal amoureux de l'*amour pris lui-même comme objet d'amour*. Aussi aimerions-nous l'amour avant même de l'éprouver, à la manière de saint Augustin : « Je n'aimais pas encore, mais j'aimais à aimer et aimant à aimer je cherchais un objet à aimer[2]. »

Mais l'empreinte de cet idéal dans nos mémoires suffit-elle à expliquer le culte dont l'amour est l'objet ? Je ne pense pas.

*

L'adoration de l'amour ne peut nous venir exclusivement du dehors et ne relever que d'un conformisme plus ou moins conscient à des schémas hérités ; la quête d'absolu nous vient aussi du dedans. Elle prend sa source en nous-mêmes, dans notre désir de vivre ou de revivre cette expérience inaugurale proprement métaphysique du *choc amoureux*, un état de grâce qui nous transporte au-delà de nous-mêmes, nous délivre de nos pesanteurs et nous ouvre les portes d'un nouveau monde, plus beau, plus dense, plus vrai.

---

1. La Rochefoucauld, *Maximes et réflexions diverses*, Flammarion, 1999.
2. Saint Augustin, *Confessions, op. cit.*

Alors que la langue française assimile l'état naissant du sentiment amoureux à une chute (tomber amoureux) tout comme l'anglais (*to fall in love*), l'italien dispose d'un mot magnifique, un nom dont la consonance mélodieuse suggère à elle seule la transfiguration de l'être qui s'opère magiquement à l'instant où l'on tombe amoureux : *innamoramento*. On pourrait le traduire par « enamourement » ou « énamoration ». « Amourachement » est une autre possibilité, car on y sent l'idée d'un arrachement, d'un déchirement, mais il faut convenir que le mot n'est pas très heureux. Quant à « entichement », autant l'oublier tout de suite. D'abord parce que le terme est hideux, ensuite parce que l'on peut s'enticher – c'est-à-dire afficher un goût extrême et irraisonné – d'une œuvre d'art, d'un couturier, d'un vin ou encore d'un chocolat... Le français ne possède donc pas de substantif pour traduire le sensuel *innamoramento* des Italiens. L'expression existait dans la langue d'Oc (*adamare*) mais elle est tombée en désuétude lors de la répression de l'hérésie cathare. C'est pourquoi les traductrices du beau livre de Francesco Alberoni, *Innamoramento e amore*[1] ont opté pour les expressions « choc amoureux », « état naissant de l'amour » ou encore « amour naissant », pour qualifier cet état hypnotique des débuts.

Pourquoi le verbe « tomber » ? On tombe amoureux, de même qu'on tombe malade, à la renverse, dans l'oubli, dans un piège, dans le sommeil, en dis-

---

1. Traduit par Jacqueline Raoul-Duval et Teresa Matteucci-Lombardi sous le titre *Le Choc amoureux*, Ramsay, 1987 ; de même pour les citations suivantes.

grâce, dans les pommes, dans le coma ou tout simplement en panne. Pourquoi, alors que la sensation première est celle d'une montée en puissance de tout notre être, la langue nous renvoie-t-elle à l'idée inverse d'un effondrement ?

Sans doute parce que cet événement extraordinaire se vit d'abord et essentiellement comme un *basculement*, une perte d'équilibre, un ébranlement de toute la personne. J'étais solidement campé sur mes deux jambes, ma vigilance critique en bandoulière, et voilà que, subitement, à la faveur d'une rencontre, en l'espace d'un seul instant parfois, je perds pied, ma vue se brouille, mes repères vacillent, mes sensations se distordent. Tout se met à tanguer autour de moi, mon univers se disloque. « Aimer, c'est être désarçonné », écrivait Levinas. Désorienté, mon esprit trébuche et me voilà échoué au fond d'un précipice.

« Je le vis, je rougis, je pâlis à sa vue,
Un trouble s'éleva dans mon âme éperdue,
Mes yeux ne voyaient plus, je ne pouvais parler,
Je sentis tout mon corps et transir et brûler. »

En tombant amoureuse d'Hippolyte, Phèdre s'est abîmée dans un gouffre. L'amour naissant est une plongée dans l'immensité ténébreuse de l'inconnu que nous portons tout au fond de nous-mêmes.

Outre Phèdre, c'est la dégringolade d'Alice au fond du terrier qui me vient ici à l'esprit : une descente vertigineuse qui la conduit, en un tourbillon effrayant, de l'autre côté d'elle-même, dans les profondeurs insondables de son inconscient. Tombée dans le sommeil, Alice n'est plus tout à fait elle-même, elle s'expérimente comme autre, tantôt minuscule, tantôt gigantesque, émerveillée et effarée de ses singulières métamorphoses. Ici, comme chez l'amoureux, ce qui est tombé, ce sont les mécanismes de défense du moi, les fortifications intérieures, les remparts que la conscience a patiemment érigés pour assurer sa protection. Toutes ces murailles s'effondrent brusquement : je me rends, je capitule, pour m'en remettre entièrement à l'autre. Je tombe, corps et âme, à ses pieds. Tomber amoureux, c'est assister à sa propre dissolution dans l'autre.

*

Mais si le choc amoureux n'était qu'une chute abyssale, nous ne l'adorerions pas. Il ne constituerait pas le « rêve de l'Occident », selon l'expression d'Alberoni. « Dans la grisaille du présent, nous attendons un jour nouveau, une vie nouvelle, un printemps nouveau, une rédemption, un rachat, une révolte, une revanche. » Le moment magique, celui que nous aspirons à vivre et revivre encore (ou que nous désespérons de ne jamais connaître), c'est celui de la *remontée* miraculeuse à la surface. Émerger des profondeurs dans lesquelles nous a plongés ce tremblement de terre, c'est littéralement *renaître* à la vie. L'amour est un « saut qualitatif », une « mue soudaine et radicale » comme l'écrit Jankélévitch[1], un réveil enthousiaste et affirmatif, une révéla-

---

1. Vladimir Jankélévitch, *Les Vertus et l'Amour, op. cit.*

tion, une régénération, un élan libérateur, une guérison, bref, une *résurrection*.

Qu'est-ce que renaître ? C'est d'abord se séparer. Comme le nouveau-né se sépare de sa mère, l'amoureux rompt avec son monde, sa famille, son passé, ses valeurs et ses croyances. « L'état naissant sépare ce qui est uni et unit ce qui était séparé », écrit Alberoni[1]. Ainsi de Juliette s'arrachant à sa famille (les Capulet) pour s'unir, à travers Roméo, à une famille ennemie (les Montaigu). Sans cette composante destructrice, qui s'accompagne parfois de violence et de souffrance, la reconstruction d'un monde nouveau est impossible. La nouvelle entité née de l'amour proclame son droit absolu à s'affranchir des traditions, des règles et des interdits. Pas de fusion sans déchirure, sans subversion d'un ordre. « Il n'existe pas de passion amoureuse sans la transgression d'un interdit. »

Par où l'amour est une force révolutionnaire. « Tomber amoureux est l'état naissant d'un mouvement collectif à deux. » Les amoureux sont seuls au monde, seuls à rêver de lendemains radieux, de Terre promise ou de salut terrestre. Ils créent ensemble un « mutant social », c'est-à-dire une nouvelle entité collective, qui a la particularité de tout *recréer* : le sujet amoureux lui-même, bien sûr, mais aussi le monde dans sa totalité.

Solal, le héros ténébreux de *Belle du Seigneur*, d'Albert Cohen, s'est soudain senti rajeunir, à l'instant où il a rencontré la belle Ariane, « élue au premier battement de ses longs cils recourbés... Dites-moi fou,

---

1. Francesco Alberoni, *Le Choc amoureux, op. cit.* ; de même pour les citations suivantes.

mais croyez-moi. Un battement de ses paupières, et elle me regarda sans me voir et ce fut la gloire et le printemps et le soleil et la mer tiède et sa transparence près du rivage et ma jeunesse revenue, et le monde était né ».

*

Quel est ce nouveau monde qui naît de l'amour ? Comment l'amour fait-il de nous des démiurges ? Lorsque nous sommes, comme Ariane et Solal, foudroyés, nous nous éveillons dans un monde aux formes et aux sonorités nouvelles, dont l'être aimé est la porte d'accès. « L'amour est donc l'énergie créatrice à l'œuvre (...) Nous aimons ce qui nous crée et ce que nous créons », écrit Alberoni. L'être que nous aimons devient ainsi une « puissance transcendante à travers laquelle passe la vie dans sa totalité ». Le choc amoureux transfigure tout : moi, l'autre, et le reste du monde. Comment ?

C'est d'abord à la restructuration de mon *identité* que je procède, ou que j'assiste, suivant mon degré de volontarisme. Depuis que je suis amoureux, j'ai changé, je ne suis plus le même, mais ce sentiment d'étrangeté à l'égard de moi-même me conduit à une question fondamentale : au fond, *qui suis-je* ? Ou plutôt *que suis-je* ?

Comme l'a montré le philosophe Paul Ricœur dans *Soi-même comme un autre*[1], je suis *ce que je me raconte* que je suis, je suis le récit que je fais de ma vie. L'identité est « narrative » et non pas figée, ce qui signifie que

---

1. Paul Ricœur, *Soi-même comme un autre*, Seuil, 1990.

je suis une *mémoire* (lacunaire) et une *histoire* (partiale), dépositaires d'un *sens,* inscrits dans le récit de mon existence. Or ce récit se fracture sous le choc amoureux ; cet événement explosif introduit une discontinuité dans la temporalité ordinaire. Il y a désormais un avant et un après l'amour, séparés par une nette césure. « Le passé devient préhistoire, la vraie histoire commence », écrit Alberoni, qui dénomme cette phase « historicisation ». Je m'empresse d'exorciser l'avant en le réinterprétant au cours d'interminables confessions, capables d'emporter en quelques heures des barrages ayant résisté à des années de divan. « L'historicisation de l'état naissant est l'instrument qui empêche le passé de peser sur le présent, le moyen de le faire partager et de neutraliser son pouvoir maléfique. »

Cette relecture du passé, dont chaque instant semble être un signe prophétique de la rencontre miraculeuse, est la voie de la *rédemption*. « Que le temps puisse marcher à reculons ou transformer *ce qui fut* en *ce que je voulus qu'il fût*, cela seulement peut être pour moi la rédemption », écrit Nietzsche[1]. Chacun détient le pouvoir divin d'absoudre l'autre, de lui offrir une possibilité de rachat, de le faire accéder à une vie *pardonnée*.

Cette propriété de l'état naissant est si exceptionnelle que Sartre, d'ordinaire si critique à l'égard de l'amour, reconnaîtra en lui la seule voie du salut. En marge de la démonstration pessimiste de *L'Être et le Néant* (dont je traiterai dans le chapitre suivant), il se plaît à rêver d'un amour capable de « sauver » l'aimé,

---

1. Friedrich Nietzsche, *Ainsi parlait Zarathoustra, op. cit.*

en lui permettant d'échapper à l'absurdité d'exister. Être aimé, c'est être *légitimé*, devenir une fin en soi, une valeur absolue, et non plus une « poussière anonyme »[1]. « Au lieu que, avant d'être aimés, nous étions inquiets de cette protubérance injustifiée, injustifiable qu'était notre existence ; au lieu de nous sentir "de trop", nous sentons à présent que cette existence est reprise et voulue dans ses moindres détails par une liberté absolue qu'elle conditionne en même temps. C'est là le fondement de la joie d'amour lorsqu'elle existe : nous sentir justifiés d'exister. » L'autre me vénère dans ma singularité comme « le plus irremplaçable des êtres ». Moi, Jean-Paul, petit homme disgracieux et atteint de strabisme, je me sens rasséréné sous un regard « qui ne me transit plus de finitude ». Désormais « je ne saurais être regardé comme laid, comme petit, comme lâche », mais comme l'unique : celui qu'une femme a élu et à travers lequel elle voit et pense désormais le monde. Mon individualité irréductible est enfin pleinement reconnue. Tel est le rêve de Sartre : un amour qui mettrait un terme à l'incomplétude humaine, qui permettrait le rassemblement de notre être que tout conspire à disperser.

Pour que je sois un, il faut que nous soyons deux. Être aimé, ce serait coïncider enfin avec soi-même, ne plus avoir honte de soi ni peur de son propre passé. Être aimé, c'est être l'unique d'un être unique à me procurer le sentiment d'être unique : « Il y a soixante reines, quatre-vingts concubines et des jeunes filles sans

---

1. Jean-Paul Sartre, *L'Être et le Néant, Essai d'ontologie phénoménologique*, Gallimard, 1943 ; de même pour les citations suivantes.

nombre. Une seule est ma colombe, ma parfaite, elle est l'unique » (Cantique des cantiques 6, 8-9) et je ne peux que l'adorer. L'amour opère donc une *transsubstantiation*, un changement de substance, une transfiguration de soi, à travers le regard de l'autre, devenu le nouveau pivot du monde. Cet autre, qui aime mes blessures les plus secrètes, jusqu'à la punition humiliante que m'infligea un jour un professeur d'école, cet autre qui aime la peluche de mes nuits de petit enfant trouillard et frigorifié, est désormais le seul dispensateur du bien, du bon et du beau. Si, à l'inverse, il n'aime pas mon dernier achat, je suis tout à coup sidéré par l'irréalité, la contingence, la superfluité de cet objet.

J'ai accompli un saut *métaphysique,* je suis entré dans l'amour religieux : une personne humaine, divinisée par mon amour, fonde désormais pour moi la seule échelle des valeurs possible et départage le bon du mauvais, le beau du laid, le bien du mal. « L'autre est assigné à un habitat supérieur, un Olympe, où tout se décide et d'où tout descend sur moi[1]. » L'univers s'est décentré. J'ai élaboré une « géographie sacrée du monde » selon l'expression d'Alberoni, avec ses temples et ses sanctuaires – le lieu de la Rencontre, les endroits qui témoignent de nos premiers instants de bonheur – et son enfer – tout ce qui m'éloigne de l'être aimé.

« Pas un seul amour qui soit simple mécanisme corporel, qui ne prouve même et surtout s'il s'attache follement à son objet, notre pouvoir de nous mettre en question, de nous vouer absolument, notre significa-

---

1. Roland Barthes, *Fragments d'un discours amoureux, op. cit.*

tion métaphysique », écrivait le philosophe Maurice Merleau-Ponty[1]. Identité réconciliée avec elle-même, nouveau rapport au temps et à l'espace, au bon, au beau et au bien : l'amour m'a *transfiguré*.

C'est pour cela que rien ne pourrait à cet instant me paraître plus catastrophique que la fin de cet amour. « Un soir, vous sanglotiez sans raison. Je vous ai prise dans mes bras. En hoquetant, vous disiez : J'ai tellement peur que tout s'arrête », dit l'une des amoureuses « éternelles » d'Yves Simon. La hantise de la rupture ou de la mort modifie mon appréhension du présent ; l'instant, même quelques minutes volées, me paraît une rareté précieuse comme l'or. Je voudrais pouvoir éterniser chaque seconde, chaque heure, chaque nuit, me persuader que cette extase durera toujours. D'où le fébrile « Tu m'aimes ? ». « Dis que tu m'aimes, répétait-il, accroché à l'importante demande. Oui, oui, lui répondait-elle, je ne peux te dire que ce misérable oui, lui disait-elle, oui, oui, je t'aime comme je n'ai jamais espéré aimer, lui disait-elle, haletante entre deux baisers, et il respirait son haleine. Oui, aimé, je t'aime autrefois, maintenant et toujours, et toujours ce sera maintenant, disait-elle, rauque, insensée, dangereuse d'amour[2]. »

Un tel amour ne peut qu'aspirer à l'éternité. L'amoureux rêve de s'envoler dans un temps hors du temps, de s'échapper vers un monde hors du monde : « *Anywhere out of the world* (...) N'importe où ! N'importe où !

---

1. Maurice Merleau-Ponty, *Phénoménologie de la perception*, Gallimard, 1945.
2. Albert Cohen, *Belle du Seigneur*, op. cit.

Pourvu que ce soit hors de ce monde ! » supplie Baudelaire[1]. C'est pourquoi tout amoureux est, qu'il le veuille ou non, qu'il le sache ou non, l'héritier de Platon, qui exhorte chacun à dépasser le monde trompeur dans lequel il vit, pour s'élever vers le monde suprasensible de la beauté et l'amour éternels.

*

Lecteur d'Homère, Platon a compris que la vie humaine n'a de sens que vécue comme une odyssée. Mais alors qu'Ulysse part d'un point pour aller vers un autre, dans l'unique but de revenir à Ithaque et à son épouse Pénélope, Platon convie l'amoureux à un voyage qui lui fera découvrir un monde tellement plus vrai et plus beau que celui-ci, qu'il ne désirera jamais revoir sa terre d'origine. Grâce à cette « paire d'ailes » qu'est l'amour, nous nous envolerons « de la terre vers notre parenté céleste »[2]. Éros transfigure l'amoureux, il le transporte toujours plus haut dans le ciel, cette « plaine de la Vérité », en le délivrant de toutes les pesanteurs du monde terrestre.

Aimer, c'est voir un autre être avec les « yeux de l'âme », dans une clarté rayonnante. Ainsi, le regard que porte Alcibiade sur le disgracieux Socrate va au-delà de sa laideur physique : il n'a d'yeux que pour sa beauté morale. Éros n'est donc pas aveugle, mais *clair-*

---

1. Charles Baudelaire, *Le Spleen de Paris,* in *Œuvres complètes,* Gallimard, La Pléiade, t. 1, 1975.
2. Platon, *Le Banquet,* in *Œuvres complètes,* t. 1, *op. cit.* ; de même pour les citations suivantes.

voyant : il permet de voir la vérité derrière le sensible, l'être par-delà l'apparaître, le soleil éclatant bien au-dessus des nuages. Il est cette illumination qui amène irrésistiblement l'amoureux à chercher, au-delà du reflet qu'est l'être aimé, la source de toute lumière.

Par où la lumière est-elle lumière, la beauté est-elle beauté, le désir est-il désir ? Seul l'amour permet de pénétrer ces mystères, car Éros est un « démon », un messager des dieux, un génie qui prend possession de notre âme pour la convertir au Bien, au Bon, au Vrai et au Juste. Ainsi, l'amour possède un haut pouvoir maïeutique : il est la clé ouvrant l'accès aux Idées éternelles.

L'odyssée amoureuse, telle qu'elle est décrite dans *Le Banquet*, est un voyage initiatique qui convertit l'éblouissement premier pour la beauté d'un corps en un amour pour la beauté d'une âme, puis, de là, en un amour du Beau en soi. L'amoureux est un visionnaire : possédé par une « folie divine », il se sent irrésistiblement appelé vers un au-delà du monde terrestre, vers le seul lieu d'où il lui soit loisible de contempler la perfection du Bien. L'amour est donc, fondamentalement, *désir de Dieu*.

*

Voilà pourquoi nous adorons l'amour : parce qu'il nous ouvre les portes du paradis, en nous conviant « aux noces mystiques du ciel et de la terre, de la chair et de l'esprit », comme l'écrit Nicolas Grimaldi[1]. Quel

---

1. Nicolas Grimaldi, *Métamorphoses de l'amour*, Grasset, 2011.

que soit l'objet de notre amour, sitôt que nous aimons, le monde est embelli, il se colore et se parfume, la conscience est délicieusement allégée, la chair vibre d'un érotisme exultant et insatiable. L'idée de perfection a pris corps, « tout n'est plus qu'ordre et beauté, luxe, calme et volupté », dit le vers fameux de Baudelaire. L'enthousiasme de l'amoureux rejoint ici la ferveur du mystique : même foi ardente, même exaltation, même désir de fusion avec l'être adoré, même « folie divine », selon l'expression de Platon.

Mais aimer d'une façon aussi hyperbolique, s'envoler vers les cimes du sublime, n'est-ce pas courir le risque d'une chute mortelle ? Et quel être humain peut se maintenir durablement à la hauteur d'une telle idolâtrie ? « Plus l'amour confine à l'adoration, écrit Henri Bergson, plus grande est la disproportion entre l'émotion et l'objet, plus profonde par conséquent est la déception à laquelle l'amoureux s'expose, – à moins qu'il ne s'astreigne indéfiniment à voir l'objet à travers l'émotion, à n'y pas toucher, à le traiter religieusement. (…) La marge laissée à la déception est maintenant énorme, parce que c'est l'intervalle entre le divin et l'humain[1]. » Lorsque l'être aimé chute de l'Olympe où l'amour l'avait placé, il redevient un minuscule être humain, imparfait et faillible. Après l'extase du choc amoureux, voici venu le temps de la mélancolie, de l'ennui et de la souffrance.

---

1. Henri Bergson, *Les Deux Sources de la morale et de la religion*, Librairie Félix Alcan, 1937.

Pourquoi l'amour fait-il souffrir ?

> « Nous ne sommes jamais tant démunis contre la souffrance que lorsque nous aimons. »
>
> Sigmund FREUD

L'amour est la plus belle promesse de bonheur. Hélas, il arrive souvent que l'extase des débuts cède la place à un abîme de *souffrance.* L'amour s'apparente alors à une *maladie*, peut-être la plus terrifiante de toutes. Un poison mortel, qui s'insinue consciencieusement dans les veines et finit par terrasser sa victime, voilà ce qu'est parfois l'amour, un accès de folie qui embrase tout le corps et le met au supplice.

Dans un bouleversant roman, sobrement intitulé *Un amour,* Dino Buzzati décrit les symptômes de cet « horrible mal », de cette infection virulente, dont la seule chose à espérer est qu'elle veuille bien, comme un abcès, se « vider avec le temps de toute sa fureur ». Une fièvre maligne, une hyper-inflammation de tout l'organisme, un prurit aux écoulements toujours plus douloureux, aux épanchements parfois immondes, tel est l'amour de Dorigo pour la petite prostituée qui lui a tourné la tête. Laïde le vide de son sang, le ronge de métastases, le dépossède de son être. Sous son emprise, Dorigo l'architecte se déconstruit au fil des pages. La maladie l'entraîne, dans la spirale des jours de souffrance et des nuits d'insomnie, « vers une obscurité un néant jamais imaginés sinon pour les autres et d'heure en heure il tombe et s'enfonce toujours davantage ». Laïde le « persécute en pensée » à chaque instant du jour et de la nuit, sans lui laisser un seul moment de répit, elle est la source d'une « souffrance compacte et totale ». « Je n'en peux plus », pense-t-il, alors qu'il s'épuise à l'attendre depuis *déjà* au moins dix minutes, qui lui semblent s'étirer indéfiniment, pour rejoindre l'interminable chaîne d'heures qu'il a déjà passées dans cet état de torpeur et de prostration, à l'idée que Laïde pourrait ne pas venir. « Non c'est impossible de continuer ainsi je ne vis plus je ne travaille plus je ne mange plus je ne dors plus les gens me parlent et je ne les écoute pas je suis là comme un automate je ne suis plus moi-même je me détruis il faut que j'arrête allons allons courage homme arrache-toi cette mauvaise dent ce maudit clou va-t'en pour quelques mois cherche-toi une autre fille (...) assez assez je n'en peux plus. »

Exténué, l'amoureux l'est comme après une guerre : il est à bout, l'amour l'a précipité dans un ravin, et personne ne peut rien pour lui. Il s'est enfoncé de plein gré dans la logique passionnelle, il s'y est anéanti, tout seul, jour après jour, contre toute raison, et maintenant il est là, à bout de souffle, pathétique, à pleurer sa vie. Quel abominable destin que celui de l'amoureux...

*

Faut-il soupçonner Spinoza de n'avoir jamais été amoureux, lui qui déclarait que l'amour est, par essence, une *joie* ? « Comment admettre, demande le philosophe Ferdinand Alquié, après avoir connu les tourments de l'amour, après avoir lu Racine, Goethe ou Proust, après avoir songé à Phèdre, à Werther, à Swann ou à l'amant d'Albertine, que l'on puisse définir l'amour comme une *joie qu'accompagne l'idée d'une cause extérieure* ? (...) Avouons ne pas y reconnaître ce que chacun appelle amour[1]. » Comment Spinoza, cet immense esprit, a-t-il pu ne retenir de l'amour que sa face dynamique, radieuse et aérienne, et négliger sa part maudite ? La joie des amoureux n'est-elle pas, hélas, toujours escortée de moments déchirants, voire tragiques, qui viennent en ternir l'éclat ?

L'amour, cette folie dévastatrice, transporte l'amoureux dans l'univers du pathétique, de l'émotion en excès, de la violence, de l'attente, de l'absence, du manque, de la jalousie, de la mélancolie et du désespoir. Il est, selon l'expression de Jankélévitch, « douloureusement amoureux, amoureusement douloureux[2] ». Si bien que l'on serait tenté de penser que l'amour ne peut se concevoir sans souffrance et d'en déduire qu'il est, par définition, *fou*.

Tout nous porte en effet à croire Nicolas Grimaldi, lorsqu'il écrit, dans ses profondes *Métamorphoses de*

---

1. Ferdinand Alquié, *Le Rationalisme de Spinoza*, PUF, 1981.
2. Vladimir Jankélévitch, *Les Vertus et l'Amour, op. cit.*

l'amour : « Ce qu'on pourrait nommer pathologie n'est ici qu'un grossissement du normal. Aussi l'amour fou n'est-il pas quelque cas rarissime et singulier de l'amour. Autant qu'il en est le révélateur, il en est aussi la vérité. » Ainsi, la vérité de l'amour, ce serait l'amour passion, excessif, exclusif, absolu et hyperbolique. Tristan et Iseult, Héloïse et Abélard, Roméo et Juliette, Ariane et Solal incarneraient l'essence de l'amour : ardent, impossible et fatal. La passion (du grec *pathein*, « subir ») constituerait le cœur même de l'amour. La souffrance serait donc *consubstantielle* à l'amour.

Mais est-on bien certain d'avoir découvert là le sens même de l'amour, sa vérité profonde ? Que dire alors des amours heureuses ? Qu'elles sont des formes dépréciées, voire accidentelles, de l'amour ? Qu'elles sont donc ontologiquement moins denses ? Que la joie d'aimer de Spinoza n'est bonne que pour les naïfs ou les insensibles ? Certains affirment pourtant connaître ou avoir connu un amour absolu *et* solaire, aérien et joyeux, exempt de *pathos* et de déchirement, comme nous le verrons dans le dernier chapitre. Ces témoignages émerveillés de la possibilité d'un amour serein et lumineux me poussent à vouloir tenter d'éclaircir le lien entre amour et souffrance, afin de chercher à démêler le *nécessaire* du *contingent*.

*

Dès les origines de la culture occidentale, l'amour fut assimilé à la *passion*, au point de se confondre avec elle. Le cœur de l'amour, c'est la quête de l'absolu, donc de l'impossible, d'où la violence et la souffrance.

Le noyau central de l'amour, c'est une boule de feu : voilà ce que nous en savons, avant même de le vivre. Notre résignation à la souffrance amoureuse ne proviendrait donc pas tant d'un jugement personnel – assis ou non sur une expérience singulière – que d'une forme de conditionnement culturel. Aussi me semble-t-il important de commencer par souligner le rôle de l'*héritage symbolique* dans la construction individuelle du concept d'amour.

Comment cette idée d'un amour malheureux, fatal, voire mortel a-t-elle façonné l'imaginaire occidental ? Comment a-t-elle fait son chemin dans l'inconscient collectif ? Par la force des grands textes fondateurs. L'amour, avant d'être un sentiment subjectif, est d'abord un discours, un *logos*. « L'amour est le plus loquace des sentiments, il est essentiellement loquacité », écrivait Robert Musil. L'amour n'existe vraiment qu'à partir du moment où il peut s'exprimer par le langage, s'écrire, se déclarer, se lire et s'entendre. Ce sont tous ces *discours sur l'amour* dont nous héritons et que nous nous réapproprions. Or, l'amour heureux n'ayant, comme on le sait, pas d'histoire, il se prête mal au récit, qui réclame des épreuves et des péripéties. Il occupe de ce fait une place beaucoup moins importante que l'amour malheureux, thème de prédilection de la culture occidentale, depuis ses origines.

Trois moments clés dans la constitution de l'imaginaire occidental retiennent particulièrement mon attention : la naissance d'Aphrodite et d'Éros dans la mythologie grecque d'Hésiode et Homère ; la Passion du Christ dans le Nouveau Testament ; le mythe de Tristan et Iseult.

Bien que ces récits initiatiques appartiennent à des registres totalement différents, ils ont en commun d'instaurer un ordre humain dans lequel l'amour est intimement lié à la souffrance, à la violence et à la mort.

*

Commençons par la naissance d'Aphrodite et d'Éros. D'après Hésiode, la radieuse déesse de l'amour, de la beauté et des plaisirs est née de la divine écume (*aphros*) échappée du membre de son père Ouranos, sauvagement tranché par Cronos. C'est donc la mutilation originelle du ciel par le temps qui a engendré la venue au monde de la plus amoureuse des créatures, qui sait aussi être à l'occasion la plus cruelle, comme le rappelle son escorte de fauves. Née d'une violence castratrice, Aphrodite est capable du meilleur comme du pire, n'hésitant jamais à vouer à d'abominables supplices les amants qu'elle veut perdre. Mais l'histoire ne s'arrête pas là. D'après Homère, la somptueuse déesse, mal mariée au repoussant dieu des forges, Héphaïstos, le trompe avec (entre autres) le dieu de la guerre, Arès. De leur union naîtra un enfant capricieux, Éros, dieu de l'amour. Ainsi, Éros serait l'enfant de la sensualité et de la guerre, ce qui renvoie au double visage – envoûtant et violent – de l'amour.

Si le combat est le père de l'amour, rien d'étonnant à ce que les métaphores guerrières de l'amour soient si nombreuses. De quoi est-il question sinon de lutte, d'emprise, de résistance, de victoire, de captivité, de domination, de capitulation ou de défaite ? « Le dieu d'amour est un archer qui décoche des flèches mortelles. La femme se rend à l'homme qui la conquiert parce qu'il est le meilleur guerrier. L'enjeu de la guerre de Troie est la possession d'une femme (...) L'amant fait le siège de sa dame. Il livre d'amoureux assauts à sa vertu. Il la serre de près, il la poursuit, il cherche à vaincre les dernières défenses de sa pudeur et à les tourner par surprise ; enfin la dame se rend à merci (...) Tout cela confirme la liaison naturelle, c'est-à-dire physiologique, de l'instinct sexuel et de l'instinct combatif », note Denis de Rougemont dans *L'Amour et l'Occident*.

Rappelons que la chevalerie fut, au Moyen Âge, une règle commune à l'art d'aimer et à l'art militaire. L'amour chevaleresque, qui constitua pendant des siècles le modèle amoureux masculin, s'inscrit dans une morale guerrière, qui fait de la *furor* une vertu prestigieuse et qui légitime une « érotique du ravissement », ne reculant pas à l'occasion devant le rapt et le viol... Ainsi, la mythologie, bientôt relayée par l'éthique chevaleresque, nous apprend que l'amour s'accompagne toujours d'un certain coefficient de violence, physique ou morale.

> « L'amour, ô doux enfants, n'est pas rien que l'Amour.
> On l'adore partout sous mille noms divers.
> Il est la Mort, il est la Force impérissable,
> Et la démence, et le Désir inguérissable.
> Il est la Plainte. Il est activité et calme,
> Et Violence... »[1],

écrivait Sophocle.

---

1. Marguerite Yourcenar, *La Couronne et la lyre, poèmes traduits du grec*, Gallimard, 1979.

*

Le deuxième moment est la Passion du Christ, telle qu'elle est relatée dans le Nouveau Testament, à savoir ce long calvaire enduré par Jésus portant sa Croix du mont des Oliviers au mont du Golgotha, injurié, flagellé, et couvert de crachats.

Avant sa crucifixion, on offre au supplicié une coupe de vin mêlé de myrrhe pour atténuer la douleur, mais il la refuse. Car sa souffrance a du sens. Jésus a répandu l'amour sur terre, pour laver l'humanité de ses péchés. Il nous a aimés d'un amour absolu, nous tous, y compris ses bourreaux, dont il pardonne la barbarie, car il aime aussi ses ennemis. Parce qu'il nous aime d'un amour hyperbolique, il a pris toutes nos souffrances pour les clouer sur le bois de la Croix. Il a saigné, gémi, agonisé dans l'opprobre, afin que chacun sache qu'il pouvait déposer en lui son malheur et ses douleurs. Une souffrance infinie née d'un amour infini. Ainsi, dans l'imaginaire chrétien, c'est le messager de l'amour absolu qui subit le grand supplice fondateur de la nouvelle religion, celle de tous les fidèles qui se reconnaissent dans l'amour et la souffrance du Sauveur.

Ainsi s'expliquerait l'amour du *pathos,* propre à la mystique chrétienne : la souffrance est digne d'être aimée, cultivée, voire adorée, car, en nous rapprochant de Dieu, elle concourt à notre rédemption et à notre salut. Sainte Thérèse trouve son martyre « à la fois délicieux et cruel » et déclare que l'âme « voudrait ne jamais voir finir son tourment »[1]. L'amour le plus pur, celui de Dieu pour ses créatures et celui du croyant pour Dieu, est un amour *souffrant*.

La mythologie et la religion se sont ainsi conjuguées pour établir un lien étroit entre amour, souffrance et mort. L'origine immémoriale de cette collusion confère à nos expériences douloureuses un caractère de nécessité. La *fatalité* de l'amour mérite d'être accueillie comme une catastrophe désirable et sublime.

*

Troisième moment clé, le mythe profane de Tristan et Iseult marque du sceau de la passion ardente et mortelle l'imaginaire amoureux occidental.

Le début de la version de Joseph Bédier plonge d'emblée le lecteur au cœur du rapport privilégié qui unit *éros* à *thanatos* : « Seigneurs, vous plaît-il d'entendre un beau conte d'amour et de mort ? C'est de Tristan et d'Iseut la reine. Écoutez comment à grand'joie, à grand deuil, ils s'aimèrent, puis en moururent un même jour, lui par elle, elle par lui[2]. » L'amour consume les amants d'un feu ardent et les transporte dans un autre monde, plus vrai et plus haut que ce monde-ci. « Comme tous les grands amants, ils se sentent ravis par-delà le bien et le mal, dans une sorte de transcendance de nos communes conditions, dans un absolu indicible, incompatible avec les lois du

---

[1]. Thérèse d'Ávila, *Livre de la vie, op. cit.*
[2]. *Le Roman de Tristan et Iseut,* renouvelé par Joseph Bédier, 10/18, 1981.

monde, mais qu'ils éprouvent comme plus réel que ce monde », écrit Denis de Rougemont[1].

Ce que cherchent les deux héros, ce n'est pas l'apaisement heureux de leur idylle, mais au contraire l'exaltation de la passion pour elle-même, une *passion de l'impossible,* qui les détache peu à peu du monde créé pour les rapprocher de la mort, seule capable de les libérer des liens terrestres. La mort, ultime aboutissement de l'amour absolu, horizon mystique de l'amour, est un espace de transfiguration, qui divinise les amants auxquels elle dérobe la vie. *Éros* ne trouve de complétude parfaite qu'en *thanatos.*

Cette passion médiévale de la nuit et de la mort, refoulée par le rationalisme de l'âge classique, hante secrètement l'esprit européen et ressurgit, tel un spectre, dans les aphorismes des grands mystiques – saint François de Sales s'écriant : « Ô mort amoureusement vitale, ô amour vitalement mortel ! » – et dans les productions littéraires paradoxalement les plus illuminées qui soient : de Pétrarque à Goethe, Kierkegaard, Baudelaire, Hölderlin ou encore Albert Cohen, c'est le même *paradoxe romantique* d'un *éros* qui n'exalte le désir que pour le sacrifier sur l'autel de l'absolu. D'un *éros nécessairement fatal*, parce qu'il aime davantage l'amour, fût-il dévastateur, que l'être aimé.

Ainsi, alors que la sagesse grecque condamnait la passion comme une « rage » ou une « peste », l'érotique médiévale la promeut en idéal sacré. À partir de Tristan et Iseult, mourir d'amour devient la plus belle

---

1. Denis de Rougemont, *L'Amour et l'Occident, op. cit.*

et la plus héroïque des destinées. L'âme du passionné, en rupture de loi, aspire aux délices du trépas d'amour et accède par la mort à la plus haute connaissance. « C'est dans la mort que l'amour est le plus doux ; pour le vivant, la mort est une nuit de noces, un secret de doux mystères », écrira Novalis, le jeune poète romantique, qui mit son inspiration exaltée au service du droit divin de la passion[1].

Que la passion amoureuse finisse nécessairement en tragédie, c'est ce que toute la littérature romantique nous enjoint de croire. Aussi Solal, le héros de *Belle du Seigneur*, prend-il pitié de la jeune Ariane dès le début de leur amour, car il *sait* d'avance que la mort en constitue la seule issue. Les mille pages qui suivent ne sont qu'une inexorable avancée vers une fin certaine : le suicide des deux amants. Après avoir tous deux bu le poison, « à voix basse et fiévreuse, elle lui demandait s'ils se retrouveraient après, là-bas, et elle souriait avec un peu de salive moussant au bord des lèvres, souriait qu'ils seraient toujours ensemble là-bas, et rien que l'amour vrai, l'amour vrai là-bas, et la salive maintenant coulait sur son cou ».

L'amour plus vrai dans la mort que dans la vie, tel est l'idéal morbide auquel les amants succombent avec une sorte de volupté théâtrale. La nuit plus lumineuse que le jour : les amants damnés renouent ici avec la sagesse platonicienne du « Philosopher, c'est apprendre à mourir ». La mort doit être accueillie

---

1. Novalis, *Hymnes à la nuit*, traduit de l'allemand par Raymond Voyat, Mille et Une Nuits, 2002.

comme une délivrance, car en déliant l'âme du corps, elle permet l'accès aux vérités éternelles. Si mourir, c'est s'élever hors du temps vers l'intemporalité des Idées, aimer à en mourir, c'est s'envoler avec enthousiasme vers le vrai. Ce n'est qu'en s'évadant de la prison de chair que constituent les corps que les âmes peuvent enfin communier. Alors,

> « Nos deux cœurs seront deux vastes flambeaux,
> Qui réfléchiront leurs doubles lumières
> Dans nos deux esprits, ces miroirs jumeaux »,

écrit Baudelaire dans « La mort des amants[1] ».

Cette parenté d'*éros* et de *thanatos,* qu'on trouve déjà dans l'érotique mystique des poètes arabes d'Espagne, d'inspiration néoplatonicienne, peut donc être considérée comme une structure archétypique, ayant façonné l'inconscient collectif à travers les âges. La vague de suicides ayant suivi la parution des *Souffrances du jeune Werther* de Goethe est très révélatrice : les jeunes gens, vêtus du même costume bleu à veste dorée que celui de Werther, voulaient, eux aussi, accéder au sublime et ne doutaient pas un instant que leur geste fût rédempteur. Cet exemple prouve à quel point nous pouvons être conditionnés par nos lectures, spécialement quand celles-ci touchent à ce que nous considérons comme le plus essentiel : le *sens* à donner à sa vie et à sa mort.

---

1. Charles Baudelaire, *Les Fleurs du mal*, in *Œuvres complètes*, *op. cit.*

*

Il semble donc bel et bien impossible de répondre à la question « Pourquoi l'amour fait-il souffrir ? » en faisant abstraction des empreintes que ces trois récits originels ont laissées au fond de notre mémoire commune : le récit mythologique, qui nous apprend qu'Éros est le fils de la beauté et de la guerre, le récit religieux, qui nous invite à aimer en Christ la souffrance sanctifiante, et le récit romanesque, qui fait de la mort l'horizon indépassable de l'amour. Ces figures étant devenues le socle symbolique de nombreux schémas inconscients, il est très difficile de ramener la question à un plan purement existentiel. Est-il seulement possible de concevoir un *état de nature* de l'amour, un état aculturel, dans lequel l'amour ne serait investi d'aucune signification symbolique, ne remplirait aucun rôle social, ne renverrait à aucun arrière-plan métaphysique, bref, un état dans lequel l'amour serait un terrain parfaitement vierge ?

En réalité, seule une *phénoménologie* de l'amour, totalement affranchie de toute quête de transcendance, pourrait peut-être parvenir à cerner au plus près le *vécu* amoureux, de manière rigoureusement empirique : comment l'amour traverse physiquement et mentalement l'amoureux, comment il transforme sa perception du temps et de l'espace – les deux dimensions fondamentales de son être-au-monde –, comment il altère son rapport à autrui, comment il circule dans sa peau, dans ses veines, dans son cœur, comment la souffrance se fraie un chemin dans sa vie émotionnelle, sur un regard, un doute ou même une simple négligence. Mais comment une telle phénoménologie pourrait-elle disséquer tous ces affects sans tomber dans le subjectivisme, voire le solipsisme ? Et quelle philosophie pourra un jour dire les choses de l'amour mieux que Proust, Moravia ou Kundera, pour ne citer qu'eux ?

C'est donc en ayant bien conscience des limites de la philosophie que je me propose de tenter d'évaluer le rapport entre amour et souffrance. S'agit-il d'un rapport essentiel ou accidentel ? La question est si complexe qu'on ne peut essayer d'y voir clair qu'en recourant à l'artifice du découpage de l'amour en séquences temporelles. Pour autant que l'on veuille bien accepter l'hypothèse d'une logique amoureuse objectivable, il me semble que celle-ci peut être décomposée en différentes phases, qui entretiennent chacune un rapport singulier à la souffrance.

J'aimerais parvenir à montrer que la souffrance peut être considérée comme la *dynamique* même de l'amour, car l'amour naît d'une souffrance, il est exacerbé par la souffrance, il s'achève dans la souffrance. Ces trois stades sont-ils des passages obligés ou des variations fortuites, autrement dit la souffrance amoureuse est-elle un *mal nécessaire* ou *contingent* ?

*

Commençons par le premier stade. D'où provient l'amour ? De l'abîme du *manque*. Si nous désirons ardemment aimer, c'est que nous ne nous suffisons pas à nous-mêmes. « Il n'est pas bon que l'homme soit seul », dit la Genèse (2, 18). Nous sommes des êtres *incomplets*, insuffisants, déficients, pathétiquement voués à l'attente indéterminée de quelqu'un qui viendra combler ce gouffre de non-être que nous portons au fond de nous-mêmes.

Ce manque originaire, c'est celui de l'*autre sexe*. « Autre sexe », ici, ne signifie pas autre genre, car cette attente primordiale peut parfaitement être celle d'un être de même genre, masculin ou féminin. Cela doit s'entendre comme *autre organe sexuel*, quel que soit son genre. Notre anatomie ne nous permet ni de nous reproduire seuls, ni de jouir seuls (la masturbation, qui imite mécaniquement, par la main ou tout autre procédé, l'effet sensoriel de l'autre sexe, ne fait que chercher à en pallier l'absence, soulignant ainsi son caractère indispensable à la jouissance). « Sa sexualité fait ainsi éprouver à chacun sa simple individualité comme une solitude, et sa solitude comme une indigence. Être sexué, c'est porter en soi l'attente d'un autre. En nous faisant éprouver jusqu'à la douleur notre substantielle incomplétude, la sexualité nous fait sentir que nous avons notre identité dans l'altérité », écrit Nicolas Grimaldi, dans un chapitre des *Métamorphoses de l'amour* intitulé « L'intolérable solitude ».

Avoir « le centre de sa vie hors de soi », c'est être aliéné à ce quelqu'un capable de nous compléter. Nous sommes dépendants d'un autre imaginé, rêvé, fantasmé, comme répondant miraculeusement à l'appel du néant qui nous habite. « Dans la solitude, mon corps me sépare de tous les autres. Il m'en excommunie » ; c'est pourquoi cette solitude, faite d'angoisse et de mélancolie, est vécue comme « une épreuve et une malédiction », dont seule la grâce d'une rencontre amoureuse pourrait me sauver. « Que l'être humain avec ses besoins passionnés dépende ainsi d'un autre dont il est séparé peut-être par le plus grand abîme métaphysique – voilà aussi l'image la plus pure, peut-être même la forme originelle, aux effets décisifs, de cette solitude qui fait de l'être humain un étranger, non seulement parmi les choses de ce monde, mais aussi parmi les êtres qui sont à chacun les plus proches », poursuit Nicolas Grimaldi.

Difficile de ne pas évoquer ici le fameux mythe de l'androgyne primitif, que Platon attribue à Aristophane dans *Le Banquet*. Car il semble qu'on n'ait pas seulement affaire à un monument de la culture occidentale, mais à une allégorie universelle. On retrouve en effet cette thématique, sous différentes variantes, dans la plupart des grandes traditions religieuses et philosophiques, notamment indienne. Il s'agirait donc, d'après Carl Gustav Jung, de l'un des archétypes primitifs les plus significatifs de l'inconscient collectif, autrement dit d'un mythe si puissamment évocateur que tous les hommes, quelles que soient leurs croyances, s'y reconnaissent.

Avant d'en aborder le contenu, rappelons le contexte dans lequel s'inscrit le discours d'Aristophane. Le jeune est beau poète Agathon fête, pour la deuxième nuit consécutive, sa victoire au concours de tragédie et reçoit dans sa maison quelques convives de choix pour un « symposium ». Si ce terme a fini par se confondre avec celui de « congrès », évoquant pour nous quelque soporifique réunion d'experts, il faut se souvenir que, littéralement, *symposium* signifie « beuverie collective ». Chez les Grecs, boire seul dans son coin, c'est succomber à une ivresse grossière et stérile, mais boire ensemble, c'est communier à la gloire de Dionysos, dont l'énergie rayonnante, celle de la sève gonflant la vigne, en embrasant les corps, opère la fusion des âmes. Rituel de partage, l'ivresse favorise, selon l'expression de Nietzsche, l'« éclatement du principe d'individuation ». La divine ivresse collective n'a ainsi rien à voir avec la vulgaire ébriété du solitaire.

Chez Agathon, donc, on est venu pour boire ensemble et se laisser envoûter par la douce musique des joueuses de flûte et le corps ondoyant des danseuses. Vautrés deux par deux sur des lits disposés en cercle, autour du grand vase contenant le breuvage divin, parés et parfumés, il y a là Pausanias, l'habile rhéteur, Eryximaque, le docte médecin, Phèdre, l'homme de culture, Aristophane, le poète comique, et Socrate, le philosophe. Le repas est terminé et l'on s'apprête à boire, comme la veille, pour fêter la victoire d'Agathon : on chante les hymnes à Dionysos, on verse les libations et on distribue les couronnes de violettes aux convives. C'est alors que Pausanias, déclarant « se remettre très difficilement de la beuverie d'hier », éprouve le besoin de « souffler un peu ». Aristophane, qui déclare lui aussi s'être « noyé dans le vin hier », lui emboîte le pas et réclame un « répit ». Et voici que nos compères décident de rester sobres et de discuter ensemble, ou plutôt de discourir, l'un après l'autre, de gauche à droite. Fort bien, mais sur quel sujet ? Pour Phèdre et Eryximaque, cela ne fait aucun doute : le sujet le plus passionnant et pourtant le moins visité, c'est l'amour. « Il est terrible que des hymnes et des louanges aient été composées par les poètes en l'honneur des dieux, mais jamais pour Éros, qui est un dieu si vénérable, si grand[1]. » Pourquoi chacun ne lui adresserait-il pas « le plus bel éloge dont il soit capable » ? Excellente idée, répond Socrate, qui partage avec le bel Agathon le dernier lit et déclare « ne rien connaître d'autre que les choses de l'amour ».

C'est donc à la gueule de bois des amis d'Agathon qu'on doit le premier grand texte à la gloire d'Éros. De cette succession de discours, la tradition n'a retenu que les trois derniers : ceux d'Aristophane, de Socrate et d'Alcibiade, jeune homme à la beauté du diable, qui fait une entrée théâtrale à la fin du banquet.

Quel est le message d'Aristophane ? Précisons d'abord que ses propos n'engagent en aucun cas Platon. C'est même exactement l'inverse. Ce dernier exprimera, dans le discours de Socrate, une vision de l'amour radicalement opposée à celle du poète comique. Ne perdons pas de vue qu'Aristophane est l'ennemi juré du vieux sage. Ne l'a-t-il pas tourné en dérision dans une de ses comédies au titre évocateur, *Les Nuées*, le représentant suspendu dans une corbeille entre ciel et terre, occupé à disserter de « la longueur du saut d'une puce » ? Méfiez-vous du philosophe éthéré : cet imposteur bavard corrompt sournoisement notre jeunesse, nous dit Aristophane, qui porte ainsi sa part de responsabilité dans la condamnation à mort de Socrate.

L'occasion est ici donnée à Platon d'exprimer son ressentiment en ridiculisant à son tour Aristophane. Railleur raillé, le poète comique, saisi d'un irrépressible hoquet au moment où il s'apprête à parler, doit

---

1. Platon, *Le Banquet*, op. cit.

d'abord passer son tour. Par cet intermède loufoque, Platon veut sans doute signifier que ce bouffon, féru de calembours et de plaisanteries douteuses, n'est capable que de brasser de l'air pour produire du vent. Tous les convives s'attendent donc à ce qu'Aristophane, enfin parvenu à maîtriser les sursauts capricieux de son diaphragme, grâce au chatouillis du nez préconisé par Eryximaque, ne profère, selon l'expression même du médecin, que des « âneries ». Et pourtant, son discours, qui commence en effet par une histoire rocambolesque, surprend par sa profondeur.

Aristophane entend nous révéler l'origine de notre quête aveugle d'amour, en nous racontant la fable dite de l'« androgyne primitif ». On savait qu'Aristophane aimait jongler avec les mots. Ici, c'est avec des humanoïdes sphériques, croisement chimérique de siamois et d'hermaphrodites, qu'il s'amuse. Écoutons-le.

Autrefois, nous dit-il, « la nature humaine n'était pas ce qu'elle est maintenant ; elle était bien différente (…) La forme de chaque homme était entièrement ronde, avec un dos arrondi et des côtes circulaires, avec quatre mains, autant de jambes et deux visages sur un cou d'une rondeur parfaitement régulière, mais une seule tête sous les deux visages regardant en sens opposés[1] ». Nous étions donc de grosses boules joviales, friandes de culbutes et de roulades. Quant aux organes génitaux, chacun en possédait deux : certains avaient deux sexes de mâle, d'autres deux sexes de femme, d'autres encore un sexe masculin et un sexe féminin. Il y avait ainsi trois genres dans l'espèce

---

1. *Ibid.*

humaine : les mâles, fils du soleil, les femelles, filles de la terre, et les androgynes, enfants de la lune. Tels des astres, les hommes constituaient un tout parfait, achevé et autosuffisant, la sphère étant, dans le cosmos grec, le paradigme épistémologique et éthique de la perfection divine.

Mais ces créatures rondes furent, pour leur malheur, un peu trop présomptueuses. Douées « d'une force et d'une vigueur prodigieuses », elles tentèrent, en entassant des montagnes, d'escalader le ciel pour défier les dieux. Ce geste prométhéen provoqua la colère de Zeus qui, pour les affaiblir, les trancha violemment en deux, de haut en bas, laissant à Apollon le soin de ligaturer les peaux à l'endroit du nombril. Adieu la belle totalité sphérique, adieu la complétude et la sérénité ! Amputé d'une partie de lui-même, tronqué, déséquilibré, aplati comme un « carrelet », chacun n'a dès lors de cesse de reconquérir l'unité perdue en cherchant nuit et jour son hémisphère manquant. Cette moitié sera un double masculin si nous sommes fils du soleil ou un double féminin si nous sommes filles de la terre. Quant aux enfants de la lune, c'est-à-dire les androgynes, ils s'attacheront à des partenaires de sexe opposé. Depuis cette scission originelle, la condition humaine est celle d'une douloureuse déchirure, que seul l'amour permet de panser. « C'est donc depuis cette lointaine époque que l'amour des uns pour les autres est inné chez les hommes, qu'il ramène l'unité de notre nature primitive, et entreprend de faire un seul être de deux et de guérir la nature humaine[1]. »

---

1. Platon, *Le Banquet*, *op. cit.*.

Ainsi, ce que vise la quête d'amour, c'est la *réparation* de soi à travers la complémentarité idéale. Le besoin d'amour procède du désir nostalgique de se retrouver, de se rétablir, de se soigner dans l'autre et par l'autre. On aime pour combler un gouffre intérieur, une béance ontologique, un trou dans l'être et se sauver du désespoir d'être soi. Aimer, c'est chercher la *fusion* avec l'autre, en l'autre, dans l'autre, c'est vouloir rassembler les morceaux douloureusement disjoints, c'est désirer la soudure définitive, c'est aspirer à la greffe. Et si Héphaïstos, le dieu forgeron, expert dans l'alliage des métaux, venait à surprendre les amants au lit et leur demandait : « L'objet de vos vœux n'est-il pas de vous rapprocher autant que possible l'un de l'autre, au point de ne vous quitter ni nuit, ni jour ? », tous deux répondraient que c'est là leur désir le plus ardent. « Si c'est cela que vous désirez, poursuivrait le dieu des forges, je vais vous fondre et vous souder ensemble, de sorte que de deux vous ne fassiez plus qu'un[1]. » Ainsi, chacun redeviendrait, par la grâce de l'amour, un être achevé et parfait.

Cette fable d'un individu initialement complet, subissant une mutilation, puis recouvrant son unité originelle grâce à l'amour, conduit logiquement à un autre mythe : celui de la *prédestination*. La « douce moitié », l'« âme sœur », à laquelle on m'a arraché, se morfond nécessairement quelque part, dans une solitude comparable à la mienne, et m'attend. Notre rencontre ne devra donc rien au hasard, elle était écrite dans les décrets de marbre de la Providence. « Il y a une sorte

---

1. *Ibid.*

de fantasme messianique de l'amour, écrit Grimaldi : "Le voici donc enfin, celui que j'attendais !" ou "C'est vous, mon prince ? Vous vous êtes fait bien longtemps attendre !" Aussi le principal paradoxe de l'amour est-il de nous faire éprouver comme nécessaire ce qu'il y a de plus contingent, et comme incomparable la plus banale personne[1]. »

Ainsi s'expliquerait la force irrépressible du *fatum,* qui pousse les amants à s'aimer, envers et contre tout, par-delà le bien et le mal. Une fois que les amoureux se sont reconnus, ils *ne peuvent pas* ne pas s'aimer. « Pour qu'un amour soit inoubliable, écrit Kundera, il faut que les hasards s'y rejoignent dès le premier instant comme les oiseaux sur les épaules de saint François d'Assise[2]. » Rien n'est fortuit en amour. Et si les amants meurent, c'est qu'ils *devaient* mourir.

L'origine de l'amour, ce serait donc cette « malédiction » : être voué à une solitude abyssale, dont seul un être providentiel pourrait sauver chacun de nous. L'être aimé, ce serait celui qui rétablirait l'être amputé que je suis dans sa complétude originaire, qui lui redonnerait vie en le rendant à lui-même, qui le guérirait de ses souffrances passées en réparant ses failles.

*

Hélas, après la rencontre, commence le deuxième stade : l'amour est exacerbé par la souffrance. Bien naïfs sont en réalité les amoureux qui attendent de

---
1. Nicolas Grimaldi, *Les Métamorphoses de l'amour, op. cit.*
2. Milan Kundera, *L'Insoutenable Légèreté de l'être, op. cit.*

l'amour une cessation de la souffrance. Celle-ci ne fait souvent que s'intensifier avec la rencontre de l'objet d'amour. C'est d'abord par cette oppression dans la poitrine, qui surprend par sa soudaineté et sa violence, que je prends conscience de mon état amoureux. Ce sont ensuite ces contractions pénibles de l'estomac, ces spasmes soudains, cette accélération du pouls, ces tremblements parfois insupportables des membres qui se mêlent aux délices de l'énamoration.

Tomber amoureux, c'est tout à la fois ouvrir une fenêtre donnant à perte de vue sur un paysage extraordinairement lumineux et s'enfermer à double tour dans une cave sombre et étouffante. Le choc amoureux tient autant de la grande bouffée d'air que de l'asphyxie, du délice que du tourment. L'autre devait m'apporter la plénitude et m'ouvrir les portes du paradis, il va m'accabler de douleur et me plonger en enfer.

Une fois logée dans le corps, la souffrance monte rapidement jusqu'à l'esprit et en vient à l'accaparer obsessionnellement. Suis-je aimé en retour ? Telle est la question qui me vrille le cerveau et lamine mes forces. Plus rien d'autre n'a d'importance, hormis ce qui peut m'instruire sur ce point focal, dont tout procède et auquel tout me ramène. C'est ainsi que rien ne m'attache plus à l'être aimé que tout ce qui contribue à me faire *douter* de son amour : son *absence*, son *silence* ou, tout simplement, le délire *jaloux* de mon imagination.

L'absence, d'abord. Si l'autre est celui dont j'attends qu'il comble un manque en remplissant le vide de ma solitude, si la présence de cet autre est seule à conférer du prix à mon existence, si, sans lui, mes journées s'étirent dans l'atonie et la morosité, mon amour a la toxicité d'une drogue. Le manque ne sera pas comblé ; il sera au contraire induit, entretenu et renforcé jour après jour par cela même qui devait l'apaiser.

Plus l'autre se dérobe, plus il se fait rare, plus ma passion grandit, car l'éloignement favorise l'idéalisation et me ramène à la misérable chose que je suis sans son amour. Roland Barthes a parfaitement décrit ce sentiment d'abandon dans *Fragments d'un discours amoureux* : « L'absent. Il n'y a d'absence que de l'autre : c'est l'autre qui part, c'est moi qui reste. L'autre est en état de perpétuel départ, de voyage ; il est, par vocation, migrateur, fuyant ; je suis, moi qui aime, par vocation inverse, sédentaire, immobile, à disposition, en attente, tassé sur place, en souffrance, comme un paquet dans un coin perdu de gare. L'absence amoureuse va seulement dans un sens, et ne peut se dire qu'à partir de qui reste – et non de qui part : *je*, toujours présent, ne se constitue qu'en face de *toi*, sans cesse absent. Dire l'absence, c'est d'emblée poser que la place du sujet et la place de l'autre ne peuvent permuter, c'est dire : "Je suis moins aimé que je n'aime." »

Si l'absence de l'autre me fait tant souffrir, ce n'est pas seulement parce qu'elle me prive de la présence physique de l'être aimé, c'est surtout parce qu'elle m'interdit tout repos : que fait-il lorsqu'il n'est pas avec moi ? Comment peut-il respirer, parler, s'alimenter ou rire, loin de moi qui ne vis que par lui ? Comment Odette peut-elle aller dîner à Chatou avec les Verdurin sans Swann ? Comment peut-elle s'amuser alors qu'il n'est pas invité ? Comment interpréter l'autonomie souveraine d'Odette autrement que comme du désamour ? Rien n'asservit le sujet amoureux plus sûrement que l'indisponibilité de son objet d'amour. Ainsi, écrit Proust, « les charmes d'une personne sont une cause moins fréquente d'amour qu'une phrase du genre de celle-ci : "Non, ce soir, je ne serai pas libre."[1] » Comment peut-on n'être « pas libre » lorsqu'on aime ? Que peut-il y avoir de plus important au monde que cette chose-là, précieuse entre toutes : être ensemble ?

Plus l'autre m'échappe, moins je le comprends, et plus il me fascine. Quelque chose en lui me résiste, il ne m'appartient pas totalement. « L'amour ne naît, ne subsiste, que si une partie reste à conquérir », écrit encore Proust dans *La Prisonnière*[2]. C'est la raison pour laquelle, à l'inverse, les prostituées « nous attirent si peu ; ce n'est pas qu'elles soient moins belles que d'autres, c'est qu'elles sont toutes prêtes ; que ce qu'on veut précisément atteindre, elles nous l'offrent déjà ; c'est qu'elles ne sont pas des conquêtes ». Alors que la prostituée est docile et disponible, la maîtresse adorée est inaccessible et évanescente. La voir est un besoin plus impérieux que n'importe quel autre, non pas tant pour la joie spinozienne que nous procurera sa compagnie, mais pour que cesse la douleur atroce causée par son absence. La présence de l'autre est le seul analgésique capable d'apaiser la torture du manque, le seul

---

1. Marcel Proust, *Sodome et Gomorrhe*, in *À la recherche du temps perdu, op. cit.*
2. *Ibid.* ; de même pour la citation suivante.

contrepoison efficace. Ainsi, la joie que me donne sa présence, toujours trop rare, n'est fonction que de la souffrance ressentie en son absence, toujours trop fréquente.

Certains sont passés maîtres dans l'art de captiver l'autre par l'ambiguïté de leur posture. D'après le sociologue Georg Simmel, qui a proposé une passionnante « psychologie de la coquetterie », ce sont surtout les femmes qui usent de ce stratagème dualiste, visant à alterner le oui et le non, le don et le refus, la promesse et la fuite : « Dans le comportement de la coquette, écrit-il, l'homme sent combien sont proches et imbriqués le gagner et l'impossibilité de gagner, qui constituent l'essence même du "prix" (...) L'essence de la coquetterie, résumée en un paradoxe, c'est ceci : là où il y a amour, il y a – en profondeur ou en surface – avoir et non-avoir[1]. » La séduction serait donc un savant dosage d'avancées et de reculades, et l'amour un mélange d'espoir et de crainte. « Fuis-moi, je te suis ; suis-moi, je te fuis », dit l'adage : rien en effet ne fortifierait l'amour comme le délaissement, l'inquiétude et la peur de la perte.

Feindre le détachement, ne jamais rassurer l'autre, le tenir suspendu à mon caprice, le voir plonger jour après jour dans le puits desséché de mon indifférence, puis se relever pour s'abreuver goulûment à la minuscule gorgée d'amour que je lui offre, le voir se délecter d'un amour parcimonieux alors que le sien déborde de magnanimité, telle est la savoureuse puissance que je

---

1. Georg Simmel, *Philosophie de l'amour*, traduit de l'allemand par Sabine Cornille et Philippe Ivernel, Rivages Poche, 1991.

goûte, lorsque c'est moi qui mène le jeu. Et, n'en déplaise à Georg Simmel, les femmes ne sont pas les seules à calculer leurs effets. « Ne renonce jamais aux cruautés qui vivifient la passion et lui redonnent du lustre, martèle Solal. Elle te les reprochera mais elle t'aimera. Si par malheur tu commettais la gaffe de ne plus être méchant, elle ne t'en ferait pas grief, mais elle commencerait à t'aimer moins. Primo, parce que tu perdrais de ton charme. Secundo, parce qu'elle s'embêterait avec toi, comme avec un mari. Tandis qu'avec un cher méchant on ne bâille jamais, on le surveille pour voir s'il y a une accalmie, on se fait belle pour trouver grâce, on le regarde avec des yeux implorants, on espère que demain il sera gentil. Bref, on souffre et c'est intéressant. (...) Qu'elle ait des joies, bien sûr, mais moins souvent que des souffrances. Voilà, c'est ainsi qu'on fabrique un amour religieux[1]. »

Mais ne nous y trompons pas. Solal n'est ni « méchant » ni pervers, il est seulement lucide. Il a compris que tout ce qui entrave la passion lui donne de la densité ; il sait qu'un amour sans obstacles est un amour condamné. Iseult, pour être adorée de Tristan, doit demeurer lointaine et interdite. Solal, pour fasciner Ariane, doit empêcher le temps de s'écouler dans une bienheureuse uniformité : il y a un temps pour les serments enflammés et un temps pour s'éloigner ou disparaître. C'est là, au cœur de cette solitude silencieuse et oppressante, que la passion creuse son lit.

---

1. Albert Cohen, *Belle du Seigneur*, op. cit.

Pour les amoureux d'aujourd'hui, le silence est encore plus cruel : la révolution numérique, en démultipliant les moyens de communication, en offrant à chacun la possibilité d'être joint partout à tout instant, rend les silences de l'autre d'autant plus significatifs qu'ils ne peuvent être attribués à l'éloignement géographique. Hormis la panne de batterie (qui sert parfois de prétexte), rien n'empêche les amoureux, même séparés par un océan, de se parler ou de s'envoyer, par sms ou par mail, à toute heure du jour ou de la nuit, des petits mots ou de longues lettres. Ils peuvent même, par webcam, se voir, s'entendre et se sourire, malgré la distance. Dans ces conditions, le silence de l'autre est le plus éloquent des messages. Le portable qui ne sonne pas, l'ordinateur qui ne clignote pas, la boîte de réception devenue boîte de déception sont bien plus angoissants qu'une boîte aux lettres vide, car aucun retard du facteur ni aucune grève de la poste ne peuvent les justifier. Si l'autre est silencieux, c'est qu'il a décidé de l'être ou, pire, qu'il ne pense pas à moi. Un jour sans nouvelles de l'aimé, autrefois, ce n'était rien – on pouvait attendre une lettre venue de loin pendant des semaines. Aujourd'hui, une heure, c'est une éternité. En abolissant l'espace, le numérique a dilaté le temps.

Le héros houellebecquien de *La Possibilité d'une île* en fait ici la triste expérience : « Pendant ces promenades je m'obligeais à me séparer de mon téléphone, à le laisser sur la table de chevet, et plus généralement je m'obligeais à respecter un intervalle de deux heures avant de le rallumer et de constater une fois de plus qu'elle ne m'avait pas laissé de message. Au matin du troisième jour, j'eus l'idée de laisser allumé mon téléphone en permanence et d'essayer d'oublier l'attente de la sonnerie ; au milieu de la nuit, en avalant mon cinquième comprimé de Mépronizine, je me rendis compte que ça ne servait à rien, et je commençai à me résigner au fait qu'Esther était la plus forte, et que je n'avais plus aucun pouvoir sur ma propre vie. Au soir, du cinquième jour, je l'appelai. »

Combien d'entre nous ont, comme lui, investi leur portable du pouvoir de décider de la couleur du jour ? Combien en ont fait un objet central, surdéterminé, capable de les submerger de bonheur ou de les plonger dans l'angoisse ? Pourquoi l'être aimé ne me fait-il pas signe, alors qu'un simple baiser virtuel, pianoté en vitesse sur son clavier, suffirait à ensoleiller cette journée blafarde ? Qu'un minuscule petit mot apparaisse soudain sur mon écran, et tout redeviendrait lumineux. Mais le message ne vient pas et j'entends cent fois par jour cette insupportable voix métallique me répéter : « Vous n'avez pas de nouveau message. » Je me nourris, je fais ma toilette, je conduis, je travaille, je dors, en surveillant à chaque minute cette petite machine cruellement indifférente à mon attente, désespérément inutile, bêtement inactive. « Mon premier geste, dès la descente de l'avion, fut d'allumer mon portable ; je fus surpris, et presque effrayé par la *violence* de la déception qui me saisit lorsque je m'aperçus que je n'avais aucun message d'Esther[1]. » Qui ne peut se représenter la violence de ce dépit, violence tant physique que psychologique, n'a jamais été amoureux.

---

1. Michel Houellebecq, *La Possibilité d'une île*, op. cit.

Et pourtant, même dévasté par l'amertume, je ne peux m'empêcher de continuer à espérer, de continuer à attendre. Aucune autre pensée ne peut me divertir de cette fixation obsessionnelle. Ma vie se résume à l'*attente* : je suis devenu mon portable. Peu à peu, ma conscience s'appauvrit, puis en vient progressivement à se vider de tout ce qui n'est pas l'être aimé. « On n'aime plus personne, dès qu'on aime », écrivait Proust. Dans ces moments-là, le plus adorable des messages du plus délicieux de nos amis nous fera à peine l'effet d'un glaçon frais dans le cou au milieu du désert : plutôt agréable, mais infiniment moins désaltérant qu'un grand verre d'eau. Durant ces journées arides, rien ni personne ne peut apaiser ma soif inextinguible d'un signe de l'être aimé.

C'est du fond de ces heures d'impuissance fébrile et de tension vaine que se fabrique la plus abominable des souffrances : la jalousie, ce « délire de l'imagination », selon l'expression de Nicolas Grimaldi, qui analyse brillamment cette « psychopathologie » dans *Essai sur la jalousie. L'enfer proustien*. La jalousie y est décrite comme une maladie sévère, qui concentre au moins trois symptômes. Elle provoque une douleur physique insoutenable, la pire qui se puisse endurer ; elle se développe de façon autonome, « à la façon d'une infection ou de cellules malignes » ; enfin elle démange « comme une sorte de gale ou d'eczéma, qu'on écorche d'autant plus qu'on se gratte et qui gratte d'autant plus qu'on s'écorche. De là vient qu'on exaspère le mal à mesure qu'on croit le soulager. Plus on soupçonne, plus on cherche. Plus on cherche, plus on trouve. Plus on trouve, plus on soupçonne. À l'exaspération de ce prurit, il n'y a pas de fin »[1].

La jalousie, cette « pieuvre » selon l'expression de Proust, est une « obsession hallucinatoire » qui projette sur la réalité les délires soupçonneux nés de l'imagination. « Pour sentir la morsure de la jalousie, explique Grimaldi, il n'y a donc nul besoin d'être trompé. Il suffit d'imaginer qu'on pourrait l'être. Or ce possible, on se le rend présent en l'imaginant, on le vit en se le représentant. Ainsi l'imagination jalouse confère-t-elle au possible autant de prégnance qu'au réel. » Cette distorsion du jugement fait du jaloux tout à la fois la victime et l'agent de son mal. Ce n'est pas Odette qui fait de Swann un jaloux, capable de ruser pour lire une lettre cachetée adressée à un autre (Forcheville), c'est Swann lui-même, qui choisit de devenir l'esclave des fantasmagories qui pervertissent son imagination. En fabriquant lui-même les motifs de sa suspicion, le jaloux crée ainsi son propre malheur.

*

Il nous faut alors avancer l'hypothèse suivante : la souffrance amoureuse relèverait en grande partie d'une complaisance aussi *narcissique* que *masochiste* à l'égard de soi-même. Je me sens si vivant quand je souffre, je deviens un être tellement vibrant, mon existence se nimbe de tant de poésie que j'en viens à chérir ma souffrance comme la voie d'accès à une vie

---

[1]. Nicolas Grimaldi, *Essai sur la jalousie. L'enfer proustien*, PUF, 2010 ; de même pour la citation suivante.

transfigurée et magnifiée. Ainsi de Julie de Lespinasse, qui écrit au comte de Guibert dont elle est follement éprise : « Je passe ma vie dans les convulsions de la crainte et de la douleur (…) Je vis, j'existe si fort, qu'il y a des moments où je me surprends à aimer à la folie jusqu'à mon malheur (…) Oui, je le répète, je préfère mon malheur à tout ce que les gens du monde appellent bonheur ou plaisir ; j'en mourrai peut-être, mais cela vaut mieux que de n'avoir jamais vécu[1]. »

Il y a tant de volupté à se laisser enlacer par la douleur que cette autre grande suppliciée de l'amour, la Religieuse portugaise (Mariana Alcoforado), est pleine de reconnaissance à l'égard de son amant volage – un officier français qui l'a séduite, puis quittée – et le conjure de la faire souffrir encore et toujours : « Je vous remercie dans le fond de mon cœur du désespoir que vous me causez, et je déteste la tranquillité où j'ai vécu avant que je vous connusse[2]. » Si la souffrance peut être délectable, voire jouissive, il n'est pas étonnant que nous nous attachions à des êtres qui maîtrisent comme personne l'art de nous l'infliger. C'est que notre désir de souffrance est aussi voire plus tyrannique que notre désir de jouir, ou, plus exactement, qu'ils sont *un seul et même désir*.

Le jeune Jean-Jacques Rousseau le comprit à l'âge de huit ans, lorsque Mlle Gabrielle Lambercier, sa

---

[1]. Lettre du 6 septembre 1773, *Lettres de mademoiselle de Lespinasse*, Elibron classics, 2002.
[2]. Anonyme, *Les Lettres de la religieuse portugaise*, présenté et commenté par Yves Florenne, Le Livre de Poche, 1979.

Pourquoi l'amour fait-il souffrir ? 333

tutrice, lui administra une correction si excitante qu'elle provoqua par la suite chez lui « l'envie de chercher le retour du même traitement en le méritant : car j'avais trouvé dans la douleur, dans la honte même, un mélange de sensualité qui m'avait laissé plus de désir que de crainte de l'éprouver derechef par la même main[1] ». Ainsi est né le fantasme de la fessée qui, de son propre aveu, colorera l'imagination érotique du promeneur solitaire tout au long de sa vie, des berges de Genève au pavillon d'Ermenonville. « Qui croirait qu'un châtiment reçu à huit ans par la main d'une fille de trente ans a décidé de mes goûts, de mes désirs de mes passions, de moi pour le reste de ma vie, et cela, précisément, dans le sens contraire à ce qui devait s'ensuivre naturellement ? » Freud, lui, l'aurait cru sur parole, après avoir observé que le « fantasme de fustigation », fréquent dans les rêves enfantins, s'accompagnait souvent d'une sensation de plaisir[2]. Si Freud qualifie cette prédilection pour le fouet de « masochiste », il faut se souvenir que ce terme n'a pas été forgé par lui, mais par le psychiatre austro-hongrois Richard von Krafft-Ebing dans son ouvrage *Psychopathia Sexualis*, pour caractériser les pratiques érotiques de l'écrivain autrichien Leopold von Sacher-Masoch.

Dans *La Vénus à la fourrure*, ce dernier confesse avoir été très « excité » par la découverte, à l'âge de

---

[1]. Jean-Jacques Rousseau, *Les Confessions*, in *Œuvres complètes*, Gallimard, La Pléiade, t. 1, 1959 ; de même pour la citation suivante.
[2]. Sigmund Freud, « On bat un enfant », in *Névrose, psychose et perversion*, traduit de l'allemand sous la direction de Jean Laplanche, PUF, 1973.

dix ans, des vies de martyrs. « Je me souviens avoir éprouvé une horreur qui n'était que du ravissement à ces lectures : ils souffraient les pires tourments avec une sorte de joie, ils se languissaient dans les geôles, étaient suppliciés sur le gril, percés de flèches, jetés dans la poix bouillante, livrés aux bêtes féroces ou cloués sur la croix[1]. » Mais c'est sa somptueuse tante Zenobie qui provoqua son premier grand ébranlement nerveux d'enfant. « Viens, Leopold, tu vas m'aider à enlever ma pelisse ! s'écrie un jour la comtesse en rentrant chez elle. Et enfile-moi mes pantoufles ! » Le petit s'exécute, s'agenouille, baise les orteils de sa tante, qui lui décoche un léger coup de pied en éclatant de rire. Délicieux préliminaires de la scène suivante, jouissive entre toutes : caché derrière un porte-habit, il aperçoit la tante Zenobie, en jaquette de velours vert, cravachant son mari et son amant, avant de plaquer son jeune neveu au sol et de le chevaucher, pied sur l'épaule, en le frappant vigoureusement. À partir de cette scène primitive – très précoce, comme chez Rousseau –, souffrir apparaît au jeune Leopold comme la chose la plus voluptueuse au monde, lorsqu'on la doit à la femme aimée. « Aimer, être aimé, quel bonheur ! Et pourtant comme tout cet éclat est terne auprès de la félicité remplie de tourments que l'on éprouve en adorant une femme qui fait de l'homme son jouet, en devenant l'esclave d'une créature tyrannique qui vous piétine impitoyablement. »

---

1. Leopold von Sacher-Masoch, *La Vénus à la fourrure et autres nouvelles*, traduit de l'allemand par Aude William, Éditions de Minuit, 1967 ; de même pour les citations suivantes.

Plus la femme, en laquelle se concentrent « la poésie et le démonique », sera dominatrice et cruelle, plus la jouissance sera intense. Aussi sa fascination pour Catherine II le conduit-elle à faire de sa femme Aurora, rebaptisée Wanda, une allégorie vivante de la grande tsarine slave. Alanguie en costume d'amazone sur une ottomane, au milieu de lourdes tentures, de dorures et de tapis d'Orient, cravache en main, Wanda tend son pied à son esclave, afin qu'il lui enfile ses pantoufles brodées d'or. Le comble de l'érotisme est atteint lorsque, au lieu de se déshabiller, elle inverse les codes et se couvre de sa lourde pelisse de zibeline. Elle devient alors une tigresse intraitable, qui use à la perfection de son fouet. Pour l'esclave, il n'y a pas de délice plus pur que de se faire ainsi corriger par la femme adorée.

S'il y a bien chez Masoch une délectation à souffrir par l'être aimé, cet exemple ne doit pas pour autant nous égarer. Car ces bizarreries ne ressortissent en fait qu'à un vulgaire « contrat » passé entre Sacher-Masoch et sa femme Wanda, signé de leurs deux mains et dont voici le dernier alinéa : « Je m'oblige, sur ma parole d'honneur, à être l'esclave de Mme Wanda de Dunaïev tout à fait comme elle le demande, et à me soumettre sans résistance à tout ce qu'elle m'imposera. » Aussi notait-il dans son agenda : « Lundi, de 10 h à 12 h : souffrir. » Une hygiène de vie, un rituel, une agréable façon d'attendre l'heure du déjeuner, voilà ce que signifie pour lui le verbe « souffrir ». Un divertissement intensément érotique, dont il est l'acteur et le dramaturge. En aucun cas la victime. L'avilissement est pour lui une source vive de stimulation sexuelle. Si souffrance il y a, c'est une souffrance délibérément choisie, parodique plutôt que tragique. Et si l'on peut parler de « masochisme », c'est uniquement de sa forme érotogène, et non de sa forme passionnelle. On sait aujourd'hui que, tout comme l'orgasme, la douleur provoque une sécrétion d'endorphines, pouvant aller de la petite libération à la décharge massive.

Il est bien sûr intéressant de chercher l'origine inconsciente du masochisme, comme le fait Freud, qui l'interprète comme une préfiguration symbolique de l'homosexualité. Mais cette piste ne nous ferait guère avancer à ce stade, puisque, ici, il s'agit d'un *jeu* érotique avec la souffrance. Or, c'est la vraie souffrance qui nous occupe : celle du malheur, réellement *subie*.

En fait, la personne que ces fantaisies firent réellement souffrir, c'est Aurora-Wanda, qui avoue, dans ses *Confessions d'une vie,* puis dans ses *Nouvelles Confessions,* à quel point l'obligation de s'y soumettre la mit au supplice. Elle qui devait, selon toute vraisemblance, de huit heures à dix heures, puis de nouveau à partir de midi, veiller à l'intendance domestique et s'occuper de son fils, raconte sa « honte », son « horreur » et son « dégoût ». Le fétichisme masochiste de son mari lui apparaît comme un tissu de « pensées malsaines qui m'avaient souillée pendant de longues années de ma vie conjugale, qui puisaient dans mon âme comme des sangsues, qui meurtrissaient mon cœur et mon esprit[1] ». Il semble donc qu'on ait affaire, de la part de Sacher-Masoch,

---

1. Carl Félix de Schlichtegroll, *Leopold von Sacher-Masoch, Nouvelles Confessions* in *Wanda sans masque et sans fourrure*, Tchou, 1968.

à une forme de possessivité exacerbée, aboutissant à l'enfermement de la femme aimée dans un rôle artificiel. Il l'a séquestrée dans le décor kitsch de ses fantasmes, il l'a enchaînée à ses scénographies animales, il l'a assignée à résidence dans son petit cosmos imaginaire, il l'a tuée en tant que personne. Il a anéanti son individualité propre, il l'a chosifiée et instrumentalisée : si quelqu'un souffrait, ce n'était pas lui, mais elle.

Voilà où peut parfois conduire l'amour : l'*anthropophagie*. Contraint d'abdiquer son identité propre pour se fondre dans la mienne, de suspendre sa liberté au profit de ma jouissance, de se perdre en moi en oubliant son soi, l'autre vit l'amour comme un abîme, un lieu de perdition, une fatalité autodestructrice. Dévoré par l'amour cannibale que je lui porte, il se laisse engloutir au fond de mes entrailles d'ogre, jusqu'à n'être plus rien.

La pauvre petite Lolita de Nabokov fait ainsi la triste expérience de l'amour carnassier de son beau-père. Humbert aspire à assimiler la moindre parcelle de son corps juvénile : « Mon seul grief contre la nature était de ne pouvoir retourner Lo comme un gant pour appliquer ma bouche vorace sur sa jeune matrice, la nacre de ses poumons, ses reins délicatement jumelés[1]. » Si seulement il pouvait boire son sang, sucer sa moelle épinière, croquer ses os délicats, il régnerait enfin, sans partage, sur l'enfant adorée. Elle lui appartiendrait ainsi, corps et âme, pour l'éternité. L'amour, pour lui, est une folie carnassière, prédatrice,

---

1. Vladimir Nabokov, *Lolita*, Gallimard, 1959.

voraphile, qui voudrait ingurgiter l'autre pour l'empêcher de fuir, ou, tout simplement, d'évoluer et de mûrir.

« Tout grand amour fait naître l'idée cruelle de détruire l'objet de cet amour pour le soustraire une fois pour toutes au jeu sacrilège du changement, écrit Nietzsche, car l'amour craint le changement plus que la destruction[1]. » Dans ces conditions, l'amour ne peut que mal finir.

*

Au stade final, l'amour s'achève dans la souffrance. Mieux vaut tuer l'être aimé que d'imaginer qu'on puisse le perdre. Othello n'a pas d'autre choix que de donner la mort à l'être qui lui est le plus cher, Desdémone. De même, Don José ne peut pas ne pas tuer Carmen. Le dénouement macabre est inéluctable. « Aimer quelqu'un, c'est l'isoler du monde, c'est effacer ses traces, le déposséder de son ombre, l'entraîner dans un avenir meurtrier. C'est tourner autour de lui comme un astre mort, et l'absorber dans une lumière noire », écrit Réjean Tremblay[2].

La fatalité du meurtre est ici la meilleure preuve de l'échec de la passion. C'est parce que la fusion ne sera jamais parfaite, et qu'il l'a compris – trop tard –, que l'amant tue sa maîtresse. Car l'autre, même s'il livre des fragments de lui-même, déborde infiniment toute

---

1. Friedrich Nietzsche, *Humain, trop humain*, t. 2, in *Œuvres complètes*, traduit de l'allemand par Robert Rovini, Gallimard, 1967.
2. Cité par Serge Chaumier, *La Déliaison amoureuse, op. cit.*

tentative d'appropriation. J'aurai beau le surveiller sans relâche, le traquer, le harceler, l'emprisonner, je ne le posséderai pas pour autant. Je ne parviendrai jamais à annexer sa conscience, à réifier son âme, à faire de lui une chose acquise, dépourvue de toute transcendance, entièrement soumise, maîtrisée, domestiquée. « Nous nous imaginons que l'amour a pour objet un être qui peut être couché devant nous, enfermé dans un corps, écrit Proust. Hélas, il est l'extension de cet être à tous les points de l'espace et du temps que cet être a occupés, et occupera. Si nous ne possédons pas son contact avec tel lieu, avec telle heure, nous ne le possédons pas ; or nous ne pouvons toucher tous ces points[1]. »

Et quand bien même l'autre serait assez servile ou complaisant pour me donner l'illusion que je le possède, que me resterait-il à aimer lorsque j'aurai incorporé l'autre à ma propre chair, *a fortiori* quand je l'aurai tué ? Au pire un cadavre, au mieux un fantôme. Le désir de possession est donc immanquablement voué à l'échec. « Les gens se figurent qu'en tombant amoureux ils vont recouvrer leur intégrité, connaître l'union platonicienne des âmes ! À d'autres. Moi je pense qu'on a une intégrité de départ et que c'est l'amour qui cause la fracture. On est tout d'une pièce, et puis il nous lézarde. Cette fille est un corps étranger dans ton intégrité. Pendant un an et demi, tu as lutté pour l'incorporer. Mais tu ne trouveras pas ton intégrité avant de l'avoir évacuée. Soit tu t'en débarrasses, soit tu l'intègres au prix d'une

---

1. Marcel Proust, *La Prisonnière*, *op. cit.*

déformation de ton être. C'est ce que tu as fait, et ça t'a rendu fou[1]. »

J'attendais de l'autre qu'il me sauve de mon invivable solitude, qu'il restaure ma complétude perdue, qu'il me permette enfin de coïncider avec moi-même, mais, hélas, il ne peut que confirmer le vide tragique d'une solitude que rien ni personne ne peut abolir. La logique fusionnelle à l'œuvre dans la fable d'Aristophane – « de deux, ne faire plus qu'un » – se heurtera toujours à cette limite : vivre, c'est être *séparé*. Se réveiller un, manger un, dormir un, respirer un, rêver un, penser un… est un rêve (ou un cauchemar) impossible.

Naître, c'est se séparer du premier corps aimé et aimant. L'existence, avant d'être une grâce à deux, est un arrachement qui me rive définitivement à mon moi. Impossible de déserter sa propre existence. Je ne peux pas m'absenter de ma propre vie pour me confondre avec celle d'un autre. Avant d'être captive de l'altérité, ma conscience est d'abord prisonnière de l'identité. Comme l'écrit Lucrèce, les amants « pressent avidement le corps de leur amante, ils mêlent leur salive à la sienne, ils respirent son souffle, les dents collées contre sa bouche : vains efforts, puisqu'ils ne peuvent rien dérober du corps qu'ils embrassent, non plus qu'y pénétrer et s'y fondre tout entiers. Car c'est là par moments ce qu'ils semblent vouloir faire ». Ils « semblent vouloir le faire », oui, mais ils n'y parviennent pas. D'où leur désenchantement : « De la source même des plaisirs surgit je ne

---

1. Philip Roth, *La bête qui meurt, op. cit.*

sais quelle amertume, qui jusque dans les fleurs prend l'amant à la gorge[1]. »

Cette infinie transcendance de l'autre, cette « dualité insurmontable des êtres », c'est ce qui fait, aux yeux du philosophe Emmanuel Levinas, le « pathétique de l'amour »[2]. L'autre « se dérobe à jamais » ; il est, avant tout, un « visage ». Le visage lévinassien, ce n'est pas seulement la physionomie de la face, qu'on peut voir et toucher, mais plus profondément ce qui résiste à toute captation, à toute définition, à toute objectivation. « La manière dont se présente l'Autre, dépassant *l'idée de l'Autre en moi*, nous l'appelons, en effet, visage. Cette *façon* ne consiste pas à figurer comme thème sous mon regard ; à s'étaler comme un ensemble de qualités formant une image. Le visage d'Autrui détruit à tout moment, et déborde l'image plastique qu'il me laisse, l'idée à ma mesure (...) l'idée adéquate. » L'autre, pensé comme « tout autre », est inassimilable et demeurera pour moi une « énigme » et un « mystère ». Par où, poursuit Levinas, « le pathétique de la volupté est dans le fait d'être deux[3] ».

Notre *solitude originelle* est indépassable, d'où le désappointement des amoureux après l'amour : « À la fin des étreintes, à nouveau encombré de soi, chacun reprenait son baluchon existentiel et le remplissait alors de son histoire personnelle, de ses préoccupa-

---

[1]. Lucrèce, *La Nature des choses*, op. cit.
[2]. Emmanuel Levinas, *Totalité et infini*, La Haye, Nijhoff, 1961 ; de même pour les citations suivantes. Sur Levinas, voir aussi le beau livre d'Alain Finkielkraut, *La Sagesse de l'amour*, Gallimard, 1984.
[3]. Emmanuel Levinas, *Le Temps et l'autre*, PUF, 1992, voir en particulier le chapitre « L'Éros ».

tions du jour et de ses contrariétés... Irène repartait dans son univers qui n'était pas le mien, alors que nous venions, avec nos corps, de traverser le monde », écrit Yves Simon avec mélancolie dans *Les Éternelles*. La fusion a échoué : ce sont deux désirs qui se rencontrent, aboutissant à deux jouissances, qui, pour être simultanées, n'en sont pas moins distinctes.

Il n'y aura pas de restauration de ma complétude perdue, il n'y aura pas de reconstitution de mon unité originelle. Seul je suis, seul je demeurerai. Si le corps de l'autre est pénétrable, l'âme de l'autre, elle, demeure inviolable. C'est pourquoi le propre de l'amour est d'être à jamais inassouvi, en attente, *en souffrance*. L'autre ne pourra jamais combler le manque structurel, constitutif, indépassable dont procède le désir. Il y aura toujours un abîme entre l'infini du désir et la finitude de la possession. Les amants sont à jamais *séparés*. Aussi l'amour est-il une promesse condamnée à être perpétuellement différée, une éternelle quête du Graal. « Ce qu'on n'a pas, ce qu'on n'est pas, ce dont on manque, voilà les objets de l'amour », écrit Platon dans *Le Banquet*.

Mais, hélas, aimer ce qu'on ne possède pas, c'est se condamner à ne jamais posséder ce qu'on aime.

*

De l'examen de ces trois stades, nous pourrions conclure définitivement que l'amour est voué à la souffrance, parce qu'il *est* souffrance. Il serait donc inutile de lire Spinoza, car la vérité de l'amour n'est pas la joie, mais le malheur, sous toutes ses formes. En observant ses ravages, on serait même tenté de penser que l'amour est une des figures les plus emblématiques du mal, puisqu'il réunit en son sein la violence, la cruauté, la douleur, la folie et la mort. L'amour serait une malédiction.

Mais peut-on en rester là ? Comment expliquer alors que chacun recherche avec autant d'avidité sa « moitié », tout en sachant que cette quête ne peut faire que son malheur ? Ne sommes-nous gouvernés que par le désir de destruction ? Notre *pulsion de mort* est-elle plus forte que notre *élan vital* ? *Thanatos* triomphe-t-il toujours d'*Éros* ?

C'est ici que la lecture de Spinoza prend tout son sens. L'auteur de l'*Éthique* est loin d'être, comme l'en accusait Schopenhauer, « extraordinairement naïf ». Il est bien trop lucide pour ignorer que l'amour peut sombrer dans la pathologie et bien trop systématique pour laisser la question en suspens. Pour y répondre, il lui suffit de renverser le problème : si l'amour n'était pas une joie, personne ne le poursuivrait avec passion jusqu'à sa propre perte. C'est précisément *parce que* l'amour est une joie qu'il peut être source de malheur : j'attends l'être aimé, je le désire par tous les pores de ma peau et de toutes les dimensions de mon être, je dépose ma vie en lui, j'ai peur de le perdre, je souffre abominablement à l'idée qu'il puisse me trahir, *parce qu*'il est source de la joie la plus parfaite qu'il me soit donné de goûter sur cette terre. Rien ne me réjouit autant que l'amour, rien ne me procure un tel sentiment de vitalité rayonnante, de bien-être, de puissance et d'enthousiasme. Bref, rien ne me rend aussi heureux. Et c'est pour cela que rien ne me fait autant souffrir. À la fin du mythique *Dernier Métro*, François Truffaut fait dire à Gérard Depardieu, s'adressant à Catherine Deneuve : « Tu es belle, Hélène. Si belle que te regarder est une souffrance. C'est une joie *et* une souffrance. »

La *douleur d'aimer* ne s'explique donc que par la *joie d'aimer* qui en est la source. Pour Spinoza, la seule vraie question est alors celle du *choix* de l'être aimé. De quels êtres faut-il s'éprendre, pour que les « passions joyeuses » l'emportent sur les « passions tristes » ? Si Spinoza définit l'amour comme une « joie qu'accompagne l'idée d'une *cause extérieure* », tout l'enjeu consiste à ne pas se tromper de cause, c'est-à-dire d'objet d'amour. Comment ne désirer que le désirable et n'aimer que l'aimable ? En changeant notre façon d'aimer, en remplaçant l'aveuglement par la lucidité. Pour aimer dans la joie, il faut aimer dans la pleine connaissance de l'être aimé. Seul l'amour clairvoyant, qui se fait une idée « claire et distincte » de l'être aimé, peut être joyeux et actif[1].

En langage stendhalien, il n'y a d'amour heureux qu'hors de la cristallisation ; en langage freudien, qu'hors de la projection narcissique ; en langage sartrien, qu'hors de la « mauvaise foi » ; en langage courant, qu'hors des pièges que me tend mon imagination. Connaître l'autre avant de l'aimer, apprendre à le connaître, faire ce travail cognitif d'objectivité au préalable, voilà qui offre à l'amour la possibilité

---

1. Voir sur ce point *Spinoza, philosophe de l'amour*, C. Jacquet, P. Sévérac, A. Suhamy (dir.), Publications de l'université de Saint-Étienne, 2005.

d'échapper au narcissisme, au cannibalisme et à la déception.

À l'inverse, quand je me laisse aveugler par l'illusion, quand j'ignore qui est réellement l'autre et tente de l'inventer et le façonner selon mes besoins propres, quand je ne cherche en lui que moi-même, mon désir, décentré de lui-même, me fait confondre amour et possessivité, amour et appropriation. L'amour se change alors en *passion triste* et ne peut se vivre que dans le tourment, la dépendance, l'impuissance et l'échec. Ainsi du narrateur de la *Recherche* qui écrit à propos d'Albertine : « Elle était capable de me causer de la souffrance, nullement de la joie. Par la souffrance seul subsistait mon ennuyeux attachement[1]. » De son propre aveu, il ne s'agit pas là d'amour, puisqu'il déclare à plusieurs reprises ne pas se « sentir le moins du monde amoureux d'Albertine ». Ce qui le lie à sa « prisonnière », ce n'est pas l'amour, cet affect joyeux et vivant, mais la jalousie, cette passion triste et mortifère.

Ainsi, pour Spinoza, la souffrance n'est pas la vérité de l'amour, mais le signe de sa *dérive passionnelle*. Là où le véritable amour est puissance affirmative, invitation à agir, créer, bâtir, dans l'impatience du lendemain, la passion est passivité, négativité, destructivité et stérilité.

*

Mais une question demeure : comment l'amour peut-il procéder de la souffrance de la solitude, et

---

1. Marcel Proust, *La Prisonnière, op. cit.*

conduire à la joie du partage ? Si l'amour naît du manque, comment peut-il produire de la plénitude ? Comment le vide peut-il se convertir en plein ? Comment le non-être peut-il générer de l'être ? Comment espérer que le néant du désir amoureux puisse jamais être comblé, alors qu'il est un gouffre sans fond, aussi impossible à remplir que le tonneau percé des Danaïdes ?

Pour le comprendre, il faut réexaminer le stade de la naissance de l'amour. Plus haut, je me suis appuyée sur le mythe de l'androgyne primitif d'Aristophane pour penser l'origine de l'amour comme *manque*. Si l'amour, comme le raconte cette fable, procède d'une blessure métaphysique originaire, d'une mutilation ayant créé un douloureux besoin de l'autre, alors tout le destine à s'abîmer dans une souffrance toujours plus grande, jusqu'à son dénouement tragique. Car il ne s'agit plus tant d'amour que de *désir de guérison* par la possession de l'autre. Mais il se pourrait que cette vision pathétique d'un Éros nécessairement manquant passe à côté de l'essentiel, comme l'indique Platon lui-même dans *Le Banquet*. Lorsque c'est au tour de Socrate d'exprimer sa conception de l'amour, il commence par se dire « expert en amour » et prétend être le seul à connaître la « vérité nue sur Éros ». Une vérité qui lui a été révélée par une illustre prêtresse nommée Diotime et qui offre un heureux prolongement à la thèse d'Aristophane. Là où le poète comique n'avait retenu que la douleur du manque, Socrate, lui, dévoile la nature essentiellement ambivalente d'Éros : à la fois manque et plénitude, *avoir et non-avoir*.

Pour illustrer sa thèse, Socrate invente une nouvelle fable de la naissance d'Éros, inédite dans la mythologie grecque : si Éros est double, c'est qu'il est fils de Pénia, la pauvreté, et de Poros, la richesse, qui s'accouplèrent fortuitement dans le jardin de Zeus, le jour de la naissance de la déesse de la beauté. « Le jour où naquit Aphrodite, les dieux festoyaient et parmi eux, il y avait le fils de Métis, Poros. Quand ils eurent fini de dîner, voilà qu'on vit arriver, dans l'intention de mendier, vu la bombance, Pénia ; elle se tenait à la porte. Poros, enivré de nectar, sortit dans le jardin de Zeus et, lourd de boisson, s'endormit. Alors Pénia, méditant de remédier à son dénuement en se faisant faire un enfant de Poros, s'allongea près de lui et devint enceinte d'Éros. C'est pour cette raison qu'Éros est né compagnon et serviteur d'Aphrodite ; il avait été engendré le jour où l'on fêtait sa naissance ; et en même temps il est naturellement beau puisque Aphrodite est belle ; il est né sous le signe de la beauté (…). » Aussi Éros, filleul d'Aphrodite, est-il, comme sa mère, un être de manque, et, comme son père, un être d'abondance. Il conjugue la pénurie et la profusion, l'absence et la présence, le vide et le plein, la soif et la satiété. « Il est toujours pauvre (…) il est rude, malpropre, va-nu-pieds et il n'a pas de gîte, couchant à la belle étoile, sur le pas des portes et sur le bord des chemins, car puisqu'il tient de sa mère, c'est l'indigence qu'il a en partage. À l'exemple de son père en revanche, il est à l'affût de ce qui est beau et de ce qui est bon, il est viril, résolu, ardent, c'est un chasseur redoutable ; il ne cesse de tramer des ruses, il est passionné de savoir et fertile en expédients, il passe tout son temps à philosopher, habile magicien, sorcier, sophiste[1]. »

Voilà donc expliqué le paradoxe soulevé plus haut. Le désir amoureux ne procède pas seulement d'un manque, qui se convertirait en plein, ou encore d'une souffrance, qui se transformerait en joie : il est, dès l'origine, mélange de vide *et* de plénitude, de souffrance *et* de joie, de misère *et* d'abondance. Il est la présence d'une absence, l'excès d'un manque, la pléthore d'un vide. Riche et pauvre, comblé et insatiable, prodigue et misérable, Éros prend et donne, accapare et s'offre, torture et soigne. Pesanteur et grâce, plongée dans les ténèbres et illumination, désespoir et révélation, tombeau et résurrection : telle est la *vérité dialectique* de l'amour, né sous les auspices de la beauté, mais capable de s'élever vers les cimes ou de mourir dans l'abjection.

*

Sans doute faut-il alors conclure, avec Rousseau, que la définition d'un *éros* exclusivement mû par la douleur du manque, et s'abîmant nécessairement dans la souffrance, ne concerne en fait que les êtres qui ne s'aiment pas eux-mêmes, qui sont dépourvus d'*amour de soi*.

Si tout amour s'accompagne nécessairement d'un certain coefficient de souffrance, certaines amours peuvent toutefois échapper aux abîmes de la cruauté et du masochisme : celles qui n'ont pas pour origine la haine de soi, mais qui s'enracinent au contraire dans cet

---

1. Platon, *Le Banquet, op. cit.*

amour de soi dont Rousseau fait la passion première, irréductible et fondatrice. « La source de nos passions, l'origine et le principe de toutes les autres, la seule qui naît avec l'homme et ne le quitte jamais tant qu'il vit, est l'amour de soi : passion primitive, innée, antérieure à toute autre, et dont toutes les autres ne sont, en un sens, que des modifications[1]. » Pour être bon et aimant envers les autres, il faut d'abord l'être envers soi-même. Ainsi, l'amour d'autrui n'est qu'une émanation, une modalité de l'amour de soi, cette prédilection naturelle, cette étreinte intérieure qui fait de l'âme de chacun le lieu d'un voluptueux enlacement d'elle-même. Vivre dans l'amour de soi, d'après Rousseau, c'est vivre heureux. Rien ne surpasse le bonheur d'exister et la force jouissive de la vie.

D'où vient alors le malheur humain ? De la vie en société – répond Rousseau, qui nous a fait délaisser l'amour de soi au profit de l'amour-propre. Tandis que l'amour de soi est le fondement *naturel* des « passions douces et affectueuses », et la racine des grandes vertus – la bonté, la compassion, la générosité – l'amour-propre est le fondement *social* des « passions haineuses et irascibles » – la jalousie, l'envie, l'égoïsme. Alors que l'amour de soi est « expansion », « surabondance de vie qui cherche à s'étendre au-dehors », l'amour-propre est rétrécissement, aveuglement, enfermement et désensibilisation. Ceux qui ne s'aiment pas eux-mêmes ont le « cœur dur » et l'esprit accaparé

---

1. Jean-Jacques Rousseau, *Discours sur l'origine et les fondements de l'inégalité entre les hommes, op. cit.* ; de même pour les citations suivantes.

exclusivement par leur propre personne. « Un homme dur est toujours malheureux, puisque l'état de son cœur ne lui laisse aucune sensibilité surabondante, qu'il puisse accorder aux peines d'autrui », note Rousseau. Celui qui ne peut jouir de lui-même, qui ne s'aime pas, est incapable d'aimer. Il ne sait que souffrir et faire souffrir, en aucun cas compatir.

Mais comment l'amour de soi dégénère-t-il en amour-propre ? Par le jeu social des miroirs, qui pousse chacun à ne se sentir exister qu'à travers le regard d'autrui. Là où l'amour de soi est naturel, transparent et immédiat, l'amour-propre est artificiel, opaque et médiatisé par le jugement de l'autre. C'est ainsi que celui qui se sent le moins aimable désirera toujours être le plus aimé et n'aimera que pour autant qu'on l'aime. De là naissent la jalousie, l'envie et la possessivité : d'un manque d'amour de soi et d'un trop-plein d'amour-propre.

J'ai besoin de l'amour de l'autre pour m'aimer moi-même, un besoin si impérieux que j'en viens à l'ériger en droit absolu, donc en devoir pour l'autre. « C'est pourquoi, écrit le philosophe Jean-Luc Marion, la recherche de l'amour devient une guerre » et la séduction une arme de destruction massive, qui consiste à « forcer l'autre à m'aimer puisque, au fond, je suis convaincu que je ne suis pas vraiment aimable. D'où une contradiction : il me faut lui mentir en lui faisant croire que je m'aime moi-même et qu'il doit donc en faire autant (…)[1]. » Ainsi, j'en viens à haïr celui-là

---

1. Jean-Luc Marion, « Aimer, c'est penser que l'impossible est possible », *La Vie*, hors-série *L'Amour*, 2011.

même dont je cherche à être aimé, parce qu'il ne m'aime pas, ou pas assez. Et je le hais d'autant plus que je lui donne raison de ne pas m'aimer puisque moi-même, je ne m'aime pas.

Telle est la logique qui conduit aux pires souffrances qu'il me soit donné de vivre : celles qui m'enferment dans la haine de moi-même et m'interdisent d'aimer.

*

Peut-on échapper à cette fatalité tragique de l'amour ? Peut-on décréter, après avoir lu Rousseau, que, désormais, on cultivera l'amour de soi et on combattra l'amour-propre ? Ou encore, après avoir lu Spinoza, qu'à partir d'aujourd'hui, on fuira les passions tristes, pour ne vivre que des passions joyeuses ? Sommes-nous libres d'aimer sans souffrir ?

Hélas, les choses ne sont pas aussi simples. Il se pourrait même que, dans certains cas, l'équilibre amoureux soit définitivement inaccessible. Pour quelles raisons certains ont-ils tant de mal à aimer sans se brûler ? Je ne reviendrai pas ici sur les déterminismes psychologiques et sociaux à l'œuvre dans l'amour, dont j'ai traité dans le chapitre « Choisit-on l'être aimé ? ». Il est évident que la façon d'aimer de chacun est conditionnée par ses expériences passées, sa culture, son milieu social, ses croyances, son âge, etc. Mais je ne peux pas achever cette réflexion sans parler d'une autre forme de déterminisme, moins connu mais probablement tout aussi prégnant : le *déterminisme neuronal*.

Si l'on en croit le professeur Reynaud, spécialiste

d'addictologie, nous n'avons pas tous la même prédisposition à la souffrance, nous ne sommes pas tous des « êtres de manque » au même titre. Dans *L'amour est une drogue douce… en général*, il montre que certaines personnes sont constitutivement « manquantes » et, par là, dépendantes ; d'autres sont au contraire beaucoup moins vulnérables. Tout se joue, selon lui, à l'âge du berceau, au moment décisif où s'élabore le « circuit désir-plaisir-manque ». Lorsque le nourrisson éprouve la douleur de la faim, il l'exprime par des pleurs, qui seront suivis du plaisir de la tétée. La souffrance et le plaisir sont donc dès les premiers jours de la vie intimement liés du point de vue biologique. Or tous les bébés ne sont pas logés à la même enseigne. Alors que certaines mères devancent les cris de leur enfant et ne laissent jamais s'installer la douleur du manque, d'autres, en revanche, répondent moins rapidement, le laissant pleurer parfois pendant des heures entières. Certaines mères accompagnent la tétée de mots doux et de caresses, d'autres ne font pas de ce moment un pur instant de délice pour le nourrisson.

Ainsi s'organisent très tôt, dans notre cerveau, des câblages neuronaux propres à chacun, ce qui signifie que nous ne sommes pas tous régulés par le même « système de récompense » (ou système dopaminergique). Or ce sont précisément ces circuits désir-plaisir-manque qui détermineront par la suite notre propension plus ou moins grande à la dépendance affective, ainsi que notre rapport à la souffrance. Aussi le professeur Reynaud est-il en mesure d'affirmer : « Dis-moi comment tu as été aimé, je te dirai comment tu aimes. » De quoi décourager tous ceux qui ont été mal aimés dans l'enfance... à moins qu'ils tentent de se « reprogrammer ». Mais est-ce seulement possible ? J'avoue ne pas en avoir la moindre idée.

Dans le doute, on pourra alors préférer, au déterminisme pessimiste du biologiste, le volontarisme optimiste du sage, en vertu duquel il n'y a pas de bataille qui ne se puisse remporter par la volonté. Épictète, pour ne pas souffrir, s'efforce de fuir les occasions de souffrance. Le plus grand des stoïciens nous rappelle que chacun est responsable de son propre malheur. Chacun est libre d'aimer sans *pathos*, il lui suffit pour cela de se soumettre à une autodiscipline, une ascèse, qu'en jargon moderne on pourrait comprendre comme une sorte de thérapie comportementale fondée sur l'autosuggestion. Pour aimer dans la sérénité (*ataraxia*), il faut entraîner sans relâche son esprit à intérioriser cette idée essentielle : *les êtres que nous aimons ne nous appartiennent pas.* Ils sont dans une extériorité radicale par rapport à nous, nous ne devons jamais nous confondre avec eux, mais au contraire nous préparer à la *séparation,* qui adviendra, tôt ou tard, ne serait-ce que par la mort.

Aimer sans souffrir, c'est aimer en abolissant l'idée même de la perte de l'être cher. Si la personne que j'aime ne m'appartient pas, alors je ne peux pas la perdre. « Ne dis jamais de quoi que ce soit : "Je l'ai perdu", mais : "Je l'ai rendu". Ton enfant est mort ? Il a été rendu. Ta femme est morte ? Elle a été rendue[1]. » Pour Épictète, ce ne sont pas les expériences en elles-

---

1. Épictète, *Manuel*, in *Ce qui dépend de nous, Manuel et Entretiens*, traduit du grec par Myrto Gondicas, Arléa, 1991.

mêmes qui nous font souffrir, mais le *sens* que nous leur donnons. Ainsi, la même cause de souffrance (maladie, trahison, séparation, deuil) pourra être interprétée dans un sens négatif – et nourrir la haine, le ressentiment et l'amertume – ou dans un sens neutre – si cela est arrivé, c'est que cela devait arriver. Pour accueillir l'événement douloureux sans décharge émotionnelle excessive, sans hurlements, sans désespoir, sans idées suicidaires, sans psychodrame, il faut l'interpréter comme une chose qui devait nécessairement se produire, contre laquelle on ne pouvait rien.

Ce n'est qu'à partir de là que l'on pourra conférer un sens positif à notre souffrance. Car nos chagrins et nos douleurs sont *nécessaires*, ils nous façonnent autant que nos joies, ils nous guident et nous fortifient. L'expérience du malheur amoureux est indispensable à tous ceux qui espèrent construire le bonheur amoureux. Il faut avoir vécu le *désamour* pour donner un sens plein au mot « amour ».

Le désamour est-il inéluctable ?

> « On se dégoûte à la longue
> de la nourriture la plus exquise. »
>
> Lou ANDREAS-SALOMÉ, *Éros*

> Il entre dans l'essence de l'amour
> de prétendre aimer toujours
> mais dans son fait de n'aimer qu'un temps. »
>
> Clément ROSSET, *Le Principe de cruauté*

Combien de temps une personne, si fascinante soit-elle, peut-elle nous plonger dans l'émerveillement ? Combien de semaines, de mois, ou d'années peut durer cet éblouissement hypnotique et délicieux qu'est l'état amoureux ? « Tant que cet amour dure, on croit qu'il ne finira point, répond Rousseau, mais, au contraire, c'est son ardeur qui se consume ; il s'use avec la jeunesse, il s'efface avec la beauté, il s'éteint sous les glaces de l'âge ; et depuis que le monde existe on n'a jamais vu deux amants en cheveux blancs soupirer l'un pour l'autre. On doit donc compter qu'on cessera de s'adorer tôt ou tard[1]. »

Pour certains amoureux, cela arrive, hélas, très tôt. Deux ans à peine auront suffi à Molteni, le narrateur du *Mépris* d'Alberto Moravia, pour ne plus rien voir d'autre que du dédain dans les yeux d'Emilia, sa femme adorée. Vingt-quatre mois de bonheur, de complicité, d'ardeur érotique, et puis plus rien : le vide dans son corps, dans son regard, dans ses mains, dans son cœur. « On cherche avec étonnement l'objet qu'on aima, poursuit Rousseau, et ne le trouvant plus, on se dépite contre celui qui reste, et souvent l'imagination le défigure autant qu'elle l'avait paré. » À présent, ce que toute l'attitude d'Emilia traduit, jusqu'à ses moindres soupirs, c'est du *mépris*. « Combien alors est à craindre que l'ennui ne succède à des sentiments trop vifs ; que leur déclin, sans s'arrêter à l'indifférence, ne passe jusqu'au dégoût. »

Comment est-ce possible, se demande Molteni, elle qui m'aimait tant ? Emilia mourra brutalement d'un accident de voiture, en emportant son secret avec elle, peu de temps après avoir eu cet échange glacial avec son mari : « Je ne t'aime plus, je ne puis rien dire d'autre...

— Mais pourquoi ?... Tu m'aimais autrefois, n'est-ce pas ?

— Oui, beaucoup... maintenant c'est fini.

— Tu m'as beaucoup aimé ?

---

[1]. Jean-Jacques Rousseau, *La Nouvelle Héloïse*, in *Œuvres complètes*, Gallimard, La Pléiade, t. 2, 1961 ; de même pour les citations suivantes.

Le désamour est-il inéluctable ?

— Oui, beaucoup... mais c'est fini...
— Enfin, pourquoi ? Il y a bien une raison ?
— Peut-être... mais je ne puis l'expliquer... je ne sais qu'une chose, c'est que je ne t'aime plus[1]. » La « transmutation mystérieuse due à l'amour » a inexplicablement cessé d'opérer, évanouie aussi étrangement qu'elle était apparue. L'époux désespéré se lance alors dans l'écriture d'un récit, dont l'objet est de « raconter comment, alors que je continuais à l'aimer et à ne pas la juger, Emilia au contraire découvrit ou crut découvrir certains de mes défauts, me jugea, et, en conséquence, cessa de m'aimer ».

La passion d'Emilia aurait donc éclos parce que Molteni lui paraissait exempt de *défauts*, parfait en somme ; et elle se serait éteinte lorsqu'il se serait révélé déficient, faillible, imparfait, bref, humain. Pourtant, son mari n'a pas changé. C'est l'esprit d'Emilia qui est passé d'une structure catégorielle à une autre : autrefois inépuisable inventeur de perfections imaginaires, il est devenu un lieu aride, inapte à toute créativité projective. « Quand on cesse d'aimer, note encore Rousseau, la personne qu'on aimait reste la même qu'auparavant, mais on ne la voit plus la même ; le voile du prestige tombe, et l'amour s'évanouit[2]. » Un processus de désenchantement également jugé inéluctable par Stendhal, qui nomme cette phase « décristallisation ».

---
1. Alberto Moravia, *Le Mépris*, traduit de l'italien par Claude Poncet, Flammarion, 1955 ; de même pour les citations suivantes.
2. Jean-Jacques Rousseau, *Émile ou De l'éducation*, *op. cit.*

Si l'amour est une création, il est condamné à mourir quand la source imaginative se tarit. L'inspiration s'appauvrit jusqu'au néant et l'être aimé apparaît dans la lumière blafarde du réel. Telle est, pour l'auteur de *De L'amour*, l'issue fatale d'un amour qui n'était qu'illusion.

C'est en se promenant dans les mines de sel de Salzbourg, en compagnie d'un officier bavarois et de la mystérieuse signora Gherardi (alias la Chita), que Stendhal découvre la fameuse métaphore de la *cristallisation*. Tandis qu'ils s'enfoncent dans les galeries souterraines, l'Allemand, très troublé par l'Italienne, « figure céleste, animée par un esprit d'ange[1] », se confie à Stendhal. Plus il parle, plus ses propos trahissent la « folie » qui s'est emparée de lui : tout, dans cette femme, jusqu'à sa main autrefois abîmée par la petite vérole, lui paraît excessivement noble et beau. Des « perfections » qui demeurent totalement « invisibles » aux yeux de Stendhal. « Je me disais : La Chita n'est assurément que l'occasion de tous les ravissements de ce pauvre Allemand. » Et, alors qu'il cherche une comparaison propre à clarifier sa pensée, il s'aperçoit que Mme Gherardi joue « avec le joli rameau couvert de diamants mobiles que les mineurs venaient de lui donner ». Sous ce beau soleil d'août, « les petits prismes salins jetaient autant d'éclat que

---

1. Stendhal, *De l'amour*, Gallimard, coll. « Folio », 1980 ; de même pour les citations suivantes.

les plus beaux diamants dans une salle de bal fort éclairée ».

Stendhal tient là son analogie et la révèle à la Chita : « L'effet que produit sur ce jeune homme la noblesse de vos traits italiens, de ces yeux tels qu'il n'en a jamais vus, est précisément semblable à celui que la cristallisation a opéré sur la petite branche de charmille que vous tenez et qui vous semble si jolie. Dépouillée de ses feuilles par l'hiver, assurément elle n'était rien moins qu'éblouissante. La cristallisation du sel a recouvert les branches noirâtres de ce rameau avec des diamants si brillants et en si grand nombre, que l'on ne peut plus voir qu'à un petit nombre de places ses branches telles qu'elles sont (…) – C'est-à-dire, monsieur, que vous apercevez autant de différence entre ce que je suis en réalité et la manière dont me voit cet aimable jeune homme, qu'entre une petite branche de charmille desséchée et la jolie aigrette de diamants que ces mineurs m'ont offerte (…). »

Oui, c'est exactement cela. L'état amoureux n'est rien d'autre que cette construction imaginaire qui magnifie l'être réel jusqu'à l'irréalité absolue : « Ce que j'appelle cristallisation, c'est l'opération de l'esprit qui tire de tout ce qui se présente la découverte que l'objet aimé a de nouvelles perfections. » C'est pourquoi ce sont les femmes lointaines et mystérieuses, nous dit Proust, qui sont les plus idéalisées, car le réel ne vient pas démentir le rêve et perturber la mécanique de la cristallisation. « Que connaissais-je d'Albertine ? Un ou deux profils sur la mer ; on aime sur un sourire, sur un regard, sur une épaule. Cela suffit ; alors dans les longues heures d'espérance ou de tristesse on fabrique une personne, on compose un caractère[1].

Mais construire une personne, plutôt que de chercher à la connaître, n'est-ce pas une façon de la nier, d'anéantir sa vérité, de la déconstruire ? Fuir le réel pour se réfugier dans l'imaginaire, chercher à se déprendre du monde tel qu'il est, pour lui substituer le monde tel que je le désire, cela ne relève-t-il pas, en définitive, d'une forme d'*amour-propre* pathologique, d'égocentrisme ravageur ?

*

Si l'être que j'aime est un être fictif, fantasmé, fabriqué de toutes pièces, alors ce n'est pas vraiment lui que j'aime, mais *mon amour* pour lui. *J'aime l'aimer*, davantage que je l'aime, lui. « Quand je te demande si je te dérange, disait Elsa à Aragon, qui lui consacra des centaines de pages, tu réponds : "Oui, j'écris un poème sur Elsa." » Écrire sur l'être aimé, et lui écrire, me transportent dans un monde amoureux silencieux et solitaire, d'où j'aime d'autant plus l'être aimé qu'il est *absent*. Je pense à lui, je le rêve, je le compose, je le dessine, je le sculpte, une invention qui n'est possible que grâce à la distance qui nous sépare. « Bien souvent, écrit Proust, pour que nous découvrions que nous sommes amoureux, peut-être même pour que nous

---

1. Marcel Proust, *À l'ombre des jeunes filles en fleurs*, op. cit.

le devenions, il faut qu'arrive le jour de la séparation[1]. »

Mais le plus beau, dans l'amour que je porte à cet être exceptionnel, c'est qu'il fait de *moi* un personnage sublime. L'autre « est tellement plus parfait que moi qu'il m'offre la possibilité d'aimer en lui mon propre idéal[2] ». Je ne suis jamais aussi intense, vivant, désirant, triomphant, conquérant, que dans l'état amoureux. J'aime aimer, parce que *je m'aime* quand j'aime. Je suis enfin digne de mon propre amour pour moi-même. *A fortiori* quand l'autre m'aime en retour. *J'aime être aimé* encore davantage que j'aime aimer. J'aime les rêves que l'autre forme à mon sujet, surtout lorsqu'ils ne me ressemblent pas. Je peux alors m'y reconnaître, embelli et transfiguré par l'amour.

Est-ce normal ou pathologique ? La question n'a pas vraiment de sens. Freud, pour sa part, renvoie ce type d'amour à la perversion *narcissique*. Si l'amour de soi est le premier lieu d'investissement érotique, l'évolution « normale » de la libido voudrait qu'elle se tourne secondairement vers d'autres objets. Mais dans le cas de la névrose passionnelle, le sujet, pour toutes sortes de raisons, n'a pas dépassé le stade autoérotique propre à l'enfance. Il est resté rivé à son moi, englué dans son être. Jusqu'à ce qu'un être vienne, miraculeusement, bousculer cet égotisme. Toute l'énergie libidinale qui a été retirée aux objets va alors se focaliser sur un être unique, chargé de lui

---

1. Marcel Proust, *La Fugitive*, *op. cit.*
2. Sigmund Freud, « Pour introduire le narcissisme », in *La Vie sexuelle*, *op. cit.*

renvoyer son amour comme un miroir. L'autre *doit* l'aimer, et plus rien d'autre n'a d'importance. L'*aveu d'amour* doit, coûte que coûte, être arraché. « Alors, écrit Stendhal, commence la seconde cristallisation produisant pour diamants des confirmations à cette idée : Elle m'aime[1]. » Mais comment en être sûr ? Comment ne pas être dévoré par l'incertitude ? « À chaque quart d'heure de la nuit qui suit la naissance des doutes, après un moment de malheur affreux, l'amant se dit : Oui, elle m'aime (...) Puis le doute à l'œil hagard s'empare de lui et l'arrête en sursaut. Sa poitrine oublie de respirer ; il se dit : Mais *est-ce qu'elle m'aime* ? »

Aimer, c'est se tenir en équilibre instable « sur l'extrême bord d'un précipice affreux, et touchant de l'autre main le bonheur parfait ». Après la délirante cristallisation, voici les deux autres poisons de l'amour : le *doute* et la *peur* viscérale de la perte. « L'amant erre sans cesse entre ces trois idées :

1) Elle a toutes les perfections ;

2) Elle m'aime ;

3) Comment faire pour obtenir d'elle la plus grande preuve d'amour possible ? »

*

Comment vivre dans l'incertitude et la terreur de l'abandon ? En cherchant à anéantir et l'un et l'autre. Pour éliminer le doute, je vais *forcer* l'autre à m'aimer ;

---

1. Stendhal, *De l'amour, op. cit.* ; de même pour les citations suivantes.

pour dissiper la peur de le perdre, je vais l'*enfermer*. L'autre ne peut pas demeurer une vitalité libre, une force imprévisible, une énergie indomptable. Je vais l'emprisonner derrière de solides barreaux, lesquels peuvent être matériels – un lieu –, mais tout aussi bien immatériels. Je verrouille l'autre dans mon psychisme à moi, dans mes fantasmes, mes rêves, mon univers. Il faut qu'il m'appartienne, corps et âme. Comment supporter l'idée qu'il vive de sa vie propre, sans moi ? Ce que je veux, c'est le capturer, le faire mien, le domestiquer, le réifier, en faire une chose, docile et sûre. Par peur de devenir son esclave, je vais en faire un être dévitalisé, un pantin neutralisé.

Mais qu'ai-je au fond à y gagner ? Lorsqu'il tombe amoureux d'Ingrid Bergman, Roberto Rossellini est fasciné par son succès, sa beauté, son immense pouvoir de séduction. C'est aussi ce qui l'effraie. Alors il la détourne de ce qu'elle est, de ce qui l'éblouit en elle. Il l'éloigne d'Hollywood, lui fait jouer, sans fard et sans artifice, des rôles de paysanne dans ses films néoréalistes, et tente de la transformer en épouse et mère modèle. Alors elle n'est plus Ingrid Bergman et il se détourne d'elle. Il ne la désire plus. Il ne l'aime plus. Une tragédie ordinaire, que la sagacité de Sartre permet de comprendre.

Aimer, dit Sartre, c'est être séduit par une *volonté libre*, mais c'est aussi vouloir *posséder* cette liberté. Or une liberté qui se laisserait accaparer ne serait plus une liberté. Le paradoxe insoluble de l'amant, c'est qu'« il ne désire pas posséder l'aimé comme on possède une chose : il réclame un type spécial d'appropriation. Il veut posséder une liberté *comme* liberté[1] ». Il est en proie à deux désirs contraires : il veut à la fois la *liberté* de l'autre *et* son *aliénation*. « L'amant demande le serment et s'irrite du serment. Il veut être aimé par une liberté et réclame que cette liberté comme liberté ne soit plus libre. Il veut à la fois que la liberté se détermine elle-même à devenir amour (...) et, à la fois, que cette liberté soit captivée par elle-même, qu'elle se retourne sur elle-même, comme dans la folie, comme dans le rêve, pour vouloir sa propre captivité. »

Le pathétique de l'amour, c'est que l'autre, une fois dévoré, n'existe plus comme *autre*. Je l'ai dépossédé de lui-même, j'ai détruit son altérité, j'ai épuisé ses possibilités de me surprendre. Mais quel intérêt y a-t-il à être aimé d'un autre qui n'en est plus un ? Comment faire pour que l'être aimé m'appartienne sans m'appartenir, pour qu'il « soit moi, sans cesser d'être un autre » ? Comment capturer une liberté, tout en lui demandant de me fonder ? C'est impossible. Voilà pourquoi « l'amour, comme mode fondamental de l'être pour autrui, a dans son projet la racine même de sa destruction ». Pour Sartre, l'amour est, par essence, *irréalisable.*

Dès lors qu'il est circonvenu, disponible et soumis, l'être autrefois adoré ne fait plus rêver. Les projections imaginaires cèdent le pas à l'ennui et la mélancolie. C'est la phase de décristallisation. Lorsque disparaissent le manque, le doute et l'angoisse de la perte, tout s'effondre. « On aime une femme pour ce

---

1. Jean-Paul Sartre, *L'Être et le Néant*, *op. cit.* ; de même pour les citations suivantes.

qu'elle n'est pas, on la quitte pour ce qu'elle est », disait Serge Gainsbourg, et cela vaut aussi pour les hommes...

En définitive, la folie de l'état amoureux, ce n'est pas tant le processus d'idéalisation que le projet d'inscrire la fantasmagorie dans le réel. Sitôt qu'ils savent leur amour partagé, les amants n'aspirent qu'à une chose : institutionnaliser et formaliser leur relation. Vivre ensemble, « s'installer », être un couple établi, un « ménage », tel est le projet naïf des amoureux, qui ignorent, ou font semblant d'ignorer, que « pour rester elle-même, la passion ne doit jamais être mêlée au quotidien. Le quotidien est la mauvaise herbe la plus coriace qui soit[1] ». Comment cristalliser sur une femme qu'on voit tous les matins vider la poubelle et tous les soirs se démaquiller, ou sur un homme qui discute débouchage d'évier et passe des heures aux toilettes ? Dès qu'il s'incarne dans la vie concrète, avec ses pesanteurs, ses soucis domestiques et son devoir de pragmatisme, l'autre perd définitivement sa magie. Plus rien ne subsiste alors de l'émoi initial. L'île soustraite à la contingence qu'est l'état amoureux est engloutie sous les flots grisâtres de l'habitude. Et la vie, asséchée et privée de sa plénitude, devient un sempiternel purgatoire.

Ainsi l'extraordinaire aspire à fonder l'ordinaire, et l'ordinaire enterre l'extraordinaire. L'imaginaire a tenté de s'imposer à l'existant, mais c'est l'existant qui a tué l'imaginaire. « Ce qu'on demande à l'amour

---

[1]. Erica Jong, *La Peur de l'âge*, traduit de l'américain par Dominique Rinaudo, Grasset, 1994.

est total, absolu, permanent, alors que tout évolue, tout s'use, se désenchante », écrivait quelque part Edgar Morin.

*

Il nous faudrait donc faire avec lucidité le constat suivant : l'amour n'échappe au désamour et ne se maintient dans le merveilleux que s'il rencontre des *obstacles* qui le rendent *impossible*, qui l'empêchent de s'incarner dans le réel.

Le premier rempart à la passion, c'est l'époux ou l'épouse : « Sans le mari, je ne donne pas plus de trois ans à l'amour de Tristan et Iseut, déclare Denis de Rougemont. Sans le mari, il ne resterait aux deux amants qu'à se marier. Or on ne conçoit pas que Tristan puisse jamais épouser Iseut. Elle est le type de femme qu'on n'épouse point, car alors on cesserait de l'aimer, puisqu'elle cesserait d'être ce qu'elle est. Imaginez cela : Mme Tristan ! C'est la négation de la passion, au moins de celle dont nous nous occupons. L'ardeur amoureuse spontanée, couronnée et non combattue, est par essence peu durable. C'est une flambée qui ne peut survivre à l'éclat de sa consommation. Mais sa *brûlure* demeure inoubliable, et c'est elle que les amants veulent prolonger et renouveler à l'infini. D'où les périls nouveaux qu'ils vont défier[1]. » Ainsi, ce qui garantit à l'amour la possibilité de s'inscrire dans la durée, voire dans l'éter-

---

1. Denis de Rougemont, *L'Amour et l'Occident, op. cit.* ; de même pour les citations suivantes.

nité, c'est tout ce qui fait de cet amour un rêve *impossible*. L'amoureux aime l'impossible de l'amour, plus que l'amour lui-même, et plus encore que l'être aimé. C'est pourquoi la passion fabrique elle-même ses propres obstacles ; parce qu'ils sont l'objet même de la passion, de son ardeur, de son goût de l'absolu.

Quand ce ne sont pas l'époux ou l'épouse qui font barrage à l'amour, il y a toujours quelque chose qui les sépare : l'éloignement géographique pour Ulysse et Pénélope, l'honneur pour Chimène et Rodrigue, les liens du sang pour Roméo et Juliette, la foi pour Héloïse et Abélard, la vertu pour la princesse de Clèves et le duc de Nemours, la différence culturelle pour la petite Française de Marguerite Duras et son bel amant chinois... Tout ce qui fait de la passion un espace solitaire, à l'écart, hors norme, proscrit, la rend d'autant plus irrésistible. L'*interdit* est ainsi le premier moteur érotique. Voilà pourquoi Iseult doit demeurer l'« étrangère », ajoute Rougemont, « la femme-dont-on-est-séparé : on la perd en la possédant ». Iseult doit rester un songe, une fabrication imaginaire. C'est parce qu'elle ne peut pas pleinement rassasier le désir de Tristan qu'il l'aime aussi éperdument. Tandis que si elle devenait sienne, si elle partageait sa vie, que lui resterait-il à désirer, sinon la mort ?

Solal a facilement triomphé de l'obstacle du petit mari genevois, mais que va-t-il faire maintenant de la dévotion d'Ariane ? Elle est là, ici et maintenant, tout à lui, nuit et jour, jour et nuit, disponible à toute heure, lavée, parée et parfumée pour lui. Plus rien n'est interdit, tout est offert, plus rien ne manque... hormis le désir lui-même. Un *éros* repu est un amour qui s'*ennuie*. « Que faire maintenant ? se demanda-t-il devant la vitre contre laquelle s'époumonait le vent. Que faire pour donner du bonheur à cette malheureuse (...) Parler, mais de quoi ? Lui dire qu'il l'aimait ne lui apprendrait rien de nouveau. D'ailleurs, il le lui avait dit trois fois tout à l'heure, une fois avant le coït, une fois pendant, une fois après. Elle était au courant. Et puis parler d'amour ne prenait plus comme du temps de Genève. En ce temps-là, chaque fois qu'il lui disait qu'il l'aimait, c'était pour elle une divine surprise, et elle faisait une tête ravie, vivante. Maintenant, lorsqu'il lui disait ce sacré amour, elle accueillait cette information bien connue avec un sourire peint, un immobile sourire de mannequin de cire, tandis que son inconscient s'embêtait. Devenus protocole et politesse rituelles, les mots d'amour glissaient sur la toile cirée de l'habitude. (...) C'était parce qu'ils ne s'aimaient plus, diraient les idiots. Il les foudroya du regard. Pas vrai, ils s'aimaient, mais ils étaient tout le temps ensemble, seuls avec leur amour. Seuls, oui, seuls avec leur amour depuis trois mois, et rien que leur amour pour leur tenir compagnie, sans autre activité depuis trois mois que de se plaire l'un l'autre, n'ayant que leur amour pour les unir, ne pouvant parler que d'amour, ne pouvant faire que l'amour[1]. »

Ainsi, quand l'autre est absent, il me manque, mais quand il est présent, c'est le manque qui me manque.

---

1. Albert Cohen, *Belle du Seigneur*, *op. cit.*

Le désamour est-il inéluctable ?

Le tragique de l'amour, explique Schopenhauer, c'est qu'il condamne l'amoureux à osciller, inexorablement, tel un pendule, de droite à gauche, de la souffrance à l'ennui. Car tel est le balancier métaphysique qui ordonne la vie elle-même, vouée à basculer impitoyablement entre deux maux : la convoitise et la satiété. Ainsi le destin de l'amoureux ne peut échapper à cette alternative tragique : *soit le mal d'amour, soit le désamour.*

*

Cela voudrait-il dire que l'état amoureux ne peut durer qu'en l'absence de confrontation au réel ? Que seules les aventures empêchées ou clandestines échappent à la fatalité du désamour ? Que l'amour ne nous transporte que tant qu'il est imaginaire, discontinu, secret et entravé ? Est-il possible de sortir de la tragédie romantique qui condamne Anna Karénine à n'être aimée de Vronski qu'en femme adultère, et à en être délaissée une fois libre ? Qui nous attache à des êtres virtuels et lointains, et nous détache des êtres réels et proches ? N'existe-t-il pas une autre façon d'aimer, qui parvienne à s'ancrer dans la réalité, sans sacrifier les droits de l'imaginaire ? Le désamour est-il essentiel à l'amour ou simplement accidentel ?

Ce qui me conduit à douter de la fatalité du désamour, c'est d'abord le fait qu'en amour, peut-être plus que dans aucun autre domaine, chacun a tendance à élaborer des théories universelles à partir de son expérience singulière, autrement dit à tirer des généralités de son cas particulier. Mais comment peut-on prétendre à la clairvoyance en amour et se laisser aveugler par la connaissance étroite qu'on en a ? Que cache la *théorie du désamour* ? Que nous disent les grands démystificateurs de l'amour ? Que l'amour est éphémère par essence, que sa fin est inscrite dans son principe même. Mais qu'en savent-ils au juste ? Et s'il fallait y voir une sourde rancœur de *malaimés* ?

Même s'ils sont loin d'être les seuls, concentrons-nous ici sur les cas Rousseau, Schopenhauer, Stendhal et Sartre. Car il se pourrait bien que leur méfiance à l'égard de l'amour nous renseigne davantage sur leurs auteurs que sur l'amour lui-même. De fait, ces quatre géants ont en commun de n'avoir jamais connu de l'amour que ses affres et ses tourments. Ils prétendent atteindre à la vérité de l'amour, mais ils n'ont vécu que des amours douloureuses et ne s'intéressent qu'à celles-ci. Leur vision prétendument objective est en réalité prisonnière d'une subjectivité blessée.

Commençons par Rousseau, que les femmes firent affreusement souffrir, et tout particulièrement la ravissante Sophie d'Houdetot, déjà bien occupée entre un mari capitaine de gendarmerie et un amant officier, ou encore Mme de Warens, qui avait l'âge d'être sa mère. Rousseau s'est passionné pour des femmes avec lesquelles le bonheur harmonieux était inenvisageable. Conscient du potentiel de destructivité de l'amour, il en a tiré une doctrine générale, marquée par le catastrophisme : « Parmi les passions qui agitent le cœur de l'homme, il en est une ardente, impétueuse, qui rend un sexe nécessaire à l'autre, passion terrible qui brave tous les dangers, renverse tous les obstacles, et qui dans ses fureurs semble propre à détruire le genre humain qu'elle est destinée à conserver[1]. » Pour se prémunir d'un tel raz de marée, mieux vaut épouser une femme qui ne nous fasse pas perdre la tête. Rousseau avouera en effet dans les *Confessions* n'avoir jamais été amoureux de Thérèse Levasseur, cette servante d'auberge auprès de laquelle il passa sa vie et que Voltaire traitait d'« infernale et hideuse sorcière ». Sans doute était-elle humble, rustique et peu éduquée, mais au moins, elle ne le soumettait pas à la torture... et n'eut rien à objecter à l'abandon de leurs cinq enfants à l'hospice. En matière d'amour, Rousseau s'est donc enfermé dans une dialectique plutôt désolante : épouser une femme que l'on n'aime pas, ou aimer une femme inépousable. Par où il n'est pas seulement le précurseur du romantisme, mais aussi du désenchantement postmoderne, *via* l'existentialisme sartrien.

C'est Sartre qui a proposé la démonstration la plus implacable du piège amoureux, démonstration en forme de réquisitoire. Pourtant, les pages de *L'Être et le Néant* consacrées à l'amour résonnent différemment, lorsque l'on sait qu'elles furent écrites en 1943, au paroxysme de sa folle passion pour Wanda Kosakiewicz, sur laquelle il avait rabattu son chagrin, après avoir été éconduit par sa sœur, Olga. Cette dernière, qui fut l'élève et la maîtresse de Simone de

---

[1]. Jean-Jacques Rousseau, *Discours sur l'origine et les fondements de l'inégalité parmi les hommes*, op. cit.

Beauvoir, incarnait à ses yeux la liberté, la beauté et la légèreté, tout ce dont Sartre lui-même se sentait totalement dépourvu. (Beauvoir racontera dans *L'Invitée* l'aventure de ce trio morbide.) Sartre était fou d'elle, mais s'en voulait d'avoir ainsi perdu la raison et jurait au Castor qu'on ne l'y reprendrait plus : « Depuis l'affaire Olga, tout ce qui peut représenter la plus légère ressemblance avec du passionné, fût-ce un peu d'énervement, je lui tords le coup sur-le-champ, par une sorte de peur, solidement accrochée. Ce n'est pas seulement vis-à-vis d'Olga, mais du monde entier que j'ai *contre-cristallisé*[1]. » Sartre qui, enfant, rêvait de devenir un « don Juan lettré, tombant les femmes par le pouvoir de sa bouche d'or », n'a-t-il condamné l'amour que par dépit, poussé par un orgueil dont il disait lui-même, dans *Les Mots,* qu'il était le « plaidoyer des misérables » ? A-t-il écrit une théorie de l'échec amoureux pour noyer ses propres défaites dans l'universelle nécessité de la condition humaine[2] ?

La même question se pose pour Schopenhauer et Stendhal. Commençons par Schopenhauer, que son disciple Maupassant qualifiait de « plus grand saccageur de rêves qui ait passé sur la terre[3] » et certainement le plus misogyne de tous les philosophes. « Jouisseur désabusé, poursuit l'auteur de *Bel Ami,* il a renversé les croyances, les espoirs, les poésies, les

---

1. Jean-Paul Sartre, *Lettres au Castor*, Gallimard, 1983.
2. C'est la thèse que défend Suzanne Lilar, *À propos de Sartre et de l'amour*, Grasset, 1967.
3. Guy de Maupassant, « Auprès d'un mort », in *Contes et nouvelles, op. cit.* ; de même pour la citation suivante.

chimères, détruit les aspirations, ravagé la confiance des âmes, tué l'amour, abattu le culte idéal de la femme, crevé les illusions des cœurs, accompli la plus gigantesque besogne de sceptique qui ait jamais été faite. Il a tout traversé de sa moquerie, et tout vidé. » On ne saurait mieux résumer cette doctrine d'un pessimisme radical, amenée à exercer une profonde influence sur les romanciers des XIXe et XXe siècle – de Maupassant à Houellebecq, en passant par Proust –, mais aussi sur Freud et Wagner. À partir de Schopenhauer, il n'est plus possible de penser, d'écrire ou de chanter l'amour avec candeur, ni la femme avec dévotion.

L'amour est un piège redoutable que nous tend la nature pour nous inciter à la reproduction[1]. Ce n'est rien d'autre qu'un processus chimique – par lequel deux êtres désirent s'unir pour procréer – dissimulé derrière une construction psychique, qui invente une romance, pour se masquer la vérité instinctive et animale de la chose. Mais, hélas, une fois passés les premiers instants d'ardeur sensuelle, par lesquels le « génie de l'espèce » œuvre pour parvenir à la reproduction, le piège se referme et laisse les amants face au néant de leur amour. D'où cet aphorisme cynique : « Le mariage est une dette contractée dans la jeunesse et que l'on paie à l'âge mûr. » La femme est aussi large de hanches qu'elle est étroite d'esprit : elle a les cheveux longs, mais les « idées courtes ». Elle n'a qu'une seule vocation, une seule obsession :

---

[1]. Voir le chapitre « Sommes-nous biologiquement programmés pour aimer ? ».

la procréation. Elle use de sa flamboyante mais brève beauté comme d'un « coup de théâtre », s'empare de l'imagination de l'homme en usant de ses charmes, l'asservit à son ambition, l'enrôle définitivement comme père et pourvoyeur de ressources, puis le trompe cruellement. Vénale, dépensière, coquette, menteuse, égocentrique, dissimulatrice, fourbe, perfide, infidèle, la femme est la damnation de l'homme. Et elle le sait ; c'est pourquoi il est primordial pour elle de cacher son jeu en spiritualisant l'amour, en berçant son amant de fables bêtement sentimentales.

Pourquoi tant d'animosité envers les femmes ? Pourquoi une telle aigreur ? Cela ne pourrait-il s'expliquer par la haine que Schopenhauer vouait à sa propre mère ? C'est l'hypothèse qu'émettent les journalistes Aude Lancelin et Marie Lemonnier, dans leur passionnant essai *Les Philosophes et l'Amour*, en s'appuyant sur cette pertinente phrase d'*Humain trop humain* de Nietzsche : « Chacun porte en soi une image de la femme tirée d'après sa mère, c'est par là qu'il est déterminé à respecter les femmes en général ou à les mépriser ou à être totalement indifférent à leur égard. »

Il se pourrait bien, en effet, que Schopenhauer le démystificateur se soit lui aussi aveuglé, en prêtant à toutes les femmes les traits de caractère particuliers de sa mère volage et prétentieuse, Johanna, « mondaine impitoyable, moins préoccupée par ses proches que par ses ourlets de robe et ses probables amants, et qui se voulait au demeurant *écrivain*. Voilà le touchant portrait qui se plantera à jamais dans le cœur de Schopenhauer, décidant solidement de son aversion pour la moitié femelle de l'humanité, et de l'insondable détresse qu'il confessera avoir très tôt éprouvée face à l'existence en général[1] ». Si l'auteur du *Monde comme volonté et comme représentation* est demeuré un « célibataire hargneux et sarcastique », s'il ne connut que des liaisons brèves, toutes « saccagées par la jalousie, la méfiance, et une absence radicale de générosité », c'est qu'il fut incapable de dépasser son complexe maternel. Symétriquement, il ne juge l'esclavage des hommes qu'à l'aune de sa propre faiblesse : la tyrannie dans laquelle le tient son infatigable « appétit sexuel », sa « chienne de sexualité ». Alors même qu'il en fait son « ennemie personnelle », il n'hésite pas pour autant à extrapoler, pour en faire la bête noire de toute la gent masculine, de l'adolescence à la mort. Le sexe est « la pensée quotidienne du jeune homme et souvent du vieillard, l'idée fixe qui habite toutes les heures de l'impudique et la vision qui s'impose sans cesse à l'homme chaste[2] ». De même que toutes les femmes sont idiotes, tous les hommes ne pensent qu'à « ça ». Et c'est ce qui les perd l'un et l'autre.

Quel crédit apporter à un tel pessimisme, quand on en mesure la dimension de partialité et de subjectivité ?

---

1. Aude Lancelin et Marie Lemonnier, *Les Philosophes et l'Amour. Aimer de Socrate à Simone de Beauvoir*, Plon, 2008 ; de même pour les citations suivantes.
2. Arthur Schopenhauer, *Le Monde comme volonté et comme représentation*, op. cit.

Enfin, Stendhal, cet autre grand malaimé, nous confronte à la même problématique, comme le souligne l'intellectuel espagnol Ortega y Gasset dans ses *Études sur l'amour*. Bien qu'il considère l'auteur de *La Chartreuse de Parme* comme un immense conteur, voire comme « l'archinarrateur devant le Très-Haut », il juge trop étroite l'idée stendhalienne d'un amour qui se résumerait aux processus de cristallisation et de décristallisation. Ce qu'Ortega reproche à Stendhal, c'est d'inscrire la fin de l'amour dans son début. Si l'amour meurt, c'est que sa naissance fut une erreur. Tout visionnaire qu'il est, l'amoureux n'est pas pour autant prophète ; bientôt il ouvrira les yeux et réalisera fatalement que le monde merveilleux qu'il a halluciné n'existe pas et n'existera jamais.

Ortega traite ce postulat de « sécrétion typique de l'Européen du XIXe siècle », à la fois « idéaliste et pessimiste ». La théorie de la cristallisation-décristallisation est idéaliste parce qu'elle ramène l'amour à une simple émanation de l'esprit et pessimiste parce qu'elle s'inscrit dans cette philosophie du « soupçon » qui, de Schopenhauer à Freud et Nietzsche, a secoué la tradition occidentale, en dévoilant l'immense part d'illusion sur laquelle étaient fondées nos vies. Pour les désenchantés, tout n'est que duperie, mensonge et quiproquo, le supérieur est suspecté de s'expliquer par l'inférieur, le haut par le bas, le normal par l'anormal. Mais pour Ortega, en voulant démystifier l'amour, Stendhal serait leurré lui-même, en exagérant son pouvoir de mensonge.

Le contresens commis par Stendhal, d'après Ortega, consiste à expliquer l'amour *à partir du désamour.* Or « pourquoi une théorie de l'érotisme prendrait-elle ses repères dans les pathologies du phénomène, plutôt que dans ses formes parfaites ? » Pourquoi penser l'amour à l'envers, à partir de sa fin ? Et il répond : si Stendhal pense l'amour à partir de la déception et de l'échec, c'est que cela correspond à l'unique expérience qu'il lui ait été donné de vivre. Stendhal, qui déclarait : « L'amour a toujours été pour moi la plus grande des affaires, ou plutôt la seule », est un homme « qui n'a jamais aimé et qui ne fut jamais vraiment aimé » et dont la vie fut « remplie d'amours fausses ». Or, des amours trompeuses ne peuvent laisser dans l'âme que l'observation mélancolique de leur fausseté, l'expérience de leur évaporation. Ainsi, sa folle passion pour Mathilde Dembowski, une jeune bourgeoise milanaise qui ne s'intéressait pas à lui, a certainement influencé la rédaction de *De l'amour.* (Il la rencontra en 1818 et fit paraître *De l'amour* en 1822.) « Stendhal passe quarante ans à battre les murailles du monde féminin, écrit Ortega. Il échafaude tout un système stratégique avec principes et corollaires. Il va, il vient, il s'obstine et s'épuise à la tâche avec ténacité. Le résultat est nul. Stendhal ne parvient jamais à se faire aimer par aucune femme. Nous ne devons pas être surpris. La plus grande partie des hommes ont le même destin[1]. »

L'erreur de Stendhal, c'est de penser que l'amour

---

1. José Ortega y Gasset, *Études sur l'amour, op. cit.*

« se fait » puis s'achève. C'est ce qui le sépare radicalement de Chateaubriand qui, lui, sans s'y efforcer, « trouve toujours déjà fait l'amour ». La femme qui approche ce génie, magnétique malgré sa petite taille, son dos voûté et son tempérament ombrageux, « se livre aussitôt et totalement », pour la vie. Ainsi de la marquise de Custine, qui, après quelques jours radieux passés auprès de l'écrivain pendant sa jeunesse, l'aimera jusqu'à sa mort, « subitement et pour toujours », sans l'avoir pratiquement jamais revu. Ortega qualifie ce type d'amour, où un être s'attache une fois pour toutes et totalement à un autre, de « greffe métaphysique ».

Si l'auteur des *Mémoires d'outre-tombe* avait élaboré une théorie de l'amour, ç'aurait certainement été une doctrine dans laquelle l'amour naîtrait d'un coup et ne mourrait jamais, doctrine qu'Ortega fait sienne dans un passage magnifique de ses *Études* : « Il n'est pas vraisemblable qu'un amour plein, né à la racine même de la personne, puisse mourir. Il est installé pour toujours dans l'âme sensible. Les circonstances, l'éloignement par exemple, pourront empêcher qu'il s'alimente comme il faut, et alors cet amour diminuera de volume, se convertira en un minuscule fil sentimental, en une petite veine d'émotion qui continuera de sourdre dans le sous-sol de la conscience. Mais il ne mourra pas : sa qualité sentimentale restera intacte. Dans ce fond radical, la personne qui a aimé continue de se sentir absolument attachée à la personne aimée. Le hasard pourra l'emporter loin de là dans l'espace physique et social. Peu importe : elle restera auprès de l'être aimé. Tel est le symptôme suprême du véritable amour : être au côté de l'aimé, dans un contact, dans une proximité plus profonds que la proximité spatiale. C'est être vitalement avec l'autre. Le mot le plus exact, mais trop technique, serait : être ontologiquement avec l'aimé, fidèle à son destin, quel qu'il soit. La femme qui aime le voleur, où que se trouve son être physique, est avec le voleur, assise dans la prison. »

Ce que nous dit ici Ortega, c'est que l'amour vrai est *immortel.* Ce qui signifie que *le désamour n'existe pas*. On ne peut pas dire : « Je ne t'aime plus. » Si l'on aime, de toute sa personne, de tout son être, c'est pour toujours.

*

Mais alors, d'où vient la *mélancolie*, ce poison qui rend la « bile noire » et le cœur lourd, cette « invisible araignée » qui « étend toujours sa toile grise sur les lieux où nous fûmes heureux et d'où le bonheur s'est enfui »[1] ? Que dire des matins amers où l'on voit se liquéfier la myriade de jolis diamants autrefois cristallisés sur l'autre, pour le découvrir nu et noirâtre comme un misérable rameau sec ? Et s'il ne s'agissait pas là d'amour ? Et s'il y avait des amours qui n'en sont pas, de fausses amours ? Et si seul ce faux amour était menacé de décristallisation, précisément

---

1. Boleslaw Prus, *La Poupée*, traduit du polonais par Simone Deligne, Wenceslas Godlewski et Michel Marcq, Del Duca, 1962-1964.

parce que, fragile comme le cristal, il risque de se briser au moindre choc ?

Si les amants se quittent, c'est qu'au moins l'un des deux protagonistes a seulement *cru* aimer. Car il est très rare, voire exceptionnel, que les attentes sentimentales des deux amants coïncident, dans le temps et dans l'espace. Je t'aime d'un amour absolu, mais toi, tu ne m'aimes pas vraiment. Si tu me trompes, c'est que je me suis trompé ; si tu t'en vas, c'est que je ne suis pas pour toi ce que tu es pour moi : la seule terre habitable en ce monde. C'est ce que comprend un beau matin la touchante narratrice d'*Un temps fou,* de Laurence Tardieu, en réalisant qu'elle n'est pas l'unique : « J'avais brutalement compris un jour que l'homme qui m'obsédait tant n'était pas celui qui se tenait devant moi, comme si, en somme, il y avait eu deux hommes, celui à l'intérieur de moi, vision hallucinée que j'avais tant rêvée, que j'avais tant aimée, et dont j'avais voulu à chaque instant me persuader qu'elle existait vraiment, et l'autre, le réel, le vivant, celui pour lequel j'avais été une femme à conquérir mais qui ne m'avait pas aimée, et me l'avait signifié d'une manière simple, brutale. » Elle est seule à avoir inventé ce monde « pour toi et moi » ; il n'était pas le leur, elle l'a habité en solitaire. « J'avais, comme on dit, tout faux. » Il n'existe pas de déception aussi douloureuse que de passer « de l'amour fou au vaudeville », du paradis à la médiocrité.

Mais alors, de quoi s'agissait-il, pour l'autre, celui qui ne m'aimait pas vraiment ? Il a pourtant bel et bien vibré, tremblé, chaviré dans mes bras, je ne l'ai pas rêvé ! Qu'ai-je donc été pour lui ? Un engouement érotique ? Un coup de tête ? Un coup tout court ? Un réconfort momentané ? Dans ce cas, pourquoi me disait-il qu'il m'aimait ? N'était-il pas sincère ? Était-ce du jeu, de la manipulation ?

Pas nécessairement. Il est possible aussi qu'il ait cru m'aimer en toute bonne foi, mais qu'il ait confondu *amour* et *désir érotique,* un amalgame fréquent, car le désir érotique est le mode d'apparition privilégié de l'amour. De même qu'il existe de l'amour sans désir érotique, il existe du désir érotique sans amour. Je suis susceptible de désirer bien des personnes, et bien des choses, sans les aimer. Et inversement, lorsque je désire l'être que j'aime, je le désire aussi sous bien d'autres formes que le seul désir érotique. L'*éros* est une modalité de l'amour, mais ne le résume pas. L'amour est plus vaste que l'*éros* qu'il englobe. Désirer le corps d'une femme, ou d'un homme, peut être le *signe* qu'on l'aime, mais peut aussi ne rien signifier d'autre que ce seul désir physique, cette pulsion organique, mécanique, aléatoire et capricieuse.

Si le désir érotique et l'amour peuvent si facilement être confondus, c'est qu'ils se ressemblent, du moins au début. Quand deux êtres ne peuvent pas rester deux minutes dans la même pièce sans mourir d'envie de se jeter l'un sur l'autre, quand ils vivent dans l'obsession de se parler, de se voir, de se toucher, quand ils ne peuvent être séparés sans se morfondre, ils ne peuvent pas ne pas se sentir *amoureux.* Mais bientôt la vie, le reste de ce qui fait la vie, reprend ses droits. Vient un temps où les amoureux renouent avec la société, revoient leurs amis, retrouvent leur capacité à se concentrer sur autre chose que la bouche, les yeux, ou toute autre partie du corps de l'autre, parviennent à rester entre quatre murs sans se toucher, d'abord pendant de longues minutes, puis de longues heures, enfin de longues journées. Avec le temps, l'exaltation, l'enthousiasme miraculeux pour l'autre, la frénésie des sens, l'extase retombent nécessairement. Les amoureux comprennent alors avec effroi que l'étoile s'est définitivement éteinte, que les émotions extraordinaires des premiers rendez-vous ne seront plus jamais égalées, qu'elles sont indépassables. Et à mesure que s'estompe la part de mystère de l'autre, et que s'accroît la connaissance intime qu'il en a, chacun n'éprouve plus pour l'autre ce désir flamboyant et insatiable de l'état naissant.

C'est à ce moment précis, quand la magie érotique a cessé d'hypnotiser les amants que, pour certains, tout charme est rompu. Ils pensent : « Je ne désire plus l'autre *comme avant*, donc je ne l'aime plus. » En réalité, si leur désir de l'autre s'est évanoui avec la fin de la flambée sexuelle, c'est qu'il ne s'agissait pas vraiment d'amour. Au mieux ont-ils été amoureux l'un de l'autre ; ça ressemblait à l'amour, mais ça n'en était pas. Dans le meilleur des cas, ça n'en était *pas encore*, pour les bienheureux qui auront réussi à transformer l'état naissant en amour. Mais dans la plupart des cas, ça n'en sera *jamais*, et l'histoire s'arrêtera là.

Alors qu'était-ce, si ce n'était pas de l'amour ? Peut-être seulement de la *dépendance érotique,* cette forme particulière de toxicomanie. Le premier chapitre des *Éternelles*, d'Yves Simon, s'intitule « Héroïne » et commence ainsi : « Je me suis adonné à une drogue dure pendant vingt-huit mois. Vingt-huit mois et dix jours très exactement (...) Ma drogue ? Son corps. Le corps d'Irène, l'héroïne aux cheveux jais et aux lèvres de rubis. »

Le professeur Michel Reynaud, spécialiste des addictions, montre, dans *L'amour est une drogue douce... en général,* par quels subtils mécanismes neuronaux la passion érotique peut devenir aussi addictive que la morphine ou l'héroïne. Et explique pourquoi cette dépendance peut facilement être confondue avec l'amour. De même que « les produits les plus addictifs sont ceux dont l'effet est le plus fulgurant », le plus rapide, violent et envahissant, les expériences érotiques les plus éblouissantes sont celles qui installent la plus forte dépendance. On s'accroche à ceux qui nous « shootent », qui nous transportent dans l'extase, qui nous envoient « au septième ciel ». Ainsi, l'orgasme est le premier facteur d'addiction, car il provoque une libération massive d'endorphines dans le cerveau. « La répétition des actes sexuels entretient biologiquement un regain d'énergie physique, mais aussi psychique, d'où une sensation de toute-puissance, poursuit Michel Reynaud. Le sentiment d'allégresse et d'euphorie va de pair avec l'érection masculine, qui aide l'homme à se sentir triomphant, et avec l'orgasme féminin, qui aide la femme à s'éprouver comme irrésistible objet de désir. La violence du désir enclenche une forme sexuelle athlétique et, en conséquence, un plaisir exceptionnel, qui laisse la sensation d'un "jamais-vu-jamais-connu". »

Le plus troublant, c'est que cette suractivation du

circuit du plaisir ne provoque pas seulement une intoxication physique : elle s'accompagne d'une altération des circuits de perception et d'analyse, autrement dit d'une distorsion du jugement. Dans la dépendance érotique, je n'y vois plus clair : je suis tellement obnubilé par l'autre que je prends cette obsession pour de l'amour.

Sauf que ce n'est pas de l'amour, c'est du *désir*.

*

Quelle différence y a-t-il entre le désir et l'amour ? Autant qu'entre le passif et l'actif, le fini et l'infini, la présence et l'absence, le temps et l'éternité.

L'amour et le désir sont tous deux un état de *tension,* mais alors que le premier est une *tension active,* le second est une *tension passive*[1]. Désirer un objet, c'est souhaiter que cet objet *vienne à moi,* comme le jouet de Noël, arrivé miraculeusement au pied du sapin, vient à l'enfant, qui, lui, n'a rien donné de lui-même. Le désir attend sur place. L'amour, au contraire, devance, il est actif : c'est moi qui vais à cet être et qui me donne à lui. L'amour est « gravitation vers l'aimé », disait saint Augustin. Or la distance qui me sépare de l'autre est infinie. Migrer vers l'autre est donc un processus interminable. C'est pourquoi l'amour est sans fin par essence. Je ne rejoindrai jamais totalement l'être aimé, il m'échappera toujours, il est incommensurable.

---

1. J'emprunte cette dualité à Ortega y Gasset, *Études sur l'amour, op. cit.*

Si l'amour est *infini*, le désir, lui, est *fini*. Le désir s'éveille, s'amplifie jusqu'au débordement, et s'achève dans le plaisir. Sitôt satisfait, il se retire et disparaît, à la manière d'une étoile, comme nous le révèle son étymologie latine : alors que *considerare* signifie « contempler un astre (*sidus*) », *desiderare*, c'est regretter son absence, lorsqu'il s'est éteint et qu'on a cessé d'en admirer la luminosité. Ainsi, le désir, c'est la nostalgie de l'étoile perdue, la mélancolie de l'astre disparu et de son inaccessible scintillement dans le ciel. Ce qui signifie que le désir contient, dès sa manifestation, le moment de son éclipse. Le désir anticipe son propre évanouissement, il pressent le *désastre*.

C'est pour conjurer cette prescience de la fin que le désir, sitôt satisfait, rebondit sans cesse ailleurs, toujours plus pressant, plus impétueux, plus tyrannique : parce qu'il a peur de sa propre extinction, de sa propre exténuation. Ce caractère d'inassouvissement sépare radicalement le désir de l'amour. Car l'aspect *insatiable* du désir est à l'opposé de l'aspect *infini* de l'amour. Ce qui meut le désir, c'est la recherche d'objets quantitativement illimités pour se satisfaire, des objets arbitraires, éphémères et substituables les uns aux autres, en vertu de l'immense plasticité du désir.

Si le désir cherche à se satisfaire par le *nombre*, voire la multitude, c'est qu'aucun objet ne peut définitivement combler un tel gouffre. Dès lors, chaque être possédé n'est qu'un prétexte, indifférencié et nécessairement décevant, qui devra bientôt céder son caractère électif à un autre, comme toutes les Elvire séduites par Don Juan. À l'inverse, l'amour se polarise sur un être unique, irremplaçable, insubstituable, dans lequel il découvre l'infini.

La confusion de l'amour et du désir est une synecdoque : on prend la partie pour le tout. Or l'*éros* n'est pas le tout de l'amour, mais seulement son premier mode d'apparition. Aimer, c'est inscrire le désir érotique au cœur du désir amoureux, sans pour autant le saturer. C'est vouloir désirer la personne dans sa totalité. Dire : « Je t'aime », ce n'est pas seulement dire à l'autre : « Je te désire érotiquement », c'est aussi lui dire : « Je désire te désirer érotiquement, encore, toujours plus, je désire que demeure en moi ce désir et je désire qu'il demeure en toi, mais je nourris également une infinité d'autres désirs à ton égard : désir de t'aider, de t'écouter, de t'admirer, de réinventer le monde avec toi, de me réveiller à tes côtés, de te faire des cadeaux, d'en recevoir, de voyager, de te faire la lecture, de cultiver notre jardin, de cuisiner ensemble, de t'écrire, de t'entendre rire, d'aimer ce que tu n'aimes pas en toi, de te soigner s'il le faut, et, pourquoi pas, d'enfanter... » L'amour est le désir d'éprouver des désirs infinis pour la même personne, il est la demeure des désirs, une demeure dont il est seul à détenir la clé de tous les espaces.

Certes, c'est presque toujours le corps de l'autre que l'amour désire en premier. Mais dans l'amour, ce désir se dépassera de lui-même, sans pour autant s'abolir, du corps de l'autre à son esprit, et de son esprit à son âme. Alors que l'*éros* est aliéné à la *présence* du corps de l'autre, dont il vise la possession, l'amour, lui, peut aimer par-delà les océans, « par-delà les vagues », comme dans le beau film de Lars von Trier, dont j'emprunte ici le titre, et même par-delà la mort. En triomphant de l'*absence*, l'amour triomphe à la fois de l'espace et du temps. Alors que le désir, qui requiert la présence de l'autre, implique l'attente, la crainte, et l'impatience, l'amour, qui transcende la présence effective de l'être aimé, se moque du temps – qui ne lui apportera rien de plus que ce qu'il possède déjà – et s'inscrit dans l'*éternité*.

Une longue tradition philosophique, allant de Platon à Levinas, en passant par Descartes, Spinoza ou Kierkegaard, pour ne citer qu'eux, verra là le signe de la *divinité* de l'amour. En nous faisant aimer l'absence, l'infini et l'éternité dans un être présent, fini et mortel, l'amour nous ouvre les portes du ciel. L'amour humain tend nécessairement à l'amour pour Dieu, le plus grand des amours, le seul qui ne soit pas sujet au désamour, le seul amour pur. Le philosophe qui aura parcouru avec le plus de bonheur ce chemin, qui va de l'amour pour un être particulier à l'amour pour l'absolu divin, est sans doute Jacques Maritain, fidèle de corps et d'âme à sa femme Raïssa jusqu'à la mort.

Lorsqu'ils se rencontrent, ils sont jeunes et ne croient pas en Dieu. Ils s'aiment immédiatement, d'un amour confiant et inconditionnel. Mais bientôt, quelque chose leur manque, chaque jour un peu plus douloureusement, quelque chose leur échappe, quelque chose les appelle, tous les deux ensemble, quelque chose qui vient d'En Haut. Alors un jour, devant un arbre, solennellement, ils se promettent de chercher l'Absolu ensemble, et de se suicider s'ils ne le trouvent pas. La vérité qu'ils cherchent de toutes leurs forces, ils la trouveront, le jour de leur baptême commun, dans l'Église catholique. Jacques et Raïssa s'aimeront jusqu'au bout, d'un amour qu'ils voulurent tellement pur qu'ils s'interdirent la volupté sexuelle.

On n'est pas obligé de les suivre jusque-là... D'autant qu'un autre philosophe, André Gorz, a expérimenté l'amour absolu et indestructible avec sa femme Dorine, tout en demeurant parfaitement athée, ce qui tend à prouver que la transcendance sur laquelle ouvre l'amour n'est pas nécessairement de nature divine. L'*horizon indépassable* d'André, ce n'est pas Dieu, ni même le marxisme, mais Dorine. Quelque temps avant qu'ils décident de se suicider ensemble, pour abréger les souffrances de Dorine, André lui écrivit la poignante *Lettre à D.* J'aurais voulu pouvoir la faire lire à Rousseau, qui déclarait que « depuis que le monde existe, on n'a jamais vu deux amants en cheveux blancs soupirer l'un pour l'autre ». Peut-être aurait-il remplacé « jamais » par « rarement »... « Tu vas avoir 82 ans. Tu as rapetissé de 6 centimètres, tu ne pèses que 45 kilos et tu es toujours belle, gracieuse et désirable. Cela fait 58 ans que nous vivons ensemble et je t'aime plus que jamais. Je porte de nouveau au creux de ma poitrine un vide dévorant que seule comble la chaleur de ton corps contre le mien[1]. »

Si André n'a jamais décristallisé, c'est qu'il n'a jamais non plus cristallisé. À aucun moment, Dorine n'a été un triste rameau effeuillé par l'hiver et André

---

1. André Gorz, *Lettre à D. Histoire d'un amour*, Galilée, 2006.

ne s'est pas leurré sur ses sentiments à son égard. « Contrairement à ce qu'en avait décrit Stendhal, note Nicolas Grimaldi, l'amour ne nous fait pas apparaître une personne autrement qu'elle n'est. Nous ne nous représentons pas la grande comme si elle était petite, ni la grosse comme si elle était maigre (...) *Notre amour ne transfigure donc pas la personne aimée, mais nous fait imaginer notre existence transfigurée par elle* (...). Ce que la femme aimée nous fait imaginer, c'est donc le prodige à la fois d'une perpétuelle promesse et d'un perpétuel accomplissement, comme s'il était possible qu'auprès d'elle la vie n'en finisse pas de commencer[1]. »

Ces vieux amoureux que sont Gorz et Maritain sont la preuve que le désamour n'est pas inéluctable. L'amour vrai et réciproque est immortel, car il consiste à désirer ce que l'on a, à jouir de ce qui nous est offert, à donner plus qu'à prendre et à regarder l'autre comme un objet infini de désirs infinis.

---

1. Nicolas Grimaldi, *Métamorphoses de l'amour, op. cit.*

Peut-on promettre l'amour éternel ?

> « Lorsqu'on a aimé une femme de tous ses yeux,
> de tous ses matins, de toutes les forêts,
> champs, sources et oiseaux,
> on sait qu'on ne l'a pas encore aimée assez
> et que le monde n'est qu'un commencement
> de tout ce qui vous reste à faire. »
>
> Romain GARY, *Clair de femme*

Sur le parvis de l'église, sur le perron de la mairie, voici les amoureux acclamés par leurs proches pour ce qu'ils viennent de se promettre : l'amour dans la fidélité, *pour le meilleur et pour le pire*. Une promesse qui n'engage pas seulement toute leur vie, mais tout leur être. Pourront-ils tenir parole ? Et comment ? Ni le prêtre ni le maire ne révèlent aux époux le secret de la durée de l'amour. Ils devront inventer seuls les modalités de leur « encouplement ». Or rien n'est plus difficile. Promettre d'aimer toujours, n'est-ce pas promettre l'impossible ?

En définitive, ce qui est stupéfiant, ce n'est pas le divorce de masse, mais bien plutôt le fait qu'un très grand nombre de couples choisissent de ne pas divorcer, à l'heure où le mariage n'est plus conditionné qu'à notre seule volonté de le faire durer. Aujourd'hui, ne pas se séparer, c'est réaffirmer sans cesse le désir d'être ensemble. Par quel miracle certains couples parviennent-ils à traverser le temps en maintenant ce désir ? « Comment un pur hasard, au départ, va-t-il devenir le point d'appui d'une construction de vérité ? Comment cette chose qui, au fond, n'était pas prévisible et paraît liée aux imprévisibles péripéties de l'existence va-t-elle cependant devenir le sens complet de deux vies mêlées, appariées, qui vont faire l'expérience prolongée de la constante (re)naissance du monde par l'entremise de la différence des regards ? Comment passe-t-on de la pure rencontre au paradoxe d'un seul monde où se déchiffre que nous sommes deux ? C'est tout à fait mystérieux, à vrai dire », écrit le philosophe Alain Badiou, dans son bel *Éloge de l'amour*[1].

Si la rencontre amoureuse est énigmatique, la longévité amoureuse l'est encore davantage. Comment les amoureux parviennent-ils à institutionnaliser leur relation sans la dénaturer ? Comment traversent-ils les ans, côte à côte, main dans la main, soudés et solidaires ? « Le point le plus intéressant, au fond, ce n'est pas la question de l'extase des commencements, poursuit Alain Badiou. Il y a bien sûr une extase des commencements, mais un amour, c'est avant tout une construction durable. » À l'état naissant, l'amour est

---

1. Alain Badiou, avec Nicolas Truong, *Éloge de l'amour*, Flammarion, 2009 ; de même pour les citations suivantes.

toujours absolu, inconditionnel et infini, il aspire nécessairement à l'immortalité, il lui est impossible d'envisager sa propre désaffection. La *déclaration d'amour* est toujours en soi une *déclaration d'éternité*, écrit Badiou. « Le *je t'aime* est toujours, à beaucoup d'égards, l'annonce d'un *je t'aime pour toujours* », car il « fixe le hasard dans le registre de l'éternité ». Ainsi, « le bonheur amoureux est la preuve que le temps peut accueillir l'éternité ».

Mais comment ? Par quel prodige cette déclaration d'éternité peut-elle se déployer dans le temps ? Par l'*obstination* : « L'amour est une aventure obstinée. Le côté aventureux est nécessaire, mais ne l'est pas moins l'obstination. Laisser tomber au premier obstacle, à la première divergence sérieuse, aux premiers ennuis, n'est qu'une défiguration de l'amour. Un amour véritable est celui qui triomphe durablement, parfois durement, des obstacles que l'espace, le monde et le temps lui proposent. »

Les obstacles à la durée de l'amour sont en effet considérables. Car ce qui fait obstacle, c'est le *réel* lui-même, l'inscription des amoureux dans le *temps* et l'*espace*, dans une situation singulière et vouée par nature au changement. Comment peut-on promettre l'amour éternel, alors que l'« on ne se baigne jamais deux fois dans le même fleuve », comme le remarquait l'un des tout premiers penseurs de l'Occident, le philosophe présocratique Héraclite d'Éphèse ? Si la vie est un mouvement perpétuel, si le changement est la substance même du monde, si la contradiction est le moteur du réel, alors on ne peut en aucune manière s'engager sur l'avenir, puisqu'il est une configuration de possibles parfaitement imprévisible.

Cela a-t-il alors un sens de chercher à préserver un îlot de stabilité et de fidélité dans un monde où tout bouge sans cesse ? Et n'est-ce pas l'entreprise la plus difficile qui soit que de se battre pour la permanence, là où tout n'est que mobilité ? Comment vouloir faire du temps un allié, alors qu'il est notre plus redoutable adversaire ? Y a-t-il un *pouvoir créateur du temps* ?

*

La première difficulté que rencontre la promesse de fidélité des époux est l'héritage culturel dans lequel elle s'enracine. Car la culture occidentale est porteuse d'une ambiguïté fondamentale : nous avons beau croire à la fidélité conjugale, nous croyons aussi au droit absolu de la passion adultère.

Depuis le Moyen Âge, notre conception de l'amour n'a pas été façonnée par la seule morale conjugale judéo-chrétienne. Elle l'a été tout autant, sinon davantage, par la littérature qui, se souciant moins du devoir que de la vérité des sentiments, a presque constamment opposé le mariage à l'amour. D'un côté la dure loi du mariage de raison, de l'autre la beauté fatale de l'amour adultère. À l'*éthique de la fidélité*, la littérature a répondu par une *esthétique de l'infidélité*, qui s'est propagée à travers contes, légendes et récits, en emplissant l'imagination des lecteurs du beau rêve de la passion sublime et éternelle.

Dans l'Europe du XIIᵉ siècle, apparaît le grand mythe littéraire de l'amour courtois, en réaction à la brutalité de la conjugalité féodale, avilissante pour la femme. Alors que le mari n'hésite pas à battre, répudier, voire tuer sa femme, l'amant, au contraire, voue un culte idolâtre à la dame, mariée ou promise. Pour Tristan, le chevalier héroïque, rien n'est plus digne que l'amour : ni le sang, ni l'ordre social, ni la tradition, ni la paix. La seule loi qui vaille, c'est celle du *cœur*. Aussi l'amour qu'il voue à Iseult est-il le seul à mériter le qualificatif de « parfait ».

Le philosophe Denis de Rougemont rappelle, dans *L'Amour et l'Occident*, que la poésie courtoise est née dans le midi de la France, en terre cathare. Selon lui, le puissant mythe littéraire de l'amour impossible, qui a nourri toute l'histoire de la littérature, est d'abord une religion littéraire hérétique. Les cathares refusaient le mariage et la sexualité et fondèrent une « Église d'amour », dissidente de l'Église de Rome. Pour eux, le mariage s'opposait à l'amour, comme *Roma* s'oppose à *Amor*.

Dans le lyrisme nouveau de l'amour courtois, à genoux aux pieds de sa dame, c'est l'amant, et non le mari, qui promet une fidélité et une vassalité éternelles, au cours du rituel initiatique du *donnoi*. Subjuguée par le chant d'amour du troubadour, la suzeraine lui offre un anneau d'or et dépose un chaste baiser sur son front. Ils sont désormais liés par les lois de la *cortezia,* plus vraies, plus hautes, plus spirituelles que les lois socioéconomiques qui régissent le mariage. À partir de l'adultère mythique de Tristan et Iseult, magnifié et idéalisé, un nombre considérable d'œuvres littéraires présenteront l'amour et le mariage comme antinomiques. À la légalité du mariage s'oppose désormais la légitimité de la passion, dont *Le Roman de la Rose* ou encore les aventures de Lancelot donnent d'emblée le ton, humiliant pour un mari dupé et ridiculisé, et valorisant pour un amant beau, courageux, et ardent.

L'Église aura beau censurer les œuvres jugées immorales et perverses, rien n'y fera. Ainsi, lorsque l'évêque de Paris condamne le traité d'amour courtois d'André le Chapelain, *De Amore,* il est déjà trop tard. La conscience occidentale est définitivement « intoxiquée », selon l'expression de Rougemont. De la cour d'Aliénor d'Aquitaine où elle est mise à l'honneur, l'érotique courtoise gagne bientôt nombre d'autres cours européennes et répand, dans les âmes corsetées par le mariage, l'idéal de l'amour pur, parfait et éternel, lequel n'existe qu'*hors mariage.* La vertu a changé de camp : elle n'est plus du côté de l'institution sociale, mais de celui du *fin'amor* adultère, qui seul paraît noble. Les troubadours se voient à la fois anoblis et ennoblis par la posture héroïque de chevalier servant. Quant à la dame, épouse du suzerain, elle cesse d'être considérée comme un objet sexuel à disposition, pour devenir une promesse inaccessible et un objet d'adoration poétique. La femme est enfin aimée, respectée et glorifiée, par un amant qui lui voue un amour total.

Pour preuve de la pureté de son amour, l'amant devra réussir l'épreuve initiatique de l'*asag* : passer la nuit auprès de sa bien-aimée, sans se livrer au coït. Comme l'a montré le poète, historien et philosophe René Nelli, cette coutume est l'occasion de s'autoriser baisers et caresses, tout en s'interdisant la pénétration. Avec l'amant, la femme explore ainsi sa « sensibilité convexe », polymorphe et clitoridienne, ignorée par un mari cantonné à sa « sensibilité concave », reproductionnelle et génitale[1]. « La femme est à la fois convexe et concave. Mais encore faut-il qu'on ne l'ait point privée mentalement ou physiquement, du centre principal de sa convexité : le clitoris (...). Cette haine du clitoris correspond en vérité à l'horreur ancestrale que l'homme a toujours éprouvée pour la composante virile et naturelle de la femme, celle qui, chez elle, conditionne l'orgasme absolu. » Ainsi, à la barbarie du mari, qui prend sa femme sans préliminaires et sans tendresse, s'oppose la délicatesse de l'amant, qui lui *fait l'amour* sans la posséder. Dans l'imaginaire occidental, le mariage devient le tombeau de l'amour et de l'érotisme, tandis que l'adultère signifie la résurrection infinie du désir.

La littérature ne nous a pas laissé le choix. Bien que le commandement « Tu ne commettras pas d'adultère » constitue le pilier de notre surmoi amoureux, nous avons toujours été pour Tristan et Iseult et contre le roi Marc, pour Roméo et Juliette et contre leurs parents, pour Charlotte et Werther et contre Albert, pour Lady Chatterley et son garde-chasse et contre le pauvre mari, pour Ariane et Solal et contre le petit Deume. L'amour est une aventure

---

1. René Nelli, *Érotique et civilisation*, Weber, 1972 ; de même pour la citation suivante.

plus belle que la morale : c'est la grande leçon de la littérature, du Moyen Âge à nos jours.

Sauf qu'à notre époque, comme le souligne Rougemont, le contenu du mythe s'est « dégradé », en se « profanant » dans le roman de gare, le théâtre à succès et le cinéma hollywoodien[1]. La passion a cédé la place au *sentimentalisme* bon marché de la *romance,* qui n'a plus qu'un très lointain rapport avec l'amour « parfait » de la poésie courtoise. La *cachotterie* a remplacé le *secret* mystique des origines et l'amour adultère n'est plus qu'une *aventure,* au sens faible du terme. Mais comment le mythe de la passion adultère ne se serait-il pas dégradé, au fur et à mesure que grandissait l'idéal de l'amour conjugal ? En instaurant le *mariage d'amour*, n'avons-nous pas du même coup discrédité l'infidélité ?

Le mirage des amants modernes, c'est la rencontre d'une vie. Tomber follement amoureux d'une femme, l'épouser parce qu'on l'aime, lui rester fidèle parce qu'on le lui a promis, alors que rien ne nous y obligeait. Que l'on soit croyant ou non, il n'y a pas de place pour l'adultère dans ce projet existentiel. Dans l'univers du mariage d'amour, l'infidélité est impardonnable et signe, bien souvent, l'arrêt de mort du couple.

*

Tandis que le mythe romantique de l'amour passionnel s'est vulgarisé, en s'abâtardissant aujourd'hui

---

1. Denis de Rougemont, *L'Amour et l'Occident, op. cit.*

dans des sitcoms aux titres évocateurs, comme « Les feux de l'amour », le regard que nous portons sur l'infidélité réelle s'est infléchi dans un sens nettement moins indulgent qu'autrefois.

Tant qu'on faisait reposer le mariage sur de tout autres bases que le désir et l'amour, l'infidélité était l'unique façon d'*exister*, de ne pas mourir asphyxié. Même si, parfois, par bonheur, une sentimentalité artificielle et convenable parvenait à germer au sein du ménage, celui-ci ne résistait qu'exceptionnellement à la tentation de l'adultère. Prendre un amant, prendre une maîtresse, pouvoir s'abandonner lascivement à regarder un corps vibrer sous les caresses, pouvoir l'embrasser, l'enlacer, le respirer, l'aimer, quand tout cela avait toujours été interdit, c'était, tout simplement, ressusciter, naître à son corps et à son âme. Mais aujourd'hui, tout cela nous est permis et promis dans le mariage. Du coup, l'infidélité est devenue *injustifiable*. Si je suis tout pour toi et que tu es tout pour moi, quel besoin avons-nous d'un tiers ? Tromper, c'est trahir l'exclusivité, mentir, fauter, avoir ses sales petits secrets, avilir la promesse et, par là, se renier soi-même.

Ainsi, le mariage d'amour, qui fut d'abord une conquête de la liberté individuelle, est devenu un espace en définitive plus opprimant pour la liberté que le mariage de raison, surtout pour l'homme. Car l'on y doit, plus que jamais, renoncer à toute velléité de séduire et conquérir ailleurs. Jamais dans l'histoire de l'humanité on n'avait exigé une telle fidélité de la part du sexe masculin. Certains en sont tellement frustrés qu'ils ne peuvent faire l'amour à leur femme qu'en imaginant qu'elle est leur maîtresse...

C'est désormais dans la finitude du couple que nous devons accéder à l'infini de l'amour. C'est au cœur du mariage que doit loger la passion, sommée de rester un feu ardent, dans une habitation commune, des meubles communs, des horaires communs. Le couple doit maintenir la verticalité de l'enthousiasme dans l'horizontalité des jours qui passent, en s'interdisant formellement la ligne oblique. J'appartiens à l'autre et il m'appartient : tel est le credo de cet *amour de propriétaire*, que dénonce ici la militante féministe Alexandra Kollontaï : « Les amants actuels des deux sexes, malgré tout leur respect "théorique" de la liberté, ne se satisferaient absolument pas de la conscience de la fidélité physiologique de la personne aimée. Afin de chasser de nous le fantôme menaçant de la solitude, nous pénétrons violemment, avec une cruauté et une indélicatesse qui seront incompréhensibles à l'humanité future, dans l'âme de l'être aimé et nous revendiquons nos droits sur son "moi" spirituel le plus secret. L'amant contemporain pardonnera bien plus aisément une infidélité physique que morale, et chaque parcelle d'âme, prodiguée au-delà des limites de son union libre, lui apparaît comme un vol impardonnable, commis à ses dépens, de trésors lui appartenant en propre[1]. »

N'a-t-on en effet jamais vu de ces amants se

---

1. Alexandra Kollontaï, *Marxisme et révolution sexuelle*, Maspero, 1977 ; de même pour la citation suivante.

connaissant à peine, mais qui, une fois appariés, se comportent comme en terrain conquis ? Ils « se hâtent d'établir chacun des droits sur les relations personnelles antérieures de l'autre, d'intervenir dans sa vie la plus intime, la plus sacrée. Deux êtres, hier encore étrangers, liés uniquement par des sensations érotiques communes, s'empressent de porter la main sur l'âme de l'autre, de disposer de cette âme inconnue, mystérieuse, où le passé a gravé des images ineffaçables, de s'y établir comme chez soi. Cette idée de possession réciproque du couple uni s'étend si loin que nous n'en sommes presque plus choqués ».

Le couple moderne, c'est une sphère hermétiquement repliée sur l'univers calfeutré du « nous deux ». Mais n'est-ce pas là justement ce qui rend la fidélité si difficile ? N'est-on pas d'autant plus tenté d'aller respirer au-dehors que l'univers conjugal est clos et confiné ? Et n'est-on pas d'autant plus exclusif et jaloux que la société nous a appris à l'être ? Doit-on condamner sans appel celui ou celle qui se sent à l'étroit dans le huis clos marital ? Au nom de quoi faudrait-il renoncer à l'amour, s'il nous fait la grâce de s'inviter dans notre existence, bien que nous soyons mariés ? Que vaut une fidélité purement formelle, guidée par le seul devoir et privée de sincérité ? En demeurant fidèle à mon conjoint, contre mon désir, en simulant l'amour avec lui, ne suis-je pas infidèle envers moi-même ? Qu'y a-t-il de pire : trahir l'autre ou se trahir soi-même ? N'ai-je pas droit au mensonge pour préserver ma vérité ? Que vaut-il mieux d'ailleurs, du point de vue moral : mentir ou faire souffrir ? En amour, où sont le bien et le mal ?

Telles sont les questions angoissantes que nous lègue l'héritage culturel ambigu à partir duquel chacun d'entre nous va écrire sa propre histoire. Dans notre univers symbolique, la foi en l'amour conjugal exclusif et fidèle coexiste avec la croyance dans le mythe de la passion en rupture de loi, constamment réactualisé par la littérature et le cinéma. Et leur articulation est loin d'être évidente.

*

Est-ce en raison de cette conception duelle de l'amour que nous avons tendance à être beaucoup plus intransigeants envers la fidélité de notre conjoint qu'envers la nôtre ? « Celui qui ne tient pas sa promesse espère toujours qu'il sera le seul à se montrer parjure, et que tous les autres, dans le même temps, continueront de respecter les leurs. Sans cela, la fiabilité même du langage serait atteinte », écrit le philosophe Paul Ricœur[1]. Le domaine amoureux n'échappe pas à cette règle, comme Proust l'a si bien montré : « On trouve innocent de désirer, et atroce que l'autre désire[2]. »

De même, alors que l'on voudrait être éternellement aimé, on se pardonne facilement à soi-même la mort de ses propres sentiments. N'est-il pas *normal*, demande Rousseau dans *La Nouvelle Héloïse*, de cesser d'aimer une personne, lorsqu'elle change ou vieillit ? « Et de quel droit prétendez-vous être aimée

---

1. Paul Ricœur, *Éthique et responsabilité*, La Baconnière, 1994.
2. Marcel Proust, *La Prisonnière*, op. cit.

aujourd'hui parce que vous l'étiez hier ? Gardez donc le même visage, le même âge, la même humeur, soyez toujours la même, et l'on vous aimera toujours, si l'on peut. Mais changer sans cesse, et vouloir toujours qu'on vous aime, c'est vouloir qu'à chaque instant on cesse de vous aimer ; ce n'est pas chercher des cœurs constants, c'est en chercher d'aussi changeants que vous. » Les personnes changent continuellement, c'est la loi de la nature ; les sentiments et les émotions s'altèrent aussi, c'est la loi de l'amour. Elle était fine, fraîche et fantasque, elle est à présent lourde, fanée et aigrie, comment l'aimerais-je encore ? se demande le mari. Il était fort et intrépide, le voici maigre et désabusé, ce n'est plus le même, pense la femme. Dois-je me forcer à l'aimer malgré tout ? Mais comment ? Peut-on commander un sentiment, c'est-à-dire un *état* de l'être ?

« L'amour est comme la fièvre, il naît et s'éteint sans que la volonté y ait la moindre part », écrit Stendhal[1]. On aime, on se marie et puis on tombe amoureux de quelqu'un d'autre, *malgré nous.* Qu'y pouvons-nous ? Ce n'est pas notre faute, c'est celle de l'amour, intermittent, capricieux et tyrannique. « L'amour sincère, tant qu'il est là, est éternel par définition, mais en fait il cessera un jour, affirme Jankélévitch. L'amour, au moment où il s'engage, s'engage naturellement "pour toujours" à n'aimer qu'une seule femme, renonce "à jamais" à aimer les autres femmes. Serment d'ivrogne ! Le tiers, le philosophe ironique qui le regarde, le sait provisoire (...).

---

1. Stendhal, *De l'amour, op. cit.*

L'amour fulgurant, bien différent en cela de la sereine amitié, cédera quelque jour à un nouveau choix, à une nouvelle décision[1]. »

L'amour émerge toujours par surprise, il est imprévisible. La promesse des époux ne peut rien contre l'entrée par effraction d'un autre amour. L'amour nous *prend*, avant même que nous en ayons conscience, sa fulgurance nous *saisit*. Ainsi de la passion instantanément réciproque de la princesse de Clèves et du duc de Nemours, comme le rappelle le philosophe Alain Finkielkraut dans son dernier essai *Et si l'amour durait ?*. « Immédiateté de l'amour : rien ne l'annonce ni ne le prépare. L'amour n'est pas le terme d'un processus de cristallisation, c'est un choc, c'est une déflagration, c'est un événement pur. (…) Le sujet amoureux ne choisit pas d'aimer. Il est saisi par l'amour. Il ne s'appartient plus. Il n'est plus son propre maître » ; l'amour est une « aliénation involontaire »[2].

Toute promesse d'amour éternel est donc infantile et vaine. La déclaration d'amour *ne doit pas* être tenue pour une déclaration d'éternité : elle n'engage que le présent. « Je t'aime » ne signifie pas « Je t'aime pour toujours », mais seulement « Je t'aime dans l'instant où je te dis *je t'aime* ». Il est possible qu'un jour je ne t'aime plus, que j'aime quelqu'un d'autre ; ce sera malgré moi, il ne faudra pas m'en vouloir.

---

1. Vladimir Jankélévitch, *Les Vertus et l'Amour*, *op. cit.*
2. Alain Finkielkraut, *Et si l'amour durait ? L'énigme du renoncement*, Grasset, 2011.

*

Cependant, il se peut aussi que ce nouvel amour ne détruise pas le nôtre, que je continue à t'aimer, profondément, d'un amour indestructible, tout en aimant cet autre, qu'il te faudra accepter. La bigamie n'est-elle pas, parfois, préférable à la rupture ? Mais jusqu'où peut-on consentir à l'immixtion d'un tiers dans le couple ? François Mitterrand était un personnage tellement ample qu'il pouvait mener deux vies à la fois. D'ailleurs, il en vécut mille, comme cet autre « polyamoureux » qu'était Sartre. Sommes-nous pourtant tous capables d'aimer en plusieurs lieux sans devenir fous ? Et sommes-nous tous prêts à renoncer à l'amour exclusif de l'autre ?

Lorsque Sartre et Beauvoir scellèrent leur pacte de non-exclusivité, un soir de l'année 1929, dans les jardins du Louvre, ils venaient tous deux d'obtenir l'agrégation de philosophie, en décrochant les deux premières places, sur le thème « Liberté et contingence ». Ils étaient jeunes, brillantissimes et révolutionnaires. Leur amour était tellement absolu qu'ils comprirent très vite qu'il leur fallait à tout prix le préserver comme une chose précieuse entre toutes. Mais ils étaient bien trop lucides pour imaginer un instant que chacun pourrait demeurer, pour l'autre, l'unique objet de désir et d'amour de toute une vie. Alors Sartre eut l'idée du « pacte » et la soumit à Beauvoir. Notre amour est « nécessaire », premier, lui dit-il, mais cela ne doit pas nous empêcher de vivre aussi des amours « contingentes », secondaires. Nous pourrons ainsi concilier confiance et liberté, préserver une fidélité essentielle par-delà les infidélités accidentelles, nous livrer pleinement à notre œuvre et éviter les affres de la jalousie. Vous serez éternellement « le charme de mon cœur et de mes yeux, l'armature de ma vie, ma conscience et ma raison », car vous êtes « comme la consistance de ma personne » et que votre esprit est « si étroitement mêlé à moi qu'on ne reconnaît plus le sien du sien, je vous aime[1] ». Beauvoir signa.

Les « amants du Flore » abordèrent la question de l'amour en intellectuels engagés. Ils voulaient servir de modèle à une *réinvention de l'amour*. Au mariage bourgeois, exclusif, étriqué et hypocrite, ils opposaient l'union ouverte, inclusive et transparente. Mais ont-ils vraiment révolutionné les codes amoureux ?

Que leur mode de vie fût résolument antibourgeois, personne ne le contestera, mais il n'avait rien non plus de « peuple ». La première règle qu'ils se fixèrent – ne pas cohabiter – n'est autre qu'un vieux privilège aristocratique. Alors que les paysans et les prolétaires logent entassés dans l'exiguïté et que les bourgeois demeurent au domicile conjugal dont ils sacralisent la chambre nuptiale, les aristocrates, eux, font souvent lit à part, ou chambre à part, voire résidence à part et détestent la sédentarité. En ce sens, Sartre et Beauvoir, qui vivaient séparément, à l'hôtel, dînaient dehors et voyageaient beaucoup, étaient plus proches de l'itinérance légère de l'homme de cour

---

1. Hazel Rowley, *Tête-à-tête. Beauvoir et Sartre, un pacte d'amour*, op. cit.

que de la promiscuité pesante qui caractérise l'habitat de l'homme du peuple.

Le couple Sartre-Beauvoir voulait aussi éviter le piège, bourgeois entre tous, du mensonge. Apôtres de la transparence totale, ils se disaient et s'écrivaient tout. Ne pas avoir de secrets l'un pour l'autre, voilà qui devait préserver leur amour de la trahison : coucher et avouer, ce n'est pas tromper. En réalité, Sartre fut toute sa vie d'une fourberie absolue envers Beauvoir et toutes ses maîtresses, qu'il bernait et mystifiait autant qu'il les adorait. Un jour, l'écrivain et journaliste Olivier Todd lui demanda comment il s'y prenait pour être l'amant de tant de femmes à la fois. Sartre répondit : « Je leur mens, c'est plus simple et plus honnête. » Vous mentez à toutes, demanda Todd, même au Castor ? « Surtout au Castor », dit-il[1], alors même qu'un jour il lui écrivit : « J'ai peur que je ne vous fasse un peu louche avec tous ces mensonges où je m'englue (...) J'ai peur que vous vous demandiez tout d'un coup (...) : est-ce qu'il ne me ment pas à moi, est-ce qu'il ne dit pas la demi-vérité ? Vous vous demandez ça, de temps en temps. Mon petit, mon charmant Castor, je vous jure que je suis tout pur avec vous. Si je ne l'étais pas, il n'y aurait plus rien au monde vis-à-vis de quoi je ne sois pas menteur, je m'y perdrais moi-même. Mon amour, vous êtes non seulement ma vie mais aussi la seule honnêteté de ma vie[2]. »

Mentir à toutes était nécessaire. Quelle femme

---
1. *Ibid.*
2. Jean-Paul Sartre, lettre du 29 février 1940, in *Lettres au Castor, op. cit.*

aurait en effet accepté de s'entendre dire qu'il fallait reporter un dîner ou écourter des vacances à cause d'une autre ? Beauvoir avait beau être inclusive, elle n'en demeurait pas moins possessive. Et malgré les déclarations de principe, elle ne parvenait pas toujours à contenir les vagues de jalousie qui la submergeaient souvent. Comment n'aurait-elle pas été dévastée par le chagrin et la colère, lorsque Sartre lui racontait par le menu son obsession d'une autre ? Les fréquentes crises de larmes de Beauvoir, ses insomnies, ses migraines – elle qui se disait pourtant « faite pour le bonheur » – témoignent de cette évidence : une chose est de décréter la mort théorique de la jalousie, une autre de la voir magiquement s'éclipser du rapport amoureux.

Certes, Sartre, lui, a sans doute peu, ou pas, souffert des amours contingentes du Castor, mais il ne suffit pas de vouloir « tordre le cou au passionnel » pour que l'amour se laisse gentiment domestiquer. Laquelle – Olga, Wanda, Dolorès, Lena, Michelle – l'a-t-elle le plus ébranlé ? À laquelle a-t-il écrit le plus de lettres enflammées ? Des centaines et des centaines de pages tourmentées, noircies de mots d'amour : la correspondance amoureuse de Sartre, en partie inédite, est phénoménale. C'est à se demander comment il a pu bâtir une œuvre philosophique d'une telle puissance, tout en dilapidant ainsi son énergie créatrice. Sans doute la manifestation la plus stupéfiante de son génie.

Sartre s'en sortait donc en mentant, comme un bourgeois. Beauvoir, elle, en disant toute la vérité, non seulement à Sartre, mais au monde entier, à travers ses romans, les trois volumes de ses mémoires et l'abondante correspondance qu'elle souhaitait voir publiée. Beauvoir dévoilait tout, comme si elle cherchait dans la confession une forme d'absolution. Libérée, mais intègre, vertueuse et sincère : on ne se défait pas si facilement d'une éducation de « jeune fille rangée ».

Mais si l'un et l'autre parvinrent, tant bien que mal, à tirer leur épingle de ce jeu risqué, ce ne fut hélas pas toujours le cas de celles ou ceux qui s'y retrouvèrent piégés. Dans *La Force des choses*, Beauvoir reconnaît elle-même la légèreté avec laquelle le couple mythique avait traité une question pourtant essentielle : celle du *tiers*. « Nous avions voulu connaître des *amours contingentes* ; mais il y a une question que nous avions étourdiment esquivée : comment le tiers s'accommoderait-il de notre arrangement ? » Hélas parfois très mal. L'une des plus blessées fut Bianca Bienenfeld, brillante élève de Beauvoir, qui fit une très grave dépression à la mort du « trouple », ce trio malsain et quasi incestueux qu'elle forma, beaucoup trop jeune, avec le couple. Que deux adultes s'amusent à de « petits jeux sans conséquences », soit. Mais qu'ils veillent au moins à préserver les êtres fragiles qui les idolâtrent. Dans ses *Mémoires d'une jeune fille dérangée*, Bianca Bienenfeld, devenue Lamblin, revient avec amertume sur sa jeunesse, alors que, Juive polonaise exilée à Paris, elle traversa les années de guerre détruite par cette aventure : « Je me rends compte à présent que j'ai été victime des impulsions donjuanesques de Sartre et de la protection ambivalente et louche que leur accordait le Castor. J'étais entrée dans un monde de relations complexes qui entraînaient des imbroglios lamentables, des calculs minables, de constants mensonges entre lesquels ils veillaient attentivement à ne pas s'embrouiller. J'ai découvert que Simone de Beauvoir puisait dans ses classes de jeunes filles une chair fraîche à laquelle elle goûtait avant de la refiler, ou faut-il dire plus grossièrement encore, de la rabattre sur Sartre. Tel est, en tout cas, le schéma selon lequel on peut comprendre aussi bien l'histoire d'Olga Kosakiewicz que la mienne. Leur perversité était soigneusement cachée sous les dehors bonasses de Sartre et les apparences de sérieux et d'austérité du Castor. En fait, ils rejouaient avec vulgarité le modèle littéraire des *Liaisons dangereuses*[1]. »

« Dangereuses », les liaisons de Sartre et Beauvoir le furent aussi pour Nelson Algren, l'« amant transatlantique » qui ne put jamais épouser la femme de sa vie, *Simon the Beaver*. Elle l'aimait aussi, passionnément, mais elle était avec Sartre, pour toujours. « Sartre a besoin de moi. Extérieurement il est très isolé, intérieurement très tourmenté, très troublé, et je suis sa seule véritable amie, la seule qui le comprenne vraiment, l'aide vraiment, travaille avec lui, lui apporte paix et équilibre. (...) Jamais je ne pourrais l'abandonner. Le quitter pendant des périodes plus ou moins longues, oui, mais pas engager ma vie entière avec quelqu'un d'autre. (...) Je sais que je suis

---

1. Bianca Lamblin, *Mémoires d'une jeune fille dérangée*, Balland, 1993.

en danger – en danger de vous perdre – et je sais ce que vous perdre représenterait pour moi[1]. » Beauvoir aussi se mit donc en danger et pleura beaucoup à cause d'Algren, mais elle ne souffrit sûrement pas autant que lui, qui eut à subir, en plus de son chagrin, le succès des *Mandarins.* Couronnée par le prix Goncourt en 1954, cette œuvre romanesque semi-autobiographique de Beauvoir allait révéler au grand jour l'intimité de leur relation. « Tout le monde fait l'éloge de l'histoire d'amour américaine » écrivit Beauvoir à Algren, mais tout le monde aussi les y avait reconnus derrière leurs pseudonymes. L'amant américain se sentit instrumentalisé et trahi. Bien des années plus tard, il dirait dans un entretien, en 1981 : « J'ai connu les bordels du monde entier : les femmes ferment toujours la porte, que ce soit en Corée ou en Inde. Mais cette femme-là a ouvert grand la sienne et convoqué le public et la presse (…) Je trouve abominable qu'elle ait agi ainsi[2]. »

En mai 1965, déjà, il avait rédigé un texte pour *Harper's Magazine*, intitulé « La question Simone de Beauvoir », dans lequel il revenait sur la question du tiers, « étourdiment esquivée » par le couple parisien. « Quiconque prétend faire l'expérience de l'amour de manière contingente a le cerveau gravement endommagé. Comment l'amour pourrait-il être contingent ? » Avec l'expérience, Sartre et Beauvoir eux-

---

1. Simone de Beauvoir, lettre du 19 juillet 1948, in *Lettres à Nelson Algren, op. cit.*
2. Hazel Rowley, *Tête-à-tête. Beauvoir et Sartre, un pacte d'amour, op. cit.*

mêmes comprirent que l'amour est toujours *nécessaire*. La belle catégorie abstraite de « liberté » qui les avait tous deux fascinés à vingt ans ne résista pas au choc du réel. Leurs multiples expériences amoureuses leur ouvrirent les yeux sur le caractère *nécessairement absolu* et premier de l'amour. L'amour est, par essence, exclusif et total. D'où ils tirèrent la conclusion suivante : l'amour est condamné à l'échec.

Aimer, répétons-le, c'est désirer la liberté de l'autre *et* son aliénation, c'est vouloir assimiler l'autre sans détruire son altérité, c'est vouloir se perdre en l'autre sans se perdre soi-même, bref, c'est s'abîmer dans la contradiction. Les analyses pessimistes de Beauvoir, dans le chapitre « L'amoureuse » du *Deuxième Sexe*, rejoignent celles de *L'Être et le Néant*. L'amour est impossible, irréalisable et insoluble. Par conséquent, il est toujours douloureux. On ne s'affranchit pas aussi facilement du lourd héritage de la passion nécessairement fatale. En amour, Sartre et Beauvoir furent, en définitive, plus romantiques qu'avant-gardistes. La condition amoureuse est une condition essentiellement malheureuse, et le polyamour n'y change rien : tel est le message que nous lèguent les amants du Flore.

Il n'y aurait donc aucune issue. Soit la monogamie, c'est-à-dire l'ennui et l'adultère, soit la polygamie (ou le polyamour), c'est-à-dire le mensonge, la jalousie et la culpabilité face aux dommages collatéraux. Il ne faudrait par conséquent jamais *promettre* quoi que ce soit, ni mariage, ni pacte, ni même pacs, car « il n'y a pas d'amour heureux ».

*

Et pourtant... quelque chose d'irrécusable vient démentir ce pessimisme : certains couples ont le privilège de vivre un grand amour partagé, harmonieux et durable. Certes, ils sont sans doute peu nombreux, mais ils existent et sont ainsi la preuve vivante du caractère non nécessaire de l'échec amoureux.

Parvenue à la fin de ce livre, si c'est vers eux que je me tourne, ce n'est pas pour les ériger en modèles, mais pour entendre leur *témoignage*. Ce ne sont ni des héros de roman, ni des « sujets amoureux », ni des « objets d'amour » abstraits, mais des hommes et des femmes qui ont *connu* l'immense bonheur d'un amour apportant plus de joie que de souffrance, plus d'émerveillement que de déception, plus d'enthousiasme que d'ennui. Des couples bénis et non blessés par l'amour.

D'un point de vue moral, on pourra débattre à l'infini pour déterminer si l'amour exclusif et durable a davantage de *valeur* que les amours inclusives et éphémères. On ne saura jamais si La Rochefoucauld a tort ou raison d'affirmer que « la violence qu'on se fait à soi-même pour demeurer fidèle à ceux qu'on aime ne vaut guère mieux qu'une infidélité[1] ». Mais personne, je pense, ne contestera l'extraordinaire beauté d'un amour qui parvient à *réinventer le temps* et à renaître sans cesse, dans la fidélité à la parole donnée. « Vous avez vu dans la rue de très vieux

---

1. La Rochefoucault, *Maximes et réflexions diverses, op. cit.*

couples inséparables qui se soutiennent en marchant ? demande Romain Gary. Moins il reste de chacun, et plus il reste des deux[1]. »

Premiers témoins, Dorine et André Gorz, dont j'ai évoqué au chapitre précédent le suicide conjoint. Quoi de plus beau que ces vieillards qui s'aiment tant qu'ils ne peuvent imaginer pouvoir se survivre l'un à l'autre ? « Je ne veux pas assister à ta crémation ; je ne veux pas recevoir un bocal avec tes cendres[2]. » Jeune, le philosophe marxiste qu'était André Gorz avait des « objections de principe, idéologiques » envers l'« institution bourgeoise » du mariage. Mais lorsqu'il demanda à Dorine : « Qu'est-ce qui nous prouve que dans dix ou vingt ans notre pacte pour la vie correspondra au désir de ce que nous serons devenus ? », sa réponse fut « imparable » : « Si tu t'unis avec quelqu'un pour la vie, vous mettez vos vies en commun et omettez de faire ce qui divise ou contrarie votre union. La construction de votre couple est votre projet commun, vous n'aurez jamais fini de le confirmer, de l'adapter, de le réorienter en fonction de situations changeantes. Nous serons ce que nous ferons ensemble. »

L'amour n'est pas un *état*, mais un *agir* et un *devenir*. Puisque le réel est en constante mutation, puisque « l'on ne se baigne jamais deux fois dans le même fleuve », il faut que l'amour soit, lui aussi, capable d'évoluer, d'épouser le mouvement général

---

1. Romain Gary, *Clair de femme*, Gallimard, 1977.
2. André Gorz, *Lettre à D.*, *op. cit.* ; de même pour les citations suivantes.

de la vie, de se réinventer. Parfois, l'amour n'a pas besoin du tiers, de l'extériorité, pour se régénérer : il naît et renaît *de l'intérieur.* Durer, en amour, ce serait alors parvenir à trouver le juste (et toujours fragile) équilibre entre la mobilité et la stabilité, le mouvement et l'enracinement, le changement et l'identité, la nouveauté et l'habitude, le risque et la confiance, la liberté et la responsabilité, le vertige et la sagesse, le déraisonnable et le raisonnable, ce serait chercher l'infini au cœur du fini.

C'est la conclusion à laquelle m'amène la lecture d'un autre exceptionnel témoignage : la superbe *Lettre à Laurence,* écrite par l'écrivain et diplomate Jacques de Bourbon Busset à son épouse défunte et qui commence par ces mots : « J'ai connu la grâce de vivre un grand amour partagé[1]. » Ce livre bouleversant n'est pas seulement un hommage à sa femme, mais à l'amour qui les a liés toute une vie dans la joie et les lie encore par-delà la mort. « Pendant quarante ans, tu as été ma raison de vivre (...) En quarante ans, chacun de nous a changé : notre relation, elle aussi, a changé mais il y a eu, inchangé, le désir de la présence de l'autre. Nous n'avons jamais connu ces périodes, familières à beaucoup de couples, où surgit l'envie de prendre du recul l'un vis-à-vis de l'autre, où une séparation de quelques jours, voire de quelques semaines, apparaît comme bénéfique pour les deux. Chaque fois que les circonstances nous ont tenus éloignés l'un de l'autre,

---

[1]. Jacques de Bourbon Busset, *Lettre à Laurence,* Gallimard, 1987 ; de même pour les citations suivantes.

nous en avons souffert. Nous étions en état de manque. »

Les êtres qui s'aiment sont heureux de la *présence inconditionnelle* de l'autre à leurs côtés. Ils ne croient pas à ce que Romain Gary appelle dans *Clair de femme* la « fameuse "indépendance" des séparatistes, ces lieux d'aisances "dames", "messieurs" où l'on s'isole pour se pencher amoureusement sur soi-même. L'homme "indépendant", la femme "indépendante", c'est un bruit qui vient d'ailleurs, des grandes solitudes glacées, là où il n'y a rien que des attelages de chiens, et il faut l'écouter avec respect : c'est l'honneur des démunis ». Sans l'amour, la vie serait aussi solitaire, glaciale et triste que la mort. C'est la présence de l'autre qui transfigure le réel et le rend acceptable. Mais à quelle condition le désir de la présence de l'autre peut-il se maintenir dans la durée ? C'est le grand mystère dont Bourbon Busset dévoile la clé : le désir ne se maintient pas, il se transforme. L'amour est une *énergie créatrice*, qui révèle le *pouvoir créateur du temps*.

Jeune homme, Bourbon Busset, comme Gorz, était avide de liberté et pensait que l'engagement amoureux était l'ennemi de la vie de l'esprit. Son expérience lui a prouvé l'inverse : c'est la constance de l'amour qui l'a « libéré pour tout le reste ». Ce qu'il a découvert, dans la fixité du sentiment, c'est « l'existence d'une constance inventive, semblable à celle de la nature qui se renouvelle pour durer ». L'attachement fort ne détruit pas la créativité, bien au contraire. Seul l'*enracinement* confère à l'esprit cette souplesse qui lui permet de déployer toutes les ressources de l'imaginaire, sans jamais se laisser balayer par les vents. « Tu étais le cœur le plus fidèle et l'esprit le plus libre », lui écrit-il. « Je pouvais t'aimer, continue-t-il sans moins aimer la liberté. Constance des sentiments et liberté de l'esprit marchaient de pair et, loin de s'exclure, grandissaient en même temps. »

Ainsi, l'enracinement, ce lien inaltérable, est source de la plus belle liberté qui soit : celle qui s'exprime dans la *joie*. « L'articulation paradoxale entre l'enracinement et la joie est un des secrets que tu m'as transmis et que je conserve dans mon cœur. » C'est d'une joie « puissante, sereine et libre » qu'il s'agit, une joie « qui se nourrit du sentiment que l'on a enfin trouvé sa route, celle qu'il suffit de suivre pour aller toujours plus haut, toujours plus loin. Grâce à toi, j'ai compris que de l'alliance de la cohérence et du désir naissait la joie ». La joie d'aimer naît de cette *confiance* absolue en l'autre, à laquelle seule l'épreuve communément partagée donne corps. « La joie d'exister, c'est toi qui me l'as apprise. » Quel en est le secret ? « Trouver sa joie dans la joie de l'autre. » C'est grâce à cette puissante énergie créatrice, à ce pur élan de vie qu'est la joie, que l'amour vrai ne s'émousse pas, mais *grandit* en *réinventant le temps*. Si, comme l'écrit Proust, l'amour est le « temps rendu sensible au cœur », c'est que l'amour *colore le temps*. « Sans un amour profond, note Bourbon Busset, le temps est, en effet, bête comme une voie de chemin de fer. On y va de gare en gare. L'amour change la couleur du temps. Des points lumineux s'allument, s'éteignent, se rallument après des années. Les mois, les semaines, les jours sont multicolores. Il en est de noirs, de bleus, de rouges, d'écarlates. Le temps n'est plus un long chemin qui s'étire tristement, c'est un feu d'artifice où les fusées de la joie s'efforcent d'éclairer la nuit obscure. »

L'amour est essentiellement un *espace de lumière.* Non seulement il rend sensible la couleur du temps, mais il lui donne aussi sa musique, son rythme, sa mélodie, son harmonie. Ainsi, l'amour *donne consistance au réel*, ce qui fait de lui la meilleure arme contre la « tentation du nihilisme[1] ». « J'étais si convaincu du peu de réalité du monde extérieur qu'il me fallait le secours de ton visage et de ton corps pour donner à mon existence un peu de vraisemblance. Tu ne cessais de venir à l'aide du monde que mon fantasme fondamental ne cessait de nier. (...) Tu me donnais à voir un fragment du réel dont je ne pouvais contester l'évidence. Tu étais pour moi ce qu'il y avait de plus réel dans le réel[2]. » Aussi est-ce la prise de conscience de la *réalité* de Laurence qui l'a mis lui-même en face de sa propre *réalité*, ce qu'il résume en ces termes : « Tu existes, donc je suis. » Si l'amour est le pouvoir créateur du temps, c'est qu'il est le *pouvoir créateur de la confiance* : « L'amour est acte de confiance, de confiance en sa propre confiance et en la confiance de l'autre. » Ainsi s'expliquerait le mystère par lequel « l'alliance de deux angoisses crée un espace d'espoir ». Grâce à la confiance dont

---
1. Titre d'un livre déjà cité de Roland Jaccard.
2. Jacques de Bourbon Busset, *Lettre à Laurence, op. cit.* ; de même pour les citations suivantes.

chacun est dépositaire, les angoisses des amoureux ne s'additionnent pas, mais se neutralisent dans la *complicité*, la *tendresse* et la *bienveillance*.

Ce sont ces trois termes qui constituent le cœur de la relation magnifique qui unit pendant trente ans les troisièmes grands témoins que sont Edgar Morin et sa femme Edwige. À sa mort, il lui a consacré le plus poignant de ses livres, *Edwige, l'inséparable*. Le secret de sa fascination toujours renouvelée pour sa femme, c'est qu'elle était pour lui une « source de poésie permanente[1] ». « Elle m'englobait dans son monde poétique qui la protégeait du monde dur et cruel, mais non moins réel ; et je pouvais fréquenter le monde dur et cruel parce que son monde à elle nourrissait ma vie. » Il évoque leur « paradis quotidien, fait de regards-sourires-baisers-caresses-mille-petits-bonheurs-divins », dans « l'*innamoramento* toujours recommencé ». La tendresse était leur oxygène : après trois décennies de vie commune, « quand nous nous rencontrions dans l'appartement, nous échangions caresses et baisers ». Quant à la complicité, elle s'exprimait notamment dans les mille petits mots doux, accompagnés de dessins, qu'ils ne manquaient jamais de griffonner l'un pour l'autre, avant de quitter leur « nid ». Tantôt c'est un chat (Edgar) qui dit : « Délices de mon cœur, miel de mon âme, j'espère revenir vers les 11 h », tantôt c'est un petit oiseau (Edwige) qui s'écrie : « J'aimerais vivre et mourir dans tes bras » ou : « Aime-moi follement

---

1. Edgar Morin, *Edwige, l'inséparable*, Fayard, 2009 ; de même pour les citations suivantes.

parce que je ne peux pas respirer sans toi ». Les dessins sont parfois coquins, souvent amusants et donnent la couleur du jour.

Hélas, ce fut aussi souvent la maladie qui imposa sa noirceur aux jours, surtout vers la fin. Les violentes crises d'asthme d'Edwige, la Ventoline, les injections, les IRM, la réanimation, l'épuisement, ils traversèrent tout ensemble, en *sym-pathie*, plus que jamais unis. En lisant ces douloureux passages, il m'est venu l'idée suivante : et si le grand amour se reconnaissait à ce qu'il se révèle encore plus puissant dans le *pire* que dans le *meilleur* ? Bourbon Busset, lui aussi, joua souvent au « garde-malade », un rôle qui le rendait plus que jamais amoureux de Laurence. « Je t'ai ramenée de Marrakech avec une double pneumonie (...) Avec quelle joie je t'ai vue reprendre des forces ! Une convalescence ressemble au début d'un amour. Le sentiment du danger couru, comme la crainte de la rupture, serre le cœur et introduit le vertige du doute là où la confiance et la joie désirent régner sans partage[1]. »

Le bonheur, ce n'est pas tant l'euphorie permanente que la capacité à se relever du malheur. La vie offre plus d'occasions de souffrance que de moments de béatitude. Personne n'échappe, à un moment ou à un autre, sous une forme ou sous une autre, au pire. Dans les épreuves (échec, maladie, deuil...) nombreuses qui jalonnent une vie, seule la bienveillance de l'autre donne la force de combattre et de désirer le retour du meilleur. Aimer, c'est veiller au bien de l'autre. Quand la tragédie plonge un couple dans la

---

1. Jacques de Bourbon Busset, *Lettre à Laurence, op. cit.*

nuit, il n'y a que l'amour qui puisse laisser espérer le retour de la lumière, car seul l'amour apaise, rassure, réchauffe et dissipe l'angoisse, en donnant un *sens* à l'existence.

Si la vie n'était qu'un « long fleuve tranquille », alors, oui, nous pourrions tous vivre en épicuriens insouciants et opter pour le libertinage amoureux, car notre liberté ne s'exprimerait jamais que pour le meilleur. Nous pourrions « cueillir le jour » en jouissant perpétuellement de l'instant présent. Mais la vie est une succession de bourrasques et seuls les êtres solidement amarrés tiennent le choc. On peut s'enraciner dans une terre et voir cette terre brûler, s'enraciner dans une maison et assister à son inondation, s'enraciner dans un travail et se faire licencier... La seule racine indestructible, parce que immatérielle, c'est l'amour. C'est pourquoi celui-ci doit être, tout autant que l'être aimé, protégé et secouru. Les couples qui durent sont amoureux de la tierce entité qu'est leur amour : il y a toi, qui m'aimes, il y a moi, qui t'aime, et il y a un troisième terme, qui est *notre* amour et que nous aimons en commun. Seul cet amour de *leur* amour permet aux couples de traverser le temps et de viser l'éternité, là où toutes les dimensions de la temporalité – passé, présent, futur – se confondent. Si l'amour est le pouvoir créateur du temps, c'est qu'il est capable d'inventer une durée qui veuille l'*éternel retour* des choses. « Éternel oui de l'être, éternellement je suis ton oui, car je t'aime ô éternité ! », écrivait Nietzsche[1].

---

1. Friedrich Nietzsche, *Dithyrambes pour Dionysos*, in *Œuvres complètes*, traduit de l'allemand par Michel Haar, Gallimard, 1997.

Ainsi, ce que ces grands témoins nous apprennent, c'est que l'amour ne dure que s'il ouvre sur une temporalité nouvelle – le *présent perpétuel* – et s'il définit un espace nouveau, celui du *couple*. C'est à l'intérieur de ce temps et de cet espace recréés, de ce cadre spatiotemporel réinventé, que se déploie la réalité effective de l'amour, qui est la *promesse éternellement reconduite d'une présence en acte*.

La réalité effective de l'amour, sa substance même, ce sont les actes. Durer, c'est réitérer sans cesse la promesse inaugurale d'aimer pour le pire, en agissant pour le meilleur. C'est pourquoi il est paradoxalement *raisonnable de promettre* d'aimer toujours, alors qu'il est *déraisonnable de s'engager à être éternellement amoureux*.

*

Promettre *l'amour éternel* n'est ni naïf ni mensonger ; c'est au contraire l'acte le plus authentiquement humain et responsable qui soit. Pour le comprendre, il faut distinguer, d'une part, l'*engagement* et la *promesse*, d'autre part, l'*état amoureux* et l'*acte d'aimer*.

La promesse et l'engagement sont deux termes qui n'ont pas le même sens. Alors que l'engagement est *conditionnel*, la promesse, elle, est *inconditionnelle*. Lorsque je m'engage à effectuer une action, quelle qu'elle soit, je me situe dans un espace social, au sein duquel il est envisageable que des circonstances extérieures m'empêchent de réaliser cette action. Ces aléas de l'existence pourront être invoqués à titre d'excuse, pour justifier le fait qu'il m'a été impossible de tenir mon engagement. *Ex-cusé*, je suis mis *hors de cause*. Le réel, qui est imprévisible, peut me servir d'alibi. Ainsi, l'engagement est hypothétique : je tiendrai mon engagement *à condition* que rien ne s'y oppose, *si et seulement si* je suis en mesure de le tenir. On ne s'engage donc qu'après avoir mûrement réfléchi. Il est donc parfaitement déraisonnable de s'engager à être toujours amoureux de la même personne et à ne jamais tomber amoureux d'une autre, puisqu'on a toutes les raisons de croire que la vie en décidera autrement.

En revanche, lorsque je promets, j'affirme que rien ne pourra jamais entraver la réalisation de ma promesse, car elle est, comme l'a montré Kant, un « impératif catégorique », c'est-à-dire inconditionnel. La promesse ouvre un espace, hors du monde social, dans lequel aucune justification n'est recevable. Promettre, c'est exclure par avance toute défaillance à la parole donnée, quelles que soient les circonstances. Par où la promesse est très proche du *pardon*. Tout comme l'acte de promettre signifie bien davantage que le fait de s'engager, l'acte de pardonner est bien plus moral que le fait d'excuser, car le pardon concerne précisément l'inexcusable, l'injustifiable. Comme l'écrit Jankélévitch : « Si tout n'est pas excusable pour l'excuse, tout est pardonnable pour le pardon[1]. » De même, si tout n'est pas possible pour l'engagement, tout est possible pour la promesse. On ne promet jamais que l'impossible, on ne pardonne jamais que l'impossible.

La promesse n'est pas qu'une formule : elle est un

---

1. Vladimir Jankélévitch, *Le Pardon*, Aubier, 1967.

acte de parole. Alors que s'engager est une action, qui s'inscrit dans le temps et l'espace, promettre est un acte, qui crée un temps et un espace nouveaux, un acte inaugural et fondateur. Cet acte consiste à la fois à *donner sa parole* et à *tenir parole*. Or, tenir sa parole, c'est s'obliger à une continuité en acte. La promesse est donc un « énoncé performatif », au sens où l'entend le philosophe John Langshaw Austin : une phrase qui fait ce qu'elle dit. « Oui, je le veux » est un énoncé performatif, de même que « Je vous déclare unis par les liens du mariage ».

C'est ce qui me permet de penser qu'autant il est irresponsable de s'engager à être toujours amoureux, autant il est responsable de promettre d'aimer toujours. Car si l'*état amoureux* échappe très largement à la volonté, puisqu'il est un état de l'être, l'amour, lui, est un *acte* volontaire, que l'on peut, par conséquent, promettre, comme l'explique très bien Nietzsche dans un passage d'*Humain, trop humain* : « On peut promettre des actes, non des sentiments ; car ceux-ci sont involontaires. Qui promet à l'autre de l'aimer toujours ou de le haïr toujours ou de lui être toujours fidèle promet quelque chose qui n'est pas en son pouvoir ; ce qu'il peut pourtant promettre, ce sont des actes (...) La promesse de toujours aimer quelqu'un signifie donc : aussi longtemps que je t'aimerai, je te le témoignerai par des actes d'amour ; si je ne t'aime plus, tu n'en continueras pas moins à être de ma part l'objet des mêmes actes, quoique pour d'autres motifs[1]. » Dans les dernières années de

---

1. Friedrich Nietzsche, *Humain, trop humain, op. cit.*

la vie de Sartre, Simone de Beauvoir n'était certainement plus amoureuse, comme dans sa jeunesse, de ce vieillard aveugle et impotent, qu'une paralysie partielle du visage réduisait au silence et condamnait à manger en salissant ses cols, mais jamais elle ne l'aurait lâché. Infirmière, gouvernante, secrétaire, elle l'a aimé jusqu'au bout, en agissant pour son bien, dans l'absolue fidélité à sa promesse.

Faire don de sa parole, c'est faire don de sa personne dans le temps. Comme l'écrit Nicolas Grimaldi dans *Métamorphoses de l'amour*, il faut envisager l'amour « en l'attribuant moins à ce qu'on espère *recevoir* d'une personne qu'à ce qu'on espère lui *donner* ». Aussi ne devons-nous pas aimer une personne pour ce qu'elle nous apportera, mais pour « ce dont on voudrait la combler ». L'amour serait ainsi le seul espace soustrait au calcul et à l'utilitarisme ambiants. « Le ressort de l'amour serait moins alors notre égoïsme que notre générosité. » La *générosité* : et si c'était là le seul vrai « ressort » de l'amour heureux et durable ? La rencontre de deux générosités, qui désarment leur amour-propre, pour trouver chacune son bonheur dans la joie de l'autre, qui s'épaulent dans la bienveillance réciproque, voilà ce qui me semble être le secret de l'amour durable. Aider un autre être que soi à vivre et à grandir, se réjouir de sa joie et partager sa peine, se sentir responsable de lui, tel est le cœur de cette généreuse *fidélité en acte* qui est la seule qu'on puisse promettre.

Les personnes généreuses savent *donner* et *pardonner* ; elles savent aussi *recevoir* et *demander pardon*. Enfin, elles savent exprimer leur *gratitude* envers la générosité de l'autre. Remercier, exprimer sa reconnaissance à l'être aimé, c'est satisfaire son désir de reconnaissance, c'est-à-dire le besoin de voir son existence et sa valeur reconnues. Comme le pense Descartes, pour qui la générosité est le propre des âmes « bien nées » (c'est ce qu'indique la racine *genus*, qui signifie « race »), seul l'homme qui possède ce caractère fait un généreux usage de sa liberté et préfère les vraies valeurs aux valeurs d'emprunt, socialement célébrées. Le généreux se méfie des simulacres et des conventions, exerce son jugement et « ne manque jamais de volonté pour entreprendre et exécuter toutes les choses qu'il jugera les meilleures[1] ». C'est ce qui fait de lui le seul homme qui ne se laisse pas enfermer dans les stéréotypes promus en normes par la société.

L'âme généreuse est dès lors la seule à pouvoir réinventer l'amour à l'abri des dogmes et des modes, loin de toute mystification, en se tenant à égale distance de l'idéalisme et du cynisme. Aussi l'amour n'est-il pas un *savoir*, mais un *apprentissage*. « L'amour est difficile, l'amour qui lie un être humain à un autre, écrit Rilke : c'est là peut-être ce qui nous fut imposé de plus difficile, la tâche suprême, l'épreuve finale, le travail dont tout autre travail n'est qu'une préparation. Aimer, ce n'est rien tout d'abord de ce qui s'appelle s'épanouir, s'abandonner et s'unir à un autre être (...) C'est pour l'individu une noble invite

---

[1]. René Descartes, *Les Passions de l'âme*, in *Œuvres et lettres*, *op. cit.*

à mûrir, à devenir quelque chose en soi, un monde pour l'amour et le profit de l'autre[1]. »

L'amour serait ainsi le généreux apprentissage de l'amour.

---

1. Rainer Maria Rilke, *Lettres à un jeune poète*, traduit de l'allemand par Bernard Grasset et Rainer Biemel, Grasset, 1937.

REMERCIEMENTS

Merci à Florence de Lamaze et Arnaud Saint Paul, qui m'ont poussée à écrire ce livre, à Marielle Stamm pour son soutien et ses précieux conseils, à Évelyne Schenkel pour m'avoir offert (trop tard, hélas...) *Un très grand amour* de Franz-Olivier Giesbert et surtout pour m'avoir inspiré directement trois pages, à Agnès Dumortier pour m'avoir offert *L'Histoire du mariage* et *Rome et l'Amour* (Bouquins), qui m'ont été extrêmement utiles, et au talentueux François d'Épenoux, qui m'a fait découvrir la belle *Lettre à Laurence*.

Table

Avant-propos 9

PREMIÈRE PARTIE
De l'ordre conjugal au désordre sexuel

1. Sommes-nous biologiquement
   programmés pour aimer ? 17
2. Quelle est la part d'animalité
   dans la sexualité humaine ? 43
3. Qui a inventé
   la morale sexuelle occidentale ? 64
4. À quoi sert le mariage ? 107
5. Le mariage d'amour est-il la première cause
   de divorce ? 127
6. Le libertin est-il un homme libre
   ou un esclave ? 163
7. Le mot « amour » a-t-il le même sens
   pour l'homme et pour la femme ? 190
8. La libération sexuelle
   nous a-t-elle réconciliés avec notre corps ? 228

Deuxième partie
Qu'est-ce que l'amour ?

1. Choisit-on l'être aimé ?... 255
2. Pourquoi adorons-nous l'amour ? 285
3. Pourquoi l'amour fait-il souffrir ?........................... 301
4. Le désamour est-il inéluctable ?.............................. 355
5. Peut-on promettre l'amour éternel ? 390

Remerciements... 427

PAPIER À BASE DE FIBRES CERTIFIÉES

Le Livre de Poche s'engage pour l'environnement en réduisant l'empreinte carbone de ses livres. Celle de cet exemplaire est de : 450 g éq. CO_2
Rendez-vous sur www.livredepoche-durable.fr

Composition réalisée par NORD COMPO

Achevé d'imprimer en juillet 2013 en France par
CPI BRODARD ET TAUPIN
La Flèche (Sarthe)
N° d'impression : 3001244
Dépôt légal 1re publication : février 2013
Édition 02 – juillet 2013
LIBRAIRIE GÉNÉRALE FRANÇAISE
31, rue de Fleurus – 75278 Paris Cedex 06

31/7332/5